사이트 파이크 아바스야느크

11 세계문학 단편선

사이트 파이크 아바스야느크

이난아 옮김

H
현대문학

차례

해변의 거울 · 7

마을 카페 · 21

솜 트는 노인 · 29

아버지와 아들 · 37

카네이션과 토마토 주스 · 43

내가 왜 이렇게 하는지 나도 모르겠다 · 49

취기 · 57

축음기와 타자기 · 63

기압계 · 73

사카르야 어부 · 77

군밤 장수 친구 · 85

아르메니아인 어부와 절름발이 갈매기 · 93

세마외르 · 99

비단 손수건 · 107

초야 · 113

메세레트 호텔 · 119

도시를 잊은 남자 · 125

웨이터 · 131

한 무리의 사람들 · 139

질투 · 145

발 걸기 · 149

죄수 · 159

야니 우스타 · 169

고향으로 보낸 당나귀 · 175

세상을 사고 싶은 남자 · 183

멜라하트 동상 · 189

위기 · 195

여관 주인의 아내 · 219

산모 · 225

무관심 · 235

가스난로 · 243

극단 · 253

코린토스 만 사람 이야기 · 341

신부님 · 349

제비꽃 피는 계곡 · 361

짐승처럼 웃는 남자 · 371

정자가 있는 무덤 · 379

끈 · 389

필요 없는 남자 · 397

옮긴이의 말 새로운 언어로 인간을 노래한 터키 현대 단편소설의 선구자· 411

사이트 파이크 아바스야느크 연보 · 417

해변의 거울
Plajdaki Ayna

어떤 남자가 해변에 있는 거울을 깼고, 그 남자는 나중에 미쳤다는 결론이 내려졌다. 사람들은 그 남자가 사람들을 초록색으로 보이게 하며, 미러 코팅이 벗겨져 유리가 되어 버린 거울이 사람들을 추하게 보이게 한다는 이유 때문에 상심한 나머지 거울을 깼다고 분석했다. 아니다, 이유는 이것이 아니고, 그가 거울 장수라는 말도 있었다. 이탈리아에서 거울을 수입했는데, 나중에 파산을 했으며, 약간 정신이 돌아 거울을 보고는 참지 못해 깼다는 이야기들을 꾸며 대기도 했다. 이일의 진상은 오로지 나, 그리고 거울만이 알고 있다.

그렇다면 거울을 깬 사람은 당신이군, 우리를 기만하고 있군, 하고 말하고 싶을 것이다. 좋다! 거울을 깬 사람은 바로 나다. 사람들은 내가 미쳤다는 결론을 내렸다. 하지만 남에게 피해는 주지 않는다고 했다. 아주 무해한 사람이라고. 내가 거울에 분풀이를 했다고 했다. 이런 것은 하나도 맞지 않다! 실상은 이렇다.

　내가 거울을 깼던 데에는 아무런 이유가 없다. 아무 이유 없이 깼다. 심심해서, 재미 좀 보려고 깼다고도 말할 수 없다. 아름답게 생긴 사람을 추하게 보이게 한다고! 아무 상관 없는 말이다! 아름답게 생긴 사람을 추하게 보이게 하는 거울은 그들의 내면을 반영하고 있는 것이다. 이런 거울은 해변에 내걸지 않는다. 아니면 거울에서 사람들의 추한 면들을 보기 시작했는지도 모르고…… 그러니까 글자들이 거울에서 반대로 보이듯이, 사람들도 그 반대로 보일 수도 있다고 말한다면, 나는 철학을 전혀 좋아하지 않으며, 게다가 이런 교묘한 말장난은 혐오한다는 것을 피력하고자 한다.

　아니다, 거울은 거울이었다. 거울은 그런 나쁜 일은 꾸미지 않는다. 어떤 멍청한 놈이 어떤 시기에 거울을 발명했다면 나름 이유가 있었을 것이다. 머리를 빗고, 얼굴에 얼룩 따위가 있는지 보기 위해, 코는 닦았는데 주변에 콧물이 약간 남아 있는지 한번 보려고. 혹은 "이런, 이런! 내 눈 모양은 그다지 나쁘지 않은걸! 게다가 입가에 자리 잡은 주름은 또 어떻고! 세상에! 주름이 내 얼굴에 의미를 부여하고 있군그래. 여자들은 정말 남자 보는 눈이 없다니까!"라는 말을 하는 데 유용할 수도 있다. 우리는 거울을 보고 원하는 만큼 혼잣말을 계속할 수 있다. 거울은 젊은 여성이 들여다보게 만든다. 거울은 남자를 생각에 잠기게 한다. 거울은 자기 자신에게 반한 사람이 그것에 대고 입맞춤을 하게 만든다. 노인들에게는 죽음과 관 그리고 수의를 보여 준다. 폐결핵에 걸린 사람들에게는 끔찍한 열병의 빛을 눈 안에서 볼 수 있게 해 준다. 거울과 적이 되는 것도, 거울과 친구가 되는 것도 가능하다. 거울을 깨는 이유를 철학, 문학, 심리, 의학, 신경 탓으로 돌릴 수도 있다. 하지만 내가 해변에 있는 거울을 깬 이유는 단연코 없다. 그러나 당신에게 그날 있었던 일을 적어 보여 주겠다. 그렇지만 여기서 어떤 이유를 찾고자 하는 것은 별 의미가 없을 것이다.

올리브 나무 아래서 어떤 어린 소년이 놀고 있었다. 나는 그 아이 곁으로 다가갔다. 아이는 두려운 듯 초록색 올리브를 내게 내밀었다.

"이거 아저씨 거예요?"

"응, 내 거야."

"제가 돌을 던져서 떨어뜨린 거 아녜요. 이것들이 저절로 나무에서 떨어졌어요."

"그게 뭔데?"

"아직 덜 익어서 맛이 써요."

밝은 푸른색 눈의 속눈썹이 반짝거리다 빛을 잃었다.

"이것들이 뭔지 아니?"

"모르겠어요."

"넌 올리브가 뭔지 아니?"

"물론 알아요."

"그게 바로 올리브란다."

"우리가 아침 식사 때 먹는 거요?"

"너희 집에서는 아침 식사 때마다 올리브 먹니?"

"네, 먹어요."

"아빠는 누구시니?"

"전 아빠가 없어요."

너무나 하얘서 푸른빛이 도는 눈꺼풀이 황금빛을 내며 감겼다. 아이는 입술을 쭉 내밀며 "제 아빠는 죽었대요"라고 말했다.

"어디서 죽었대?"

"전쟁에서요."

"어떤 전쟁?"

"독립 전쟁에서요."

나는 마음속으로, 아, 나의 친구, 나의 형제, 나의 생명, 나의 영혼, 나의 아이, 나의 목숨이라는 말을 중얼거렸다.

"올리브를 가지고 놀아도 되지만, 절대 돌은 던지지 마라, 알았지?"

"이 올리브 아저씨 거예요?"

"아니, 내 건 아냐. 이 올리브들은 그 누구의 것도 아냐."

"이것들 집으로 가져가도 돼요?"

"그것들은 땅에 떨어진 거야, 쪼글쪼글해졌네. 좋지 않아, 벌레 먹었을 거야."

"그럼 가지고 놀래요."

"그러렴, 하지만 절대 깨물지는 마라. 모두 쓰니까."

"좋은 것도 써요?"

"좋은 것도 쓸 수 있지."

"나중에 어떻게 달게 변해요?"

"그건 나도 잘 모르겠구나."

"그럼 누가 알지요?"

"그걸 알면 뭐 하려고 그러니?"

"아침에 먹을 올리브를 만들려고요."

"네 엄마는 계시니?"

"당연히 있지요."

"무슨 일을 하시는데?"

"빨래해 주러 다녀요."

"넌 크면 뭐가 될 거니?"

"저요?"

아이는 내 눈을 쳐다보았다. 우리 둘 다 서로를 쳐다보았다.

"전, 구두닦이가 될 거예요."

"왜 구두닦이가 되고 싶니?"

"그럼 뭐가 되면 되지요?"

"의사가 돼라."

"싫어요."

"왜?"

"그냥 의사 되기 싫어요."

"그러니까 이유가 뭔데?"

"의사를 좋아하지 않으니까요."

"그게 무슨 말이야? 의사를 좋아하지 않는다는 게 말이 되니?"

"당연히 말이 되지요. 엄마가 아파서 의사가 집에 왔는데요, 우리는 저금통을 깼어요. 25쿠루쉬*짜리 모두를 그 사람에게 줬어요. 나중에 잔돈만 남았어요. 그 돈으로 겨우 처방전에 쓰인 약을 샀어요."

"하지만 엄마는 나았잖아."

"엄마는 나았지만, 돈은 다 써 버렸어요. 전 이틀 동안 밥을 못 먹었어요."

* 터키의 옛 화폐단위. 지금은 통용되지 않는다.

"좋다, 그럼 선생님이 되렴."

"전 학교에 안 다니는데요."

"왜?"

"개구쟁이 짓을 해서요."

"그럼 개구쟁이 짓을 하지 않으면 되잖아."

"전 개구쟁이 짓이 뭔지 몰라요."

"선생님이 하지 말라고 하는 게 개구쟁이 짓이란다."

"그때그때 다르거든요. 어느 날 친구 하나가 저한테, '빨래해 주는 여자의 사생아!'라고 말했어요. 그래서 전 그 애를 때렸어요. 선생님은 절 때리고요. 그날 이후로 모두 저를 보고 빨래해 주는 여자의 사생아라고 불렀어요. 그때까지 아무도 때리지 않았어요. 그런데 그게 개구쟁이 짓이래요. 그런데 며칠 후, 제 옆에 앉은 친구한테 연필이 두 개 있었는데, 그중 한 개를 제가 가졌어요. 그랬더니 제가 도둑이라며 때렸어요. 전 연필이 없어서 가진 거라고요. 그것도 개구쟁이 짓이래요. 그것도 아주 나쁜. 다시는 다른 사람 연필을 갖지 않기로 마음먹었어요. 나중에 공책이 없어서 친구 걸 가졌는데, 이번에는 때리기도 했고, 학교에서 내쫓기도 했어요."

"네가 나쁜 짓을 한 거네."

"나쁜 짓 한 거 맞아요. 그런데 전 좋은 사람이 되고 싶지 않아요."

"그럼 뭐가 되고 싶은데?"

"구두닦이가 되고 싶다고 말했잖아요! 아흐메트 형도 구두닦이예요."

"아흐메트 형을 좋아하니?"

"당연히 좋아하죠. 엄마도 좋아해요. 어떤 날 밤에는 우리 집에서 자

곤 해요. 우리에게 돈도 주고요. 우리가 굶주리고 있으면 그 형이 빵을
사 줘요."

"진짜 형이 아냐?"

"진짜 형이라니요?"

"친형 말이야. 네 아빠의 아들 아냐, 그 사람은?"

"물론 아니지요."

"그럼 누구의 아들인데?"

"모르겠는데요."

"몇 살인데?"

"저보다 많아요."

"넌 몇 살인데?"

"아홉 살요."

"그 사람은?"

"그냥 저보다 많아요."

"얼마만큼."

"아저씨 정도요."

"아 참, 구두닦이가 되면 어떻게 되는데?"

"돈 벌 거예요."

"그런 다음에?"

"라크*를 마실 거예요."

"그런 다음에?"

"또 구두를 닦을 거예요."

* 터키에서 '국민 음료'라 불리는 증류주로, 주로 물에 희석해 마신다.

"그런 다음엔?"

"담배를 피울 거예요."

"그런 다음엔?"

"짜증 나!"

"그 말은 아주 못된 말이다. 혼내 줄 테다."

"엄마한테 아저씨 얘기 해도 돼요?"

"안부도 전해 주렴."

저쪽에서 머리에 스카프를 쓴 동그란 얼굴의 타타르인 계통 여자가 다가왔다. 아이는 그녀를 향해 뛰어갔다.

"엄마, 봐요, 올리브예요."

"그거 빨리 버리지 못해!"

아이는 버릴지 말지 순간 망설였다. 그러고는 나를 향해 걸어왔다.

여자가 "뭘 하는 거냐, 이놈아!"라고 하는 말이 채 떨어지기 전에, 아이는 올리브를 내 얼굴에 던졌다.

나는 웃었다.

"신경 쓰지 마세요, 부인. 아이인걸요."

"엄마, 저 아저씨 나랑 몇 시간 동안 수다 떨었어요."

"널 예뻐하니까 말 거는 거지, 그렇게 무례하게 행동하지 마!"

"하지만 난 저 아저씨가 싫어요. 아흐메트 형처럼 구두닦이가 될 거라고 했더니, 나한테 의사가 되라고 했어요."

"정말 좋은 말씀을 해 주셨구나."

"자기나 의사 되라고 하세요. 엄마가 그랬잖아요. 의사들은 빌어먹을 놈들이라고. 뒈져 버리라고요."

"내가 그랬다고? 그들이 필요할 날이 없게 해 달라고 신께 기도하지

14

않았니, 내가?"

"아냐, 그렇게 말했어."

여자는 나를 보며 말했다.

"그렇지 않나요, 신사분? 의사, 판사들이 필요할 날이 없어야 하지요."

"그렇지요, 그렇고말고요."

그 되바라진 아이는 지금 어머니의 치마를 잡고 있었다. 적의에 가득 찬 시선으로 나를 바라보고 있었다.

"엄마, 난 구두닦이 될 거지요, 그렇지요?"

"달리 뭐가 될 수 있겠니……"

"엄마, 아빠는 무슨 일을 했어요?"

"구두닦이였단다."

아이는 나를 보며 의기양양하게 "거봐요, 우리 아빠도 구두닦이였다고 하잖아요!"라고 말했다.

나는 여자에게 "그런가요?"라고 물었다.

여자는 "예"라고 대답했다.

"전쟁에서 사망했다고 하는데, 어떤 전쟁이지요?"

"전쟁에서 죽지 않았어요."

아이는 "엄마, 엄마가 그렇게 말했잖아요?"라고 끼어들었다.

"누가 네 아빠가 전쟁에서 죽었다고 말했니?"

"아흐메트 형이……"

"아흐메트는 빌어먹을 사람이구나."

"하지만 빵을 그 형이 가지고 오잖아요."

"그만하지 못해! 저리 가!"

아이는 다시 올리브를 주워 모으기 시작했다. 여자는 "그 쓰디쓴 거 버리지 못하겠니!"라고 소리쳤다.

아이는 또 얼굴을 찡그렸다. 이번에는 어머니가 뺨을 때리자 허둥지둥 다 쓰러져 가는 허름한 집을 향해 걸어갔다. 그러고는 그곳에 있는 파괴된 작은 사원 벽 옆에 도착해서는 "그놈도 창고로 데려가지그래!"라고 소리쳤다. 이에 여자가 "부끄러운 줄도 모르는 못된 놈 같으니라고!"라고 말하며 아이 쪽으로 뛰어갔다. 그러면서 내게 눈짓을 하는 것도 잊지 않았다. 나는 마치 무언가에 홀린 듯 그녀를 따라갔다. 목욕탕처럼 뒤에 손잡이가 있는 문을 열었다. 그 안은 한동안 몸을 씻지 않은 사람의 냄새와 화장실 냄새가 났다. 리놀륨이 깔린 테이블 위에 토마토 두 개, 오이 두 개가 놓여 있었다. 여자가 "라크 마실래요?"라고 물었다.

"아니요."

"돈이 없나 보지요?"

나는 내 마음속에 가득 찬 욕정이 달아날까 봐 두려워하며 "있어요, 있습니다. 하지만 라크는 마시고 싶지 않군요. 이런 정오의 더위에는"이라고 말했다.

그녀는 내 눈을 깊이 들여다보았다. 그러고는 손으로 지갑이 든 호주머니를 쳤다. 나는 25쿠루쉬짜리를 꺼냈다. 그녀는 탐탁지 않아 했다. 할 수 없이 다시 돈을 꺼내며 이렇게 말했다.

"다른 돈은 없어요."

그녀는 웃었다. 팔로 내 목을 끌어안고는 내 무릎 위에 앉았다. 아이는 그 허름한 오두막 가장자리에 쌓여 있는 돌 사이에 끼여 머리를 내밀고는 푸른 눈으로 우리를 바라보고 있었다.

나는 "아이는?" 하고 물었다.

여자는 "신경 쓰지 말아요, 익숙하니까요"라고 대답했다.

한 30분 정도 아이는 우리에게 눈을 고정한 채 똑바로 쳐다보고 있었다. 그러고는 언제 호주머니에 넣어 두었는지 모를 초록색 올리브를 연신 우리 머리에 던졌다.

그러다 갑자기 손으로 머리를 감싸 안고 얼굴이 빨개져서는 동물이 포효하듯 고함을 지르기 시작했다.

여자는 휘파람 소리 같은 목소리로 "저 아이에게 서너 푼 던져 줘요. 아니면 그치지 않아요"라고 말했다.

나는 잔돈 두 개를 던졌다. 효과가 없었다. 하나를 더 던졌다. 그런 후 25쿠루쉬를 더 던졌다. 5분 정도 조용했다. 그런 후 창고를 쩽쩽 울리게 하는 벨 소리를 냈다. 기차 기적 소리 같았다. 아이는 나를 주시하고 있었다.

"이제 곧 아흐메트 형이 오면 당신 가만두지 않을걸!"

나는 25쿠루쉬짜리를 한 개 더 던졌다.

"한 개 더 던지지 않으면……"이라는 말이 끝나기도 전에 아이의 어머니가 내 무릎 위에서 일어나 나라도 쓰러질 정도로 세게 아이의 뺨을 갈겼다. 그러고는 나를 보며 "25쿠루쉬짜리 한 개 더 줘 버려요!"라고 말했다.

아이는 작고 검은 손을 내밀었다. 나는 아이의 손바닥 위에 25쿠루쉬를 올려놓았다. 아이는 이제 등을 돌리고는 우리가 내는 소리에 귀를 쫑긋 세운 개처럼 누워 있었다.

그곳에서 농익은 오후의 햇살 아래로 나왔을 때는 관자놀이가 욱신거리며 울렸다. 나는 즉시 해변으로 뛰어갔다.

몸을 정화하고, 무엇인가를 몸에서 털어 내고, 상쾌해지기 위해 해변으로 뛰어갔던가, 내가? 아니다, 단지 창고에서 나오자마자 차가운 우물에서 더운 곳으로 나오게 된 대접처럼 땀이 났던 것이다. 머리에서 땀이 가장 많이 흘렀다. 손가락을 머리카락 사이에 집어넣고 문질렀다. 손톱 끝 쪽에서 무언가를 빨아들인, 혹은 나를 빨아들인 것처럼 느껴지는 어떤 축축함을 느꼈다. 만약 손을 들여다본다면 그것이 축축한 땀이 아니라 머리에서 피가 스며 나온 것이라고 알게 될 것만 같았다.

그래서 바로 머리에서 피가 스며 나왔다고 생각하며 바다를 향해 뛰어갔다. 그곳에서 바다로 뛰어갈 때까지 아무것도 보지 못했다고 생각했다. 하지만 서늘함이 몸을 휘감자마자 어떤 초록색 풀, 어떤 폐허, 어떤 아이, 어떤 연기, 어떤 기찻길, 어떤 개를 본 것이 떠올랐다. 그런 후 그 여자의 아들의 눈을 보았다. 그 눈이 내 등에 꽂혀 있었다.

그놈이 나를 바라보았던 눈길은 가관이었다. 바닷물은 나를 기분 좋게 해 주었다. 기분 좋게 해 주었다는 것도 중요한 게 아니다. 단지 내 머리에서 스며 나오는 것이 피가 아니라 땀이라는 것을 보고는 마음이 편해졌을 뿐이다. 만약 그것이 피였다면 바닷물은 붉게 변했을 것이다. 이런 점에서만 바닷물이 유용했다. 관자놀이는 여전히 지끈거리고 웅웅 울렸다. 나는 바닷가가 서늘했음에도 불구하고 여전히 땀을 흘리고 있었다. 여전히 그 화장실 냄새 나는, 서늘한, 아주 서늘한 창고의 공기, 눈을 여전히 우리에게 고정시키고 있던 푸른색 눈동자를 한, 손은 보리 빵처럼 검고 갈라진 아이가 연기처럼, 하지만 언제고 육화될 수 있는 상태로 나의 뇌와 눈 사이에서 날고 있었다. 아이는 끊임없이 돌아다니고 있었다.

지금 당신은 내가 거울을 깬 이유를 알았다고 생각할 수도 있다. 내게 "넌 거울에서 너 자신을, 명백하고, 선명하게 그리고 너의 모든 추한 모습, 더러움, 저질스러움을 다 보았구나. 바로 이런 이유로……"라고 말하고 싶을지도 모른다. 하지만 나는 단호하게 아니라고 말할 것이다. 여러분이 미소를 지으며 "거울에서 모든 인성, 모든 추함을 너를 매개로 느끼는 듯했기 때문에, 인간의 모든 저질스러움, 가련함을……" 아니다, 정말, 진짜 아니다.

그렇다면 넌 미친 거구나라고 말할 수도 있을 것이다. 왜 이렇게 말하는 거지요? 해변의 더러운 거울을, 아무것도 생각하지 않고 무의식적으로 몸을 굽혀 땅에서 돌을 집어, 게다가 그 돌을 잔잔한 바다 수면에 던져 물수제비를 뜨려고 집어 들듯이 거울을 향해, 의도해서 그런 것이 아니고 실수라고도 할 수 없다, 그냥 던져 깨 버린 것뿐이다. 그렇게 하면 안 되는 이유라도 있는가?

사람들이 뛰어왔다. 나도 뛰어갔다. 그들은 나를 따라잡지 못했다. 한참 후 나는 돌아가 해변이 훤히 내다보이는 어떤 나무 아래 엎드려 누웠다. 사람들은 해변 주인의 집 앞에 모여 있었다. 30분이 지났는데도 여전히 나에 대해 언급하고 있었다. 그들은 한 시간 더 그렇게 서서 얘기하며 웃었고 자기들 나름대로의 의견을 내놓았다. 나중에 경찰이 왔다. 사람들은 그에게 사건을 설명해 주었다. 경찰은 모든 얘기를 듣고는 자신도 의견을 말할 것처럼 보였다.

나는 다른 길을 택해 부두로 가려 했지만 그 길이 너무나 멀게 느껴졌고 나 역시 지친 상태였다. 그래서 나무 아래서 밤이 오기를 기다렸다. 노란색 달이 떴다. 클럽에서 크게 웃는 소리, 노랫소리가 들려오기 시작했다. 손을 머리 쪽으로 가지고 가서 보니 머리카락이 엉망으로

엉켜 있는 것을 알게 되었다. 빗을 꺼내 머리를 빗었다. 담배 한 대에
불을 붙여 피웠다. 입으로는 어떤 왈츠 멜로디를 흥얼거렸다. 바지 주
머니에 손을 집어넣었다. 다른 모든 사람처럼 행복한 사람인 양, 거울
을 깬 사람이 내가 아닌 양, 휘파람을 불며 해변 앞을 지나갔다.

마을 카페
Mahalle Kahvesi

여름에 이 작은 시골 카페의 정원에 자주 갔었기 때문에, 그날 저녁 강한 북서풍과 진눈깨비가 몰아칠 즈음 카페 안으로 들어갔을 때에도 그다지 생소하게 느껴지지 않았다. 카페는 한적한 곳에 있었다. 나뭇잎이 다 떨어진 두 그루의 버드나무와 여전히 서너 개의 잎이 매달려 흔들거리는 덩굴나무 위에 얼마나 눈이 많이 쌓여 있던지, 봄밤, 여름밤에도 아주 사랑스러운 정원이었지만, 카페에 들어가면서 이제는 보랏빛이 도는 흰색을 띠며 바닥부터 환한 그 아름다움을 한 번 힐끗 쳐다보고는 창가에 앉아 창에 서린 수증기를 닦고 한동안 넋을 잃고 매료된 채 바라보았다. 그 보랏빛은 너무나 빨리 짙어졌고, 카페는 아직 전등이 채 켜지지 않은 상태였다. 가운데가 잘록한 찻잔들 중 가장 아름다운 것을 내 앞에 놓고 간 카페 주인은 "겨울에도 정말 아름답지요, 정원이?"라고 말했다.

그는 정원에 핀 푸른색 들국화 위에 쌓인 눈을 가리켰다.

"늙은이들이 투덜거리지 않는다면 불을 켜지 않을 텐데…… 이제 곧 불평을 늘어놓기 시작할 거요."

카페에 전등이 밝혀지자 바깥의 눈 빛깔은 바래고 말았다. 카페에는 손님 여덟 명 정도가 있을까 말까였다. 나는 작은 뚜껑 안에서 불꽃을 피우며 타오르는 함석 난로의 오른쪽이 곧 벌겋게 달아오를 거라고 생각하면서 기다리고 있었다. 내 옆에는 백개먼 게임*을 하는 사람들이 있었다. 잠시 그들이 하는 게임을 집중해서 바라보았고, 가끔 유리창의 수증기를 닦고는 창에 이마를 댄 채 밖을 바라보았다.

집에서 나오자 주위의 고요함을, 이 고요 속에서 눈이 펑펑 내리는 것을 보았고, 걷고 싶은 마음이 들었다. 우연히 친구를 만날 수 있는 붐비는 대로로 나가지 않고 눈이 더 빨리, 더 깨끗이 쌓이며, 사람들이 드물게 지나가는 장소로 가기 위해 텅 빈 전차를 타고 이곳까지 왔던 것이다. 하지만 이곳으로 오는 30분 안에 날씨는 변해서 차갑고 거센 바람이 불어왔고, 펑펑 내리던 눈은 아주 작고 차가운 기장 크기로 흩날리기 시작했다.

나는 카페 주인에게 "오늘 자 신문 있어요?"라고 물었다. 그는 신문한 부를 내게 건넸다. 한편으로는 신문 기사들을 읽고, 다른 한편으로는 카페에 오가는 말소리를 들었다. 사람들의 대화는 일상의 고민 이외에 별다른 화제가 없어 보였다. 그러던 중 갑자기 카페 출입문이 열리고 바람과 함께 어떤 남자가 나타났다. 그는 손을 호호 불며 안으로

* 두 사람이 하는 주사위 놀이.

들어오더니, 난로 앞에서 배, 가슴, 무릎을 덥힌 후 카페 한구석으로 가서 홀로 몽상에 빠져 있다가 간섭하지 말라는 게임 참가자들의 불평에도 불구하고, 두 명이 하는 놀이에 훈수를 들었다.

긴 방석 의자에 앉아 있는 노인들 곁으로 진지해 보이는 중년 남자들이 가 앉았다. 그들은 나와는 멀리 떨어져 있었다. 무슨 말을 하는지는 듣지 못했지만 그들은 고뇌에 찬 표정들로 한동안 말을 하지 않았다. 이제는 카페에 사람이 들어오지 않는다는 것을 알게 되었다. 작고 동그란 시계가 카페 주인 쪽을 향하고 있었기 때문에 몇 시인지 가늠할 수가 없었다. 그사이 많은 시간이 흘렀고 대부분의 사람은 카페를 나가고 없었다. 카페 주인이 드디어 시계를 내가 있는 방향으로 돌렸다. 10시 반이었다. 나는 얼마나 나른했는지 일어나 갈 수도 없었다. 내가 가고 싶어 들썩거리는 것을 본 카페 주인은 이렇게 말했다.

"집이 가까우면 서두르지 마시오. 카페는 1시까지 여니까. 여기보다 더 좋은 곳을 찾을 수나 있겠소?"

"아, 그래요? 그렇다면 차 한 잔 더 주십시오. 레몬 한 쪽도."

바로 그때 카페 안으로 한 사람이 들어왔다. 눈썹과 속눈썹에 눈이 쌓여 있었고, 마치 하얀 재킷을 입은 것만 같았다. 그는 곧장 난로 쪽으로 걸어갔다. 옷에서 눈을 털어 내고는 의자에 털썩 주저앉았다. 아주 젊은 남자였다. 얼굴에 묻어 있던 눈이 녹자 동그랗고 하얀 얼굴이 드러났다.

그가 오기 전엔 카페에서 말이 오갔지만, 그가 들어오자 모두 입을 다물었다. 구석에서 백개먼 게임을 하던 사람들이 게임 기구를 소리 나게 덮고는 카페를 나가자 한동안 정적이 주위를 감쌌다.

나는 그 젊은 남자를 바라보았다. 그는 의자에 앉아 앞을 바라보고 있었다. 카페 안에 있는 늙은 사람들은 조용하고 진지하게, 음흉할 정도로 아무 말도 않고 가만히 있었다. 카페 주인은 차 끓이는 곳 앞으로 가서 두 손으로 머리를 괸 채 앉아 있었다. 10분 동안 한 장소에서 그 누구도 말을 하지 않는 것은 끔찍한 상황이다. 공포스러운 정적이 이어졌다.

젊은 남자는 다리를 꼬고 앉아 있다가 다리의 위치를 바꾸는 등 안절부절못했다. 마치 시험을 보고 있는 학생 같은 모습이었다. 겁쟁이 같은 눈길로 앞을 바라보았고, 시험 감독관이 그가 책상 아래서 다리를 번갈아 꼬는 것을 보는 듯한 두려움 속에서 다리가 상하로 오르락내리락했다. 발 한쪽은 누더기 같은 끈이 달린 빨간색 운동화를 신고 있었고, 다른 한쪽 발에는 밑창이 가다랑어 입처럼 벌어지고 스터드*가 닳아 빠진 축구화를 신고 있었다.

카페의 정적은 계속되었다. 나는 어안이 벙벙했고, 누군가 "악마가 지나갔어!" 혹은 "딸이 태어났군그래!"**라고 말을 해서 함께 웃어넘기기를 기다리고 있었다. 하지만 아무도 말을 하지 않았다.

한참이 지났지만 여전히 아무도 말 한 마디 하지 않았다. 나의 시선은 다시 조금 전에 들어온 남자를 응시했다. 그의 얼굴이 아닌 넓은 이마를 바라보았다. 주름이 없는, 아무런 의미를 띠지 않는 이마였다. 재킷도 입고 있지 않았고, 단지 흰 바탕에 검은 줄이 있는 셔츠 위에 지저분해진 풍성한 흰색 카디건을 입고 있었는데, 카디건 앞부분은 옷핀으로 여며져 있었다.

---

* 축구화 바닥에 볼록볼록 튀어나온 부분.
** 사람이 많은 장소에서 서로 왁자지껄 얘기하다가 동시에 모든 사람이 말을 하지 않는 상태를 비유적으로 '악마가 지나갔다' '딸이 태어났다'라고 한다.

나는 호기심을 감출 수 없었고, 어안이 벙벙해져 옴짝달싹하지 못했다. 이때 카페 출입문이 열리고, 안으로 어떤 남자가 들어와 노인들 쪽으로 걸어갔다.

그는 "당신들을 찾아요, 정신은 멀쩡하지만 아침까지는 살지 못할 거예요. 가끔 정신도 혼미해진답니다. 알리 할아버지, 마흐무트 아저씨, 당신들을 찾네요. 하산 너도 가지그래, 널 아주 좋아하셨어"라고 말했다.

앉아 있던 세 명이 자리에서 일어났다. 그들은 난롯가에 앉은 남자에게 시선은 주지 않았지만 그를 똑바로 쳐다보듯 그 앞을 지나갔다. 마치 일부러 그를 쳐다보지 않는 것 같았다. 젊은 남자는 눈을 크게 뜨고 애원하는 듯한 눈길로 그들을 바라보았다.

카페 주인은 조금 전에 온 남자에게 여전히 차 한 잔도 가져다주지 않았다. 잠시 후 자리에서 일어나 내 앞에 놓은 찻잔을 거둬 갈 때 나는 그에게 "저 가련한 사람에게 내가 차 한잔 대접하겠소"라고 말했다. 카페 주인은 눈을 껌벅이며 이상한 눈길로 나를 바라보았다. 나는 그가 차를 가지러 간다고 생각했다.

카페 주인이 그 앞을 지나갈 때 젊은이가 갑자기 자리에서 일어났다. 카페 주인이 모른 척하며 몸을 돌려 멀어지려 할 때, 젊은이가 "제 아버지가 죽어 가고 있지요, 그렇지요?"라고 물었다. 카페 주인은 아무 말도 하지 않았다. 그것은 아주 음흉하고 사악하고 고통스러운 정적이었다. 잠시 후 마치 얼음이 녹는 것만 같았다. 하지만 그의 대답은 나에게는 아무런 의미가 없었고 젊은이에게는 고통스러운 것이었다.

"그는 네 아버지가 아냐."

젊은이는 아무 말도 하지 않았다. 무슨 결단이라도 내린 듯 다급하게 걸어갔지만, 도무지 출입문을 열지 못했다.

카페 주인은 "절대 집에 갈 생각은 하지 마라. 이모 아들이 문 앞에서 기다리고 있으니, 널 죽여 버릴 거야"라고 말했다.

젊은이는 생각을 하는 모습이었다. 모든 결정이 수포로 돌아간 것처럼 보였다. 포기한 듯한 표정이 얼굴에 나타났다. 카페 안으로 자신을 떠미는 바람을 가르며 밖으로 나갔다.

나는 한참 동안 아무것도 묻지 못했다. 카페 주인은 내게 등을 돌리고 있었다. 시끄러운 소리를 내며 무언가를 씻고 있었다. 나는 그가 내게 얼굴을 돌리기를 기다렸다. 하지만 그는 한동안 계속 일을 하다가 나중에야 내 쪽으로 몸을 돌렸다.

나는 "도대체 이게 무슨 일인가요?"라고 물었다.

그는 허리에 매고 있던 앞치마를 풀려고 하면서 대답을 찾는 듯 생각에 잠겼다.

출입문이 열렸다. 조금 전 그들을 찾아왔던 남자가 어떤 노인과 함께 들어왔다. 그들은 문으로 들어서자마자 "저세상으로 갔어. 그놈은 꽁무니 뺐어?"라고 물었다.

카페 주인의 손은 뒤로 묶은 앞치마 끈에 얼어붙은 것 같았다. 앞치마를 풀려다 다시 묶었다. 그는 내 테이블 쪽으로 걸어왔다. 마치 내게 해명을 해야 할 것 같은 표정으로 "마부 캬밀 씨가 죽었답니다. 조금 전에 왔던 그 아이는 캬밀의 아들이었소. 자기 누나를 나쁜 길로 들어서게 했다는 이유로 아버지가 그 아이를 거부했지요"라고 말한 후 조금 전에 들어온 남자들을 보며 말했다. "신 앞에 맹세하며 말하는데요, 아마 그 아이는 정말로 후회를 해서 온 것이 아니라, 유산을 받으려고 왔을 겁니다."

노인들 중 한 명이 이 말에 동의하지 않는다는 듯한 표정으로 "그 아이는 후회해도 용서는 받을 수 없어"라고 했다.

내가 이 모든 말을 듣고서 다음과 같은 것을 어떻게, 왜 물었는지는 모르겠다. 아무 생각도 없이 바보같이 물었던 것이다.

"딸은 어떻게 되었지요?"

분위기가 이상해졌다. 모두 서로를 쳐다보지 않았지만, 마치 그 반대로 서로를 보고 있는 것 같았다. 그 누구도 한 마디 말도 하지 않았다. 우리는 조금 전의 정적과는 사뭇 다른 정적 속에 휩싸였다.

그들의 눈 속에, 아니 정적 속에, 정적의 미동 속에, "그걸 왜 물었소?" "물어볼 필요가 있었소?" "달리 물어볼 말이 없었소?" "당신은 호기심도 많군!"이라는 말들이 들어 있는 것 같았다.

아무도 대답하지 않았다. 나는 찻값을 테이블 위에 올려놓으며 카페 주인을 바라보았다. 그는 생각에 잠겨 있었다. 얼굴은 창백하게 변해 있었다. 손은 여전히 앞치마 끈을 풀려고 하고 있었다. 나는 출입문을 열고 나갔다. 그 딸이 어떻게 되었는지 알아낼 수는 없었지만, 카페 주인이 그녀를 삶의 구렁텅이에서 끌어내 데리고 산다는 생각이 왜 들었을까?

솜 트는 노인
Hallaç

배에서 내릴 때 그것의 존재를 알아챘다. 그의 어깨에 있는 것이 내 시선을 사로잡았기 때문이다. 나는 항상 착각을 하곤 한다. 그 어깨에 있는 것을 어떤 악기, 과거에 사용했던 활에 비유하기도 했다. 그것은 타면기打綿機의 줄이었다. 또 이러한 착각을 했다. 내가 이전에 보지 못했고 몰랐던 악기와 타면기 철사 줄을 혼동하여, 옛 소설에서 그 그림들을 보았던 거리 밴드 연주자인지 타면기 트는 사람인지 몰라 헷갈리곤 했다.

그날은 첫더위가 시작되는 초여름이었다. 우리는 배를 기다리고 있었다. 도착한 배에서 선착장으로 얼마나 많은 사람이 내렸던지, 그들은 내가 매일 이스탄불을 구석구석 돌아다녔음에도 불구하고 만난 적이 없는 사람들이다. 그들은 누구일까? 무슨 일들을 할까? 어떻게 살고 있을까? 어디서 거주할까? 무슨 고민들이 있을까? 저 긴 머리의 바이올린 선생 같은 남자는 누구일까? 제1차 세계대전 예비군 같은 모습을 고수하고 있는 중년 남자는 그때 이후로 무슨 일을 했기에 전혀 변하지 않은 걸까? 그는 머리부터 발끝까지, 머리칼에서 턱수염까지 여전히 엔베르 파샤* 스타일이 철철 흐르고 있었다.

나의 관심을 끌거나 3분 정도 궁금증을 불러일으키는 사람이 배에서 내리지 않는 날들도 있다. 하지만 그런 날들은 내가 배에서 내리는 사람들에 대해 생각하고 싶지 않았던 날들이다. 그날도 바로 그런 날이었다. 그 어떤 얼굴도 생각조차 하고 있지 않던 차에, 타면기 줄에서 중세 궁수로, 하프를 연주하는 밴드 연주자로 생각이 넘나들던 차에, 환한 얼굴을 한 그 줄의 주인이 머리에서 떠나지 않고 있었다. 작은 키의 남자였다. 카라뮈르셀 상표 남색 바지를 입었고, 재킷은 어깨에 걸쳐져 있었다. 노란 바탕에 자잘한 빨간 꽃무늬가 있는 셔츠의 목부분 단추는 채워져 있었고, 다른 단추들은 열려 있었으며, 그 사이로 하얀 털이 난 붉은 가슴이 보였다. 그가 내 곁을 지나갈 때 무척이나 푸른 그의 눈동자를 보고는 마음이 다 상쾌해졌다. 지금까지 이 세상에서 그렇게 깨끗하고 푸른 눈동자는 본 적이 없었다. 일흔이 넘어 보이는 나이였다. 그는 민첩한 걸음걸이로 걸어갔고, 넓고 커다란 손톱이 있는 손으로 여전히 방망이를 휘두르고 있었다. 여전히 이 세상에 대해 희망을 가지고 있는 듯 보였다. 정직해 보이는 솜 트는 아저씨는, 저녁 무렵 해가 진 후, 우리 머리 위의 깨끗한 하늘색을 닮은 푸른 눈동자로 모든 사람에게 이야기를 하고 있는 듯했다. 그 이야기는 기억

* Enver Paşa(1881~1922). 오스만 제국 말기의 군인, 정치가.

이 나지 않는다. 단지 소리만이 귓가를 맴돌 뿐이었다. 뜨뜨 다 뜨뜨.

배에서 내리는 다른 사람들, 배를 기다리는 사람들 모두 크고 작은 죄를 짓는다고 한다면, 약간 등이 굽은 솜 트는 노인이 내 눈앞에서 멀어져 갈 때, 나는 갑자기 어린아이처럼 되었고, 죄가 정화되었다.

그날은 더웠다.

면 요와 양모 요를 틀고, 방망이질한 솜이 가장자리에 쌓였을 때 이 것들은 구름을 연상시킬 것이다. 저녁이 될 것이고, 솜 트는 노인은 머리칼에는 솜 조각들을 묻히고 양모 냄새가 밴 몸으로 배에 탈 것이고, 카슴파샤*에 있는 집으로 돌아갈 것이다. 우물에서 물을 길을 것이다. 늙은 아내는 반짝이게 잘 닦인 두레박으로 그에게 물을 끼얹을 것이다. 솜 트는 노인은 얼굴을 씻을 것이다. 콧수염을 매만지고, 입안을 헹굴 것이다. 그리고 신에게 감사를 드릴 것이다……

양모 요, 면 요, 베개…… 모든 집에서 요의 솜을 틀듯이 당신의 집에서도 가끔 요의 솜을 틀 것이다. 어느 날 저녁, 당신은 피곤에 지쳐, 어쩌면 기분이 상한 채 집에 들어가는 날도 있을 것이다. 방에 들어가 보니 새로 솜을 틀어 넣었는지 베개가 부풀어 오른 것을 보게 될 것이다. 요는 새하얗고 통통하고 임신한 여자처럼 부풀어 있다. 잠은 어디에서 오는 것인지 모른다. 잠은 애인 같은 것이다. 오지 않으면 신경이 곤두선다. 하지만 새로 솜을 튼 요를 보면 마음이 가벼워지고 새털 같은 기쁨이 생긴다.

그날은 아주 화창한 날이었다! 바다도 시원했다. 나룻배, 여자들, 아이들은 유쾌했다. 마치 어느 누구도 그 누구에게 욕설을 퍼붓지 않은

* 이스탄불에 있는 지명.

날 같았다. 세상에서 유일하게 나쁜 말, 나쁜 행동, 나쁜 생각이 그날에는—그날이 시작할 때는—사람의 손, 사람의 혀, 사람의 머리에서 나오지 않은 것처럼 그렇게 저녁이 되었다.

나는 여느 때처럼 홀로 일요일을 보냈다. 내 삶이 만족스러웠다. 인생도 만족스러웠다. 모든 것이 밝고 깨끗하게 빛났다. 모든 것이 푸르렀고, 저녁 무렵에는 붉은색으로, 나중에는 군청색으로 변했다.

오늘 아무도 죽지 않았으면 하고 바랐다. 오늘 아무도 싸움을 하지 않고, 오늘 아무도 울지 않았으면 했다.

저녁 무렵 선착장으로 갔다. 배가 출발할 시간은 아직 남아 있었다. 두 아이가 부두의 쇠창살 위로 올라가 서커스를 하고 있었고, 한 남자와 아주 어린 여자아이는 손에 물고기 비늘을 가득 묻힌 채 물고기를 잡고 있었다. 건물 그림자가 드리운 채 전혀 몸부림을 치지 않는 선착장의 바다는 모나코 왕자의 수족관 같았다. 해는 물고기들을, 쏨뱅이들은 대구들을 뒤쫓고 있었다. 이제 해는 지고 없었다. 단지 선착장의 절반을 금박의 빛으로 씻고 있을 뿐이었다.

나는 배 시간표가 걸린 검은 칠판 아래서 웅크리고 있는 그를 보았다. 얼굴은 시뻘겋게 변해 있었다. 오늘 아주 열심히 일한 모양이었다. 배에서 내릴 때의 그 분홍빛 안색은 사라지고 없었다. 아주 상기되어 있었다. 푸른색 눈은 생기가 없었고 두려움으로 가득 차 있었다. 나는 그 옆에 멈춰 섰다. 그가 내 얼굴을 쳐다봤다.

"피곤하신가 봐요, 어르신."

"피곤하네. 전에는 전혀 이런 적이 없었는데. 왜 이렇게 되었는지 나도 모르겠군."

"정말요? 피곤하신 적이 없었다고요?"

"난 지금 정확히 일흔여덟 살일세. 지친 적이 한 번도 없었지."

"아, 만수무강하십시오. 그런데 가끔 지치기도 하지요, 살다 보면."

"아냐, 아냐, 난 지친 적이 없었어."

"저는 일을 전혀 하지 않는데도 피곤함을 많이 느끼는데요. 그럴 때도 있지요."

"일이 없으면 지치는 법이지."

그는 푸른 눈동자로 다시 나를 쳐다보았다. 약간 핏발이 서 있었다. 솜 트는 노인은 심호흡을 했다. 나는 다시 "가끔 지칠 때도 있지요"라고 말했다.

"그러게나 말일세. 가끔 이럴 때도 있구먼."

"흑해 지역 출신이시지요, 어르신?"

"그러네, 흑해 지역 출신이네."

"오늘 요의 솜을 많이 틀었나요?"

"글쎄, 그렇게 많이 틀지도 않았는데."

그러다 잠시 후 마치 무슨 죄나 진 것처럼 "신이 더 많은 풍요로움을 주시길!" 하고 말했다.

내가 어떤 질문을 더 했으며, 그가 어떤 대답을 했는지 모르겠다. 그 사이 며칠이 지났기 때문에 잊은 것 같다. 우리는 작업, 신, 기도, 요, 솜, 베개와 이불, 제 분수를 모르는 사람, 요 한 장도 없는 사람, 요에서 자는 것에 익숙하지 않은 사람들에 대해 얘기를 나누었다. 그도 나도 지치고 말았다. 노인이 "배 탈 시간이 아직 멀었나?"라고 물었고, 나는 "6시 반에 출발합니다"라고 대답했다.

"몇 신가?"

나는 가서 시간을 봤다. 6시 20분 전이었다.

"6시 20분 전입니다."

그는 선착장 건물에 칠해진 홍토 페인트가 손과 옷에 묻어 버리는 벽에 머리를 기대었다. 그는 마치 매트리스가 부드럽게 부풀어 오른 침대에서 자는 것처럼 느꼈지만 잠을 자지 않으려고 애를 썼다. 잠자리를 준비하는 습관적인 행위를 할 때 나오는 먼지, 때, 세균으로부터 정화된 그의 푸른 눈 위로 거의 투명하며, 밝은색의 멍이 든 것 같은 혈관이 보이는 눈꺼풀이 떨리면서 감겼고, 그만 잠이 들고 말았다.

나는 그곳에서 걸어서 멀어져 갔다. 부두에서 서성대며 돌아다니는 사람들을 바라보기 적당한 의자에 앉아 생각에 잠겼다. 갑자기 선착장 쪽에서 소란스러운 소리가 들려왔다. 그곳에는 인파가 몰려 있었다. 나는 궁금했다. 선착장에 도착했더니 솜 트는 노인이 노란 셔츠를 동그랗고 커다란 손톱으로 쥐어뜯으며 숨을 헐떡이고 있었다…… 그의 주위에는 사람들이 모여 있었다. 푸른색 눈동자는 공포로 커져 있었고 얼굴은 퍼렇게 변해 있었다. 셔츠를 쥐어뜯지 못하는 손톱이 가끔 가슴의 하얀 털을 뜯었다. 그는 쉬지 않고 "나는 죽어 가고 있어…… 죽고 있어. 아, 신이시여, 신이시여!"라고 말했다.

잠시 푸른색 눈동자가 나를 쳐다보았다. 나를 알아봤던 것일까? 아니면 나를 의사라고 생각했던 것일까?

그는 "의사 선생님?" 하고 물었다.

나는 약국으로 뛰어갔다. 시립 병원의 늙은 의사가 내키지 않는 듯 느린 걸음으로 나와 함께 왔다. 그는 오는 길에 "심장마비일 거요. 많이 늙었소?"라고 물었다.

"일흔여덟이라고 했습니다, 의사 선생님."

"그렇다면 죽을 거요……"

그는 걸음을 약간 재촉했다. 솜 트는 노인 곁에 도착했다. 맥박을 쟀다. 노인은 아직 제정신이었다. 푸른색 눈동자는 아무 말도 하지 않는 것 같았다. 그 눈은 가끔은 희망, 가끔은 절망으로 가득 차 여전히 인간적으로 의사를 바라보았다.

"의사 선생님, 제가 죽을까요? 죽고 있소? 주사를 놔 주시오, 의사 선생님."

그는 몇 번 더 신을 불렀다. 잠시 후 입을 다물었다. 푸른색 눈은 뜬 채였다. 하지만 이제는 더 이상 인간적으로 바라보지 않았다. 이제 얼굴은 곳곳이 노랗고 창백하고 보라색으로 변했다. 서너 명의 사람이 그를 들고 약국으로 데리고 갔다. 아마도 그는 장뇌 냄새를 맡았던 것 같다. 끔찍한 공포에 휩싸였고 땀이 그의 이마와 눈으로 흘러내렸다. 나는 뒤로 물러섰다. 솜 트는 노인은 15분 후에 사망했다. 나는 가서 그를 살펴봤다. 그는 많은 약상자와 상표들이 즐비한 여름날 시원한 약 냄새 나는 조제실에서 작은 절구에 시선을 꽂고 누워 있었다. 푸른 얼굴은 더 이상 공포에 휩싸여 있지 않았다. 룸* 약사는 그의 눈을 감겨 주었다. 모든 것이 끝났던 것이다. 78년 된 뜨뜨가 멈춘 것이다.

늙은 시립 병원 의사는 마치 그가 젊었더라면 살 수 있었을 것처럼 "나이가 너무 많았소"라고 말했다.

다음 날 두 명의 젊은이가 와서 자신들의 아버지를 약국에서 데리고 갔다. 머리가 크고, 분홍빛 혈색에다 푸른색 눈동자의 청년들이었다. 그중 어려 보이는 청년이 "아, 아버지!"라며 울었다.

이제는 매년 이 머리가 크고, 분홍빛 혈색의 두꺼운 입술을 가진 청

---

* 동로마 제국 국경 안에 살았던 시민과 그 후손들, 혹은 무슬림 지역에 사는 그리스인 혈통의 사람.

년들이 우리 요의 세균, 먼지를 제거하고 있다. 언젠가 솜 트는 노인을 보며 하프 그리고 개 한 마리와 여행을 떠난 두 명의 고아가 등장하는 소설을 떠올린 적이 있었다. 어느 날 아버지의 주검을 운반할 차량 대여에 모든 재산을 다 쓴 아이 두 명이 배에서 내렸다.

아버지와 아들
Baba-Oğul

신문팔이가 하루에 혼자 신문 천 부를 파는지 팔지 못하는지에 대한 논쟁을 시작한 남자는 12월인데도 줄기차게 땀을 흘리고 있었다. 그 논쟁은 자신의 신문들을 술집의 빈 테이블 위에 올려놓은, 동그란 눈에 숱이 적고 가는 턱수염을 한 젊은 신문팔이의 말로 끝이 났다. 그는 하루에 천 부를 한 번도 판 적이 없는 5년 차 신문팔이였다.

여름에는 600부 정도 팔았지만 천 부는 한 번도 판 적이 없었다. 줄기차게 땀을 흘리고 있는 남자는 조금 전에 신문 천 부를 신문팔이 한 명이 팔 수 있다고 강력하게 주장했기 때문에 젊은 신문팔이의 말이 끝나기를 기다리지 않고, 10분 전에 자신에게 던져졌던 질문이 지금에서야 기억이 나는 척했다. 그는 자신의 원편을 보며 왜 그렇게 줄기차게 땀을 흘리는지를 물었던 남자에게 설명하기 시작했다.

"제 아버지도 이랬답니다. 저는 여름, 겨울, 밤낮, 게다가 잠을 잘 때도 끊임없이 땀을 흘리곤 한답니다. 제 아버지도 그랬고요. 땀 흘리는 것을 멈추게 해야겠다고 생각했지요. 진짜 멈추기도 했고요……"

"어떻게 멈췄습니까?"

"땀을 멈추게 하는 건 쉽지요. 약간의 백반과 헤나를 몸에 뿌리면 됩니다."

"어떤 헤나요?"

"익히 알려진 헤나요. 그러니까 여자들이 머리에 염색하는 거."

"아, 그렇군요."

"혹 당신도 땀을 과다하게 흘립니까?"

"그러니까…… 네…… 하지만 저는 발에 땀이 많이 난답니다."

"그렇군요, 그런데 저는 발에는 땀이 전혀 나지 않습니다. 제가 무슨 말을 했었지요? 아, 약간의 백반과 약간의 헤나. 머리부터 발끝까지 그것들을 뿌리면 땀이 나지 않습니다. 땀은 나지 않지만 보름 후에 무기력증이 시작되지요. 16일째가 되면 몸져눕게 된답니다. 다시는 일어나지 못하게 되지요. 의사한테 가서 땀 흘리는 문제에 대해 상담을 했답니다. 아르메니아인 의사는 '날 곤경에 처하게 하지 마시고, 땀을 흘리고 있다는 것을 신에게 감사나 하시오!'라고 말했답니다."

"그러니까 땀 흘리는 게 좋다는 거군요."

"당연히 좋은 거지요. 하지만 저는 심장이 좋지 않습니다. 뭐 크게 문제는 되지 않지만요. 땀 흘리는 걸 멈추게 하고 싶다고요? 절대로 그 방법을 찾지 마세요. 제 아버지는 마흔세 살 때 땀 흐르는 게 멈췄는데, 그만 고인이 되고 마셨지요, 지하에서 고이 잠드시길."

"이런, 이런."

신문팔이는 술집 주인에게 말했다.

"제 아버지에게 한 잔 더 주시고, 고등어 안주도 주세요."

땀을 흘리던 남자는 그제야 입안, 콧구멍 그리고 하얗고 뚱뚱한 목 위로 방울방울 떨어지는 땀을 닦았다. 그러고는 호주머니에서 검은색의 작은 손수건을 꺼내더니 얼굴, 눈, 목덜미 그리고 목을 닦았다. 그는 그 손수건과 자기 옆에 있는 남자를 번갈아 쳐다보았다. 그것도 아주 주의 깊게. 나도 쳐다보았다. 이상했다. 그 두 남자 중 신문팔이인 남자는 스물다섯 살 정도 되어 보였다. 다른 남자는 쉰 살 정도 들어 보였다. 하지만 그 둘은 너무나 이상한 형태로 닮아 있었다!

신문팔이는 홍조를 띤 건강한 혈색이었다. 그러나 그 옆의 남자의 혈색은 노르스름한 빛을 띠는 검은색이었다. 신문팔이의 얼굴은 팽팽했고, 그 옆 남자는 주름이 자글자글했다. 신문팔이의 눈은 반짝였지만 남자의 눈에는 빛이 없었다. 신문팔이의 머리칼은 붉은빛을 띠는 갈색이었고, 그 옆 남자의 머리는 새까맸다. 거기다가 삐죽삐죽 이제막 솟아난 듯한 새치도 있었다.

땀 흘리는 남자는 신문팔이에게 "이상하군요. 당신 둘은 전혀 닮은 구석이 없는데도 다른 한편으로는 엄청 닮았군요"라고 말했다.

신문팔이의 얼굴에 사랑스럽고 생기 있고 얼굴을 말끔히 씻은 듯한 깨끗한 미소가 번졌다. 그를 닮은 중년 남자의 입술이 삐죽거렸고, 얼굴은 찡그려졌다. 그의 눈에 순간 어두운 빛이 어렸지만 그 역시 웃고 있었다.

신문팔이는 "당연하지요, 제 아버지신걸요"라고 말했다.

땀을 흘리던 남자는 "아버지라고요?"라고 물었다. 이번에는 중년 남자가 굵직한 목소리로 "네, 제 아들입니다"라고 대답했다.

이 말을 하면서 또 미소를 지었다. 이번에는 땀 흘리는 남자도 웃었다. 뚱뚱한 볼의 정중앙에 투명한 땀방울 하나가 빠르게 맺혔다. 그는 웃었다.

중년의 남자는 "왜 웃으십니까? 놀라셨나요, 그런가요?"라고 물었다.

땀 흘리는 남자는 "아니요, 아니요, 천만에요. 제가 왜 놀라겠습니까? 나이가 든 아들, 젊은 아버지. 나도 저 나이 때의 아들이 있었으면 같이 술을 마실 텐데"라고 말했다. 이에 신문팔이가 "땀도 같이 흘리고요, 그렇지요?"라고 말하며 웃었다. 땀 흘리는 남자는 머리칼이 하얘진 관자놀이로 흐르기 시작하는 땀을 손바닥으로 닦은 후에 "이 부자에게 라크 한 잔씩 갖다 주세요, 제 계산에 넣고요"라고 말했다.

신문팔이와 땀 흘리는 남자는 다시 땀을 주제로 이야기를 하기 시작했다. 신문팔이의 아버지는 이번에는 나를 보며 "뭘 그리 놀라시지요? 그러면 안 됩니까? 라크 마시는 게 창피한 일입니까? 도둑질을 하고, 다른 사람의 빵에 눈독 들이는 것이 죄지요. 전 아들과 같이 마십니다"라고 말했다.

그런 후 목소리를 낮추고 천천히 말을 이어 갔다.

"저 아이를 해군사관학교에 보냈는데, 공부를 하지 않아 도중에 그만두었답니다."

"그럼 어떻습니까? 자기 밥벌이를 하는데요 뭐."

"다행히 밥벌이는 하지요, 게다가 아주 잘 번답니다."

"그렇다면 문제없네요."

중년 남자는 라크 잔을 멍하니 바라보더니 더 천천히 말하기 시작했다.

"저는 아들 둘이 있답니다. 저곳이 철거되기 전에 제 소유의 작은 자리가 있었지요. 20년 전이네요. 전 저기서 신문을 팔았답니다. 저 아이들은 학교에 다녔고요. 저는 다른 놈이 싹수가 있다고 생각했지요. 저 아이는 내 골칫거리가 되겠다고 생각하고요. 그때 저 아이가 아홉 살인가 열 살 정도였지요. 담배도 피우고 지저분한 아이였답니다. 자기가 신고 있던 신발을 팔아 버리고 맨발로 다니곤 했어요. 때려도 소용없고, 좋은 말로 타일러도 소용이 없었답니다. 그런데 다른 아들은 정말 깔끔했지요. 필기를 얼마나 깨끗하게 잘하는지 모두 감탄했지요. 그 아이 선생은 저를 볼 때마다 그런 아들을 둬서 얼마나 좋으냐고 말하곤 했어요. 저 아이보다 네 살이 많지요. 나중에 의과대학에 갔고, 유럽에 유학도 갔지요. 그러니까 아주 대단한 의사가 되었답니다."

그 중년의 남자는 잔을 집으려고 커다란 손을 뻗었다.

"의사는 되었지만 인간은 되지 못했지요. 전 죽어도 그 아이한테는 아무것도 원하지 않아요. 그 아이는 지금 우리를 모른 체한답니다. 얼마 전에 자기 스승의 딸과 결혼했답니다. 어쩔 수 없이 우리를 결혼식에 초대했지요. 저 아이는 가고, 저는 가지 않았습니다. 이제 저 아이도 깨끗한 옷이 있지요. 결혼식 날 큰아들은 저 아이를 사람들에게 소개하면서 자기 동생이라고 하지 않고, 친척 중 한 명이라고 했다네요. 아주 멍청한 짓이지요. 저 아이를 해군사관학교에 보냈는데, 거기에서 얌전히 공부했으면, 지금쯤 저 아이도 훌륭한 사람이 되었겠지요. 그러면 신문팔이를 했던 아버지를 기억하지 못했겠지만요, 어쩌면. 기억한다 하더라도 절 부끄러워했겠지요. 사람은 가끔 얼토당토않은 것을 생각하기도 하나 봅니다. 저는 저 아이가 인간다운 인간이 되지 못한 게 한편으론 다행이라고 생각한답니다."

나는 "저 아들이 바로 진정한 인간입니다, 어르신"이라고 말했다

그는 눈가에 자글자글한 주름이 잡힌 눈으로 나를 쳐다보았다. 아주 깨끗하고 동그란 눈이었다. 그런 다음 아들을 쳐다보았다. 그 다정한 눈길로 다 큰 청년을 한동안 감싸 안았다. 자랑스러움이 가득 찬 눈빛이었다. 그는 아들의 목에 걸려 있던 신문 묶는 줄을 잡아당겼다. 신문팔이 아들이 그를 돌아보았다.

"왜요, 아버지?"

그들은 같은 의미가 담긴 시선으로 서로를 바라보았다. 중년 남자의 눈은 눈물로 가득 차 있었다. 신문팔이 청년은 술집 주인을 돌아다보며 말했다.

"이제 아버지에게 라크 그만 주세요. 마음이 울적해지고 마시니까요."

카네이션과 토마토 주스

Karanfiller ve Domates Suyu

작은 소나무 숲. 아침. 벌, 파리, 새소리. 검은 안경 너머 보이는 곳과 나무에는 햇빛 조각들. 그리고 아주 먼, 하늘색보다 조금 더 짙은 색의 해안에 펼쳐져 있는 바다…… 나는 바로 이러한 곳에서 시골 사람들을 생각한다. 책은 한때 내게 사람들을 사랑해야 하며, 사람들을 사랑하면 자연, 자연을 사랑하면 세계를 사랑할 수 있다는 것을, 그것으로부터 삶의 기쁨을 느낄 거라고 가르쳐 주었다. 하지만 아니다. 나는 지금 책이 가르쳐 준 형태로 사람들을 사랑하지 않는다. 내가 책이라고 말한다고 해서 거창한 학문 서적, 혹은 네 가지 유명한 책 중 한 권을 읽고 믿는다고는 생각하지 마시기 바란다. 시, 소설, 동화들이 내게 이 학문적 교육을 시켜 주었다. 주인이 배에서 내리자마자 헐레벌떡 달려가 가방을 들어 주는 하인을 혐오하는 것을, 이른 아침 6시 반에 자연과 투쟁하기 위해 집 밖으로 뛰쳐나가는 남자 모두가 일을 하지 않는다는 것을 나 스스로 알게 되었다. 하지만 이른 아침 6시 반에 자연과 투쟁하기 위해 집 밖으로 뛰쳐나가는 사람이 저녁때까지 사람들을 속이려고 아무리 안간힘을 쓴다 해도 그게 무슨 가치가 있는가! 그가 수백만 리라*를 가지고 있다고 해도 내 눈에는 한 푼의 가치도 없다.

이제 나는 내가 누구를 좋아하고 누구를 존경하는지 안다. 며칠 전부터 내 머릿속은 한 남자로 가득 차 있다.

마을 사람들은 그를 '장님 무스타파'라고 불렀다. 한쪽 눈동자가 왼쪽으로 약간 쏠려 있었기 때문이다. 오른쪽 눈의 흰자위와 눈꺼풀 사이에는 선명한 붉은색 살점이 있었다. 그렇게 태어난 것일까? 아니면 어렸을 때 무엇인가에 눈이 찔린 것일까? 그 문제 있는 눈은 다른 눈보다 더 반짝이고, 더 검고, 더 생기 있고, 더 총명해 보였다. 그 눈은 참 이상하게도 내게 곱사등이를 연상시켰다. 곱사등을 한 사람은 추하지만 모든 곱사등이는 마음씨가 좋고 사랑스럽다. 정감 있고 유쾌한 사람들이다. 나는 정말로 곱사등이들을 좋아한다.

바로 장님 무스타파의 이 눈도 곱사등이의 정신 상태를 그 안에 간직하고 있어 반짝반짝 빛나며 사랑스럽고 장난기 많고 생동감이 있다. 정상적인 눈 한쪽은 이 눈에 비해 수줍어하는 듯 보이고 흐릿하고 무미건조하며 꽤 거만해 보이기까지 한다.

장님 무스타파는 밭에서 일하고 일당 잡부 일을 하러 가고 인공 저수지 벽에 회칠을 하고 지붕을 고치고 우물을 판다……

우리 마을의 남쪽은 사람이 살 수 있는 주거지역이 아니다. 그곳에

* 터키 화폐단위.

는 덤불들, 야생 떡갈나무들, 산딸기들, 금작나무들이 도무지 정상적인 나무 상태가 되지 못하고 마치 나무를 흉내 내듯 커 가며 서로 뒤엉켜 살고 있다. 이 모든 덤불은 피노 성당의 재산이다. 풍성하고 더러운 턱수염을 한 영민해 보이는 신부는 그 덤불숲이 성당 소유라며 가끔 돌아다니곤 한다. 원하는 사람이 있으면 싼값으로 세를 놓기도 한다. 하지만 아무도 세 들지 않는다. 왜냐하면 산림원이 그곳을 산림법에 의하여 숲으로 간주했기 때문이다. 소나무 서너 그루가 숨 막히듯 살고 있는 그 야생의 왜소하고 땔감조차 될 수 없는 덤불숲은 산림원, 산림법 덕분에 행복하게 살고 있다.

나는 장님 무스타파가 어떻게 해냈는지 알 수 없다. 그가 바다 쪽으로 가파르게 내려가는 이 덤불 지역의 일부를 손톱이 빠지도록 일하며 어떻게 일궜는지 아시는지 모르겠다. 그 덤불들이 우후죽순처럼 자라고 바다를 향해 가파르게 내려가는 땅은 온통 돌투성이었다. 게다가 무스타파는 낮에는 다른 곳에서 일을 해야만 하는 상황이었다.

그는 저녁이 되면 덤불 사이에 감춰 두었던 곡괭이를 집어 들고 날이 밝을 때까지 곡괭이질을 하고 덤불들을 잡아 뽑고 땅을 팠다. 땅을 팔수록 돌과 바위들만 나왔다. 여름 내내, 겨울 내내 산림원의 압력, 가시덤불, 야생 떡갈나무, 월계수, 야생 딸기, 가시, 잡초, 뿌리는 그를 방해하는 장애물이었다. 몇 마지기 안 되는 땅을 얻기 위해 이 끔찍한 투쟁에 나설 사람은 무스타파 말고는 우리 마을에 그 누구도 없었다.

바위를 치우면 덤불투성이 부드러운 밤색의 분홍빛 나는 땅이 나오고 뱀처럼 끔찍한 떡갈나무의 뿌리들이 나타나곤 했다. 그것들을 뽑으면 어디서 나타났는지 모르지만 산림원이 그 앞에 모습을 드러내곤 했다. 그가 가고 나면 독성 있는 가시가 그의 엄지손가락을 부풀어 오르게 했다. 곡괭이가 무뎌지고 삽도 없고 돌도 산더미처럼 쌓여만 갔다. 사람 키만 한 바위가 부드러운 땅 위에, 그 밑에 사람 키만 한 몸채를 감춘 채 이끼 긴 얼굴로 불쑥 나타나곤 했다. 그는 어깨, 손톱, 발, 가슴, 등에 온 힘을 다해 몸의 체중을 실어 그것을 넘어뜨리곤 했다. 곡괭이로 해결할 수 없을 때는 주먹으로, 주먹이 충분하지 않을 때는 손가락으로, 손가락으로 안 될 경우에는 손톱으로 땅을 긁어 파곤 했다.

어느 가을날 그곳으로 가 봤더니, 작은 소나무 묘목들에 어린잎들이, 서너 그루의 딸기나무들이 열매들과 함께 밤색, 분홍색, 잿빛 땅에 그림자를 드리우고 있었다. 그 광경을 본 사람들은 "돌보면 밭이 되고, 돌보지 않으면 산이 된다"라고 말했다.

그는 이를 악물고 손톱으로, 피로, 온 힘을 다해 자연이라는 괴물을 이겨 냈던 것이다. 나는 그 투쟁의 목격자다. 무스타파의 보이지 않는 한쪽 눈에 핏발이 서 있었던 나날을 기억한다. 나는 멀리 소나무 그늘 아래서 "아, 용감한 무스타파"라고 말하며 그를 바라보곤 했다. 그 투쟁은 로마인 노예들이 사자들과 싸우는 것과 다음과 같은 의미에서 달랐다. 로마인 노예들은 15분 만에 사자에게 졌지만, 무스타파는 1년이라는 기간 동안, 때로는 절망에 빠지고 때로는 희망에 들떠 거대한 용龍을 이겨 냈던 것이다.

어느 날 아침 나는 여느 때처럼 소나무 아래로 가게 되었는데, 어떤 시골 아낙네가 반쯤 발가벗은 세 명의 아이와 돌, 나무, 함석을 가지고 무언가를 만들고 있었다. 그것은 다름 아닌 사방으로 북풍, 남풍, 동풍, 맞바람, 별, 북서풍이 드나드는 집이었다. 무스타파는 초록색 옷을 입은 강인해 보이는 아낙네를 뒤에 달고 서너 마지기 땅에 줄을 긋고

집을 짓고 있었다.

나는 "무스타파, 물은 찾았어, 물?" 하고 물었다.

그는 "바닷가에 오래된 우물이 있어요. 약간 소금기가 있기는 한데 그럭저럭 쓸 만합니다. 거기에 저수지를 팔 수만 있다면……"이라고 말했다.

그를 볼 때마다 나 자신을 추스르게 되고, 놀라움, 사랑 그리고 존경으로 바라보게 된다. 커다란 들판 위에 그와 같은 수백만 명의 사람들이 있다고 생각하게 된다. 그리고 둥근 지구 위에 그와 같은 수백만 명의 사람이 손톱, 굳은살, 추한 외모, 외눈, 외팔로 용과 싸우기 위해 기다리고 있다고 생각한다.

숙녀 여러분! 어느 날 당신들의 약혼자가 당신들에게 짙은 붉은색 카네이션을 보내게 될 때가 있을 것이다. 주의 깊게 보면 그것은 무스타파가 가꾼 꽃일 수도 있다. 신사 여러분, 당신들이 시장에서 토마토를 보게 될 경우가 있을 것이다. 사과들은 향기롭고 달콤하다. 그 사과를 자르면 안에서 씨들이 황금처럼 빛난다. 어쩌면 어느 날 식당에서 병에 채운 토마토 주스를 마시게 될 것이고, 그 맛이 기가 막히다는 걸 알게 될 것이다. 그리스 신들이 영원한 삶을 위해 마시는 넥타 맛을 혀끝에서 느끼게 되면, 그것은 무스타파가 가꾼 토마토들 중 하나에 물을 탄 게 확실하다.

내가 왜 이렇게 하는지 나도 모르겠다
Bilmem Neden Böyle Yapıyorum

나는 매일 저녁 사람들로 붐비는 거리에 있는 퍽 볼품없는 카페로 가서 창가 테이블들 바로 뒤에 있는 자리로 가 앉는다. 그러고는 몇 시간이고 창밖으로 지나가는 사람들을 바라본다. 내가 이런 일을 지루해할 거라고 생각하실 수도 있겠지만, 천만의 말씀, 정반대로 나는 이를 아주 즐긴다. 사람들의 얼굴, 상태를 보며 이야기를 만드느냐고요? 그런 것과도 아무 상관이 없다. 그렇다면 어떻게 즐기느냐고요? 내가 즐기는 것은 이렇다. 난 죽음을 생각하고 늙었을 때를 생각하고, 새로 발발할 전쟁을 생각한다…… 내 머리에 가장 나쁜 생각들이 들 끓을수록 그만큼 더 큰 희열을 느낀다.

사람들은 모두 사악하다. 사는 것은 공허하다. 사랑하는 것은 바보 짓이다. 이것이다 저것이다 등등. 그렇다면 이러한 것들로 어떻게 즐길 수 있느냐고요? 한번 생각해 보면 모든 것의 쉬운 방법을 찾게 될 것이다. 나는 가장 어려운 것을 발견했다. 죽지 않는 법을. 죽지 않을 것처럼 생각한다. 그러면 그렇게 된다. 여러분도 한번 시도해 보시기 바란다.

그러니까 넌 이 모든 나쁜 생각을 한 후 아주 쾌활한 웃음, 행복한 세상에 이르게 되는군. 그러니까 넌 단지 출발점부터 비관적인 사람인 게야. 그렇다면 문제 될 것 없어. 넌 과거의 그 사람이기 때문이지. 걱정 없고 즐거운 사람이라고 말할지도 모른다. 아니다! 나는 악에서 선으로 향하는 여행 끝에 커피 잔을 내려놓고, 다시 죽음, 전쟁, 높은 물가, 미래에 대한 걱정을 하며 바깥으로 나온다.

내가 막 카페에서 나가려고 할 때 어떤 노인이 들어왔다. 깡마른 사람이었다. 턱수염을 매일 저런 형태로 유지할 수 있는 것은, 어떤 형태로든지 그 면도하는 수고를 감수하는 탓일 게다. 항상 같은 수염. 어떻게 손질하기에 저 수염은 길지도 않고 저 길이를 유지하는 것일까? 놀랄 만한 일이다.

그의 눈이 회색 턱수염 위에서 생동감 있게 바라본다. 속눈썹은 진하고 강하다. 나는 그의 출생지를 터키 지도 안에서 찾아 완*이라고 생각했다. 그곳 출신인지 아닌지는 전혀 관심 없다. 혹 그가 이스탄불 출신이라면, 발륵에시르 출신이라면? "틀렸어요, 어르신, 잊으셨군요. 당신이 발륵에시르 출신일 리 없어요. 당신은 완 출신입니다. 거짓말 말아요! 완이 어디 나쁜 곳인가요? 그곳이 맘에 안 드시나요? 나의 상상 속에 있는 완 호수를 아신다면…… 그곳은 눈 덮인 산으로 둘러

* 터키 동부 지역에 위치한 도시.

싸여 있지요. 밤에 호수로 나오면 아무도 없는 호숫가에 날개 달린 말과 거친 기병이 나타나지요. 호수 물에 빨래하는 하얀 피부에 검은 눈을 한 소녀들이 있지요. 모든 것은 마시지 못하는 물과 같답니다. 보는 것으로만 만족해야 하지요. 이름 모를 바람이 밤마다 호숫가를 반짝이게 하는 작은 파도들을 일으키지요. 완 호수의 갈매기들이 울면 여자들은 항상 남자아이를 출산하고 말은 망아지를 낳고 소는 송아지를 낳지요. 완 호수가 활동을 멈췄을 때만 사람들은 죽을 수 있답니다. 거짓말을 하고 있군요 어르신, 당신은 완 출신이에요. 염주가 그걸 말해 주고 있으니까요. 당신이 굴리는 호박 염주 소리를 들으면 압니다. 당신은 왜 발룩에시르 출신이라고 말하는 거지요? 당신은 완 출신입니다. 완 출신이라고요!"

그는 카페 창가에 있는 테이블에 앉아 은테 안경을 끼고 신문을 읽곤 했다. 앞서 나는 그가 카페로 들어올 때 나가려고 했다고 말한 바 있다. 그러곤 했다. 하지만 나는 그가 노르스름한 벨벳으로 감싸인 백동 안경집을 테이블 위에 놓고, 안경 낀 눈으로 신문을 읽는 모습을 보곤 했다. 왜냐하면 난 카페 앞을 네다섯 번 더 지나며 저녁 산책을 하곤 했기 때문이다.

그의 나이는 쉰 살에서 여든 살 사이였다. 쉰 살이라고 해도 믿겠지만 그러면 너무 빨리 노화된 사람이라고 생각할 수 있을 것이다. 여든 살이라고 하면 놀랍군요, 전혀 그 연세로 보이지 않는군요라며 놀라는 표정을 지을 수밖에 없을 것이다. 그는 누구일까, 완에서 언제 이스탄불로 왔으며, 무슨 일을 할까? 이 질문들에 대한 답은 안타깝지만 해 줄 수 없다. 그러나 그가 독신인 것만은 확실하다. 어떤 여관방에서 살며, 그곳에서 완 사람들의 자질구레한 일을 해 주고 있을 게다. 그가 무슨 일을 하는지는 가늠할 수 없다. 중개인인가, 상인인가, 짐 부리는 사람인가, 옛날에는 짐꾼 일을 했겠군, 야경꾼인가, 이것인가 저것인가…… 하지만 그 어떤 직업도 그와 완전히 어울리지는 않는다. 그러다 결국 그에게 안성맞춤인 직업을 찾아냈다. 그는 과거에 지주였을 것이다.

나는 그가 자신이 앉아 있는 의자 가장자리에 염주를 걸고 다른 손은 테이블에 올려놓으면 그가 읽고 있는 기사가 무엇인지 항상 궁금해지곤 했다.

한때 그가 카페에 들어오고 내가 일어나 나가는 것이 너무나 동시에 일어나는 일이라 그것이 놀랍기도 하고 짜증이 나기도 했다. 그래서 나중에는 그가 카페 문을 열고 들어오기 전에는 나가지 않았다. 그가 모습을 드러내고 앉아서 안경을 꺼내면 나는 카페를 나가곤 했다.

어느 날 저녁 일이 생겨 나는 평소 습관보다 훨씬 늦게 카페에 가게 되었다. 그는 이미 와서 자리를 잡고 앉아 있었다. 나는 그의 뒤에 있는 테이블로 가 앉았다. 카페에는 사람이 거의 없었다. 노인은 이미 신문을 다 읽고 창밖 거리 풍경을 멍하니 내다보고 있었다.

나도 그렇게 했다. 그가 담배에 불을 붙였다. 나도 담배에 불을 붙였다. 잠시 후 그가 그 염주를, 호박 염주를 꺼냈다. 염주 알을 세기 시작했다. 나도 염주가 있었다면 당장 꺼내서 염주 알을 세기 시작했을 것이다. 염주가 없기 때문에 그렇게 할 수가 없었다. 그걸 할 수 없었기 때문에 기분이 착잡했다. 그는 거리를 내다봤고 나는 그를 응시했다. 뭔가에 상심한 표정이었다. 그 상심은 죽음이나 사랑 같은 것으로 인한 상심은 아니었다. 나는 그 상심의 원인을 생각했다. 잠시 후에 알게 될 것처럼 그것이 이 시대에 겪는 돈 문제 때문임을 직감했다. 마치 내가 돈 걱정이 얼굴에, 모습에, 안색에 어떠한 것들을 더하게 되는지 아는 사람처럼 말을 하고 있지만, 어쩌면 모를 수도 있다. 우연히 알게 되었을 수도 있는 것이니까. 노인이 돈 걱정에 파묻혀 있다는 것을 스스로 말하지 않았는데 나는 알게 되었다. 잠시 그 노인을 잊고 거리 풍경에 몰입했다. 그가 그림자처럼 일어나 나갔지만 내가 그걸 알아채지 못했다고 해도 그건 그다지 거짓말은 아니다.

다음 날 아침 평소 습관처럼 같은 시간에 카페에 갔을 때 이상한 것을 보았다. 그 노인이 평상시보다 두 시간 반 전에 그곳에 와 있었기 때문이다. 나는 또 그의 뒷자리에 앉았다. 그가 갑자기 미소를 지으며 내 얼굴을 쳐다봤다.

"어젯밤 염주를 여기에 걸어 놨었는데…… 잃어버렸소."

희망과 고민으로 가득 차 있는 착잡한 표정이었다. 흥분으로 가득 차 있기도 했다. 원래 안색은 노랬지만 지금은 새하얬다. 5밀리미터 길이의 턱수염이 떨리고 있는 듯했다.

"이런, 이런, 안됐네요."

"어제 팔려고 그랜드 바자르*에 가지고 갔었답니다. 70리라를 준다고 했는데 팔지 않았지요. 80리라를 받았으면 했거든요. 그 가격에라도 팔았더라면 좋았을걸."

"그러니까 비싼 것이었군요."

"물론이지요. 호박이거든요. 게다가 최상품이었고요."

"네, 멋져 보이더군요."

"당신도 어젯밤 제 손에 있는 것을 보았겠지요?"

---

* 이스탄불에 위치한 거대한 시장.

"그다지 주의 깊게 보지는 않았습니다."

그의 표정이 갑자기 변했다. 그의 눈에 적의의 빛이 어렸다.

"경찰서에 갈 겁니다."

"그러시는 게 좋을 듯합니다."

그는 갑자기 "네가 가져갔지, 난 알아, 제발 돌려줘"라고 말하듯이 나를 쳐다보았다. 나는 전혀 동요하지 않았다.

그의 표정이 또 바뀌었다.

"훔쳐 간 놈을 찾기만 한다면……"

"어려운 일이지요!"

그는 내 얼굴을 보지 않고 입술을 깨물었다.

*

그는 매일 저녁 연달아 이른 시간에 카페에 오기 시작했다. 나한테 인사도 하지 않았고, 내가 보이지 않는 듯 자리에 가 앉았다. 염주를 내가 훔쳤다고 굳게 믿는 듯 전혀 나를 보지 않고 창백한 얼굴로 열심히 신문을 읽었다. 내가 카페에서 나갈 때 그가 내 뒷모습을 보고 있는 것을, 일부러 테이블에 놓고 간 담뱃갑을 집으려는 핑계로 돌아갔을 때 몇 번이나 포착하곤 했다.

얼마 전 밤 시간에 또 우리는 늘 앉던 자리에 앉아 있었다. 그는 신문을 읽었고 나는 무엇인가를 종이에 끄적거리고 있었다. 갑자기 카페 가장자리를 장식하고 있는 거울에 시선이 고정되었다. 그가 거울을 통해 나를 보고 있었다. 그런데 그가 앉아 있는 모습에서는 나를 비난하는 어떤 것이 느껴졌고, 내가 앉아 있는 모습에서는 이상하게도 무슨 일인가를 저지르고는 전혀 동요하지 않는 노련한 도둑 같은 분위기가 감돌았다. 그때 거울 밖의 내 모습도 자세히 보게 되었다. 그렇다, 내가 그의 염주를 훔친 것처럼 보였다. 그러니까 어떤 아이들이 고집스럽게 자신이 나쁜 행동을 하지 않았다고 주장하는 경우가 있지 않은가. 그 아이들이 정말로 나쁜 행동을 하지 않았을 수도 있다. 하지만 한 것처럼 보이는 경우가 있다. 그 행동을 하지 않은 사람의 자연스러운 모습을 보이지 못하는 것이다. 그러니까 내가 그 아이들 중 한 명 같은 기분이 들었다.

노인과 나 사이의 이 이상한 상태는 며칠 동안 계속되었다. 지난 저녁, 내 친구의 조개껍질로 만든 염주가 내 손에 들어오게 되었다. 카페 앞에서 이 염주를 손에 들었다. 그 카페 안을 주의 깊게 보지 않았다. 앞에 있는 정거장에서 트램에 탈 생각이었다. 그런데 갑자기 그 노인이 내 앞에 나타났다. 어둠 속이라 내 손에 들려 있는 염주를 보지 못한 것 같았다. 나는 그가 내 손을 주의 깊게 살피는 것을 곁눈질로 보았다. 하지만 나는 그의 얼굴조차 쳐다보지 않았다. 나는 조개껍질로 된 염주를 달그락달그락 소리 냈다. 여러분은 그가 얼마나 분노하며 내 곁에서 멀어져 갔는지를 보셨어야 한다. 그가 돌아갈 때 내 뒤에 있던 곱사등이가 나를 보며 "지금 조롱하는 건가? 저질 새끼!"라고 말했다.

나는 요즈음 카페에 거의 들르지 않는 것은 말할 것도 없고, 그가 카페에 앉아 있는 시간에 창밖으로 지나가며 호주머니에 무엇인가를 감추는 것처럼 행동한다. 때로는 입가에 미소를 지으며 휘파람을 분다. 그러면 순간 그의 뇌리에 '경찰서에 가서 신고할까?'라는 생각이 스쳐 지나간다. 하지만 그는 곧 포기한다. '개새끼! 일부러 저러는 거야! 염주가 호주머니에 있다면 저렇게 하겠어? 게다가 저 가난뱅이는 내 호박 염주를 벌써 팔아 치웠을 거야!'라고 생각할 것이다. 나는 나쁜 남자다. 나는 훔치지 않은 도둑이다.

　나는 그 가련한 노인에게 연민을 느낄 뿐 아니라, 내가 염주를 훔쳤지만 전혀 부끄러워하지 않는 듯한 표정으로 그의 눈을 쳐다본다. 이것이 아주 나쁜 행동이라는 것을 알고 있다. 알지만 어쩌겠는가, 내가 이렇게밖에 행동할 수 없으니. 내게 이런 행동을 하게 만든 사람은 바로 그다. 이러한 모든 행동을 한 후 후회를 하고 약간이나마 마음이 아프면 좋을 텐데, 전혀 그렇지 않다. 카페를 지나친 후 속으로, 때로는 고개를 좌우로 흔들며 보란 듯이, 그런 나의 모습을 본 사람이 있으면 "미친 거야 뭐야" 할 정도로 웃어 젖힌다.

취기
Bir Sarhoşluk

내 앞에 한 남자가 걸어가고 있었다. 자정을 넘긴 지 꽤 되었다. 땅딸막하고 굵은 목 뒷덜미, 부풀어 오른 머리카락, 빵빵한 재킷 호주머니, 너비가 같은 어깨와 엉덩이. 하지만 어깨를 움츠려서 그런지 몰라도 엉덩이가 약간 더 넓어 보였다.

그는 나보다 스무 걸음 앞서 가고 있었다. 우리의 걸음 빠르기가 거의 같았는지 나는 그에게 가까워지지 않았고, 그 역시 나와 멀어지지 않았다. 우리는 이렇게 한동안 걸어갔다. 나는 지루해서 잠시 가던 길을 바꾸어 볼까라는 생각도 했다. 거리에는 아무도 없었다. 하지만 나는 이 거리의 가운데에 나 있는 나무 길이 아주 좋았다. 나는 항상 이 길에서 연인에게 나의 마음을 바쳤으며, 고뇌를 했고, 지키지 못할 약속을 했으며, 결실 없는 결정을 내린 바 있다. 이 길의 가장자리에는 어떤 추억도 없다. 저 사람 때문에 가던 길을 바꿀 수는 없지 않은가 말이다!

나는 술에 취해 있었다. 이 빌어먹을 세상이 나와 무슨 상관이야. 나에게 적의를 가진 모든 사람을 단 한 푼만 주고 팔아 버려야지…… 나의 친구들—이 세상에 없는 죽은 친구들—모두에게 와인, 맥주를 대접해야만 한다. 나의 연인아, 당신도 이 공기를 맡고 있는가? 이 시간에 당신도 이리저리 뒤척이며 사람 얼굴을 한 동물처럼 잠꼬대를 한 적이 있을 것이다. 당신의 침대는 따스할 것이다. 당신의 향기로 침대에서는 얼마나 좋은 향기가 날까? 아, 사랑하는 여인이여, 겨울밤의 신성한 달을 한번 쳐다보시라! 나는 걸으면서 생각을 하고 있었다. 멈췄다. 어떤 나무에 기댔다. 바람이 불어 나무가 흔들렸다. 보름달은 아니지만 그래도 커다란 달이 전구 때문에 어두워진 금속성의 빛으로 나를 바라보고 있었다. 주인 없는 아름답고 슬퍼 보이고 굶주린 듯한 개의 눈이 나의 마음속을 꿰뚫어 보고 있었다. 아, 호주머니에 시미트*한 개가 있었다면! 저 젖은 잔디 위에, 개 옆에 앉는다면 얼마나 좋을까! 이놈아, 지금 이 커다란 세상에, 오로지 너와 나만이 있다. 그리고 저 좁은 보폭으로 걷고 있는 남자, 그리고 달, 아 참, 그리고 지금 지나가고 있는 자동차 한 대.

이제 뭐 하지? 달을 보며 시를 쓸 수는 없다. 자동차를 멈춰 세워 탈 수도 없다. 앞서 가는 저놈을 따라잡는 일밖에. 그런데 우리가 할 수 있는 일이 있기는 하다. 앉아서 당신과 지금 이 순간을 공유하는 것. 시미트가 먹고 싶다. 나도 꽤 배가 고팠던 것 같다.

* 고리 모양의 빵. 겉에 깨가 뿌려져 있다.

58

개에게 다가가 머리를 쓰다듬어야지 하는 생각에 그쪽으로 다가가 자 개가 쏜살같이 도망쳐 버리고 말았다. 두려워했던 것 같다, 가련하 게도. 나는 다시 걷기 시작했다. 위에서 설명했던 헛소리들을 개에게 말해 주려고 했는데…… 꽤 시간이 흘렀다. 그놈은 또 나보다 스무 걸 음 앞서 있었다. 나는 머리를 흔들며 "미치지 마라"라고 나 자신에게 말했다. 그놈은 조금 전 그때도 너보다 두 걸음 더 앞서 걸어가고 있 었어. 지금의 스무 걸음은 조금 전의 스무 걸음이 아냐. 네가 헷갈리게 계산을 하고 있어.

뭐, 좋아 그렇다고 치자고. 난 항상 계산을 못했어. 그랬어, 맞는 말 이야. 나는 노래를 부르면서 생각했다.

맞아, 내가 사랑하는 여자가 있었다. 하지만 내가 그녀를 사랑할 권 리는 없었다. 왜냐하면 나는 영리한 사람이기 때문이다. 나는 신성하 다, 나는, 나는…… 건달이다. 나는 술에 취한다. 나는 사람을 잡고 늘 어진다. 이것도 아니면 그녀의 집 앞으로 가 "난 너를 사랑해!"라고 소 리 지른다. 내일, 이른 아침에, 그녀 집으로 가, 쾅쾅 문을 두드리고, 누 구든 문을 열면, 누구누구의 아버님과 만나고 싶습니다, 라고 말할 테 다. 그녀의 아버지에게, 어르신! 혹은 장인어른! 나는 일장 연설을 하 기 위해 나무에 기댔다. 눈을 감았다. 나무가 바람에 흔들린다. 나는 내 연인의 아버지에게 연설을 한 후, 신의 허락으로 따님과 결혼하고 싶습니다, 라고 말하고 그녀의 아버지는 허락해 준다. 그녀와 나는 부 둥켜안고 운다. 내 연인은 나와 함께 바깥으로 나오려고 준비를 한다. 그녀의 아버지가 내게 "이보게, 이제는 이렇게 하고, 저렇게 하고……" 라며 일장 연설을 할 때 나는 눈을 떴다. 세상이 빙빙 돌았다. 속이 울 렁거리고 위와 입에 쓴물이 고였다. 누군가 내 배를 주먹으로 누르고 있는 듯, 괴상한 통증을 느끼기 시작했다. 여러분이 이해하시는 대로 즐겁게 먹고 마셨던 게 독이 되어 올라오는 것이다.

눈에서 번갯불이 튀었고 별이 보였으며, 이러한 빛들은 빨갛고 노랗고 남색으로 변했다. 그런 후 달콤한 편안함, 바다 위에 있는 것 같은 어떤 평온함, 고요함…… 취기는 다 달아나 버렸다. 아, 지금 커피 한 잔을 마실 수 있다면 얼마나 좋을까. 그것도 아주 쓴……

나는 걷기 시작했다. 스무 걸음 앞에 그 땅딸막하고 허리, 어깨, 엉덩이가 통통한 사람이 가고 있다. 내가 속도를 내면 그도 속도를 냈다. 내가 뛰면 그도 뛰었다. 내가 멈추면 그도 멈추었다. 드디어 우리는 만나게 되었다.

내가 먼저 그에게 물었다.

"넌 누구냐?"

"나?"

"그래, 너."

그는 미소를 짓는 듯 입가가 일그러졌고 눈은 허공을 바라보고 있었으며 얼굴은 무엇인가를 질책하는 듯 찡그려졌다.

"난, 난 네가 좋아하는 여자의 애인이야."

"그래, 그건 뭐 그렇다 치고, 근데 왜 나를 쫓아오는 건데?"

"난 너를 쫓아가지 않았는데. 네가 날 쫓아왔잖아!"

그렇다, 그는 나를 따라오지 않았다. 맞는 말이다. 그가 내 앞에 있었지만…… 그렇지만……

"이봐!"

그는 이렇게 말을 시작했다. 입에서 역겨운 맥주 냄새가 났다. 마치 조금 전 토해 낸 나의 입과 코에서 나온 것들을 먹은 개의 입처럼 지독한 냄새였다.

"윽! 너한테 썩은 시체 냄새가 나!"

그는 몸부림치며 내가 움켜쥐고 있던 멱살을 뿌리쳤다. 그는 재킷에 먼지라도 앉은 듯 나를 미치게 만들고, 몇 대 얻어터지고 싶은 듯 손등으로 옷깃을 털었다. 그러고는 걸어갔다. 스무 걸음, 스물두 걸음…… 나는 발걸음 숫자를 세었다. 서른, 서른둘, 서른넷, 서른일곱…… 나는 땅에서 돌을 집어 들었다. 돌을 집을 때조차 나의 눈은 그의 뒷모습을 바라보고 있었다. 그는 뒤돌아보지도 않았다. 마치 내가 땅에서 돌을 줍는 것을, 아니 몸을 굽히는 것을 본 것처럼 걸음아 날 살려라 도망치고 있었다. 전방에 경찰과 야경꾼이 있었다. 나도 옆골목으로 들어가 마치 내 뒤를 따라오는 사람이 있는 것 같은 발자국 소리를 들으며 뛰었다.

누구였을까, 뭐였을까? 지금도 여전히 알 수가 없다. 그가 정말로 내가 사랑하는 여자의 애인일 리 없다…… 그렇다면 왜 그렇게 말했을까? 왜 내가 멈췄을 때 그도 멈췄을까? 내가 걸을 때 왜 그도 걸었을까?

축음기와 타자기

Gramofon ve Yazı Makinesi

나는 인간이 머릿속으로 몇 날 며칠을 생각에 생각을 거듭하며 만들어서, 사과나무 아래서 사과가 입안으로 떨어지는 것처럼 쉽게 우리에게 남겨 준 이 두 개의 작은 기계를 아주 좋아한다. 어쩌면 죽은 자와 부활한 자의 아름다운 목소리를 죽이지 않을 생각을 한 누군가는—어쩌면 에디슨일 것이다—자신의 목소리조차 녹음하지 못하고 죽었을 것이다. 그는 "내 목소리는 갈라졌어. 남긴다고 해서 무슨 소용이 있겠어? 이 세상에는 멋진 소리만 남아야 해"라고 말했을 것이다. 나머지 다른 한 개를 만든 사람은 전혀 모르겠다. 아마도 머리 좋은 도장 제작자일 것이다. 타자기는 사실 도장과 비슷하지 않은가? 서명이 나온 후에 사라져 버린 도장. 타자기는 글자들의 서명 같은 것이다. 당신 손이 그냥 아무 생각 없이 철자 위를 누르면 그 어떤 언어에

속하는 단어를 만들지는 않지만 그것은 철자들의 서명이 된다.

라디오와 축음기는 전혀 관련이 없는 것이다. 축음기는 어떤 독립적인 사고思考다. 나의 경우, 라디오가 전혀 필요 없다. 축음기의 경우를 보자면, 모든 사람에게 그다지 필요하지는 않지만 내게는 필요하다고 말할 수 있겠다. 라디오를 좋아하지 않는다. 얘기하기 좀 그렇지만 파리에 있는 사람이 내 방에서 말하는 게 거짓말처럼 느껴진다. 그가 내 방에 자리를 떡 잡고 있는 것도 아니지 않은가—내가 그 수다쟁이가 말하도록 놔둘 것 같은가! 게다가 라디오 방송국들은 자신들 마음대로 고른 것들을 억지로 듣게 한다. 다른 사람이 내게 이것을, 저것을 듣게끔 하는 것을 원하지 않을 수도 있지 않은가 말이다. 읽고 싶은 책을 나 자신이 스스로 고르듯이 아름다운 목소리를 가진 여성을 내가 선택할 수 있어야 한다. 우리가 뭐 시키는 것을 억지로 해야 하는 학생들도 아니고. 이 세상에서 최소한 내 방에서만이라도 권리를 줘야 하지 않는가 말이다. 나는 라디오를 좋아하지 않는다. 억지로 좋아할 수는 없지 않은가! 이웃들을 불편하게 만드는 것부터 시작해서 얼마나 말도 안 되는 일들이 있는지…… 게다가 그 위대한 부르주아가 되고 싶은 욕망에 대해서는 어떻게 생각하시는지…… 그 사람은 푸주한이다. 그의 부인이 라디오를 사 달라고 하도 조르니 안 살 수가 없었다. 어느 날 몇백 리라를 수중에 넣게 되었다. 그는 물소 고기를 쇠고기라고 속여 팔아 구입한, 초록색 눈을 가진 라디오를 가지고 집으로 돌아왔다. 이른 저녁, 아이고 하느님! 그 소음들! 그 부인은 거들먹거리느라 그 소음을 듣지도 않았다. 그 라디오는 수많은 악행에도 사용되었다. 그것은 스파이들 중 하나였다! 라디오 모르게 어디에도 갈 수 없고, 아무리 거대한 정부라고 하더라도 경찰차 안에도 들어갔다. 미국 도둑들의 자동차에도 수신기와 송신기가 있다고들 한다.

더욱이 그 기계는 인간의 상상력을 파괴한다! 예를 들면, 내 생각에는 인도에는 인도 고유의 음악이 있다. 별이 뜬 인도의 밤, 갠지스 강, 악어들, 신전들, 코끼리들, 커다란 눈과 커다란 가슴을 한 육감적인 여자들, 불가촉천민들, 수천 가지 종교의 수천 개의 신들, 뱀 휘파람 소리와 독, 보석들, 진주, 개안한 수백만 명의 지식인들, 비단들, 사리, 적도의 밀림들…… 나는 이 모든 복잡하고 괴상한 시의 나라에 대한 가냘프고 아픈 게으른 음악을 라디오에서 처음 들었다. 인도에 대한 나의 상상이 산산이 무너지는 순간이었다!

축음기는 라디오와는 완전히 다르다. 그것은 친구고 겸손하다. 아주 작은 집에 여전히 가스램프가 타고 라디오를 전혀 본 적 없는 사람들이 사는, 묘지가 보이는 에디르네카프 마을에서 이전에 전혀 들어 본 적이 없는 구슬픈 민요를 어느 이른 저녁 풀밭에 앉아 들은 적이 있다. 나 스스로 이 음악을 틀어 놓은 사람은 아름다운 여자일 것이라고 생각했었다. 금발이며 아주 활달하고 반짝이는 푸른 눈에 콧등에는 주근깨가 있고 아침 햇살의 반짝임이 여전히 머리카락에 스며 있는 여자가 창문으로 머리를 내밀고 "제 레코드가 맘에 들었어요, 아저씨? 더 틀까요?"라고 말한 적이 있다.

나는 부끄러워하며 걸어갔다. 한번은 아름다운 집시 소녀의 품에서 아주 오래된 붉은 나팔을 보고는 기분이 아주 좋아졌다. 가죽 공장의 노동자 일곱 명이 돈을 모아 축음기를 산 적이 있었다. 그들은 예디쿨레 성곽 근처에서 축음기를 틀고 춤을 추며 놀곤 했다.

다리에서 신문을 파는 등이 꼽추처럼 굽은 젊고 침착해 보이는 남자가 있었다. 그의 축음기와 레코드판들은 정말이지 볼만하고 들을

만했다. 그는 일요일 아침마다 이 이상한 기계를 손에 들고 부르가
즈 섬*에 오곤 했다. 얼굴에는 항상 미소가 어려 있었고 항상 혼자였
다. 겨드랑이 밑에 축음기를 끼고 있었다. 그의 어깨 한쪽은 겨우 반
뼘 정도의 길이였다. 다른 어깨 한쪽의 뼈는 부러진 것처럼 밖으로 튀
어나와 있었다. 목은 비틀려 있었다. 나는 그 가련한 남자가 축음기를
들고 홀로 어디에 가는지 궁금해하곤 했다. 그래서 어느 날 그의 뒤를
따라갔다.

　그는 한적한 바닷가에 도착하여 옷을 벗었다. 이 남자가 옷을 벗으
면 무성한 털, 전혀 있을 수 없는 곳에 지방들이 겹겹이 쌓인 콰지모
도**의 것과 같은 몸을 보게 되리라고 생각하곤 했다. 얼굴이 꽤 아름
다운 원숭이를 닮은 남자가 옷을 벗자 여기저기 굽어 있는 몸이 드러
났다. 하지만 그 몸은 무척 인간다운 몸이었다. 하얗고 마르고 지방이
없고 갈비뼈가 드러나 보이는 평범한 몸……

　그는 돌 위에 축음기를 설치했다. 밤색 레코드판을 이리저리 돌리
면서 읽은 후, 조심스럽게 올려놓고는 바늘 끝을 엄지손가락과 집게
손가락으로 닦았다. 밤색 레코드판에서 가느다랗고 우스운 옛 폭스트
롯***이 연주되기 시작했다. 입술에 물고 있던 담배는 불이 꺼졌다. 새
하얀 한 개의 곱사등이 드러났다. 연주가 끝나고 그는 다시 새 담배에
불을 붙였다. 레코드판을 뒤집어 올려놓자 노래의 끝이 '세 보트르 맹,
마담'****이라는 탱고곡이 시작되었다.

　내가 말하고 싶은 것은, 축음기는 독립적이며 자신을 대표하는 문

명인의 쾌락의 도구라는 것이다. 인간의 아주 사소하고 깨끗한 욕구에 고개를 숙이며 그것의 쾌락을 생각하는 도구다. 그 누구에게도 해가 되지 않는다. 나는 축음기의 나팔을 끔찍이 좋아한다. 빨강, 초록, 파랑, 오렌지색 나팔들! 옛날에는 카페에서 이 가련한 것들이 꽥꽥 고함을 질러 댔다. 그러나 이것들은 고함을 지를 권리가 있었다. 하찮은 것이 아니었으니까! 많은 시간이 흐른 후에는 조용해졌다. 한때 이것들은 어떤 이의도 제기하지 않았고, 말도 하지 않았다. "인간들아, 우리는 특별한 것이야! 당신들은 지금 허세를 부리는 거야. 하지만 곧 우리에게 다시 돌아올 거야. 변덕스러운 인간들! 당신들은 나의 가치를 나중에야 알게 될 거야. 나는 카페에서도 고함을 지를 거야. 이렇게 초록색, 빨간색을 한 나팔은 없어지겠지. 당신들이 나를 현대화시키려고 시도할 테니까. 하지만 그렇게 변한다고 해도 커다란 살롱에는 들어가지 않게 되겠지. 그러면 어때! 내 자리를 찾을 텐데 뭐. 당신들이 무슨 일을 꾸미든 맘대로 하라고. 난 어떤 미혼의 사람, 어떤 노동자 처녀, 어떤 변두리 마을 아낙네의 축음기로 남을 테니까. 나를 그곳에서는 떼어 내지 못하겠지."

축음기는 이러한 말들도 해 보지 못하고 사라지고 말았다. 자신들이 라디오와 아주 다른 것이라는 걸 알게 되었다. 라디오 방송국에서조차 이것들 없이 일을 할 수 없다는 걸 알게 될 정도로!

타자기가 손 글씨에 대항해 항상 우위를 점하지는 않지만, 그것은 손 글씨의 친구, 형님 같은 태도를 취했고, 다른 것들에 그 적의를 확연히 선언했다. 인쇄물이 대체 뭐란 말인가? 이것은 거짓말들, 협박들, 도둑질들, 악행들, 천박함의 도구다. 이것이 시간당 천 장, 만 장을 찍어 낸다고 하더라도, 원하는 만큼 자르고 붙이더라도 별것 아니다.

항상 악행과 천박함의 손이며 품에 자신을 던질 준비가 되어 있는 히스테릭한 여자 그 이상도 그 이하도 아니다.

타자기로도 인쇄되기 위한 나쁜 것을 쓸 수 있다. 이것을 넘어 타자기의 가장 나쁜 행동은 상용常用 편지를 쓰는 것이다. 하지만 그 편지에 그렇게 인간적이며 나중에 양심의 가책을 느낄 것들은 쓰지 않는다. 기껏해야 정형화된 진부한 말들이 쓰일 뿐이다. 타자기가 도장이라고 하는 동그란 틀의 내벽을 깨고 던져 버렸기 때문에 틀에 맞서는 과거의 적의는 남아 있지 않다. 그것들을 단지 기억할 뿐이고 신경 쓰지 않는다.

인간이 타자기와 얘기하기 시작하면 타자기의 귀에 대고 "그럼, 서명 없는 편지들은 어쩔 건데?"라고 말할지도 모른다. 그러나 다행히 타자기는 수다쟁이의 말도 듣지 않고 자기 자랑을 계속한다. 연애편지에 대해, 추억에 대해, 멋진 소설에 대해, 출판되지 않을 시집에 대해, 단편소설에 대해, 어린아이들의 무의미한 단어들로 된 각각의 즐거움, 각각의 놀이 표현인 ABCD, AGHTCZ에 대해 언급한다. 그런 후 서명 없는 편지에 대해 자기가 말하기 시작한다. 서명 없는 편지들은 저질스러운 놈들, 불명예스러운 사람들, 교활한 이들이 쓴 것임에 분명하다. 사람들을 기만하는 것은 능력이 아니다. 내 생각에는 영리한 사람은 빨리 속는 사람이다. 이러한 이유로 어떤 사람의 눈을 뜨게 하기 위해서는 이 편지들도 필요하기는 하다. 이는 불행을 느끼지 못하는 사람에게 불행을 알려 준다. 이런 유의 편지는 최소한 그가 명예로운 사람임에도 불구하고 그의 뒤에서 불명예스러운 놈이라고 고함치는 여자로부터 벗어나게 해 주기도 한다. 타자기는 오로지 이러한 선행을 위해 나를 사용하는 것을 허락한다고 말한다.

내 친구의 방에서 바흐의 콘체르토를 듣고 있을 때, 다른 친구는 타자기로 그의 시를 계속 카피했다. 친구는 나에게 축음기에 대한 찬사를 늘어놓았고 나는 타자기를 치면서 멋진 시간을 보내곤 했다. 나의 친구는 좋은 시인이다. 여러분은 그의 이름을 모를 것이다. 그의 시들이 여기저기 나온 적이 있다. 그의 시를 좋아하는 사람들도 꽤 있었다. 하지만 지금은 과거의 유명세는 사라지고 없다…… 그의 이름은 별로 알려지지 않았다. 단지 우리 사이에서 그의 이름이 거론되면 탐욕스럽고 질투심 많은 몇몇 사람을 제외하고 모든 친구는 그의 시들 중한두 연을 지금도 읊을 수 있을 것이다. 그러면 우리 마음에는 슬픔이 드리워지고 생각을 하게 된다. 예컨대 우리의 연인이 다른 사람과 함께 길에서 지나가면서 우리 얼굴을 보지도 않는다. 한 노동자 처녀가어느 창문 앞에서 우리를 보고 웃는다. 어느 사립학교에 다니는 허세로 가득한 소녀가 우리를 비웃는다. 우리는 바질 화분에 손을 뻗어 마치 어린아이의 머리를 쓰다듬듯 바질 잎사귀를 쓰다듬는다. 그러고는손안의 향기를 맡으며 그곳에서 멀어진다.

내 친구는 시인이다. 말단 사무원이다. 베이올루*의 캬티프첼레비 가街에 작은 방 한 칸, 스물여덟 권의 책, 신문들, 어머니의 유산인 기도용 깔개, 중위였던 아버지의 견장 달린 군복을 입고 찍은 사진…… 그리고 축음기와 타자기가 있었다. 레코드판은 선별된 좋은 것들이었다. 그의 시와 나의 단편소설을 좋아하는 지적인 여자애 둘을 초대했던 밤에 축음기를 틀고, 여자애들 중 한 명은 나와 얘기를 하고, 다른한 명은 종이 위에 쓴 내 친구의 시를 타자기로 베껴 쓰곤 했다. 어느

---

* 이스탄불의 유럽 지구에 위치한 번화가.

날 여자애들 중 한 명의 머리에 그리 나쁘지 않은 생각이 떠올랐다. 내 친구의 시가 책 상태로 나올 가능성은 전혀 없었다. 그 시들을 출판할 그 어떤 출판업자도 바브알리 거리*에 존재하지 않는다. 그런 일은 일어날 수 없다. 시를 이해하는 출판업자가 어디 있기라도 하단 말인가?

그 젊은 여자의 생각은 아주 괜찮았다. 우리는 한 면으로 된 책을 발행할 계획이었다. 카피 종이로 다섯 부를 만들 수 있었다. 우리는 종이를 샀다. 여자들은 교대로 일을 하기 시작했다. 그런데 그 일이 생각만큼 쉬운 것은 아니었다. 우리는 그녀들을 위해 차이콥스키, 모차르트의 작품들을 들려주었다. 우리는 담배를 피우며 그녀들의 아름다운 머리카락 아래 있는, 어느 부잣집 아들의 품에 들어갈 반짝이는 머리를 반항기 섞인 유감스러운 마음으로 바라보곤 했다.

50부를 찍기도 전에 그 아이디어를 제시한 여자애가 약혼을 했다. 우리가 약혼식에 갔을 때 그녀는 걱정 없는 목소리로 "네 책도 완성하지 못했어……"라고 말했다. 시인 친구는 "그럴 운이 아니었던 거지 뭐"라고 대답했다. 그러자 그 여자애는 "마음 아파 하지 마, 이리 와 춤추자!"라고 말했고, 그들은 함께 춤을 췄다. 춤곡이 다 끝났을 때 여자애는 내 친구에게 입맞춤을 했다. 그녀의 약혼자 가족들은 너무나 놀라 말문이 막혀 버리고 말았다. 하지만 그래도 파혼은 선언하지 않았다. 부잣집 딸은 부잣집 아들에게 시집을 갔다. 이렇게 되자 다른 여자애도 오지 않게 되었다. 그녀는 다른 친구들을 찾았고, 이제는 춤추는 장소들을 좋아하게 되었다.

* 관청과 언론사 및 출판사가 모여 있는 이스탄불의 한 지역.

우리는 한때 남자 친구들과 만나 소란을 일으키고 라크를 마시고 싸움질을 하고 교향곡, 색소폰, 나팔 소리를 들었다. 캬으트하네* 스타일의 노래를 고집하며 민속무용곡을 틀기도 했다. 수중에 돈이 있을 때는 돈을 주면 오는 여자들을 불렀다. 나는 음악을 잘 이해하지 못했다. 어떤 때는 음악을 무척 잘 이해하는 사람들이 와서 얼마나 부끄럽던지 구석으로 물러나 언제 시에 대한 논쟁이 시작될지 기다리곤 했다.

어느 날 저녁 우리는 서양 클래식 음악을 잘 알고 있는 친구를 불렀다. 물론 내 친구도 위대한 작품들을 이해하고 사랑하기는 했지만 그냥 자기 식대로 이해하고 좋아하는 수준이었다. 그런데 우리가 초대한 그 친구는 음악에 대해 해석을 하고 비평을 하고 대단한 말들을 하곤 했다. 우리는 앉아서 교향곡을 틀었다. 우리는 교향곡이 무엇인지를 배우게 되었고 교향곡과 어떤 음악 사이의 차이에 대해 파악하려고 애를 썼다. 이해할 것도 같았다. 음악을 이해하는 친구가 계속 말을 했고 우리에게 지식을 제공해 주고 있었다.

그러던 중 내 친구가 "너희에게 모차르트의 터키행진곡을 들려줄 테니 들어 봐"라고 말했다.

그사이 우리는 베토벤과 바흐 간의 비교 비평을 이해하려고 애를 쓰고 있었고, 친구가 축음기에 레코드판을 올려놓았다.

젊은 음악 애호가는 "들어 보시오. 들립니까? 터키 습격대의 말발굽 소리가"라고 말했다. 나는 귀 기울여 들었다. 그렇다, 하나로 이어지는 방울 소리, 부스럭거리는 소리, 눈 오는 날에 맑게 들리는 소리와 비슷

---

* 이스탄불의 유럽 지구에 위치한 지명이자 민속무용이다.

한 바이올린 소리를 들었다.

음악이 다 끝났고, 내 친구는 미소를 지었다.

"레코드판을 잘못 틀었어. 그건 모차르트의 터키행진곡이 아니라, 차이콥스키의 무슨 작품이래."

우리는 폭소를 터뜨렸다. 음악을 이해하는 친구에게 장난을 쳐 창피를 줬고, 종국에는 와인이 든 와인 병을 그의 머리 위로 다 부어 버리고 말았다.

이렇게 내 친구의 삶에 내가 알기로—나는 그가 혼자 있을 때 느꼈던 것은 쓰지 않는다—이러한 위치에 있는 타자기와 축음기를, 어느 겨울날 눈이 펑펑 내리고 있을 때, 우리 중 한 명은 축음기를, 다른 한 명은 타자기를 짊어지고 별로 좋아하지 않았던 윅섹칼드름*으로 가지고 갔다. 내 친구에게 돈이 절실히 필요했던 것이다. 그가 사랑하는 여자가 결핵 요양원에서 퇴원할 참이었다. 그녀는 외투도 속옷도 없었다. 신발들이, 내 친구의 신발뿐만 아니라 여자 친구의 신발도 물이 샜다……

---

* 이스탄불에 위치한 중고품 거리.

기압계
Barometre

이틀 동안 매일 아침, 안개라고도 할 수 없고, 구름인지도 의심이 가는 이상한 어둠이 도시를 짓누르고 있었다. 6월 초순이었다. 정오 무렵 안개가 걷히자 하늘은 끝없이 밝아졌다. 이른 아침 이 안개와 구름으로 뒤섞인 짓눌린 공기는 도시의 언덕마저 손아귀에 넣고는 쥐어짜고 또 쥐어짜는 것 같았다. 사람들은 앉은 자리에서 굵은 땀방울을 흘리고 몸이 나른해져 졸며, 걷지를 못하고 즉시 어떤 벽, 나무에 기대어 10미터 너머는 보이지 않는 바닷가를 멍하니 바라보고 있었다.

그들 모두가 무겁고 짓누르고 답답한 것들을 생각하고 있을 것이라 확신한다.

이 상황은 어쩌면 일주일 동안 지속될 것이고, 나중에는 또 새파랗고, 유리 조각처럼 밝고, 작디작고 투명한 얼음 조각처럼 소름 끼치는 사랑스러운 아침이 다시 시작될 것이다.

　바로 이러한 아침에, 어떤 나무에 기대어 행선지가 쓰여 있지 않은 상상의 전차를 기다린다는 핑계로 생각에 잠기는 것, 혹은 졸린 나의 발걸음으로 아무것도 생각하지 않은 채 오로지 달콤하고 부드럽고 욕정에 가득 차 있다고 할 수 있는 이 무거운 공기를 맡으며, 느낌도 생각도 아닌 미지의 부드러운 사고에 잠겨서 가게 안에서 졸고 있는 사람들, 천천히 지친 모습으로 지나가는 사람들, 진열장 안에 있는 불필요한 물건들, 더욱이 백화점에 있는 멋진 여자 마네킹을 자세히 보지 않고 살짝 구경만 하며 돌아다니는 것은 아주 즐거운 일이다.

　갑자기 새빨개진 얼굴에 땀으로 범벅 된 신문팔이 아이들이 골목에서 뛰쳐나올 것이다. 사람들이 불렀을 때, 민첩한 다리로 즉시, 저 멀리서 눈 빠지게 기다리는 소식에 굶주린 사람들이 있어 신문 한 부에 천 리라를 받기라도 할 듯이 뛰어가는 모습을 보게 될 것이다. 그 아이들은 전차보다 더 빨리 갈 것이다. 어린 모자 장수 소녀들은 햇볕에 그을린 맨다리에 민첩한 근육으로 갈색 구덩이와 부는 바람에 맞서 원피스를 잡고 뛰어갈 것이다. 마부들, 페인트공들, 레몬 장수들, 짐꾼들은 그 소녀들을 보며 놀려 댈 것이다. 그러면 어린 소녀들은 자신들에게 "아이고, 어쩔 수 없네, 우리가 바람에 졌어!"라고 말할 것이다. 조금 있으면 베이올루에 안개가 걷히고 도시는 제 모습을 드러낼 것이다. 이제 모습을 드러내기까지는 안개가 끼기 시작한 후 몇 시간이 더 흘러야 할 것이다. 그 전에는 앞서 말했던 것처럼 끔찍한 공기가 우리 모두를 짓누르고 답답하게 만든다. 우리는 너무나 더워 레모네이드 한 잔을 마시기 위해서 목숨도 내놓을 생각까지 하며 돌아다녔다. 나는 유대인 마을*을 지나가곤 했다. 이 구불거리고 왁자지껄하며 이상한 모든 것이 만천하에 드러나 있고, 모든 것이 감춰지고, 더럽고, 더러운 만큼이나 생동감 있고, 살아 있다고 느껴지는 마을에서조차 이 시간대는 고요하다. 고대 스페인 사람들이 사용하는 언어에는 인도 왕자가 원숭이들과 놀 때 불렀던 신비로운 언어의 부드러움만큼의 부드러움만이 남아 있었다.

나는 이제 베이올루에 있다. 이제 공기는 사람이 걸을 수 없을 정도로 무겁다. 사람들은 파리 끈끈이에 파리가 붙은 것처럼 인도에 붙어 있었다. 나도 어떤 진열장 앞 인도에 붙어 있었다. 가게 앞에는 나를 포함해 세 명이 있었다. 한 명은 소방관이었고, 다른 한 명은 중년의 룸 남성이었다. 먼저 룸 남성이 말했다. 그의 눈은 여성의 코르셋을 보고 있었다.

"아주 습도가 높은 날씨군요. 이른 아침에 기압계가 계속해서 떨어지더라고요."

소방관은 아무런 응답도 하지 않았다. 나는 그가 룸 남성에게 "떨어지기만 하고 깨지지는 않습디까?"라고 물을 거라고 생각했다. 하지만 그는 이렇게 묻지 않았다. 나는 고개를 저었다. 집에 기압계가 있을 게 분명한 남자에게 아는 척할 뿐만 아니라 괴상하다고 여겨지도록 "수은도 이 날씨를 좋아하지 않는군요!"라고 말했다. 룸 남성이 히죽거리며 웃었다.

소방관의 눈은 비단으로 된 슈미즈를 향해 있었다. 그는 생각에 잠긴 듯하더니 나를 보며 물었다.

"당신은 미혼이오?"

---

* 1492년에 스페인에서 추방된 유대인들이 오스만 제국으로 피신하면서 형성된 마을.

"네, 미혼입니다."

"당신은요?"

"저도 미혼입니다, 소방관 양반."

소방관은 우리 둘을 동시에 훑어보며 "나도 그렇소!"라고 말했다.

우리 모두 아무 말도 하지 않았다. 기압계는 분명 계속 내려가고 있을 것이다. 마치 온 세상에 있는 소리가 멈춘 것 같았다. 어쩌면 이 도시에서 땀을 흘리지 않는 사람은 한 명도 없을 것이다.

다시 소방관이 말했다.

"저것이 우리 것이라면 얼마나 좋을까……"

그가 가리킨 것은 금발의 마네킹이었다…… 나는 미소 지었다. "그 마네킹으로 뭘 하겠단 말인가"라고 스스로에게 묻지 않았다. 공기는 답답하고 숨이 턱턱 막혔다. 나는 호기심이 없었다. 그 호기심이 뭐에 필요하단 말인가?

소방관은 "아, 저것이 내 것이라면! 내 집으로 데려갈 수만 있다면……"이라고 말했다.

금발에다 가는 다리에 날렵한 코, 밤색 눈동자의 마네킹은 가벼운 미소를 짓고 있었다. 머리는 살짝 옆으로 향하고 있었다.

소방관은 "그렇지 않나요? 저것이 우리 것이라면 얼마나 좋을까요……"

공기는 무겁고 답답했다. 우리는 커다란 땀방울을 뚝뚝 흘리고 있었다. 중년 남성과 나는 서로를 바라보았다.

나는 "그러면 좋겠지요"라고 대꾸하며 그곳을 떠났다.

내 뒤를 따라 룸 남성도 진열장 앞을 떠났다. 우리는 소방관을 마네킹과 비단 슈미즈 곁에 홀로 남겨 두었다.

사카르야* 어부
Sakarya Balıkçısı

우리는 허름한 오두막집 앞에서 멈춰 섰다. 휘세인 아아**가 말했다.

"자네가 생선에 대해 뭘 안다고 그래! 기껏해야 고등어, 게르치 정도나 알겠지. 오늘 밤 자네에게 대접할 잔뼈 있는 생선은 이스탄불에서는 한 점도 먹을 수 없을 거야. 하지만 이런 시골에서는 이 생선 맛은 기가 막히지. 자넨 아마 손가락을 쪽쪽 빨면서 먹을걸. 그리고 이 오두막집에 얽힌 이야기도 그때 해 줌세."

나는 휘세인 아아의 이 말을 들은 후 저녁이 오기를 손꼽아 기다렸다. 저녁 무렵 버터에 튀기고 살이 약간 분홍빛을 띤, 농어와 비슷한

---

* 이스탄불에서 동쪽으로 158킬로미터 떨어진 곳에 위치한 도시로, 사카르야 강을 끼고 있다.
** 나이 든 남자의 이름 뒤에 붙이는 호칭. 지주나 그 지역 유지라는 의미로 쓰인다.

생선을 먹었던 것을 기억한다. 휘세인 아아는 "이 생선의 이름을 '즐거운 날'이라고들 하지"라고 말했다.

나중에 사카르야에서 매일 한 마리당 50~60킬로그램이 나가는, 그뿐만 아니라 이보다 더 무게가 나가는 이 생선들을 시장에서 파는 것을 보았지만 사서 맛을 보지는 않았다. 하지만 난 이 사카르야 생선들의 맛보다는 그 이름들이 마음에 들었다.

'창꼬치' '까불이' '즐거운 날'…… 사카르야 생선들은 이름과 함께 먹기 때문에 맛이 있다. 이 생선들에는 가느다랗고 눈으로는 거의 보이지 않는 뼈들이 있다. 잘 씹으면 문제는 없다. 삼켜도 아무 탈이 없다. 시골 사람들은 이 뼈들을 전혀 바르지 않고 먹는다. 그러면 생선 맛이 기가 막히다. 아마도 생선들의 맛은 이 뼈들에 숨겨져 있는 것 같다. 그냥 그렇다는 느낌이 든다. 우리 도시 사람들의 경우 씹고 또 씹으며, 엄지손가락과 집게손가락을 입으로 가지고 가 이 투명하고 가느다란 철사를 끄집어내려고 한다. 이렇게 되면 생선의 맛은 사라지고 만다.

도시에서 매주 수요일에 열리는 양파 시장에는 아주 작은 담수어들과 함께 사카르야 강에서 잡은 80오카*짜리의 입이 커다랗고 눈이 크고 수염은 하얗고 비늘은 형형색색이며 반은 용, 반은 사람, 반은 뱀장어 같은 생선들도 오는데 이것들은 커다란 도끼로 잘라서 판다. 모든 가난한 마을에서 남자들이 저녁 기도 시간에 이것들을 노끈에 줄지어 매달고 손가락으로 잡아 흔들어 대며 마을로 들어오는 것을 본다면, 이는 사카르야 강에서 생선을 많이 잡았다는 것을 의미한다. 이스

---

* 무게 단위. 1오카는 1,283그램.

탄불에서 숭어가 14리라로 팔릴 때, 이 생선들의 1오카는 5쿠루쉬밖에 되지 않는다. 마을에서는 향긋한 생선 냄새가 난다. 약간 이스탄불을 안다고 하더라도 아나톨리아의 이 소똥 냄새 나는 곳에서 쿰카프* 술집에서 나온 것처럼 행복하고 반쯤 얼이 빠진 채 돌아다닐 수 있다. 주위에는 어린 룸 소녀들이 돌아다닌다.

주근깨가 난 금발의 보스니아 처녀들이 절굿공이와 나무 수저 부딪치는 소리가 나는 나막신을 신고 걸어 다니는 이 마을 거리에서 생선 냄새를 맡을 때마다 휘세인 아아가 해 준 사카르야 어부의 이야기가 떠오른다.

사카르야 주변에 있는 마을의 사람들은 어부가 아니다. 도시에서 건달, 대마초 피우는 사람, 거친 남자들이 바람 쐬러 이곳으로 와 낚시를 하고서 그것들을 도시로 가져가 팔았다. 이들도 예술의 경지에 이른 낚시꾼들이 아니다. 그들은 때에 따라 물건을 파는 장사꾼일 뿐이다. 여름에는 멜론과 수박을 팔고, 오렌지 철에는 오렌지를 팔고, 가지철에는 가지를 팔고 오이와 호박도 판다. 이렇게 살다가 가끔 생각이 나면 사카르야에 와서 물고기를 잡았다. 매주 수요일에 열리는 사카르야 시장에는 사카르야에서 나오는 생선이 없다. 담수어나 바구니로 잡은 생선도 거의 없다.

그러던 어느 날, 어디서 왔는지 알 수 없는 어떤 어부가 사카르야의 한 마을인 카라퓌르체크에 정착했다. 그는 장작을 패고 밭에서 일하고 대장간 일도 거들었다. 마을 사람들은 무하렘이 휘세인 아아의 밭 가장자리에 오두막집을 짓고 그 안에 사는 것을 보게 되었다. 무하렘

* 이스탄불에 위치한 생선 식당가.

은 그 이주민의 이름이었다.

그는 굵고 풍성한 턱수염을 기르고 있었다. 그의 팔은 송아지의 목을 꺾을 수 있을 정도로 강철 같았다. 그러나 전혀 거친 사람은 아니었다. 나이는 서른, 서른다섯 살 정도 되어 보였다. 가끔 자신에게 시비를 거는 사람이 있으면 "뭐 닭은 자기 닭장에서 우는 법이니까요. 원하면 나를 내쫓고 때리고 욕설을 해도 됩니다. 어차피 우리는 신의 가련한 종들이니까. 당신들에게 뭐라고 할 말은 없습니다"라고 말하며 겸손하게 대처하곤 했다.

오두막집을 지은 후, 무하렘은 이제 잡일들을 별로 하지 않게 되었다. 작은 나룻배를 만들고 오두막집 앞에 선착장도 만들었다. 그리고 사카르야 강에 3미터 정도 되는 다리도 만들었다. 그런데 이 다리는 그야말로 볼만한 것이었다. 무하렘이 가진 모든 기교, 취향, 아름다움, 사랑에 대한 관점은 이 엉성하게 만든 다리의 난간에 다 반영되어 있었다. 그 다리를 여러분에게 어떻게 설명해야 할지 모르겠다. 다리는 굴곡이 져 있었고, 그 굴곡 진 곳에는 미끄러지지 않도록 계단이 있었는데, 일종의 현수교를 조악하게 모방한 것이라고 할 수 있다. 하지만 진짜 기교는 다리의 난간에서 드러났다.

어쩌면 그는 이 난간을 마른 나뭇가지들로 한 시간 동안 얽어서 만들었을지 모르지만, 그것을 보는 사람들에게는 그가 오랫동안 심혈을 기울여 즐겁게 작업했을 거라는 생각을 하게 해 준다. 하지만 무하렘은 이 일을 아주 빨리했다. 다리를 만들고, 아름다운 것을 창조하고, 물고기를 잡고 살아가고, 오로지 자신의 손으로 자신의 생각과 상상으로 어떤 세계를 건설하고자 하는 욕구가 이 다리를 통해 읽히고 있었다.

휘세인 아아는 이렇게 말했다.

"이야, 무하렘! 이거 정말 멋진 다리네! 오두막집도 아주 멋지고. 그리고 저기에다 작은 선착장도 만들었네그려! 이 줄은 뭔가 무하렘?"

무하렘이 줄을 천천히 끌어당기자 둥근 테두리 있는 바구니가 천천히 올라왔다. 그 안에는 일련의 국거리용들 사이에 새우보다 열 배, 열다섯 배는 더 큰 집게발이 달린 생물이 들어 있었다.

"아이고, 이 게들은 뭐 할 건가, 무하렘?"

"팔 거예요. 안 팔리면 제가 먹을 거고요. 이걸 사는 손님들이 있어요. 제가 매일 배달하지요. 그러니까 도시의 공장 있잖아요? 거기서 일하는 외국인들…… 그들은 이걸 아주 좋아해요. 살도 쇠고기보다 더 맛있어요……"

"말도 안 돼, 닥쳐, 이 더러운 것들은 먹을 수 없어!"

"특히 라크 안주로는 딱이에요, 어르신."

"정말이야? 말도 안 돼!"

무하렘과 함께 담수에서 잡은 가재 이외의 아무것도 아닌 이 생물을 곁들여 1리터짜리 라크 한 병을 마시고 그의 오두막집에서 곯아떨어졌던 어느 금요일 이후, 휘세인 아아는 매주 금요일이면 습관처럼 작은 라크 한 병을 사 들고 무하렘의 오두막집으로 불쑥 들어가곤 했다.

"무하렘, 최소한 사람들이 예배를 올리고 있는 금요일에는 저 생물을 삶지 말지그래, 무슨 방도를 찾아보자고."

무하렘은 기다렸다.

무하렘은 이제 오로지 물고기를 잡으며 생계를 유지했다. 눈보라가 치는 겨울에 그의 나룻배가 격랑에 휩쓸려도 그는 신경 쓰지 않았다. 하루 종일 그물을 짜고 동네 아이들을 모아 그물을 거둬들이러 갔다. 한 80오카쯤이 그물에 붙어 있으면 아이들의 낑낑대는 소리에 온 마을이 쩡쩡 울리곤 했다. 차로 도시에 이것들을 운반해 가지고 가 한 개에 2쿠루쉬에 팔아 160쿠루쉬를 벌곤 했다. 이 돈에서 절반인 80쿠루쉬는 아이들 몫으로 나눠 주었다.

물고기를 잡은 날이면 마을은 거의 축제 분위기였다. 어떤 아이들의 어머니는 무하렘에게 "돼지 같은 놈, 장차 우리 아이들을 어부로 만들어 버릴 것 같아!"라고 말하곤 했다.

무하렘은 이 일을 잘 꾸려 나갈 터였고, 사카르야 강가에는 그의 오두막집과 비슷한 오두막집들이 늘어설 것이고, 그의 다리들과 비슷한 다리들도 건설될 터였다. 그리고 물론 한 무리의 어린 어부들도 등장할 터였다. 그러나 운명은 그의 편이 되지 않았고 무하렘은 어느 날 그 마을에서 자취를 감추고 말았다.

그 겨울, 휘세인 아아는 류머티즘 관절염 때문에 몸져누웠고, 옴짝달싹하지 못했다. 얼굴은 샛노랗게 변했고, 곧 죽을 것만 같았다.

"뭐 어쩌겠어, 아마도 죽을 날이 온 거지, 이제."

무하렘은 행색이 아주 좋아져서 마을로 돌아왔다. 게다가 오두막집을 지었던 휘세인 아아의 밭도 일부 구입했다. 그 토지 값도 듬뿍 지불했다. 하지만 무하렘은 또 갑자기 사라졌다. 한 달 정도 보이지 않았다. 그의 집의 문도 닫혀 있었고 굴뚝에서는 연기도 나지 않았다. 사람들은 그에게 무슨 일이 있는 걸까 궁금해했다. 마을 사람들은 나중에는 무하렘을 별로 좋아하지 않게 되었다. 그가 아이들을 고기잡이에 길들인다는 것 때문이었다.

한 달이 채 지나지 않은 어느 날이었다. 무하렘은 돼지처럼 살찐 한 여자와 함께 나타났다. 그는 그 여자와 항상 집시어로 대화를 했다. 우리는 그 언어가 어떤 것인지 몰랐다. 하지만 우리 시골 사람들은 다른 언어로 이야기하는 사람들의 말을 듣는 것을 좋아한다. 우리는 그들이 대화를 할 때 듣곤 했다. 어떤 말이 터키어로 어떤 뜻이라는 것을 알고는 놀라곤 했다. 그런데 이 두 사람이 고기잡이를 하면서 그 시골에서 살기는 했지만 그리 사이가 좋은 편은 아니었다. 왜냐하면 강에서 매일 물고기가 잡히는 것은 아니었기 때문이다. 잡힌다 하더라도 돈이 되지 않았다. 무하렘은 1오카에 1쿠루쉬를 받고 판 적도 있었다. 차를 대여하는 데 25쿠루쉬가 들었다. 25쿠루쉬는—마을 아이들의 어머니들이 그에게 아이들을 보내지 않았기 때문에—레젭 놈에게 주었다. 그에게는 30 혹은 40쿠루쉬가 떨어졌다. 나중에는 그 공장에 있던 외국인들도 가재를 사지 않게 되었는지, 아니면 그들과 싸움을 하게 되었는지 알 수는 없지만, 그는 그만 가난해지고 말았다. 손에 돈 몇 푼이 들어오면 그것을 여자에게 줘야만 했다. 가련한 무하렘은 찍소리도 못하고 살게 되었다.

휘세인 아아가 병상에서 털고 일어났을 때는 봄이 서서히 오고 있었다. 그가 초원에 드러누워 무하렘의 오두막집 쪽을 바라보니 굴뚝에서 연기가 나오고 있었다. 그는 기뻐서 그 오두막집으로 들어갔다. 그들은 생선국을 끓여 놓고 있었다. 치즈와 옥수수를 넣고 요리한 음식이 난로 위에서 노랗게 입맛을 돋우었다. 그들, 그러니까, 알리 아아의 상속인 아들, 무하렘의 아내, 무하렘이 함께 앉아서 와인 한 병을 따 놓고 거나하게 마시고 있었다.

무하렘은 "휘세인 아아, 가지 마세요, 가지 말고 여기 앉으세요"라고 권했다.

그는 "아니, 난 앉지 않겠어, 무하렘!"이라고 말하며 무하렘의 귀에 대고 이렇게 속삭였다.

"난 저놈을 좋아하지 않아. 그와 길게 대화하지 않는 게 좋을 거야."

"그러면 어때요, 휘세인 아아, 좋은 청년 같은데요 뭐. 재미를 위해 돈도 잘 쓰는 것 같고요."

"그래, 그는 재미 보려고 돈을 쓰는 바람둥이기도 하지. 뭐 자네가 알아서 하게나. 그리 나쁜 마음은 들지 않지만, 이게 옳은 일은 아닌 것 같군."

그 마을은 일주일 후에 난리가 났다. 마을 사람들은 마을의 명예와 도덕을 짓밟았다는 이유로 몽둥이를 들고 무하렘의 집으로 향했다. 그는 고함을 치지도 않았다. 그의 아내는 도망을 쳤다. 무하렘은 휘세인 아아의 눈앞에서 나룻배를 탔다. 사카르야 강의 흐름에 따라 노를 저었다. 사람들은 그의 등 뒤로 끊임없이 돌을 던져 댔다.

군밤 장수 친구
Kestaneci Dostum

자신이 스물네 살이라는 것을 주민증을 보고 알게 되었을 때, 그는 거울 앞에 섰다. 그 거울은 어떤 담배 가게의 진열장 중 한 곳에 있었다.

그는 거울 속의 남자를 놀라며 바라보았다. 지금까지 그런 남자의 얼굴을 본 적이 없었다. 하긴 지금까지 자신의 모습을 들여다보기 위해 거울을 본 기억도 없었다!

지금 입은 옷은 언제 샀던 거지? 이 바지를 누가 그에게 주었지? 그리고 신발은 있었던가?

놀랍군! 수염도 있었다. 눈은 윤기로 반짝반짝거렸다.

모자의 찢어진 곳에서 삐져나온 종이를 뜯었다. 아래로 늘어진 콧수염을 쓰다듬었다. 스물네 살이 되었다 이거지! 그러니까 3년 전에 그는 스물한 살이었다. 그때는 왜 그렇게 어린아이 같은 몸이었을까? 군대에서 친구들은 그를 보고 "얘야!"라고 부르곤 했다. 그 역시 이 어린아이 같은 모습 때문에 피해를 보지 않기 위해 카페 심부름꾼 아이의 순진함으로 모든 사람의 잔일을 봐주었다. 자신이 언제까지나 카페 심부름꾼 아이의 나이로 남을 것이며, 성장하지 않을 거라고 생각했던 것이다. 지금까지는 성장하지 않았던 게 사실이었다.

지금까지의 친구들이라고는 어린 신문팔이 소년들, 거지들, 어린 짐꾼들이었다. 그는 왜 나이 든 사람과 앉아 얘기를 나누지 않았으며, 자기 또래의 사람들과 친구가 되지 못했고, 되고 싶어 하지 않았을까?

그의 어머니가 사망한 후, 할머니가 카페 주인 쌀림 아저씨에게 준 이 성장하지 않는 아이는 어쩌면 10년 이상 쌀림 아저씨 옆에 있었고, 카페에 들르는 모든 손님은 20년 동안 그가 전혀 성장하지 않았다는 것을 알아챘다. 손님 중 한 명은 이렇게 말했다.

"나는 10년 이상 이 카페에 오고 있소. 저 아이는 키가 요만했소. 당연히 군대 갈 나이가 되지 않았을까요, 쌀림 아저씨? 어쩌면 스물한 살도 넘었을 거요. 어떻게 생각하시오, 쌀림 아저씨?"

늙은 쌀림 아저씨는 아흐메트를 안쓰러운 마음으로 보면서 "아이고 세상에, 바로 어제 이곳에 온 것 같은데……"라고 말했다.

손님은 "저도 그렇게 느껴지는군요. 저 아이는 내가 처음 봤을 때와 지금을 비교해 봐도 별 차이가 없군요. 그것도 몸집 때문이 아니라, 얼굴에 난 털 색깔이 변해서 알아챘어요."

그들은 결정을 내렸다.

그가 군대에서 제대한 후 쌀림 아저씨의 카페에 가 보니 그곳이 폐업한 것을 알게 되었다. 그 자리에 구멍가게가 들어서 있었다. 그는 한

동안 구멍가게에서 일했다. 이 구멍가게가 그에게는 집이었다. 그의 할머니가 사망한 후 몇 년 동안 가게의 나무 벤치 위에서, 때로는 벤치 아래서 잠을 잤다. 쌀림 아저씨가 어디로 갔는지 물어본다고 뭐가 달라질 것인가? 쌀림 아저씨가 간 곳이 파티흐 마을에서 세흐자데바쉬 마을로 내려갈 때 보이는 것만 같았다. 그것은 위에 태피스트리를 깔고, 앞부분에 카피예*를 덮고, 뒤에 일곱 명의 허름한 형색의 사람들이 따라가는 관이었다. 그는 "아, 쌀림 아저씨, 아!"라고 소리 질렀다.

그의 호주머니에는 단 한 푼도 없었다. 아침부터 지금까지 아무것도 먹은 게 없었다. 정오 무렵 그는 다리 위에 서 있었다. 더운 남풍이 불어와 11월 말을 여름밤으로 바꾸어 놓고 있었다. 붉은 구름들, 사원 첨탑들, 반짝이는 사원 돔들, 멀리 쉴레이마니예 사원 뒤에 떠 있는 검은 구름의 가장자리에 어린 황금빛 무늬, 붉게 물든 텅 빈 바지선, 분주히 움직이는 사람들……

저녁이 되었다. 그는 자신처럼 허름한 어떤 사람의 뒤를 따라갔다. 그 남자는 손에 여행 가방을 든 모든 남자에게 다가가 생기 있는 시선으로 바라보며 "신사분, 짐 날라 드릴까요?"라고 말하고 있었다.

그도 속으로 어쩌면 스무 번 이상 "신사분, 짐 날라 드릴까요?"라고 말했다. 한번은 커다란 가방 앞에서 기다리고 있는 남자에게 이 말을 했다.

"신사분, 짐 날라 드릴까요?"

"그럽시다."

그는 짐을 등에 지고 비탈길을 올랐다. 그들은 어떤 집 앞에 멈췄다.

---

* 무슬림 남성들이 머리에 쓰는 두건.

그러자 남자가 "얼마를 주면 되지?"라고 물었다. 그는 미소를 지으며 고개를 숙였다. 남자가 2리라를 주었다. 그는 또 미소를 지었다. 그리고 걸었다.

정확히 일곱 달 동안 짐꾼 일을 했다. 하지만 도무지 그 일이 좋아지지 않았다. 그는 너무나 먹지 못해서 어느 날인가는 짐에 깔려서 죽을 수도 있겠다는 생각까지 들었다. 그는 단지 추위, 더위, 배고픔을 느꼈을 뿐이었으며, 열이 36.5도를 넘어가는 것도 알아채지 못했다. 열이 40도를 넘던 날, 나를 짐이 있나 기다리다 쓰러지고 말았다. 사람들은 그가 술에 취했다고 생각하며 경찰서로 데려다 주었다. 그곳에서 그의 머리에 물을 끼얹어 정신을 차렸다. 그는 웃었다. 잠시 후 그의 머리에서 김 같은 것이 올라오자 이를 본 경찰이 "이 아이는 아프군, 술에 취한 게 아냐"라고 말했다.

그는 병원에서 나왔던 것만 기억할 수 있었다. 이 신발, 이 셔츠, 이 바지는 그 젊은 의사가 그에게 주었다. 그런데 이 재킷은 언제부터 입고 있었던 걸까? 쌀림 아저씨가 그에게 주었던 것일까?

애초에 그의 호주머니에는 15리라가 들어 있었다. 간호사들이 그에게 7리라를 주었다. 왜 그에게 돈을 주었을까? 그렇게 가련해 보였단 말인가? 자신보다 더한 사람들이 없단 말인가? 너무나 많았다! 게다가 간호사들은 그의 호주머니에 15리라가 있다는 것을 알면서도 이 돈을 왜 주었을까? 금발의 젊어 보이는 간호사가 "직업을 찾아라. 넌 아주 좋은 아이 같구나" 하고 말했다. 또 다른 간호사가 "정말 사랑스러워. 열여덟 살 정도 되었을까?"라고 말하자, 다른 간호사가 "스물네 살이래, 주민증에 그렇게 쓰여 있던걸" 하고 말했고, 조금 전의 간호사가 "주민증은 별로 믿을 게 못 돼"라고 대꾸했다.

또 남풍이 부는 날이었다. 그는 호주머니에 있는 돈을 세었다. "이발 해야지"라고 생각하며 이발소로 갔다. 구두닦이에게 가 구두를 닦았다. 날씨가 갑자기 나빠졌다. 북풍이 불어왔다. 남풍이 부는 밤이 훨씬 좋았는데. 밤에 날씨가 나빠지면 좋았을 텐데, 왜 벌써 추워지는지. 이스탄불 전체는 붉은 오렌지 같은 구름들로 가득 찼고, 북풍은 다른 하늘을 만들고, 다른 사람들이 나타났다. 북풍과 함께 여느 때처럼 차가운 구름들, 차가운 사람들이 나타나고, 바다는 들어갈 수 없는 상태로 바뀐다. 하지만 남풍이 불면 겨울에도 바다에서 수영할 수 있었다. 최소한 수영을 할 수는 있었는데.

이 돈으로 무슨 일을 할 수 있을까 하고 생각하느라 북풍에 대한 부정적인 생각은 잊어버리고 말았다. 어떤 길 사이에서 그의 얼굴이 갑자기 창백해졌다. 그의 심장은 사랑하는 사람을 본 것처럼 두근거렸다. 그곳 불빛 속에서, 가게들 사이에서, 자신처럼 모자를 쓰고 찢어진 재킷을 입고 노란색 바지를 입은 한 남자가 군밤을 팔고 있었다. 그는 작은 의자에 앉아 있었다. 손에는 집게가 들려 있었다. 곰곰이 생각에 빠진 듯 밤을 뒤집고 있었다. 그리고 2분에 한 번씩 자동적으로 이렇게 소리쳤다.

"따뜻한 군밤이요!"

이 말을 할 때도 남자는 고개를 숙이고 있었다. 잠시 집게를 놓더니 자리에서 일어나 "아주 맛있습니다!"라고 소리쳤다. 아흐메트는 그에게 다가가 "5쿠루쉬어치 주세요"라고 말했다.

군밤 장수가 아주 잘 광을 내서, 사슬마저 커다란 상점의 붉은 전구보다 더 반짝이는 저울 위에 있던 차가운 군밤이 그의 손안으로 떨어졌다.

"따뜻한 것은 왜 안 주나요?"

"따뜻한 건 뭐하려고? 몇 개 더 주마."

"좋아요, 차가운 것도 좋으니 몇 개 더 줘요. 저 저울을 얼마 주고 샀어요?"

"6.5리라."

"비싸네요! 화로는요?"

"14리라."

"집게도 포함된 가격인가요?"

"그래, 집게도."

아흐메트는 아침까지 여는 카페에서 너무나 복잡한 꿈을 꿨다. 다음 날 아침 모든 것이 준비되었다. 하지만 생밤을 살 돈은 남아 있지 않았다.

나는 쌀림 아저씨의 카페에 드나들 때부터 아흐메트를 알고 있었다. 지금 이 자리는 내가 그에게 권했었다. 그곳은 저녁마다 꽤 붐비는 뒷골목의 어느 클럽 모퉁이에 있었다. 나는 매일 저녁 반쯤 술에 취해 클럽에서 나올 때마다 손을 내밀어 밤 한 줌씩을 집곤 했다. 돈은 주지 않았다. 그가 거부했기 때문이다. 그는 여전히 아이 같은 얼굴로 미소를 지었다. 무슨 생각에 잠긴 듯한 표정을 지으며 집게로 밤을 이리저리 뒤집었다. 내 생각에 아흐메트는 이 밤들을 뒤집으면서 "아, 쌀림 아저씨, 아!"라고 말하는 것 같았다.

그리고 그는 연신 "손이 델 정도로 따뜻한 밤입니다!"라고 소리 질렀다.

어느 날 저녁 나는 술에 잔뜩 취해 아흐메트가 파는 밤을 한 줌 집고는 돈을 던졌다. 그는 달려와 그 돈을 돌려주며 이렇게 말했다.

"형, 이러면 안 되지요."

다음 날 저녁 밤을 집지 않고 지나갔더니 그가 슬프게 소리쳤다.

"절 모른 척하고 지나갈 건가요, 형?"

나는 되돌아가 밤 한 줌을 집으며 이렇게 말했다.

"아흐메트, 내가 널 어떻게 모른 척하고 지나가겠니?"

어느 날 저녁 나는 모퉁이에서 들려오는 소음을 듣고 뛰어갔다. 아흐메트의 밤을 굽는 화로가 뒤집어져 있었고, 밤들은 반짝이는 인도에서 나뒹굴고 있었다. 한 벌거벗은 아이가 계속해서 밤을 줍고 있었다. 아흐메트는 아이에게 "가져가, 먹어, 품에 넣고 가. 이제 그것들은 필요 없어!"라고 소리치고 있었다.

그의 얼굴은 시뻘겋게 달아올랐고, 머리는 헝클어져 있었다. 마치 술 취한 사람처럼 욕설을 퍼붓고 있었다.

나는 "무슨 일이야, 아흐메트?"라고 물었다.

"불법이래요. 여기에서 밤 파는 것이 불법이래요. 화로를 엎어 버렸어요, 형. 어쩔 수 없지요 뭐. 다른 일을 하면 되겠죠. 걱정 마세요."

나는 그때까지만 해도 그다지 마음이 아프지 않았다. 하지만 그의 얼굴에는 걱정스러움과는 다른 무언가가 어려 있었다. 그는 발작을 일으키듯 손으로 머리카락을 쥐어뜯고 있었다. 어린아이에게 "저 화로 너 가져!"라고 말하며 어딘가로 가 버리고 말았다.

내가 한 신문사에서 법정 출입 기자 일을 하고 있을 때 멀리서 아흐메트를 보았다. 그의 손은 줄로 묶여 있었다. 얼굴은 핼쑥했고 길어 보였다. 더렵혀진 속옷 같은 상의를 입었고 빛바랜 찢어진 바지 차림이었다. 맨발은 시커멓게 변해 있었다.

그런 모습의 그를 아는 체하는 게 옳지 않은 것 같아 그냥 지나치려고 했다. 나를 보면 정말 충격을 받을 것만 같았기 때문이었다. 모른 체 지나갈 참이었다. 그런데 그가 능글맞은 미소를 지으며 내 앞을 가로막았다.

그 옆에 있는 헌병에게 "잠깐만요, 이 신사분한테 담배 한 대만 얻읍시다!"라고 말했다.

나는 "아이고 이런, 아흐메트!"라고 말하며 담뱃갑을 그에게 건넸다.

그는 "돈 좀 있으면 주지그래!"라고 말했다. 나는 그에게 25리라를 내밀었다. 그는 자신이 왜 이 지경이 되었는지를 내가 묻기라도 한 것처럼 "헤로인 때문입니다, 형님"이라고 말했다.

아르메니아인 어부와 절름발이 갈매기

Ermeni Balıkçı ile Topal Martı

절름발이 갈매기와 어부가 서로 대화를 나눈 것을 본 적이 있다고 한다. 나는 갈매기가 먼저 말을 걸었을 거라고 확신한다. 어부가 먼저 갈매기에게 말을 걸 리는 없으니까.

이 이야기를 한 사람들에 의하면 이들의 대화는 다음과 같다.

갈매기 : ……

어부 : 이봐, 절름발이 갈매기, 아침부터 왜 이렇게 시끄러워?

갈매기 : ……

어부 : 지루해 죽을 지경이냐? 우린 아직 고기가 많은 구역에 도착하지 못했어.

갈매기 : ……

어부 : 제발 부탁이니 조용히 좀 해. 조용히 좀 하라고, 한시라도 빨

리 그곳에 도착하려면.

갈매기 : ……

어부 : 그렇게 꺅꺅거리는 걸 보니 배가 고픈 모양이구나.

갈매기 : ……

어부 : 그렇다면 다랑어를 좀 잘라 주마.

갈매기 : ……

어부 : 정말 시끄러워 죽겠네, 그래!

어부는 다랑어의 머리와 여전히 꼬리가 떨리는 살점을 발라낸 뼈를 던져 준 후 노를 잡았다. 잠시 후 안개 속에서 하이르스즈 군도가 모습을 드러냈다. 갈매기는 이제 조용해졌다. 이제 그들은 말을 하지 않았다. 그때 어부가 나를 돌아보며 말했다.

"내가 고기를 잡으러 나갈 때마다 내 배를 알아보고는 짠 하고 나타나 나를 따라오지요. 게다가 쟤는 아주 재수 좋은 새랍니다."

"와르베트 씨, 근데 왜 절름발이라고 부르시나요?"

"절름발이니까요."

"다리가 왜 그런데요?"

그는 대답하지 않았다. 우리는 아무 말도 하지 않았다. 바람이 내 코로 육지 냄새를 실어다 주었다. 썩기 시작하는 수박 냄새가 우리 주위를 휘감았다. 어부는 이 정도의 대화도 지루한 듯 아무 말도 하지 않았다. 어부라는 사람은 속으로 말하는 사람이라고 하고 싶지만 이도 옳지 않다. 어부는 자신에게조차 그다지 말을 하지 않는다. 나는 말 많은 어부를 만난 적이 없다. 말이 많은 사람은 어부가 아니다. 어부는 수다쟁이가 아니다.

나는 주위를 둘러보는 그의 눈길에서 다음과 같은 우리의 대화를 유추해 냈다.

"크날르 섬의 곶 부분이 보입니까?"

"네, 보입니다."

"위쪽에 하얀 땅이 있지요. 그곳도 보입니까?"

"아니요……"

물고기는 고요를 좋아한다. 자신들처럼 입은 있지만 말을 하지 않는 사람들을 좋아한다.

나는 또 머리가 어지럽다. 다시 고기잡이를 나가는 것은 멍청한 짓이다. 이 얼마나 거대하고 깊은 소리인가 바닷소리는. 인간은 이 작은 나룻배 안에서 얼마나 왜소한 존재인가? 아, 육지. 거기엔 소리, 사람, 소음이 있다. 나무가 있다, 바람이 있다. 단단한 땅을 밟고 먼바다를 내다보는 것은 얼마나 달콤한 일인가? 하지만 이 커다란 입이 숨 쉬는 것과 비슷한 귀머거리의 소리를 바다 한가운데에서, 나룻배 안에서, 절름발이 갈매기가 당신을 주시하고 있을 때 듣는 것은 두렵지도 떨리지도 않다. 아, 돌아가면 얼마나 좋을까? 육지에 발을 내디디면 희생양이라도 잡아야겠군. 희생양이라고? 아, 희생양을 잡는다는 것은 얼마나 끔찍하고 얼마나 야만적인 짓인가? 그 동물들을 아이들, 여인들, 소녀들 앞에서 죽이는 모습이라니! 얼마나 원시적인 관습인가?

"바다가 아주 험하네요. 당신은 곧 기절할 것만 같군요. 돌아갑시다."

"네, 제발 돌아갑시다."

쿰카프에 있는 카페에 도착했을 때 내 얼굴에 희색이 돌았다. 아, 살 것만 같았다. 어부는 날카로운 시선으로 내 얼굴을 바라보며 이렇게 말했다.

"다시는 당신과 고기잡이를 나가지 않겠소. 당신은 정말 예민한 사람이군요."

그는 며칠 동안 내게 기분이 상한 듯 행동했다. 하지만 그는 그 누구에게도 화가 난 것이 아니었다. 상중인지 옷깃에 검은 리본을 달고 있었다.

그의 친구들은 "와르베트와 관련 있는 누군가가 죽은 거야? 물어볼 수도 없고 말이야…… 언제 터질지 모르는 사람이니!"라고 말했다.

나는 또 고기잡이를 하러 나가고 싶고 그 이상한 마음 상태를 다시 느끼고 싶어 몸이 근질거렸다. 그것은 두려움과 동시에 몽상에 빠지는 끔찍한 희열이었기 때문이다. 그 희열을 다시 한 번 느껴야만 했던 것이다.

담배로 누렇게 변한 손톱으로 낚싯줄에 윤을 내고 있는 그를 보게 되었다.

"와르베트 아저씨, 고기잡이 나가시나요?"

그는 대답하지 않았다. 나는 카페 주인에게 "와르베트 씨에게 커피 한 잔 주세요"라고 말했다.

"난 커피 마셨소, 필요 없소."

"고기잡이 나가시나요?"

"그렇소, 그런데 왜요?"

"저도 좀 데리고 가시지요!"

와르베트도 이 세상에서 먹고살기 위해서는 돈이 필요할 것이다. 나처럼 점잖은 사람에게서 약간이나마 돈을 받는 것은 자존심이 상하는 일이 아닐 것이다.

"좋소, 하지만 당신이 나룻배 안에서 죽는다 해도 도중에 되돌아오지 않겠소."

"그날은 제가 몸이 좀 안 좋았습니다."

"당신은 또 그럴 거요, 신경 쓰지 마시오. 당신처럼 예민한 정신을 가진 사람은 육지에서도 편하지 않을 거요. 별일 없을 거요. 하지만 죽으면 또 어떻소? 죽을 때가 된다면 육지에서든, 바다에서든 무슨 상관이오."

"그런데 절름발이 갈매기는 어디 있습니까?"

"죽었소."

"어떻게요?"

"어떻게 죽었는지 나도 모르겠소. 어느 날 아침 물고기가 많이 있는 구역에 도착했더니 바로 그 위에 주검이 떠 있었소."

"당신이 봤으면 해서 그곳으로 와 죽은 것 같습니까?"

그는 대답하지 않았다. 갑자기 절름발이 갈매기 때문에 옷깃에 검은 리본을 달았을 거라는 생각이 떠올랐다.

"혹시 그 검은 리본은 갈매기를 위해서 단 건가요, 와르베트?"

그는 내 눈을 똑바로 주시하며 말했다.

"이런, 이런, 대단하군요. 오늘은 육지에서처럼 머리가 잘 돌아가나 보네. 두려움도 느끼지 않는 걸 보니."

세마외르*
Semaver

"아침 에잔**이 울렸단다. 애야, 일어나렴, 직장에 늦겠다."

알리가 드디어 취직을 했다. 그는 일주일 전부터 공장에 다니고 있었다. 그의 어머니는 아주 흡족했다. 그녀는 기도를 올렸다. 마음속에 있는 신과 함께 아들의 방으로 들어가자 큰 키, 탄탄한 몸 그리고 아주 젊은 얼굴이 눈에 들어왔다. 꿈속에서 기계, 볼타 전지, 전구들을 보고 기계에 기름을 치고 디젤 모터의 소음을 듣는 아들을 차마 깨울 수 없었다. 알리는 막 공장에서 나온 것처럼 땀에 젖어 있었고 얼굴은 분홍빛으로 상기되어 있었다.

할르즈오울루에 있는 공장의 굴뚝은 고개를 들고서 위엄 넘치는 수

* 차 끓이는 주전자.
** 이슬람 사원에서 예배 시간을 알리는 기도 소리.

닭처럼 아침을, 캬으트하네 언덕에 나타난 여명을 바라보고 있었다. 꼬끼오 하고 울 것 같은 태세였다.

알리가 드디어 일어났다. 어머니를 껴안았다. 매일 아침 그러했듯이 이불을 머리끝까지 끌어 올렸다. 어머니는 이불 밖으로 나온 발에 간지럼을 태웠다. 침대에서 단숨에 일어난 아들과 함께 다시 침대로 떨어졌을 때 처녀처럼 깔깔거리며 웃는 여자는 행복하다고 할 수 있다. 그곳은 행복한 사람이 아주 적은 마을이었다. 어머니는 아들 이외에, 아들은 어머니 이외에 그 누구도 없었다. 그들은 주방에서 서로 바짝 붙어 앉았다. 주방 안에는 구운 빵 냄새가 가득 차 있었다. 세마외르가 무척이나 멋지게 보글보글 끓고 있었다. 알리는 세마외르를 고통도 파업도 사고도 없는 공장에 비유하곤 했다. 그것에서는 오로지 냄새와 김 그리고 아침의 행복이 뿜어져 나오곤 했다.

이른 아침, 알리는 세마외르 그리고 공장 앞에서 기다리는 살렙 차* 주전자가 좋았다. 그리고 소리들. 할르즈오울루에 있는 사관학교의 나팔 소리와 할리치 만灣을 울리는 공장의 긴 호루라기 소리는 그에게 갈망을 불러일으키기도 했고 사그라지게도 했다. 그러니까 우리의 알리에게는 약간 시인 같은 면모가 있었던 것이다. 커다란 방앗간에서 일하는 전기공에게 있어 감수성이라는 게 좁은 할리치 만에 거대한 대서양 횡단선을 들이는 것과 같다고 해도, 알리, 메흐메트, 하산도 약간은 이러하다. 우리 모두의 마음속에는 용감한 사자 한 마리가 살고 있다.

알리는 어머니의 손등에 입을 맞췄다. 그런 후 달콤한 무엇인가를

---

* 난초과 식물의 구근을 말려 가루로 만든 후 여기에 뜨거운 우유와 계핏가루를 넣고 끓인 차.

먹은 듯이 입술을 핥았다. 어머니는 웃었다. 그는 어머니에게 입맞춤을 할 때마다 이렇게 한 번 입술을 핥는 것이 습관이었다. 집의 작은 정원에 있는 화분에는 바질이 있었다. 알리는 몇 개의 바질 잎사귀를 손가락으로 짓이겨 손바닥의 향기를 맡으며 집을 나서곤 했다.

아침 공기는 선선했고 할리치 만은 안개에 싸여 있었다. 나룻배 부두에서 몇몇 친구를 보았다. 모두 혈기 왕성한 젊은이들이었다. 다섯 명은 할르즈오울루로 건너갔다.

알리는 종일 즐겁게, 의욕을 가지고 열성적으로, 하지만 친구들보다 더 잘한다는 느낌은 주지 않으면서 일을 할 것이다. 그는 작업의 요령을 배웠지만 정직과 겸손이 더 중요했다. 그의 상관은 이스탄불에서는 유일한 전기공인 독일인이었다. 그는 알리를 아주 아끼며 그에게 작업의 비법과 요령을 가르쳐 주었다. 자신만큼이나 솜씨 있고 능숙한 사람들보다 그가 더 우세해 보이는 비법은 민첩함, 운동으로 다진 몸, 그러니까 그의 젊음 때문이었다.

그는 자신이 친구들에게는 진정한 친구, 마음이 맞는 친구이며 상사들에게는 좋은 근로자라는 것을 확신하며 만족스러운 마음으로 저녁에 귀가했다.

어머니를 껴안은 후 집 맞은편 카페에 있는 친구들 곁으로 뛰어갔다. 카드 게임을 했고 흥미진진한 백개먼 게임을 어깨너머로 구경했다. 그런 후 집으로 갔다. 어머니는 얏스* 기도를 드리고 있었다. 그는 여느 때처럼 어머니 앞에 무릎을 꿇고 앉았다. 기도용 깔개 위에서 재주넘기를 하며 혀를 내밀었다. 결국 어머니를 웃게 하는 데 성공했다.

* 일몰 두 시간 후에 올리는 예배.

"알리야, 기도하는 데 방해하는 것은 죄란다, 내 새끼, 죄라니까, 하지 마라!"

"엄마, 신은 용서하실 거예요."

이 말을 한 후 아무것도 모른다는 듯 순진하게 물었다.

"근데 엄마, 신은 절대 웃지 않나요?"

저녁을 먹은 후 알리는 탐정 냇 핑커턴이 나오는 소설을 읽는 데 몰두했다. 어머니는 아들의 스웨터를 짜고 있었다. 이후 그들은 라벤더 향기가 나는 요를 깔고 잤다.

어머니는 사원에서 아침 기도 시간을 알리는 소리가 울려 퍼질 때 알리를 깨웠다.

구운 빵 냄새가 나는 주방에서 세마외르는 무척이나 멋지게 보글보글 끓었다. 알리는 세마외르를 고통도 파업도 사장도 없는 공장에 비유하곤 했다. 그것에서는 오로지 냄새, 김 그리고 아침의 행복이 뿜어져 나왔다.

*

죽음은 알리의 어머니에게 어떤 손님, 머리에 스카프를 쓰고 기도를 드릴 때 이웃집 아주머니가 온 것처럼 찾아왔다. 그녀는 매일 아침 아들의 차를, 저녁에는 2인분 식사를 준비하며 시간을 보냈다. 하지만 심장 한쪽에 어떤 통증을 느꼈다. 주글주글하며 망사 천 냄새가 나는 자신의 몸으로 저녁 무렵마다 계단을 빠르게 오를 때 숨이 가쁘고 땀이 났으며 어떤 부드러운 느낌도 받곤 했다.

어느 날 아침, 아직 알리가 깨기 전에, 세마외르 앞에서 갑자기 답답함을 느끼고는 가까운 의자에 털썩 주저앉았다. 주저앉아 그렇게 있던 것이 그녀의 마지막이었다.

알리는 오늘 아침 어머니가 자신을 왜 깨우지 않는지 놀랐을 뿐, 한동안 자신이 늦게 일어났다는 것도 인지하지 못했다. 공장에서 들려오는 호루라기 소리가 유리를 통해 그 날카로움과 절박함을 잃고 스펀지 속을 지나는 것처럼 부드럽게 귓가에 스몄다. 그는 자리를 박차고 일어났다. 그는 주방 앞에서 멈췄다. 식탁에 손을 올려놓고 졸고 있는 것처럼 보이는 어머니의 주검을 바라보았다. 그는 어머니가 자고 있다고 생각했다. 천천히 걸어갔다. 어머니의 어깨를 잡았다. 차가워지기 시작한 어머니의 뺨에 입술을 가져간 순간 소름이 돋았다.

죽음 앞에서 어떤 행동을 취하더라도 노련한 배우와 별 차이가 없을 것이다. 그저 노련한 배우가 하는 정도였을 뿐이다.

그는 어머니를 껴안았다. 그녀를 침대로 데리고 갔다. 이불을 덮어 차가워지기 시작한 몸을 덥히려고 했다. 자신의 몸을, 생기를 그 차가운 몸에 전달하려고 했다. 잠시 후, 그는 무력하게 구석에 있는 방석 위에 털썩 주저앉았다. 그날은 아무리 애를 써도 눈물이 나지 않았다. 눈이 지극히 따가웠지만 눈물 한 방울도 나오지 않았다. 그는 거울을 바라보았다. 가장 커다란 슬픔 앞에서는 불면으로 밤을 새운 사람의 얼굴밖에 다른 것이 되지 못한단 말인가?

알리는 자신이 갑자기 살이 빠지고, 갑자기 머리칼이 하얘지고, 갑자기 허리에서 느껴지는 엄청난 통증으로 나뒹굴고, 당장 백 살이 된 사람처럼 늙고 싶었다. 잠시 후 주검을 바라보았다. 전혀 공포스럽지 않았다.

오히려 그의 얼굴은 예전만큼이나 부드럽고 다정해 보였다. 그는 주검의 반쯤 뜬 눈을 강한 손으로 감겨 주었다. 그리고 밖으로 뛰쳐나가 이웃 노파에게 소식을 전했다. 이웃들은 헐레벌떡 뛰어왔다. 그는 공장에 갔다. 나룻배를 타고 갈 때 이미 죽음에 익숙해진 것 같았다.

어머니와 아들은 지금까지 나란히 꼭 껴안고 같은 이불 안에서 자 왔다. 죽음이 상냥하게 그의 어머니에게 다가온 것처럼, 그의 모든 감수성, 다정함, 부드러움을 그런 식으로 가져가 버린 것 같았다. 약간 추웠을 뿐이었다. 죽음은 우리가 아는 것처럼 그렇게 공포스러운 게 아니었다. 단지 약간 추웠을 뿐이었다. 그뿐이었다.

알리는 며칠 동안 집의 빈방에서 서성였다. 밤에는 불을 켜지 않고 밤의 소리를 들었다. 어머니를 생각했다. 하지만 울지 못했다.

어느 날 아침 그들은 마주했다. 그것은 주방 식탁의 비닐 커버 위에서 조용히 빛나고 있었다. 햇빛이 누런 놋쇠 위에 얼어붙어 있었다. 알리는 그것의 손잡이를 잡고 눈에 보이지 않는 곳에 놓고는 의자에 주저앉았다. 그러고는 조용히 내리는 비처럼 한참을 소리 없이 울었다. 그리고 그 집에서 세마외르는 두 번 다시 끓지 않았다.

이후 알리의 삶에 살렙 차가 들어왔다.

겨울에 할리치 만은 이스탄불보다 더 춥고 안개가 더 자욱했다. 얼음이 언 고르지 못한 인도의 진흙땅을 밟으며 일찍 직장으로 향하는 사람들, 학교 선생들, 가축상과 백정들은 공장 앞에서 한동안 휴식을 취하곤 했다. 커다란 벽에 등을 기대고 그 위에 생강가루와 계핏가루를 뿌린 살렙 차를 마시곤 했다.

양모 장갑 속에 감춰진 소중한 손들은 살렙 차를 감싸고 있고, 코를 훌쩍이며, 아무 생각도 하지 않고, 고통스러운 놋쇠 세마외르처럼 몸에서 김이 모락모락 나는 금발의 근로자들, 가축상, 백정 그리고 때로는 가난한 학생들은 커다란 공장 벽에 등을 기대고, 그 위에 꿈의 가루가 뿌려진 살렙 차를* 한 모금 한 모금 마시곤 했다.

* 일반적으로 살렙 차에는 계핏가루를 뿌려 마신다. 여기서는 계핏가루 대신 '꿈'을 뿌린다고 은유했다.

비단 손수건
İpekli Mendil

비단 공장의 넓은 외관이 달빛으로 반짝였다. 정문 앞을 몇 명이 급히 지나갔다. 내가 내키지 않게, 어디로 향할지 모르는 걸음으로 걷고 있을 때 공장 경비가 내 뒤에서 말을 걸어왔다.

"어디 가?"

"그냥 돌아다니려고요."

"곡예사 보러 안 가?"

내가 대답을 하지 않자 덧붙여 말했다.

"모두 간다더라고. 부르사* 역사상 그런 대단한 곡예사는 온 적이 없대."

---

* 터키 서부에 위치한 도시.

"전 갈 생각이 전혀 없습니다."

그가 하도 애원을 하기에 공장 문이 닫힐 때까지 내가 경비를 봐 주기로 했다. 나는 잠시 앉아 담배를 피웠고 노래를 불렀다. 조금 지나자 지루해졌다. 뭘 할까 생각하다가 일어나 경비실에 있는 끝에 못이 박힌 지팡이를 들고 공장을 돌아보기 위해 나섰다.

여성들이 일하는 고치 보관 창고를 지나자마자 후다닥 하는 소리가 들렸다. 나는 호주머니에 들어 있던 손전등을 켜 주위를 살펴보았다. 손전등의 밝은 빛 속에서 도망치려고 애를 쓰는 맨발이 보였다. 나는 그 뒤로 재빨리 달려가 도망치는 사람을 잡았다.

나는 도둑과 함께 경비실로 들어가 경비의 것인 노란 손전등을 켰다.

너무나 어린 도둑이었다. 내 손아귀에 부서질 듯 잡혀 있는 그의 손은 정말 작았다. 눈은 반짝거렸다.

잠시 후 나는 웃기 위해, 그것도 배를 잡고 웃기 위해 그의 손을 놓았다. 그러자 그 어린아이가 주머니칼로 날 공격했고, 내 새끼손가락은 상처를 입고 말았다. 나는 그놈을 꽉 붙잡고는 호주머니를 뒤졌다. 약간의 불법 연초와 역시 불법인 담배 마는 종이, 꽤 깨끗한 손수건이 나왔다. 나는 피가 흐르는 손가락에 그 불법 연초를 바르고 손수건을 찢어 그것으로 손을 감았다. 남은 연초로 두껍게 두 개의 담배를 말고는 친구처럼 얘기를 나눴다.

그는 열다섯 살 정도 되어 보였다. 원래 이런 짓을 하지 않지만 젊은 혈기로 저질렀던 것이다. 누군가 그에게 비단 손수건을 원했다고 했다. 그러니까 뭐 그의 애인, 그가 사랑에 빠진 소녀, 이웃집 소녀 말이다. 돈이 없으니 시장에 가서 살 수도 없었다. 고심에 고심을 거듭한

끝에 이 방법이 떠올랐다고 한다.

나는 "근데 작업장은 저쪽인데 너는 반대편에서 뭘 하고 있었니?"라고 물었다.

그는 웃었다. 작업장이 어디 있는지 그가 어떻게 알 수 있었겠는가?

우리는 내가 가지고 있던 담배에 불을 붙여 피웠고, 한동안 이야기를 나누며 친구가 되었다.

그는 부르사에서 태어나고 자란 토박이였다. 지금까지 살아오면서 이스탄불은 고사하고 무단야*조차―여러분은 이 말을 하는 그의 얼굴을 봤어야만 한다―한 번밖에 가 본 적이 없었다.

에미르 술탄**의 달빛 아래서 썰매를 탔던 시절에 이러한 목소리 톤을 한 친구들이 있었다. 이 소년도 나의 옛 친구들처럼 내가 멀리서 그 소리를 들었던 괵데레***의 물가에서 피부가 검게 변했을 것이고, 계절이 변할 때마다 과일의 껍질 색깔로 변할 것이다.

그의 피부색은 껍질이 떨어진 호두의 갈색이었다. 또한 신선한 호두의 흰색처럼 하얗고 연약한 치아가 있었다. 여름이 시작될 때부터 호두의 계절까지 부르사 아이들의 손에서는 서양자두, 복숭아 냄새가 났고, 줄무늬 셔츠의 떨어진 단추 사이로 보이는 가슴에서는 개암 냄새가 났다. 그사이 경비실의 시계가 12시를 알렸다. 곡예가 거의 끝나 갈 시간이었다.

그 아이는 "전 그만 가 볼게요"라고 말하며 사라졌다.

그에게 비단 손수건을 돌려주지 않고 보내는 것에 마음이 아팠던

* 터키 도시명.
** 이스탄불에 위치한 지역 이름.
*** 부르사에 위치한 지역 이름.

차에 밖에서 소음이 들려 깜짝 놀랐다. 경비가 무슨 말인가를 중얼거리며 안으로 들어오고 있었다. 그의 뒤에는 좀 전의 도둑이 따라오고 있었다.

이번에는 내가 그의 귀를 잡아당겼다. 경비는 소년의 발바닥을 버드나무 가지로 늘씬하게 팼다. 다행히 사장은 그곳에 없었다. 있었더라면 그를 분명히 경찰서에 넘겼을 것이다. "이렇게 어린 놈이 도둑질이라니! 감옥에서 썩어야 정신이 들지"라고 말했을 것이다.

우리는 두려웠지만 그는 울지 않았다. 곧 울 것만 같은 눈이었지만, 입가에 떨림이라고는 하나도 찾아볼 수 없었고 눈썹은 단호하게 그 형태를 유지했다. 단지 바람이 불어 눈썹이 약간 흔들렸을 뿐이었다. 놓아주자 해방된 제비처럼 달아났다. 날카로운 날개처럼 달빛과 옥수수 밭을 헤치며 도망갔다.

*

당시 나는 제품들을 쌓아 놓는 작업장 위에 있는 한 방에서 자곤 했다. 아주 멋진 방이었다. 특히 달빛이 비치는 밤이면 더 아름다웠다.

내 방 창문 가까이에는 뽕나무 한 그루가 있었다. 달빛이 뽕나무 사이로 미끄러져 산산조각이 나 방 안으로 쏟아지곤 했다. 나는 여름 겨울 할 것 없이 창문을 열어 놓았다. 방 안으로 어떤 때는 선선하고 어떤 때는 이상한 바람이 불어왔다. 나는 배에서도 일해 본 적이 있기 때문에 바람의 냄새만 맡고도 그것이 남풍인지 북풍인지, 북서풍인지 서풍인지 구별할 수 있었다. 수많은 바람이 내 담요 위로 기묘한 꿈처럼 지나갔다.

나는 잠귀가 밝은 편이었다. 동이 틀 무렵이었다. 밖에서 소음이 들려왔다. 뽕나무 위에 누군가가 있었다. 나는 두려워 일어나지도, 소리를 지르지도 못했다. 바로 그때 창밖으로 어떤 모습이 드러났다.

그 아이였다. 아이는 천천히 창문을 통해 안으로 들어왔다. 그가 내 앞을 지나갈 때 나는 눈을 감았다. 그는 한동안 서랍들을 뒤졌고 온통 엉망으로 만들어 놓았다. 나는 아무 말도 하지 않았다. 그 용감한 행동 앞에서 모든 물건을 다 가지고 가도 아무 말도 하지 않을 참이었다. 내일 사장이 "빌어먹을 놈, 죽었던 거야 뭐야!"라며 내 엉덩이를 걷어차고, 나를 쫓아낼 것이라는 걸 알았음에도 불구하고 찍소리도 내지 못했다.

하지만 그는 들어왔던 때처럼 소리 없이, 아무것도 챙기지 않고 창문을 넘어 나갔다. 순간 나뭇가지가 부러지는 소리를 들었다. 나무에서 떨어졌던 것이다. 아래로 내려갔을 때 그의 주위를 경비와 다른 사람 몇 명이 에워싸고 있었다.

그는 숨이 넘어가고 있었다. 꼭 쥐고 있는 그의 주먹을 경비가 억지로 폈다. 손바닥 안에서 비단 손수건이 물처럼 뿜어져 나왔다.

그렇다, 순수 비단으로 된 손수건은 항상 이렇다. 손안에서 힘껏 쥐고 마구 구겨도 손바닥을 펴면 물처럼 뿜어져 나온다.

초야初夜
Düğün Gecesi

아흐메트는 열여섯 살이 되었지만, 아직 주민으로 등록되지 않았다. 흑인 같은 거무스레한 피부에 코는 납작했고, 손가락 두 마디 길이 정도 되는 이마 위의 머리칼은 군청색 윤기가 돌며 반짝였다. 뺨에는 털이 나 있었다. 군청색 서지*로 만든 옷 안의 몸은 가늘지만 탄탄해 보였다. 그의 아버지가 동사무소 주민등록증 담당자 앞으로 그를 데리고 가자 직원은 먼저 이렇게 말했다.

"부끄럽지도 않습니까? 지금까지 이 젊은이에게 왜 주민증을 발급해 주지 않았습니까? 인구조사 할 때 무슨 짓을 한 겁니까?"

인구조사를 할 때 그의 아버지는 아흐메트를 짚을 쌓아 놓는 창고

* 짜임이 튼튼한 모직물.

에 숨겼다. 인구조사가 시작되자 그의 가족은 그 아이가 열두 살이었음에도 불구하고, 전쟁이 터져 하나밖에 없는 아들이 징집될 거라고 생각했던 것이다. 나중에 그것이 아님이 밝혀졌지만 아흐메트는 터키 국적의 아이들 사이에 끼지 못하게 되었다. 아흐메트의 아버지 뤼스템 아아는 나중에 주민등록증의 필요성을 느끼게 되었다. 주민등록증 담당자는 "이 아이는 스무 살 정도 되었나요?"라고 물었다.

열여섯 살이지만, 스물여덟 살인 1330년생*으로 등록한 아흐메트는 1332년생 여자와 결혼을 하게 되었다.

어느 캄캄한 가을밤이었다. 비가 억수같이 쏟아지고 하늘은 마을 위에 시꺼멓게 내려앉아 있었다. 손에 등불을 든 네다섯 명이 곳곳에 밤이 껍질째 쌓인 광장을 지나 아흐메트를 어딘가로 데려가고 있었다. 카라 압디는 아흐메트보다 약간 앞서 가며 이렇게 말했다.

"아흐메트, 나는 너의 신랑 들러리야. 지금 내 말 잘 새겨듣도록 해. (그는 잠시 가만히 있다가) 우리가 대문을 주먹으로 쳤는데도 문을 열어 주지 않으면, 바닥에 펼쳐져 있는 깔개에 엎드려 두 번 절을 해야 한다, 알겠니?"

비는 더 세차게 내리고 있었다. 땅에는 구덩이가 파였고 등불은 멀어져 갔다. 그들은 물웅덩이를 신경 쓰지 않고 걸었다. 바지들은 허리까지 젖어 왔다.

마을 카페 안에서 김 서린 창문을 닦던 몇 명의 젊은이는 호기심에 가득 차 아흐메트와 신랑 들러리가 지나가는 것을 보고는 미소를 지

---

* 이슬람력은 마호메트가 메카에서 메디나로 도주했던 622년을 원년으로 삼는다. 1330년을 33으로 나누고, 여기서 나온 숫자를 다시 1330년에서 빼고, 그 숫자에 622를 더하면 양력 연도가 나온다. 이슬람력으로 1330년생은 1912년생이다.

었다. 소리 없이 세금들을 생각하던 노인들은 카페 문 앞으로 가 아흐메트에게 괴상한 농담들을 날렸다.

아흐메트는 놀라서 밤나무 더미에 부딪쳤고 무척이나 아팠다. 압디는 밤나무 더미에 넘어진 아흐메트를 일으켜 세웠으며, 등불을 들고 빠르게 앞서 걸어가는 사람들을 향해 소리쳤다.

"좀 기다려 달란 말이야!"

그런 후 아흐메트를 돌아보며 "그다음은 네가 알아서 해, 이제 다 큰 어른이잖아, 긴말할 필요 없겠지"라고 말했다.

아흐메트는 대답하지 않았다. 밤톨 가시들로 인해 아팠기 때문이다. 그는 질문인지 무엇인지 모를 말을 중얼거렸다. 그들과 동반한 등불 든 무리는 미리 마셨던 라크 서너 잔 때문에 취기가 돌고 있었다.

모든 사람은 이 반짝거리는 눈에, 미끈한 몸의 훤칠한 젊은이에게 저마다 조롱이 섞이고 진지한 듯한 수많은 말을 던졌다.

퀄쉼의 집이 오늘 저녁은 왜 이렇게 멀게만 느껴지는 걸까? 비는 더욱더 세차게 내렸다. 사람들은 거의 뛰다시피 걸어갔다. 그녀의 집 앞에 도착했을 때 집 안에 있던 여자들은 다급하게 대문을 열었다. 신랑이 온통 진흙투성이였기 때문에 그를 닦고 털어 주었다. 군청색 서지 천으로 된 옷은 머리카락과 같은 색으로 변해 버리고 말았다. 뺨 위에 난 젖은 검은 털은 이 못생긴 아이를 아름답게 보이게 했다. 머릿수건을 벗어 비보다는 땀 같은 것을 닦았을 때, 그의 얼굴은 잘 닦인 사과처럼 반짝이고 화색이 돌았다.

그는 주위를 둘러보지 않았다. 여전히 손바닥에 박힌 밤톨 가시들을 뽑고 있었다. 방으로 들인 커피를, 압디의 충고에도 불구하고 두 모금만에 다 마셔 버렸다. 몸의 떨림은 4년 전 할례 하던 날을 떠오르게 했다. 얼마 지나지 않아 사람들은 그의 몸을 일으켜 세운 후, 등을 주먹으로 꽝꽝 치면서 방 안으로 밀어 넣고는 가 버렸다.

천장이 낮은 방이었다. 천장에는 포도, 사과, 배, 모과가 줄줄이 매달려 있었다. 어찔한 과일 향이 약간 희미한 방 안을 가득 채우고 있었다. 이것이 단지 과일 향만은 아닌 것 같았다. 베일, 신부 옷, 건강한 여성의 냄새도 과일 향에 배어 있었다.

그는 열린 창문으로 가서 문을 닫고는 한동안 유리창 너머로 집으로 돌아가는 남녀들, 등불을 든 무리를 바라보았다. 그는 콘솔 위에 있는 파리똥이 들러붙은 조화造花와 어떤 군인 사진을 손으로 정돈했다. 가스등의 밝기를 낮췄다. 여자는 꼼짝 않고 서서 기다리고 있었다. 그는 잠시, 눈에 띄는 기도용 깔개를 네 번 접어 방 한구석으로 던졌다. 거울 앞으로 가 상기된 얼굴을 쳐다봤다. 여자는 창문 앞에 앉았다. 카라 압디는 "여자를 앞에 앉히고 최소한 한 시간 정도 얘기를 나눠"라고 말했었다. 한 번도 본 적 없는 이 여자와 무슨 얘기를 한단 말인가? 머리는 뜨거웠고, 신경들은 모든 뼈의 가장자리에서 튀어나올 듯 움직였다. 거울을 통해 한 번 더 얼굴을 쳐다봤다. 한동안 무엇인가를 찾는 듯 가스등의 필터에 몰입했고 두꺼운 손으로 단숨에 불을 껐다. 창문 앞에서 밖의 어둠과 비를 바라보고 있는 여인은 보이지 않았다.

아흐메트는 조용히 걸어서 여자 앞에 있는 보료 위에 앉았다. 신경이 곤두선 손으로 머리를 움켜쥐었다. 생각을 할 수가 없었다. 빗소리와 마을에서 들려오는 소리가 더 크게 그의 귀에 들렸고, 다른 모든 감각들은 느슨해진 윈치*처럼 어찔한 속도로 빠르게 한곳에서 돌았지

* 밧줄이나 쇠사슬로 무거운 물건을 들어 올리거나 내리는 기계. 기중기, 케이블카, 엘리베이터, 토목 사업, 건축 사업 등에 널리 쓰인다.

만, 아흐메트는 그곳이 어디인지 도무지 알 수가 없었다. 그의 머릿속이 어떻게 된 것은 아니었다. 개들이 더 이상 짖지 않는다면, 비가 조금만 그친다면 많은 것을 생각할 수가 있었을 것이다. 방을 푸른빛으로 밝히는 인광체의 번개가 쳤다. 그때까지 자신이 괴상한 방에 혼자 감금되어 있다고 생각하던 아흐메트는, 번개들 중 하나가 주위를 밝혔을 때 맞은편에서 두려움에 가득 찬 커다란 눈을 한 여인을 보았다. 이 푸른색 번개 빛이 마치 그녀로부터, 그 하얀 옷을 입은 피조물의 헐렁한 바지 속에서 나오는 것만 같았다. 밤톨 가시가 박힌 손바닥이 아픈 것일까? 아니면 오늘 저녁 너무 많이 먹어 더부룩하고 답답한 위 때문이었을까? 그의 눈은 침침했고 머릿속은 마비가 되고 땀은 차가웠다. 그는 말라리아에 걸린 듯 떨면서 있던 자리에서 그만 잠에 곯아떨어지고 말았다.

아침 무렵 잠에서 깨어났을 때, 보료의 다른 한쪽에서 헐렁한 바지를 입은 채 잠들어 있는 여자를 발견하게 되었다.

비는 그쳤지만, 아침의 여명이 맞은편 광장을 여전히 촉촉하게 보이게 만들었다. 여전히 개 짖는 소리가 들려왔다. 소들이 축축하고 안개에 젖은 소리로 워낭들을 딸랑거리며 지나갔다. 목동들이 커다란 옷 속에서 움츠린 채 슬프게 지나가는 것을 보았다.

궐쉼도 잠에서 깨어났다. 안색은 창백했고 미소를 짓는 것 같았다. 창문을 통해 들어온 아침 햇살이 천장에서 늘어진 포도송이들을 뿌옇게 보이게 만들었다. 아흐메트는 갈증이 났다. 포도 한 송이를 먹었다. 잠시 후 다른 송이를 손에 들고, 누워 있는 창백한 여자에게 다가가 입에 포도 알 두 개를 넣어 주었다. 그런 후 아무 말도 하지 않고 여명 속에 그 하얀 피부가 더욱더 두드러져 보이는 여자의 목에 두껍고 땀에 젖은 입술을 갖다 댔다.

해가 떠올랐다. 해는 거울 속 그리고 두 사람의 눈 속에서 놀고 있었다. 그는 커튼을 쳤다.

메세레트 호텔
Meserret Oteli

두 남자와 한 여자가 역에 내렸다. 비가 세차게 내리고 있었다. 젊은 짐꾼이 세 명으로 이루어진 이 그룹의 짐들을 실었다. 여자는 짐꾼에게 "메세레트 호텔로 가요."라고 말했다.

짐꾼은 "메세레트 호텔요?"라고 물었다. 이 질문에는 듣지 못했기 때문이 아니라, 이 아름다운 말을 다시 반복하고 싶은 미숙한 마음 상태가 담겨 있었다. 여자의 목소리가 빗속에서 더 금속성의 비처럼 떨어졌다. 남자들은 아무 말도 하지 않고 재킷의 옷깃을 올리며 역 건물 안으로 뛰어가고 있었다. 젊은 여자는 짐꾼의 질문에 고개로 긍정적인 대답을 한 후 붉은 비닐을 날리고 있는 바람과 남자들을 향해 달려갔다. 그러다 갑자기 짐꾼을 돌아보며 "이봐요, 마차를 불러 주는 게 더 낫겠네요."라고 말했다.

그들은 마차에 서로 꽉 끼어 앉았다. 짐꾼도 짐들을 마부 옆에 나란히 놓고는 마차 안의 어린아이 같은 얼굴을 한 젊은 여자를 보며 "행운이 가득한 편한 여행 되세요"라고 말했다.

남자들은 처음으로 여행을 떠난 것처럼 미숙하고 어리둥절한 모습이었다. 여자는 짐꾼에게 "잘 있어요!"라고 대꾸했다.

마차가 출발했다. 짐꾼이 내민 손은 허공에 그대로 남았다.

마차는 진흙탕 속으로 들어갔다. 여행객들은 먼 도시를 향해 갔다. 얼마가 지났을까, 여자는 무엇인가를 떠올린 듯이 "아, 세상에, 내가 어떻게 이런 실수를 했지? 짐꾼에게 돈을 주는 것을 잊었어"라고 말했다. 남자들은 여자가 마치 "고약한 날씨군!"이라고 말하기라도 한 듯 머리를 좌우로 흔들고는 다시 멍한 표정을 지었다. 마부는 말들에게 뭐라고 중얼거렸다. 그의 넓은 등으로 바람이 불었다.

여자는 감상에 젖어 마부의 등에 불고 있는 바람을 바라보았다.

여자는 몇 번 마부에게 말을 걸고 싶었지만 용기를 내지 못했다. 왜냐하면 그 등 너머로 산적 같은 두 눈을 볼 수도 있었기 때문이었다. 그의 등, 뒷모습, 풍경에서 노 젓는 노예의 회색빛 머리, 눈, 살인자가 그녀의 눈앞에 떠올랐던 것이다. 하지만 그녀는 갑자기 머리와 가슴을 채우는 용기와 호기심에 가득 차 "이봐요, 마부!"라고 말을 던졌다.

바람을 맞고 있던 두껍고 넓은 등이 움찔했다. 움찔했지만 비에 젖은 머리를 돌리지는 않았다.

여자는 다시 그를 불렀다. 마부가 중얼거리듯 고개를 돌렸을 때, 여자는 자신이 상상 속에서 만들었던 것이 사실과 다르다는 걸 보고는 바보처럼 아무 말도 하지 못했다.

아름답고 시골 사람의 순진한 얼굴을 한 열세 살 정도로 보이는 아이 얼굴이 그녀를 보고 물었다.

"누나, 왜 그러세요? 뭐 잊은 거 있으세요?"

"짐꾼에게 수고비를 주는 것을 잊어서……"

"별것 아니네요, 제가 돌아가면 그 사람한테 줄게요."

마치 마부가 마차에서 내리고 다른 마부가 그 자리에 온 것처럼 같은 풍경이 여자의 눈앞에 다시 나타났다. 여자의 상상 속에는 다시 산적의 모습이 들어앉았으며, 그녀는 진흙탕의 텅 빈 마을 시장을 하염없이 바라보았다.

메세레트 호텔은 그 마을에서 가장 아름다운 호텔이었다. 남자들은 자신들의 미숙함을 넥타이를 풀어 던져 버리듯 던져 버리고는 호텔 경영자에게 자기들의 이름을 말해 주었다. 여자는 작은 로비를 살펴보고 있었다. 그녀는 과거에 스위스에서 한 가족이 운영하는 사랑스러운 펜션에서 두 차례 겨울을 보낸 적이 있었다. 지금 눈앞에 있는 로비는 소박하고 편안하고 헐벗었다고 할 정도로 비어 있지만, 모든 면에서 완벽했다. 아나톨리아의 이 소도시에 스위스 마을의 안락함을 만든 남자를 보고 싶은 호기심으로, 작은 테이블 앞에서 의자에 앉지 않은 채 마치 절이라도 하듯 몸을 숙이고 숙박계를 채우고 있는 호텔 경영자에게 "이 호텔의 주인이 당신인가요?"라고 물었다.

젊은 남자는 고개를 들지 않고 "네, 접니다"라고 말했다.

여자는 그에게 기혼인지 묻고 싶기도 했다. 유럽 여성의 감각으로 장식되고 깔끔하게 정돈된 로비를, 머리를 짧게 깎은 이 남자가 만들도록 지시했을 거라고는 믿고 싶지 않은 모양이었다. 하지만 여자는 어떤 이유에선지는 모르지만 이 질문은 하지 않았다.

벽에는 그림 두 점이 걸려 있었다. 한 점은 관개용 수차의 그림자와 졸졸 흐르는 물소리, 저녁의 빛으로 가득 찬 양동이의 반짝임을 어떤 사진의 무덤덤함과 현실감을 살려 반영한 것이었다. 다른 한 점은 어설프지만 무척 세심한 붓이, 아주 빠르게 도망치는 어떤 환상을 붙잡기 위해 어쩔한 다급함으로 몸부림치는 한 젊은 여성의 초상화였다. 호텔 주인과 할 일을 마친 남자들도 이 젊은 여성의 초상화 앞에 섰다. 그중 한 명이 이 초상화가 야기한 영향을 표현하고자 하는 모습으로 생각에 잠겨 "이 초상화 속의 얼굴은 뭔가 특이하군요. 화가가 시속 100킬로미터로 달리는 기차 안에서, 그냥 지나치는 어떤 역에 서 있는 말라리아에 걸린 여자아이의 얼굴을 나중에 떠올려서 확대해 그린 것 같군요"라고 말했다.

호텔 주인도 그곳에서 보고 있었다. 미소를 짓는 듯한 눈은 그림은 보지 않고 벽을 응시하고 있었다. 조용하고 넋을 잃은 듯한 상태였다. 그의 얼굴은 추했지만 뭔가 그리워하게 만드는 분위기와 지적인 면모도 있었다.

그는 겸손한 목소리로 "제 여동생의 죽기 몇 시간 전 얼굴입니다"라고 말했다. 모두의 시선은 다시 초상화로 향했다. 여자는 고개를 돌리지 않고 "이 그림을 당신이 그렸지요, 그렇지요?"라고 물었다.

남자들은 호텔 주인의 "아니요, 내가 그리지 않았어요"라는 말을 기다리는 듯한 태도였다. 여자는 자신이 던진 질문에 대한 답을 들은 것처럼 편한 모습으로 기다리고 있었다.

호텔 주인은 생각에 잠겨 천천히 "아니요"라고 말했다.

남자들은 심호흡을 하는 것 같았다. 여자는 이 부정적인 대답에 놀라지 않았다. 호텔 주인은 말을 이었다.

"여동생 본인이 그린 거예요. 친구 한 명이 거울을 들고 있었고, 여동생이 자신의 손으로 그림에서처럼 미소를 지으며…… 자신이 그린 거지요."

여자가 우리가 익히 알고 있는 여자들 중 한 명이었더라면 호텔 주인에게 이 초상화에 얽힌 이야기를 끈질기게 캐물었을 것이다. 그러나 그녀는 신경 쓰지 않는 듯한 의미의 표정을 지었다. 그녀는 동행한 남자들 중 금발의 남자를 보며 "담배 한 개비만 주실래요?"라고 말했다.

호텔 주인은 천천히 로비에서 나갔다. 하지만 얼마 지나지 않아 다시 돌아왔다.

"원하는 것이 있으면 벨을 눌러 주십시오. 웨이터가 여러분을 방으로 안내해 드릴 겁니다. 잠들기 전에 따뜻한 음료를 마시고 싶으시다면 차를 준비할 수 있습니다."

호텔 주인의 얼굴은 흥분에 가득 차 있었다. 수많은 손님에게 했던 것처럼 그림을 등지고 의자에 앉아 그림을 보지도 않은 채 무의식적으로 그림에 얽힌 이야기를 설명하고 싶었던 것이다. 그러나 여자는 "감사합니다. 네, 잠들기 전에 차를 마시는 것도 좋겠네요. 정말 감사합니다"라고 말했다.

호텔 주인이 다시 나가고 나자, 여자는 동행한 친구들에게 스위스에서 알게 된 이 여성 화가에 대해 말하고 싶어졌다. 잠시 후 이 평범한 이야기를 이미 해 준 것처럼 지치고 피곤해졌으며 더욱이 긴 여행후 쉬지 못할 수도 있을 거라는 두려움 때문에 입을 다물고 말았다. 그리고 죽은 친구에 대한 추억에 잠겨 한동안 초상화에서 눈을 떼지못했다. 그녀는 자신이 거울을 들고 있을 때 죽은 친구가 말한 것들을 지금 하나하나, 소리, 빛, 바람 그리고 빗소리 사이에서 조용히 다시 듣고 있었다.

"역에서 젊은 짐꾼이 네 짐을 들어 줄 거야. 그는 여자의 목소리가 듣고 싶어서 네게 몇 번이나 어떤 말을 반복할 거야. 넌 그에게 돈 주는 걸 잊을 거야. 커다란 등을 한 마부가 돌아봤을 때, 너는 열세 살 먹은 시골 아이의 얼굴과 마주하게 될 거야. 마치 원래의 마부가 마차에서 내리고, 다른 마부가 대신 온 것 같은 풍경이 네 앞에 나타날 거야. 넌 마을의 텅 빈 시장을 하염없이 바라보게 될 거야. 어쩌면 비가 오겠지. 그리고 내 오빠⋯⋯ 그의 눈, 그리워지며 익숙해지는 추하고 지적인 얼굴. 내게 약속해 줘⋯⋯ 꼭 가서 하룻밤 우리 호텔에서 머물 거라고, 그럴 거지?"

도시를 잊은 남자
Şehri Unutan Adam

나는 한동안 도시로 나가지 않았다. 그날 사람들을 사랑하고 싶은 열망으로 호텔 문을 열었을 때 처음으로 내 앞에 나타난 사람은 짐꾼 아이였다.

나는 아이의 지저분하고 창백한 뺨을, 벌거벗은 발을, 연민이 아니라 사랑에 가득 찬 심정으로 쳐다봤다. 어차피 이러한 의도로 호텔 문을 나왔으니까. 그 아이를 꺼안고 모퉁이의 신발 가게에서 운동화를, 약간 앞쪽으로 떨어져 있는 유대인 가게에서 하얀 리넨으로 된 바지를 사 주고 싶은 바람으로 멈춰 섰다.

"뭘 보고 있으세요? 짐꾼이 필요하시나요?"

아이가 물었다.

"아니."

나는 그 아이에게 "가자, 네게 바지와 운동화를 사 줄 테니"라고 말할 참이었다. 하지만 아이의 눈을 보고는 단념했다. 그 눈은 마치 나의 사랑에 가득 찬 눈에서 어떤 이상한 병을 포착하고 싶은 듯 주의 깊게, 이제는 마치 포착이라도 한 듯 겁에 질리고 악의에 가득 차 있었다.

그래도 나는 25쿠루쉬를 꺼내 아이에게 건네주고 걸어갔다. 그 아이는 뛰어와서 돈을 되돌려 주었다. 얼굴은 보지 못했지만 아이의 손은 단호했다.

"겉만 보고 사람을 믿지 말라고 했어요, 아시겠어요?"

아이가 내민 25쿠루쉬를 되돌려 받았다. 나는 대답을 하지 않고 가던 길을 계속 가려고 했다. 갑자기 나의 즐거운 기분이 유리가 깨지듯 쨍그랑 소리를 내며 땅에 떨어져 깨지는 것을 보았다.

발밑으로 떨어져 깨진 나의 즐거운 기분을 눈으로 주워 모았다. 기분이 상한 채 집으로 돌아와 내 방으로 들어갔다.

네 개의 벽, 한 개의 창문, 가방 안에 든 몇 권의 책과 철제 침대……간단히 말하면 신성한 감옥인 나의 방에서 나는 생각도 하지 않고, 읽지도 않고 계속 서성였다.

생각하기 시작했을 때, 그러니까 영화에서 부서진 자동차 부품들이 다시 서로 빠르게 만나 합치되는 것처럼, 내 마음속에서 깨진 것들도 이렇게 해서 합치되었다. 나는 다시 기분이 좋아졌다. 사람들을 사랑하고 싶은 열망으로 다시 거리로 나갔다.

저녁이 되어 가고 있었다. 모퉁이에 있는 담배 가게에 들렀다. 햇빛은 팔리지 않는 문학잡지 위를 비추고 있었다. 나는 담배 가게에 있는 문학잡지들과, 그 위로 비치는 저녁 빛 사이에서 어떤 익살, 어떤 환상을 잡으려고 물끄러미 바라보았다.

돈을 가게 주인에게 건넸다. 나에게는 무척 긴 시간이 지난 것처럼 느껴졌음에도 불구하고 그는 잔돈도 담뱃갑도 주지 않았다. 가게 주인을 쳐다볼 수밖에 없는 상황이었다. 그는 돈을 내 코앞에 대고 흔들었다.

"이 돈은 오른쪽에서 왼쪽으로 찢어져 있어요, 통용되지 않소. 위에서 아래로 찢어졌더라면 되지만 이런 것은 통용되지 않소."

"왜 통용되지 않는단 말이오, 통용됩니다. 그럼 나는 어떻게 받았는데요?"

"법이 있소, 화폐보호법."

법을 모르는 것이 사람을 죄에서 구하지 못한다는 것을 알고 있다. 법을 위반할 수는 없었다. 조금 전에 있던 25쿠루쉬짜리를 찾았지만 도무지 찾을 수가 없었다. 어쩔 수 없이 그곳을 나와 걸었다.

호주머니에서 다른 돈을 꺼내 담배를 사고 싶은 생각은 들지 않았다. 법망을 피하는 요령을 찾는 것은 단지 변호사들의 권리가 아니라 모든 국민의 권리다. 그리하여 다른 담배 가게에 가서 같은 돈을 내보자는 꾀를 냈다. 그 담배 가게 주인은 돈을 받은 후 담뱃갑을 건네줬다. 잔돈을 주면서 나의 어수룩함과 당황하는 모습을 보고 의심이 갔는지 내가 준 돈을 다시 한 번 점검하는 영민함을 보였다. 그는 미소를 지으며 "다른 돈을 주시면 좋을 것 같습니다"라고 말했다. 나는 "왜요?"라고 물었다. 그가 "이건 사용 못 하니까요"라고 대답했다.

나는 그의 해명을 기다리지 않고 돈을 되돌려 받았다. 나의 모든 생각과 상상이 훤히 드러나는 바보 같은 이상한 나의 눈은 담배 가게 주인들의 얼굴을 똑바로 바라보지 못했고, 나는 화를 내며 모든 담배 가게를 돌아다녔다. 결국 그 돈이 통용되지 못한다는 결론에 이르렀다. 지갑에 한 번도 접지 않은 빳빳한 새 돈이 한 장 더 있었다. 11리라짜리 담배를 위해 헐 수 없을 정도로 파랗고, 반짝이는 줄이 보이는 빳빳한 지폐를 여기저기 돌려 보았다. 하지만 결국 담배 한 대를 피우고 싶은 갈망이 견딜 수 없을 만큼 내 몸을 휘감았다. 처음 다가갔던 여성에게 느꼈던 열정으로, 어떻게 돈을 헐어 담뱃갑을 뜯었는지, 어떻게 담배를 입에 넣고 불을 붙였는지를 기억할 수 없다.

푸른 연기가 손목의 혈관처럼 부풀어 오르며 나의 따스한 입술에서 나왔다. 사랑하는 사람의 손가락에 입을 맞췄을 때의 그 희미한 정신 상태 속에서 담배를 빨았고, 나 자신이 다시 열여덟 살로 돌아간 것만 같았다. 깨진 나의 기분의 마지막 나사가 활력 있는 속도로 제자리를 찾았다. 나는 행복했다. 사람들을 사랑하고, 도시의 켜진 불빛과 뒤섞인 노란 황금 새들을 잡아 안녕 하며 인사를 건네고, 다른 한 마리의 털이 무성한 목덜미를 손바닥으로 쓰다듬고, 내 앞에 가는 사람의 아름다운 손가락을 내 손으로 잡는 것……

"어머, 저 남자 미친 거야 뭐야?"

여자들이 깔깔대며 웃었다. 변두리 지역 출신의 여자들임에 틀림없었다. 악센트가 있는 깔끔한 사투리를 쓰는 두 여성은 친구 사이인 듯했다. 햇빛에 그을렸고, 팔꿈치 위로 꼭 끼는 여름옷을 입고 있었으며, 그 안에서 땀에 젖은 사랑과 햇빛을 폴폴 뿜어내고 있었다. 내가 조금 전에 "어머, 저 남자 미친 거야 뭐야?"라는 문장을 말한 사람의 얼굴을 보며 사랑에 가득 차 무의식적으로 웃었는지, 그녀는 자신을 제어하지 못하고 달콤하게 씩 웃었다. 나는 용기를 내 그녀들의 뒤를 따라갔다. 그녀들은 빠른 걸음으로 걸었다. 그녀들을 따라잡기 위해 안간힘을 쓰며 걸었다. 그녀들은 가끔 뒤를 돌아다보며 웃었다. 나는 세르베티 퓌눈* 시대 시구들처럼 사랑을 위해 중세에나 어울리는 과장된 희생을 할 것 같은 기분이었다.

어떤 말을 할 수 있었을까? 몇 번이나 용기를 내어 머릿속으로 문장을 준비하고는 그녀들에게 다가갔다. 하지만 결국 그 문장이 마음에 들지 않아 말하지 못했다. 나의 어설픔을 저주하며 다시 얼마쯤 그녀들의 뒤에서 걸었다. 이번에는 그녀들이 걸음을 멈추었다. 나는 약간 주저하며 걸었다. 막 그녀들 곁에 도달했을 때 다가오는 영감으로 당연히 멋진 말을 할 참이었다. 나도 젊을 때는 시인이 아니었던가! 영감은 분명 이 괴로운 순간에 도사처럼 나를 도와주러 올 것이다. 나는 거의 그녀들 곁에 도달했다. 영감이 막 날개를 펼치려 하는 순간이었다. 나는 말할 문장을 준비했다. 나의 이는 단어들을 씹고 있었고 준비를 하고 있었다. 갑자기 조금 전의 문장을 말했던 여자가 아니라 다른 여자가 "신사분, 만약 우리를 더 따라오면 당신을 경찰에 신고할 수밖에 없어요"라고 말했다.

벌거벗은 룸 아이들이 우리 주위를 에워쌀 기세였고, 프랑스어로 말하는 프랑스인들이 서로에게 나의 상태를 설명하려 할 태세였으며, 쾌활하고 아름다운 부인들이 커진 눈으로 나의 발끝부터 머리끝까지 훑어볼 참이었다.

나는 되돌아서 도망치려고 했다. 뚱뚱하고 옷을 정갈하게 입고 터질 듯한 볼을 한 국회의원 혹은 건설업자처럼 보이는 넥타이를 맨 남자가 "잠깐만요 신사 양반. 여성들에게 집적대는 게 부끄럽지도 않소?

* '예술의 부富'라는 의미. 터키에서 1896~1901년 사이에 유행한 문학사조로 과장되고 화려한 시어들을 많이 사용했다.

겉보기에는 신사 같은데, 무례한 놈이군"이라고 말했다.

여자들 중 한 명이 "그만두세요 신사분, 이런 사람과 말 섞을 필요도 없어요"라고 말했다.

나는 극한의 상황에 이르렀다. 나의 나사들이 꽉 조여지고 마찰 부분에는 기름이 칠해진 것 같았다. 나는 어떤 기계가 돌아가는 소리로 휘파람을 불며 그곳을 떠났다. 어떤 운전사가 내 곁을 지나가며 "젊은이, 신경 쓰지 말게나. 그러면 뭐 어떤가?"라고 말했다.

나는 "저도 신경 쓰지 않아요. 그러면 좀 어때요?"라고 말했다.

내 뒤에서 몇몇 사람이 "취했군, 취했어"라고 말했다.

나는 취해 있었다. 공기, 전기, 도시가 나를 취하게 만들었다. 사람들이 나를 자석 같은 속도로 자신들에게 끌어당기고 있었다. 나는 세상과 도시를 허심탄회한 마음으로 껴안고 싶었다.

웨이터
Garson

여름이 시작되면 바다에 바로 접해 있는 카페에 오는 이 웨이터의
주급은 겨우 8리라 정도였다. 하지만 그다지 손해는 없었다. 왜냐하면
그 카페가 지금은 그의 소유기 때문이다. 그는 원하는 때 일할 수 있
었다. 일이 끝나면 의자들을 뒤집어 테이블 위에 올려놓은 후 바다를
바라보며 담배를 피울 수도 있었고, 의자 다섯 개를 붙여 만든 침대에
누울―손님이 없거나 비가 올 때는 평소보다 빨리―수도 있었다. 그
에게 간섭하는 사람도 없었고, 그가 만나는 사람도 없었다. 누군가에
게 서비스하는 것은 차치하고라도 이젠 아무 서비스도 하고 싶지 않
은 사람에게 "무엇을 주문하시겠습니까?"라는 말도 할 필요가 없었다.
찻잔의 밑받침에 항상 돈을 놓는 손님이 이번에는 왜 놓지 않았는지
를 생각할 필요도 없었다.

그는 여름마다 싼 가격으로 이곳에 세를 얻곤 했다. 그곳은 그 지역의 한적한 장소에 있는 카페였다. 하지만 이곳은 시골집들의 맨 끝에, 바다 바로 옆에 있는 나무로 된 곳이며, 주로 시골로 여행 온 사람들과 시인의 영혼을 가진 사람들이 오고, 이러한 유의 사람들도 카페에 5쿠루쉬보다는 더 많은 돈을 놓고 가기 때문에 그럭저럭 유지가 되었다. 그에게 "당신은 이스탄불의 벨뷔, 천국의 정원, 파노라마, 황금맥주 같은 유명한 레스토랑에서 일할 수 있는 일류 웨이터인데 왜 여기서 일을 하나요?"라고 묻는다면, 그 역시도 그 이유를 잘 몰랐다.

　그는 마흔 살의 건강한 일류 웨이터였다. 위에서 열거한 유명한 레스토랑에서 일하는 가장 미숙한 웨이터의 일당은 2~3리라였다. 그렇다면 하루에 1리라를 버는 이곳을 왜 선호했을까? 알 수 없다…… 그가 게을러서? 천만에. 그는 일하는 것을 두려워하지 않는 사람이었다. 그는 이곳에서 이 텅 비고 아무도 없는 카페에서조차 자신이 할 수 있는 수천 가지 일을 찾아 하곤 했다. 바다에서 양동이로 끝없이 물을 길어 날라 검게 변한 나무들을 문질러 닦았다. 마을의 젊은이들을 이 카페로 끌어들이기 위해 지난해부터 고장 난 탁구대의 다리를 수리했고, 테이블의 위치를 바꾸고 컵들을 연거푸 씻었다…… 그는 끝없이 할 일을 찾아냈다.

　할 일 없이 시간을 보내는 경우는 없었다. 할 일이 없으면 온몸이 근질거렸다. 더 이상 할 일이 남아 있지 않으면 자신이 지금 벨뷔 레스토랑에서 일하는 웨이터이며 더운 날에 손님들이 몰려오는 것을 상상했다. 먼 곳에서, 정오의 더위 속에서, 마을에서 고양이들마저 자는 시간에 까랑까랑한 목소리로 그가 소리치는 것이 들리곤 했다.

　"라크, 넉 잔! 원액으로, 물 없이!"

그가 이 테이블에서 저 테이블로 안주, 더블 음료들을 날라서 놓는 시늉을 하고 번개처럼 빠르게 카페 안을 달리는 모습을 볼 수 있었다.

그는 마음이 약해 쉽게 상처를 입는다. 번개처럼 빨리 카페 주인이 되고 싶은 마음이 그를 이곳으로 이끌었는가에 대해 생각했는지 혹은 느꼈는지는 별로 확실하지 않다. 그에게 간섭을 하는 사람이나 만나는 사람이 없다고 하는 것도 그냥 하는 소리다. 하지만 하루도 그의 사장이 그가 일을 하는지 못하는지 주시하는 법은 없었다. 왜냐하면 그의 발과 손은 민첩했고 손님에게는 항상 웃는 얼굴을 하고 있었다. 말이 나온 김에 이것도 말하고 넘어가야겠다. 그는 말더듬이였다. 이것은 웨이터라는 직업에 많은 영향을 미친다. 그가 신경질이 나면 그만큼 손님들을 웃게 만들 수 있기 때문이다. 그리고 맑고 푸른 눈의 소유자였다. 머리카락과 수염은 새하얬다. 나흘 정도 면도를 하지 않으면 무척 늙어 보였지만 면도를 하면 아주 젊은 얼굴로 변했다. 머리카락은 부드러운 직모이며 뒤로 빗어 넘긴다. 간단히 말하면 20년 동안 종사했던 웨이터 직업의 인상을 하고 있었다. 100명의 얼굴 중에서 이 사람이 웨이터라고 말할 수 있는 얼굴, 머리카락 그리고 모습이었다. 이 사람은 웨이터를 하기 위해 태어난 사람이라고 말할 수 있을 것이다. 물론 의사도 될 수 있었다. 의사의 모습은 몇 년 의사 일을 한 후에 갖출 수 있을 것이다. 그 신중함과 전문성들이 머리카락, 눈, 눈썹에 나타나기 때문이다. 그러나 속지 말아야 한다. 왜냐하면 사람은 웨이터로 태어나지는 않기 때문이다. 그가 자주 반복하는 아주 멋진 말이 있다. "웨이터로 죽지만, 웨이터로 태어나지는 않는다."

아니다, 이것은 간섭받는다거나 사람을 만나는 것의 문제가 아니다. 웨이터 아흐메트는 자신이 2~3리라를 희생하면서까지 초라한 카페를 소유하고 싶은 열망의 의미를 도무지 이해할 수 없었지만, 매년 6월이 되면 마음속을 불처럼 휘감는 이 작은 카페의 주인이 되고 싶은 갈망에 도무지 거역할 수 없었다. 카페를 열고 일주일이 지난 후 그 지역의 아이들 중 한 명이 그에게 왔다. 아흐메트는 아무 말도 하지 않고 그 아이를 조수로 받아들였다.

어느 날 아침 아이가 나타나 "아흐메트 형, 안녕하세요!"라고 말했고, 아흐메트도 "안녕!"이라고 답했다. 아이는 아무 말도 하지 않고 대야 안의 검은 물 안에서 찻잔을 새하얗게 씻어 냈다. 때로 새까매진 수건을 깨끗이 문질러 세탁하기도 했다.

아흐메트는 조수에게 화를 냈지만 아이는 신경 쓰지 않고 대꾸도 하지 않았다. 게다가 그는 때때로 불평하는 말도 중얼거리곤 했다. 하지만 나흘째 되는 날 저녁, 일이 끝난 후 그들은 함께 토마토와 빵을 먹었다.

아흐메트에게도 가끔 즐거운 날들이 있었다. 그러한 날에는 흙길 가장자리에 고정시킨 화로 안의 숯들이 석류처럼 빨갛게 달아올랐고 푸른 연기가 모락모락 피어올랐다. 잠시 후에는 주위를 에워싸는 양 갈비와 고추 굽는 냄새가 먼 곳까지 퍼지곤 했다. 그날 밤 아흐메트는 술 넉 잔을 마셨다. 조수는 선착장으로 달려갔다. 눈은 사시이며 머리는 하얀 모슬린 천으로 묶여 있고 눈썹은 다듬어지지 않고 무지개색 광택이 나는 바바리를 입은 여자가 윗길을 통해 아흐메트에게 왔다. 그녀는 아흐메트와 혼인한 여자였다. 하지만 여름 내내 단지 서너 번만 왔다. 여자는 그곳 바다 위 돌출부 구석에서 바다를 등지고 한 마디도 하지 않고 담배를 피우며 유령처럼 앉아 있었다. 손님들의 얼굴은 보지 않고 하염없이 벽만 바라보았다. 아흐메트의 즐거운 모습은 아내가 온 후 얼마 지나지 않아 즉시 자취도 없이 사라지고 대신 신경질을 부리며 수다스러워졌다. 완전히 말을 더듬고 짜증을 냈다. 조수에게 고함을 지르고 손님에게 "우리 집 커피는 그 유명한 아흐메트 에펜디 제품인데도 당신 마음에는 차지 않는 모양이군요!"라고 말했다.

손님들이 간 후에야 여자는 입을 열곤 했다. 스카프를 벗어 던지고, 길고 큰 손가락에 담배를 끼운 채, 벨뷔 레스토랑 같은 곳이 있는데 이곳에서 쓸데없이 시간을 허비하고 있는 것을 이해하지 못하겠으며 분명 뭔가 수상한 점이 있다고 고함을 질렀다.

아흐메트는 그 수상한 점이라는 말에 슬퍼하곤 했다. 결국 여자는 아흐메트가 게으른 사람이라는 것 이외에 다른 것은 없다며 이야기를 마치곤 했다.

편안한 생활이 끝났거나 끝나기 직전이었다. 아흐메트는 한쪽 벽에 만든 카페 주방에서 짚과 이불을 가져와 바닥에 깔았다. 여자는 아흐메트가 그녀를 처음 맞이했던 때처럼 복잡하고 부드러운 감정을 느끼고는 부끄러워했다.

다음 날 아흐메트는 여자를 배에 태워 보낸 후, 가장 친한 손님 앞에 앉아 자신의 과거를 얘기했다.

아흐메트는 트라브존 출신의 부유한 남자의 외아들이었다. 이후에 이스탄불로 이주했고, 커다란 곡식 도매상점을 운영했다.

그는 자신이 처음으로 취했을 때를 조수에게 이야기하면서 눈을 감고 그 시절을 떠올렸다.

열아홉 살쯤 되었을까 말까, 그 당시 이스탄불에는 유흥 장소가 넘쳐 났고, 거기서 그는 "웨이터, 맥주 한 잔 더!"라고 끊임없이 말했다.

열여덟 잔을 마신 후 크즈타시에 있는 집으로 돌아왔을 때, 어머니가 계단의 맨 꼭대기에서 자고 있는 것을 발견했다. 그는 어머니에게 입맞춤을 해 깨웠다. 늙은 어머니는 그의 신발과 옷을 벗겨 주고는 가 버렸다. 10분이 지나지 않아, 이번에는 아버지와 함께 그의 침대맡으로 왔다. 아흐메트는 자는 척했다. 아흐메트에게는 아주 길게 느껴진 시간 동안 부모님은 아들을 바라보았다. 그런 후 아버지는 "여보, 우리 아들 이제 다 컸어!"라고 말했다. 그는 부모님이 이상한 자부심을 느끼며 나가는 것을 보았다.

*

　아흐메트가 저울 가게를 운영하거나 집안을 건사하지 않을 거라는 것은 확실했다. 사실 저울 가게를 운영하지도 않았다. 아흐메트가 벨뷔 레스토랑의 웨이터 일을 그만두고, 이 작은 카페를, 항상 그의 아버지로부터 유전된 소유욕, 그러니까 무엇인가를 소유하고자 하는 열망으로 가득 차 세를 얻었다는 것을 그가 알았는지 혹은 느꼈는지는 확실하지 않다. 하지만 확실한 것은 아흐메트가 어느 6월에 마을의 그 카페에서 자신을 기다리는 허름한 카페 주인을 일주일 동안 그대로 놔두었다는 것이다. 그는 다시는 그곳에 가지 않았다.

　지금 아흐메트는 벨뷔 레스토랑에서, 세상에서 그 어떤 것도 소유하지 않겠다는 결심이 부여하는 커다란 희열 속에서, 세상과 주위를 맘껏 보면서, 많은 사람 속에 오로지 5퍼센트의 사람들만이 정직하게 일한다고 생각하며 행복해했다. 일요일에는 10퍼센트의 팁을 받으면서 매년 6월에 세를 얻었던 허름한 카페를 기억조차 하지 못했다.

　기억한다 하더라도 혼자 웃었고, 매년 6월에 그의 마음을 에워싸는 불길 대신에 바람이 휑하니 부는 것을 보고 있었다.

이 변화의 이유를 자신도 몰랐다. 몰랐지만, 이 세상에서 그 무엇도 소유하지 못할 거라는 것을, 소유하고 싶지도 않다는 것을, 소유한다고 하더라도 그 어떤 이익이 없을 거라는 것을, 반대로 그 손해를 아흐메트가 어떻게 알았는지는 중요한 문제다.

아흐메트의 아내는 지난겨울 폐렴으로 죽었다. 이 죽음으로 인해 아흐메트는 세상에서 소유할 만한 것은 오로지 한 여성이며, 그 밖의 것은 다 거짓이고 부당하며, 자신에게는 한 여자 이외에 다른 무언가를 소유하는 일 따위는 털끝만큼도 중요하지 않다는 것을 알았다. 바로 이러한 이유로 아흐메트는 지금 소리 지르고 있다.

"라크 두 잔 주세요!"

그리고 이렇게 덧붙였다.

"원액으로, 물 없이!"

한 무리의 사람들

Birtakım İnsanlar

밤 12시 10분이 지나가고 있다. 나는 탁심 광장*의 시계 밑에서 전차를 기다리고 있다. 이런 상황이 아니었더라면 이렇게 깊은 생각에 잠길 필요가 없었을 것이다. 그저 자정을 지났다고 말했을 것이다.

꽤 오래전 일이다. 이렇게 추운 봄날이면, 그 얼음장처럼 추웠던 겨울밤이 떠오른다. 그즈음은 아직 봄의 기운도 느껴지지 않던 때였다. 지금은 그나마 안개와 비, 더욱이 추위 속에서도 사람을 놀라게 하고 어쩔하게 하는 어떤 냄새가 있다. 그때는 아직 잠르 저택의 창과 가수 광고들의 푸른빛을 떨게 하며 지나가는 얼음 같은 바람이 불고 있었다. 나를 비롯해 열 명에 가까운 사람들은 그들이 보았던 어떤 영화의

* 이스탄불의 유럽 지구에 위치한 시내 중심가.

환상을 서서 보고 있었고, 희망, 상상, 아름다운 나날 혹은 전쟁이 있던 밤과 대피소를 생각하게 하는 침대의 따스함에 한시라도 빨리 들어가기 위해 도무지 오지 않는 전차를 초조하게 기다리고 있었다. 입에서는 입김이 뿜어져 나왔다. 서로 대화하는 사람들 사이에 안개 층이 펼쳐져 있었다. 침대는 지금 여기 있는 모든 사람에게 빵만큼이나 신성했다. 이 순간에 침대는 애인이며, 침대는 추억이며, 침대는 어린 시절이며 아름다운 꿈이고, 침대는 봄이며 바닷가이며 이국적인 나라니 친구가 아니고 무엇이겠는가?

나의 코는 베개에 묻혀 있고, 이불은 입이 있는 위치까지 끌어 올려져 있으며, 고슴도치처럼 웅크린 채 잠에 빠져들기 직전이었다. 한 무리의 새들이 털을 날리고 있었고 미지근한 물방울이 떨어지고 있었으며, 나의 내면을 씻는 어떤 샘이 있었다……

전차는 여전히 올 기미가 없었다. 조금 더 내가 있는 자리에서 나의 침대를, 잠을 생각한다면, 어쩌면 잠들 수 있을 것이다. 얼기 직전에 있는 사람들이 느끼는 달콤함을 내 마음속으로 느끼기 시작했다.

속으로 '열려 있는 저 제과점에 가서 보리수 차를 마시고 자야겠다'라고 생각하며 한두 걸음 내디뎠을 때, 어떤 남자가 내 앞을 가로막고 섰다. 바람 때문에 단지 어떤 얼룩만이 보일 뿐이었다. 잠시 후 나를 향해 호스에서 나오는 듯한 연기가 퍼졌다. 남자는 말했다. 달콤하고 다정한 아나톨리아 억양으로 "형님, 나와 비슷한 사람들이 여기를 지나갔습니까?"라고 물었다.

나는 외투 깃 속으로 반쯤 묻혀 있던 머리를 꺼내 한두 번 흔들었다. 추위에 익숙해지고 저항력을 가지려고 준비하는 듯이. 날카로운 바람이 나의 귀를 깨물었다. 그 남자를 쳐다보았다.

나와 비슷한 사람들…… 모든 사람은 사실 얼추 서로 닮지 않았나? 나와 비슷한 사람들, 이게 무슨 말이지?

　그렇다, 그 남자 말이 맞았다. 그와 비슷한 사람들은 다른 사람들과 쉽사리 구별할 수 있을 것이다. 겨울날 도시에서 사람들은 외투를 입고 모자를 쓰고 발에는 부츠를 신는다. 부득이 필요한 경우 외투의 색깔, 모자를 두르고 있는 띠나 그것이 미국 혹은 터키 스타일의 모자인지도 서로 구별할 수 있을 것이다.

　그런데 이 사람은 외투도 모자도 신발도 없었다. 이에 반해 등 부분에 보라색 솜이 여기저기 조각조각 붙어 있는 카디건을 입었고 허리에는 끈, 발에는 여름용 얇은 바지 그리고 또 줄로 묶은 자루……

　얼굴은 달콤한 갈색이었다. 턱수염은 길어 있었다. 스물다섯, 서른 살 정도 되어 보였다. 눈 안은 커다란 두려움으로 가득 차 있었고 다급함이 어려 있었다. 혹시 아편쟁이가 아닐까?

　그가 계속해서 말했다.

　"나와 비슷한 사람들 말입니다, 형님. (그는 자신의 차림새를 가리켰다.) 바로 이런 모습의 사람들을 보지 못했습니까? 어떤 사람들은 저 길을 따라왔을 겁니다. 어떤 사람들은 (탁심 극장 아래쪽의 길을 가리키며) 저 비탈길을 올라왔을 겁니다."

　나는 그 상황을 짧게 마무리 짓고 싶었다. 미지의 어둠 속에서는 온갖 종류의 복잡한 환상이 돌아다닐 수 있을 것이다. 애쓸 필요가 없다.

　"못 봤소!"

　"세상에, 말도 안 돼요. 이곳을 분명 지나갔을 겁니다. 저는 오는 길에 조금 놀았기 때문에 그들을 놓치고 말았습니다. 그들이 이곳을 지나가지 않았을 리가 없습니다."

"그 사람들이 누군데요?"

나는 조바심과 호기심을 감추지 못하고 물었다.

내 머릿속으로 신비롭고 마법적이며 기이한 이야기들이 떠올랐다. 거기서 나아가 다른 더 이상한 것들을 생각했다. 아편으로 가득 찬 그 남자의 머릿속으로 들어간 것 같은 느낌이었다.

"형님, 우리는 톱하네에 있는, 이른 아침에 문을 여는 카페들에서 잔답니다. 우리는 모두 짐꾼, 하인 같은 일을 하는 놈들입니다. 한두 푼벌지만 정직하게 산답니다. 밤에는 카페에 약간의 돈을 주고 구석에서 잡니다. 어쩌겠습니까? 호텔에서 자면 어디 돈이 남아나겠습니까? 그 호텔비로 이틀 동안 먹고살 수 있는걸요. 아 참, 오늘 경찰들이 왔습니다. 아침에 문을 여는 카페에서 자는 것은 불법이라고 하더군요. 우리 모두를 밖으로 내쫓았습니다. 우리는 연합을 했지요. 모두 함께 주지사에게 가서 그를 깨워 우리의 고충을 토로하자고요. 그래서 일부는 저 비탈길을 통해서, 일부는 저쪽 뒤에서 왔답니다. 그러니까 형님은 못 봤단 말이지요."

"못 봤소, 그런데 당신은 고향이 어디요?"

그의 눈은 또랑또랑했다.

"종굴다크* 출신입니다, 형님."

한밤중에 이 추위 속에서 주지사를 찾아가느니 다른 잠잘 곳을 찾거나 최소한 경찰들이 간 후 카페 주인에게 애걸하여 어쩔 수 없이 문을 열도록 할 수도 있었을 것이다.

주지사를 찾아가겠다는 생각은 터무니없다. 저 사람은 아편쟁이임

* 터키 흑해 지방에 있는 도시.

에 분명하다.

"어쨌든 저는 위쪽으로 서둘러 가야 할 것 같네요. 어쩌면 그들이 여기를 지나갔는데, 형님이 못 봤을 수도 있으니까요."

그는 이렇게 말하고 드문드문 뿌리는 눈 속으로 사라져 갔다.

드디어 전차가 왔다. 나는 전차에 올라탔다. 예비 장교 학교 앞을 지나고 있을 때 그 앞에 한 무리의 사람들이 있는 것을 보았다. 그러나 창문에 낀 성에 때문에 그들을 잘 볼 수가 없어서 전차에서 뛰어내렸다.

여든 명에 가까운 사람이었다. 그들 중에는 젊은이도 많았다. 꽤 진지한 표정에 큰 걸음으로 걷고 있었다. 앞장서 가는 사람들에게서는 더 단호한 무엇인가가 느껴졌다. 그들은 더 진지했다. 드문드문 그곳을 지나가는 사람들은 멈춰 서서 그들을 바라보았다. 하지만 그들은 그 누구도 쳐다보지 않았다. 단지 맨 앞에 가는 사람들이 큰 소리로 말을 하고 있었다. 주지사와 어떻게 이야기를 할지 연습하고 있었던 것이다. 나는 그들의 옷차림을 봤다. 그렇다, 조금 전에 봤던 보라색 면 카디건을 입고 리넨 바지를 입은 남자가 옳았다. 그와 비슷한 한 무리의 남자들이 지나가고 있었다. 내 귀에 젊은 종굴다크 출신의 남자가 "나와 비슷한 남자들 말입니다, 형님"이라고 했던 말이 맴돌았다.

나의 침대는 전차를 기다렸던 순간들의 그 익숙한 상태를 이제는 잃어버린 것만 같았다. 이것도 저것도 아니었다. 그저 하나의 침대였다. 그 안에 잠잘 수 있기 때문에 행복한 것은 아니었다.

아침에 문을 여는 카페를 강제로 닫기 전에 밤을 보낼 수 있는 몇 개의 집이 간절하게 필요한 이스탄불의 겨울이 때로 얼마나 길고, 끝없는 재앙인지 아는 사람은 알 것이다.

질투
Kışkançılık

나는 꽃이 핀 복숭아나무 아래서 피부가 꺼칠꺼칠한 목동들과 쉬기도 하면서 주로 봄 햇빛에 감싸여 마을을 걸어 다녔다.

나는 산에서 노래를 부르는 목동에게 "배가 고프구나, 얘야"라고 말했다. 목동은 가죽 가방에서 거친 빵과 말라 빠진 미할리치* 치즈를 꺼내 주었다. 나는 샘을 찾아 물을 마셨다.

저녁 무렵에야 마을에 도착했다. 마을 광장을 지나갈 때 나이 지긋한 아저씨들이 손짓을 했다.

"선생 양반, 우리가 대접하는 차 한잔 마시고 가시지요."

"그러지요 뭐, 어르신."

---

* 터키 에게 해 지역에서 주로 먹는 양젖으로 만든 치즈.

나는 등받이가 없는 의자에 주저앉았다.

"많이 피곤한 것 같네그려. 당신이 금요일을 산과 들을 거닐며 보내는 것을 이해할 수가 없네요. 당신이 무슨 생각을 하고 사는지도. 우린 옛날 사람이라, 지금 사람들이 어떤 것을 좋아하고 어떻게 즐기는지 알 수가 없군요."

"어르신들, 어르신들은 매일 산과 들에 있잖아요. 저는 아이들과 저 닭장 같은 곳에서 할 일 없이 시간을 보낸답니다. 금요일을 어르신들처럼 보내는 게 너무한 일인가요?"

그들은 아무 말도 하지 않았다. 잠시 후 나는 "대화 정말 재미있었습니다. 저는 이만……"이라고 말했다. 그 어르신들 중에 누가 내가 마신 찻값을 낼지 모르고, 그들끼리 나눠서 낼 거라고 생각했기 때문에 2쿠루쉬를 찻잔 가장자리에 올려놓았다.

이를 본 그들을 "이러지 마시게, 안 돼요, 안 돼! 우리가 초대했지 않소!"라고 소리쳤다.

"괜찮습니다. 저도 어르신들을 초대하면 어르신들께서도 자신이 마신 찻값을 내시면 되니까요."

그들은 "아이고, 이런, 저 선생은 똑똑한 사람이군그래"라고 한마디씩 했다.

집에 도착하자 아내 파디메가 문을 열었다. 그녀는 달콤하게 웃었다. 나는 이 여자를 사랑하지는 않지만 마음에는 든다. 나처럼 가난한 남자와 가난한 파디메를 마을 어르신들이 억지로 결혼시켰다.

"그 아이도 당신을 맘에 들어 합니다. 그냥 해 버려요."

그래서 나도 어느 날 "그러죠 뭐"라고 말해 버리고 말았다. 어느 날 저녁 파디메가 내 집으로 왔다. 새끼 양 한 마리, 동으로 만든 두 개의 화로, 냄비 네 개, 동으로 만든 밥상, 요 두 채, 베개 대여섯 개 그리고 이불보도 가지고 왔다. 마을 이웃들은 "선생의 집은 텅 비어 있었는데, 파디메가 들어가니 아주 꽉 찼군그래"라고들 했다.

그녀는 내가 오라고 하면 오고 가라고 하면 갔다. 나를 전혀 불편하게 하지 않았다. 마음이 불안하고 두려운 밤이면 나는 그녀를 꼭 껴안았다. 입맞춤도 했다……

하지만 나중에는 많은 생각을 했다. 그녀가 나의 동반자로 여겨지지 않았기 때문이다. 나 자신에게 너한테는 친구가 필요해, 아내가 무슨 소용이 있어라고 말했다. 다른 사람의 아이들을 사랑하는 법을 안다고 해서 내 아이도 있었으면 좋겠다고 꿈꾸는 것이 바보 같다는 생각이 들었다. 예를 들어, 지금은 커다란 숫양이 된, 파디메가 혼수로 가져온 어린양을 매일 저녁 산에서 데리고 오는 거무스름하고 아름다운 젊은 목동은 파디메에게 안성맞춤이었다. 그들은 정말 아주 잘 어울리는 한 쌍이 될 것이다. 만약 시인이 그들을 본다면 아주 멋진 시를 쓸 것이다. 조금 전에 카페에 앉아 있을 때 그 앞을 지나갔던 휘스레브를 떠올리며 이런 생각을 하면서 걸었다.

우리 집 뒤에는 1.5헥타르 정도의 정원이 있었다. 나는 그날도, 매일 저녁 그랬듯이 학교에서 했던 운동의 여운으로 울타리를 훌쩍 뛰어넘었다. 풀밭 위에는 저녁 그림자가 드리워져 있었다. 풀은 이스탄불 소녀들의 초록색 눈동자처럼 깊고 짙었다. 나는 조심스럽게 걷다가 갑자기 발걸음을 멈췄다. 아주 가까이에서 휘스레브의 목소리가 들렸던 것이다. 그들은 개암나무 아래 있었다. 잎사귀들이 그들의 머리를 덮고 있었다.

파디메는 이상하고, 여태껏 내가 전혀 인지하지 못했던 서정적인 목소리로 "휘스레브, 이제 아주 건장한 청년이 되었구나. 내 숫양 싸움 잘해?"라고 물었다.

"말도 마 파디메. 얼마 전에 제릴 아저씨의 양을 혼비백산케 했다니까. 그 아저씨의 양이 도망치는 걸 봤어야 하는데……"

"내 숫양은 그렇게 하고도 남지, 도망치게 하고말고."

잎사귀들이 그들의 머리를 덮고 있었다. 윤기 나는 털, 기름기 가득한 뿔을 한 숫양은 그림자 속에서 위풍당당한 사티로스*처럼 보였다.

나는 잎사귀들을 헤치며 다가갔다. 휘스레브는 파디메의 손을 잡고 있었다. 나를 보고도 손을 놓지 않았다. 나는 속으로 철학자처럼 '열일곱 살의 남자아이가 열일곱 살의 여자아이의 손을 잡는다면 서른다섯 살 먹은, 여자아이의 남편이라도 놀랄 일은 아니야'라고 생각했다.

"안녕 휘스레브, 파디메도 잘 있었어?"

나는 숫양을 약간 쓰다듬다가 걸어갔다. 웬일인지 가슴에 멍이 든 느낌이었다. 속도 거북했다. 그럼에도 불구하고 나뭇잎들 사이에서 계속 대화하는 두 사람의 즐거운 모습에서 어떤 떨떠름한 맛을 느끼고는 휘파람을 불며 책을 읽을 심산으로 집 안으로 들어갔다.

얼마 지나지 않아 파디메가 발뒤꿈치를 들고 살금살금 걸어 방 안으로 들어왔다. 그녀는 헤나로 물들인 손을 비비며 "저녁밥 준비되었어요"라고 말했다.

"파디메, 난 입맛이 전혀 없어. 너 먼저 먹어. 난 잠들기 전에 알아서 찾아 먹을게."

* 고대 그리스 신화의 숲의 신. 남자의 얼굴과 몸에 염소의 다리와 뿔을 가진 모습이다.

발 걸기
Çelme

10분만 걸으면 곧장 마을 밖으로 나가게 된다. 이렇게 되면 이제 사람은 새처럼 자유로워진다. 자갈길도 자유롭게 두서없이 펼쳐진다. 당신 옆에서는 구부정한 당신의 그림자가 함께 걷는다. 지나가는 사람들이 안녕하시오라고 인사를 건넨다.

그 누구도 인사를 하면서 상대를 향해 모자를 벗어 보이지는 않는다. 하지만 모든 사람은 모든 사람들과 친구가 될 수 있다. 호두나무 아래 앉아 담뱃갑에서 담배를 꺼내 한 대씩 피울 수도 있다. 서로 아무 말도 하지 않고 다시는 이야기를 나눌 희망조차 남기지 않은 채 안녕히 가시오라고 말하며 서로 갈 길을 갈 수도 있다.

다시 길을 나선다. 당신의 마음에는 어떤 사람과 친구 된 기쁨이, 한 호두나무 그늘에서 내다본 산등에 붙어 있는 마을, 먼 산, 구불거리는 시내, 멀리 보이는 호수의 반짝임이, 어떤 그리움이, 어떤 친근감 그리고 멀고도 가까운 느낌이, 추억이, 즐거움이, 슬픔이 그리고 사랑이 뒤섞인다.

자갈길에서 갈라지는 길이 아름답고 멋진 곳으로, 항상 갈구했던 미지의 곳으로 향한다는 것을 생각하지 않는 사람이 몇이나 될지 모르겠다. 그러면 뭐 어떤가? 사람들의 마음속에는 항상 천국을 창조하고 싶은 환상이 강하게 존재한다. 자갈길에서 갈라져 검고 커다란 블랙베리가 있는 젖은 듯한 흙길에서 당신이 원하는 만큼의 천국의 마을을, 사랑을 나누는 사람들을, 비옥한 땅을, 포도주를 마시는 카페를 상상할 수 있을 것이다. 어차피 오늘 집에서 나올 때 들판으로 나가 목동들과 얘기를 나누고, 자갈길을 걷고, 블랙베리를 먹고, 물가의 풀밭에 드러눕는 것을 상상했으니까.

나는 현실에서 벗어나 걷고 싶었다. 천국이 있는 곳을 향해. 경제적 어려움도, 굶주림도, 나를 자신의 딸에게 적합한 사람으로 보지 않는 부유한 상인도, 아무것도 생각하지 않을 것이다. 내 고민은 내 문제다. 남이 상관할 바 아니다.

그 경사지에 기대어 있는 마을까지는 가지 않을 것이다. 그저 경사지 아래 있는 물가를 찾아 앉아서 스스로에게 "이게 바로 천국의 시내야…… 난 천국에 들어갈 수 없어. 여기서 쉬어야지"라고 말할 것이다.

나는 파트마와 알리가 그림처럼 착 달라붙어 사랑을 나누는 경사지에, 젊은이들이 포도주를 마시며 노는 카페에, 공중에 대고 총을 쏘는 조심성 없는 사람들이 있는 곳에 갈 의도는 전혀 없었다.

왜냐하면 그들은 천장이 낮고 난로가 타오르고 역겨운 담배 연기들로 가득 찬 어떤 카페에 모여 있을 것이기 때문이다. 그들은 홍수, 세

금을 내지 못한 것, 물소를 팔지 못한 것, 전쟁이 우리에게도 일어날지의 여부, 아무것도 아닌 일로 사람을 죽인 것, 말라리아에 걸린 사람들에 대해 언급할 것이다. 구석에는 마음이 혼란스러운 남자가 앉아 있을 것이다. 이 사람은 다른 사람을 위해, 그러니까 어떤 부유한 사람을 위해 정확히 30년 동안 군 복무를 한 사람일 것이다. 또 다른 사람의 아들은 차낙칼레 전투에서 사망했을 것이다. 저 새파란 젊은이는 곧 발발할 전쟁에서 죽을 것이다……

나는 "신경 꺼, 저기 있는 블랙베리가 아주 먹음직스러워 보이는걸, 알맹이도 엄청 크고. 빨리 달려가!"라고 혼잣말을 했다. 갈증으로 목이 탔다. 버드나무 그늘에 있는 블랙베리는 정말 시원한 맛이었다.

블랙베리를 먹은 후, 다시 흙길을 걸었다. 물소리가 들려오기 시작했다. 수많은 새가 반짝이는 잎들이 달린 나무 위에 앉아 있었다. 나는 울고 싶기도, 웃고 싶기도 했다. 그래서 민요 한 곡조를 뽑았다.

"아, 어머니, 이 세상은 아름답군요!"

어떤 초원에 이르렀다. 어떤 아이가 풀밭 위에 쭉 뻗어 누워 있었다. 소 한 마리가 풀을 뜯고 있었다. 그곳에서 약간 떨어진 물가에 갈대들이 보였다. 조금 더 앞에는 검고 썩은 나무로 된 골조 다리가 보였다. 두 손으로 그 다리를 잡고 마구 흔들고 싶은 마음이 들었다.

갑자기 가장자리에 있는 어떤 폐허가 눈에 들어왔다. 그리고 또 갑자기 이곳이 과거에 마을의 피크닉 장소였고, 그 폐허는 방앗간이라는 것을 기억해 냈다.

나는, 머리가 헝클어지고, 유일한 장난감인 긴 막대기를 새까만 손에 쥔 채 길가 풀밭에 코를 묻고 누워 있는 아이 옆에 누웠다. 아이는 내가 상상했던 세계에 이미 도달한 것 같았다. 한 10분 정도 졸았던 것 같다. 마음속에 내가 열네 살이었을 때의 그리움이 쌓이고, 잠이 머리 위에서 번개처럼 지나가는 제비의 날개에서 반짝일 때, 어떤 발소리를 들었다. 나는 발소리가 나는 쪽을 쳐다보았다. 어떤 헌병이었다.

그는 나에게 "안녕하십니까?"라고 말하며 털썩 앉았다.

그는 손에 모제르 소총을 들고 있었다. 풀밭 위에 총을 내려놓고는 담배를 피웠다. 이후 우리는 얘기를 나누었다.

나는 "당신은 어디 살고 있소? 왜 이곳에서 보초를 서고 있습니까?"라고 물었다.

"바로 저기요!"

나는 그가 가리킨 곳을 쳐다보았다. 정말로 빨갛고 하얀 페인트 색이 바래 있는 나무로 된, 마치 마분지 종이로 만든 것 같은 경찰서 건물이 있었다.

"그런데 왜 보초를 서고 있지요? 여기엔 아무것도 없는데요. 사람도 유령도 없는데……"

"모르겠습니다. 명령을 받았을 뿐입니다."

하지만 나는 그에게 더 이상 질문을 하기 전에 모든 것을 기억해 냈다.

당시는 전쟁 중이었다. 마을의 상황은 끔찍했다. 사람들이 배급을 받으려고 빵 화덕 앞에 줄지어 서 있는 모습을 오늘은 기억하지 않겠다. 아니 평생 기억하지 않으려고 애를 쓸 것이다. 그러나 그 시절에도 행복한 사람들이 없지는 않았다. 다른 사람들이 배를 곯고 비참했던 시절에 어떻게 행복해질 수 있느냐고 말하지 말아야 한다. 그런 일은 있을 수 있다. 물론 없을 수도 있다.

어느 금요일 이 행복한 사람들에 속하는 한 무리가 '방앗간 앞'이라고 불리는 피크닉 장소로 가고 있었다. 그들은 아직 아침의 안개가 걷히기 전에 길을 나섰고, 지름길로 가기 위해 옥수수 밭 속을 걸어갔다. 옥수수 잎사귀에서 떨어진 아침 이슬이 그들의 손, 가슴 그리고 머리로 떨어졌고, 이에 사람들은 비명을 지르며 웃었다. 그들의 귀, 목 그리고 풀어헤친 단추 밑의 가슴을 간질대는 옥수수 잎에 대고 "이 바람둥이!"라고 농담을 던지면서 피크닉 장소로 향했다.

이들 중 한 명은 부대장의 부인이었다. 통통하고 살결이 하얗고 검은색 눈을 한 서른 살 먹은 여자였다. 그녀 옆에는 눈썹에 검댕을 칠하고 입술은 없는 것처럼 얇고 눈은 칼처럼 날카롭고 반짝이며 마르고 손가락이 꽤 긴 마흔다섯 살 정도의 또 다른 여자가 걸어가고 있었다. 그녀는 부대장의 통통한 부인을 희롱하는 옥수수 잎들을 질투심 많은 손으로 잡아뜯으며 길을 터 주고 있었다. 그녀가 부대장 부인을 바라볼 때, 부대장 부인을 위해 길을 터 줄 때, 이따금 허리를 숙이고 구덩이를 뛰어넘을 때는 마을의 청년 같은 모습으로 변했다.

그녀는 조용한 목소리로 옥수수 잎사귀들을 꾸중했다. 그런 후 시선은 뒤에 따라오는 여자들에게 고정한 채 부대장 부인의 귀에 대고 무슨 말인가를 계속 속삭였다. 통통한 부인은 큰 소리로 웃었다! 그 웃음은 푸르른 아침 하늘을 유리처럼 깨 버렸다. 안개는 빠르게 산의 가장자리를 향해 달려가고 있었다.

뒤에서 엉덩이를 잘 움직이지 못하는 아주 뚱뚱한 어떤 여자가 숨을 헉헉대며 딸임이 분명한 사랑스러운 젊은 처녀의 팔에 체중을 싣고 걸어오고 있었다. 처녀는 마음이 조급하고 몸이 힘들어서인지 얼굴이 벌겋게 달아올라 있었다. 이제 막 꿈에서 깨어난 아이처럼 젤리와 잼 같은 달콤한 모습이었고, 그녀의 푸른색 눈동자는 마치 빵처럼 성스럽게 느껴졌다.

이들 뒤에 머리를 하나로 올려 묶고, 그 위에 스카프를 꽉 동여맨 다른 여자가 따라왔다. 하녀임에 틀림없다. 그녀는 낡았지만 멋진 망토를 입고 있었으며, 한 손에는 예닐곱 살 되어 보이는 가냘픈 사내아이의 손을 잡고 있었고, 다른 한 손으로는 꽤 멋진 피크닉 바구니를 들고 있었다. 이 모든 사람의 뒤에는 아무것도 보지 않지만, 많은 것을 생각한다는 게 슬픈 표정에서 확연히 드러나는 절름발이 당번병이 따라왔다. 등에는 양쪽에 손잡이가 있는 커다란 바구니를 짊어지고 있었다. 이것으로 그치지 않고 양손에는 작은 바구니 한 개와 커다란 꾸러미까지 들려 있었다.

앞에 가는 부대장 부인과 농담을 주고받던 마흔다섯 살 먹은 부인은 먼저 부대장 부인에게 "저기서 잠깐 쉬면 안 될까요?"라고 물었다. 그러고는 뒤돌아서 "레피카 부인 조금만 쉬었다 갈까요?"라고 소리쳤다. 레피카 부인으로 불린 뚱뚱한 여성은 "안 돼요, 도착지에 가서 쉬자고요. 난 한번 쉬면 다시는 못 일어나요. 그러면 여러분이 고생하고 후회할 거예요. 휴! 다시는, 다시는 여기 안 와요. 이 몸을 하고서는 방앗간 앞으로 피크닉을 갈 권리도, 기력도 없어요……"라고 말했다.

이 말에 그곳에 있던 모든 사람이 웃었다. 오로지 맨 뒤에 오는 군인만은 웃지 않았다.

부대장 부인이 당번병에게 소리쳤다.

"하산! 지쳤어?"

"아니요, 부인. 저희는 지치지 않습니다."

눈썹에 검댕을 칠한 부인은 달콤한 눈빛으로, 이제야 자신들을 따라잡은 군인을 의미심장하게 쳐다보며 이렇게 말했다.

"힘도 세고 용기도 있네!"

뚱뚱한 부인과 아름답고 젊은 처녀는 무척이나 뒤처져 따라오고 있었다. 그들은 가끔 걸음을 멈췄고 뚱뚱한 부인이 심호흡을 하고 나서 다시 걸었다.

그녀들이 작은 목소리로 얘기하는 것들이 들렸다.

"아, 멜라하트, 얼마나 배가 고픈 줄 아니?"

"무슨 말이에요 엄마, 조금 전 아침에 뵈렉* 열 개나 드셨잖아요?"

처녀는 천사처럼 웃었다. 바로 그때 하늘에서 지나가던 수놈 새들이 갑자기 날아가던 방향에서 선회하고는 서로 왁자지껄 지저귀는 소리가 들렸다.

모두 걸음을 멈추고는 이렇게들 말했다.

"아니 새들이 왜 저렇게 지저귀지, 세상에!"

하지만 아무도 이 처녀의 마음속에서 지나가는 축제의 마차와 방울 소리를 듣지 못했다. 어쩌면 절름발이 군인 하산이 잠시 고향의 꿈을 꾸었을 수도 있다.

이 말들은 우리 소설가들의 술수다, 용서하기 바란다.

그들이 거의 방앗간 앞에 도착한 순간에 갑자기 모두 멈춰 섰다. 방앗간 앞의 커다란 풀밭은 사람으로 가득 차 있었다. 우마차들도 빼곡했다. 풀밭 공터 곳곳에는 불이 피어오르고 있었다. 조금 더 가까이 가자 이 인파 대부분이 여성들인 것을 알 수 있었다. 우마차 주위에는 러그, 기도용 깔개, 더욱이 이불들도 펼쳐져 있었다. 우마차 위 건초에서는 삐쩍 마른 아이들이 자고 있었다.

---

* 얇게 민 밀가루 반죽 안에 치즈, 잘게 간 고기, 시금치 등을 넣고 요리한 음식.

그곳은 지구 종말의 날처럼 혼란스럽고 시끄러웠다. 방앗간 문으로 하얀, 새하얀 사람들이 들락거리는 것이 느껴졌다.

마을에 있는 커다란 방앗간은 오로지 밀만을 빻기 때문에 옥수수를 빻는 곳은 이 방앗간밖에 없었다. 이 방앗간은 하루에 마흔에서 쉰 자루 정도만 빻을 수 있는 여력이 있었다. 그것도 밤낮으로 돌릴 때…… 이 정도의 양은 마을 사람들에게는 불충분했다.

가까운 마을과 큰 마을에서 온 수천 명의 사람이 옥수수 한 자루를 빻기 위해 쟁탈전을 벌이고 있었다. 등에는 아이를 업고 앞에는 당나귀 등에 옥수수 두 자루를 실은 여자는 이곳에 와 며칠 동안 순서를 기다리고 있었다. 밤에는 자칼들이 그들 주위에서 어슬렁거리며 포효했기 때문에 모닥불을 피워 놓곤 했다.

옥수수 두 자루를 가지고 온 사람들은 며칠 배불리 먹을 생각을 하며 배를 곯고 그곳에서 기다리고 있었던 것이다.

누군가의 자루에서 쏟아진 옥수수 가루를 보면 사람들이 떼 지어 달려들어 긁어모았고, 바로 그 자리에서 반죽을 해 납작한 빵을 만들곤 했다. 방앗간 주인들은 그들이 만든 작고 동그란 빵을 모든 사람에게 주지 않았다. 돈이 있는 사람만 먹을 수 있었다. 그런데 돈이 있는 사람이 이곳에 왜 와 있겠는가?

돈 있는 사람은 누군가를 고용해 방앗간으로 보냈다. 그 누군가는 이곳에서 기다리곤 했다. 그 누군가는 위급할 때 쓰려고 돈을 아껴 둔 사람이었다. 병들거나 죽을 때 쓰려고.

눈썹에 검댕을 칠한 부인은 "얘들아, 여기가 바로 최후의 종말의 날 그 자체구나. 끔찍한 징조야. 이 떼들을 어떻게 헤치고 지나가지?"라고 말했다.

부대장 부인의 얼굴은 샛노랗게 질려 있었다. 처녀는 어머니를 팔에서 2분 정도 떼어 놓을 수 있었다는 즐거움으로 하산과 농담을 하며 수다를 떨고 있었다. 하산이 별안간 영웅 같은 태도를 취했다.

"계속 갑시다, 두려워하지 마세요! 절 따라오세요!"

풀밭 공터는 갑자기 쥐 죽은 듯이 고요해졌다. 사람들은 두 줄로 서서 바구니들 틈으로 커피 끓이는 기구, 휴대용 가스난로, 노랗고 빨간 얇은 종이로 덮인 많은 물건이 보이는 소풍객들을 바라보고 있었다.

막 그곳에 도착했을 때 인파 중에서 몇 명이 말했다.

어떤 여인이 "아, 눈썹에 검댕 칠한 아이쉐 좀 봐!"라고 했고, 다른 한 여자는 "웃기지도 않네!"라고 했다.

갑자기 볼이 쏙 들어가 있고 긴 치마를 입고 키가 크고 가슴이 봉긋한 여자가 군인 앞에 나섰다.

군인이 "비키지 못해, 이 여자야!"라고 말했다.

여자는 방울 소리 같은 폭소를 터뜨렸다. 부대장 부인의 허리를 잡고 있던, 눈썹을 검댕으로 칠한 부인은 "저속한 여편네 같으니라고!"라고 투덜거렸다.

여자는 이 말을 들었고 다시 그 방울 소리 같은 폭소를 터뜨렸다. 그녀는 절름발이 군인의 발을 걸어 넘어뜨렸고, 이 와중에 쏟아진 물건들 위로 사람들은 앞뒤 분간을 하지 않고 달려들었다. 방앗간 앞에 모인 사람들은 순간 놀랐지만, 들고 있던 바구니들과 꾸러미들을 내던지고 도망치는 소풍객들은 거들떠보지도 않은 채 올리브유를 넣어 만든 돌마*, 커다란 흰 빵, 노란 치즈 위로 달려들었다. 기절한 사람도 나

---

* 포도나무 잎, 양배추 잎, 피망 등 채소 안에 각종 양념을 한 쌀을 넣어 만든 음식.

왔고 깔려 죽은 사람도 나왔다. 하지만 물론 이 와중에 배를 채운 사람들도 있었다.

*

조금 전 내가 손으로 흔들고 싶다고 말했던 다리 옆에서 부대장 부인과 눈썹에 검댕을 칠한 부인은 이 공포스러운 광경을 바라보고 있었다. 통통한 부대장 부인이 "아, 하느님, 최후의 심판의 날도 이렇게 될까, 그럴까, 아이쉐 부인?" 하고 물었다.

아이쉐 부인은 생각에 잠긴 채 "분명……"이라고 중얼거렸다.

죄수
Mahpus

그날 마을 교도소 앞에는 엄청난 인파가 몰려 있었다. 여자 문제로 열다섯 살 때 수감된 아흐메트라는 이름의 청년이 그날 석방되었던 것이다. 두 마을의 주민들은 어른 아이 할 것 없이 웨딩 카라고 할 정도로 화려하게 꾸민 우마차들을 대동하고 군청 앞을 꽉 채우고 있었다. 이들 사이에 경찰, 헌병, 사이다와 포도 주스를 파는 사람들이 돌아다니고 있었다. 한때 군수의 명령으로 마을 사람들을 해산시키려는 시도가 있었다. 그런데 정체를 알 수 없는 어떤 허름한 형색의 한 젊은이가 이에 이의를 제기했다. 또한 그 옆에 있던 친구임에 틀림없는 잘 차려입고 꽤 지위가 있어 보이는 남자도 그를 거들었다. 남자는 경찰에게 "왜 그러십니까? 놔두시오. 출감하는 친구를 데리고 갈 겁니다. 당신은 뭐요? 내가 군수에게 가서 말하겠소"라고 했다.

그곳을 지나가던 사람들도 이 주민들 틈에 합류해 교도소 앞은 인산인해였다. 이 마을에 이러한 인파가 모인 것은 과거에 한 번 더 있었다. 대략 20년 전이었다.

당시 도시의 상황은 이상했다. 쿠바이 밀리예*가 아직 결성되기 전이었다. 어느 날은 도시를 오스만 제국 군대가, 또 어느 날은 그리스 군대가, 또 다른 날은 체르케스 에템** 군대가 점령했다. 그 지역이 이스탄불에 가까웠기 때문에 부유한 사람들은 이 도시를 버리고 도망쳤다. 오로지 가난한 사람들만이 남아 있었다고 할 수 있다. 도시로 들어온 약탈자 군대들은 닥치는 대로 강탈해 갔고, 심지어 사람들을 나무에 매달아 죽이기도 했다.

그 도시에는 젊은이들로 구성된 민병대가 있었다. 소규모의 군대가 나타나면 즉시 자신들의 집으로 도망치는 이 민병대 역시 다른 군대와 다름없이 그 지역 사람들의 피를 빨아먹고 살았고, 다른 군대가 도시에 없을 때는 탄띠를 허리에 차고 거들먹거리며 도시를 배회했다.

이런 상황을 알게 된 마을 사람들은 도끼, 손도끼, 총검, 크림 전쟁 때 사용하던 무기들과, 이와 비슷한 각양각색의 잔인한 도구들을 들고 도시의 주민들을 보호하기 위해 그 마을로 갔다.

그런데 그 마을은 서너 달 전부터 저울에 무게가 적게 나오게 하고, 어린 소녀들이 집에서 키운 고치 바구니에 금반지를 낀 손을 넣고는 이 고치는 누런빛을 띤다며 깨끗한 고치임에도 불구하고 형편없는 가격을 매기는 파렴치한들로 가득했다. 그 마을의 유지들은 세금으로, 상인들은 무게가 덜 나오는 저울로 생계를 유지했다.

* 1918~1922년 사이에 활동한 터키의 민족 저항 단체 이름.
** Çerkes Ethem(1886~1948). 독립 전쟁 당시 민중 지도자들 중 한 명.

마을 사람들이 이것을 모른다고 생각하면 안 된다. 그러나 외부의 적과 맞서 있는 상황에서 형제의 도둑질, 배은망덕에 대한 앙심은 빨리 사그라졌다. 마을 사람들은 열흘 치의 식량을 준비해 그곳에 도착했다. 열흘 후에는 또 다른 무리가 열흘 치 식량을 준비해 마을에서 기다리고 있었다. 그들은 교대로 도시를 지킬 참이었다.

이들은 쿠바이 밀리예가 결성될 때까지 도시를 지켰다. 도끼와 손도끼를 든 마을 사람들이 그 도시를 지켰다고 40킬로미터 떨어진 먼 곳까지 소문이 퍼졌다. 체르케스 에템도, 구원군도, 칼리프 군대도, 그리스 군대도 얼씬하지 않았고 모든 약탈꾼은 다른 마을로 갔다.

당시 나는 어린아이였지만 또렷이 기억하고 있다. 군청 앞이 거의 오늘처럼 사람들로 꽉 차 있었다. 그들의 얼굴에서는 아무것도 읽어 낼 수가 없었다. 이 사람들이 왜 이곳에 왔는지 알 수 없을 정도였다. 하지만 이들은 오로지 하나의 목적으로 모인 사람들이었다. 이들 모두가 그 목적을 알고 있기 때문에 새삼 밝힐 필요가 없었다.

나는 그때까지 죽을 결정, 혹은 어떤 선한 일이나 행동을 하려고 결정을 내린 이 마을 사람들의 얼굴만큼이나 얼어붙고 차갑고 진지한 그 어떤 얼굴도 본 적이 없다.

그때 보았던 얼굴을 오늘, 죄수를 기다리는 사람들의 얼굴에서 보았다. 단지 과거에 그 무기들을 들고 왔던 날보다 더 즐겁고 들뜬 모습들이었다. 게다가 그들 중에는 벌써 술에 취한 사람도 있었다. 이들은 젊은 사람들이었다. 노인들과 중년들은 그날처럼 차갑고 근엄하고 진지한 표정들이었다.

죄수는 저녁 무렵 출감될 예정이었지만 정오 무렵 풀려나왔다. 그는 정확히 7년 반 동안 수감 생활을 했다. 아주 새파란 청년이었다. 긴 검은 머리, 마른 체격에 가냘픈 얼굴이었다. 그는 달콤하게 웃고 있었다. 그는 또래 젊은이와 얼싸안았다. 그 젊은이는 죄수를 나뭇가지들로 만든 커튼으로 차단된 우마차로 데리고 갔다. 죄수는 커튼을 열고 안으로 미끄러지듯 들어갔다. 우마차 안에서 한두 명의 여자 머리가 보였다가 사라졌다. 커튼이 닫혔다. 죄수가 탄 그 우마차가 앞장서고 다른 우마차들은 뒤를 따랐으며 말 탄 사람들과 걸어서 가는 사람들은 줄지어 따라갔다.

온 도시 사람들은 가게들 앞으로 나와, 카페에서 뛰쳐나와 이 이상한 행렬을 기이하다는 듯 바라보았다. 저녁 무렵에야 모두 그 죄수의 이야기를 알게 되었다. 그건 흔히 있는 일들 중 하나였다.

아흐메트가 사는 마을과 메흐메트가 사는 마을은 서로 마주하고 있었다. 그 마을들 앞에는 혼탁한 사카르야 강이 큰 소리를 내며 흐르고 있었다. 두 마을을 사이에 두고 서로 가장 가까운 강변은 계절에 상관없이 통행할 수 없을 정도로 깊었다. 메흐메트는 아흐메트 마을의 처녀와 아흐메트는 메흐메트 마을의 처녀와 결혼했다. 아주 긴 이야기다…… 처음에 메흐메트가 플라타너스 나무 몸통으로 나룻배를 만들어 아흐메트 마을에서 아흐메트의 도움으로 에미네라는 처녀를 보쌈해 왔다. 아흐메트는 어느 가을밤 헤엄을 쳐서 메흐메트의 마을로 갔다. 메흐메트의 집으로 가 미리 헛간 한구석에 준비해 놓은 나룻배를 등에 짊어지고 사카르야 강가에 있는 갈대숲 사이에 숨겼다. 왜냐하면 아이쉐를 쉽게 보쌈할 수 없었기 때문이었다. 그녀의 집은 항상 사람들로 붐볐을 뿐만 아니라, 사람들로 들끓는 문제는 차치하고라도 아이쉐는 아흐메트에게 시집갈 생각이 없었다.

메흐메트와 아흐메트는 아주 가난했다. 지금으로부터 10년 전까지만 해도 자신들 소유의 논밭이 없었다. 근처 도시의 유지인 하즈 휘세인 손자의 대리인들이 매년 여름 우마차를 타고 추수지로 와 그들의 몫을 가져갔다. 그런데 한동안 이들이 오지 않았다. 사람들은 그들에게 무슨 일이 있는지 무척 궁금해했다. 알고 보니 하즈 휘세인의 손자가 죽었던 것이다. 이 손자의 아들들은 메흐메트와 아흐메트의 마을에 자신들의 땅이 있는 것조차 모르고 있었다. 단지 토지부에서 자신들에게 서류가 왔을 때 이렇게 말했다고 한다.

"우리는 그 땅의 권리를 포기하겠습니다. 그곳이 어디인지조차 모릅니다."

지금 아흐메트와 메흐메트에게는 각각 30헥타르와 25헥타르의 땅이 있다. 이 땅에서는 모든 것이 자랐다. 몇 년 전에 옥수수를 심었고 그것은 돈이 되었다. 바로 이 돈이 있었기 때문에 메흐메트는 에미네를 보쌈해 올 수 있었다. 그해 보리를 심었는데 막 싹이 틀 때, 사카르야 강이 범람하여 20일 동안 물이 빠지지 않았다. 모든 씨가 썩어 버리고 말았다. 아흐메트 할머니의 도움으로 다행히 그들은 굶지 않게 되었다. 아흐메트의 사랑 문제도 어찌 되었든지 간에 해결책을 찾아야만 했다. 사랑 문제와 먹고사는 문제는 둘 다 중요하다. 할머니가 이 문제에도 해결책을 찾아 주었다. 그녀는 아흐메트에게 말했다.

"넌 피가 철철 끓는 용감한 청년이 아니냐? 보쌈해 와! 언제 하려고 꾸물거려? 그 말괄량이를 보쌈해 와! 그 아름다운 처녀를!"

아이쉐는 정말 아름다운 처녀였다. 얼굴과 머리카락은 마치 바람이 부는 것 같은 모습이었고, 이 모습은 보는 사람들을 황홀하게 만들었다. 아이쉐의 아버지는 가난했다. 마을에서 목수와 대장장이 일을 했다. 그들의 집은 강가에 있었다. 아흐메트의 집에서 아이쉐의 집은 확연히 잘 보였다. 아흐메트는 구릿빛 피부에 쏜살같이 빠른 걸음을 가졌으며, 사카르야 강가 모래밭에서 뛰어놀던 아주 어릴 때부터 그녀를 좋아했다. 마을 전체에서 대여섯 명만이 여름에 사카르야 강을 헤엄칠 수 있었는데, 그중에서 가장 잘 헤엄치는 사람이 아흐메트였다. 헤엄쳐서 아이쉐의 집 앞으로 와 흐르는 물에 그대로 몸을 내맡기곤 했다. 사카르야 강은 그를 휘감아 흘러갔다. 아이쉐는 "엄마! 맞은편 마을의 아흐메트가 물에 빠져 죽으려고 해요!"라고 고함을 쳤다.

맞은편 마을의 아흐메트는 물살이 잔잔해진 곳에서 갑자기 물속에서 모습을 드러냈다.

"바보 같은 까만 계집애! 이 아흐메트가 저 너머 마을의 뮈르테자인 줄 알아!"

저 너머 마을의 뮈르테자는 중요한 남자였다. 농장을 소유하고 있었고, 그의 아버지인 뤼스템 씨는 부자였다. 뮈르테자는 도시 학교에서 공부했으며 여름마다 고향 마을로 돌아왔다. 솜처럼 하얀 피부를 가지고 있었다. 아이쉐와 그 사이에 무슨 비밀이 있다는 소문이 돌았다. 아이쉐는 뮈르테자를 볼 때마다 마음이 이상해졌다. 그녀는 흰 피부에 푸른 눈동자를 한 사람을 보면 그만 마음이 녹아 버리고 말았다. 하지만 뤼스템 씨는 아들에게 대장장이 딸이 어울린다고 생각하지 않았다. 도시에 사는 소안즈자데의 딸을 며느리로 들이고 싶어 했다. 소안즈자데는 거의 파산 지경에 이르렀기 때문에 뮈르테자가 언제 군대 복무를 마칠까 하며 기다리다 저녁마다 라크를 마시게 되었다. 아무 때고 기분이 내키면 말을 타고 뤼스템 씨의 집에 가 열흘 정도 손님으로 지내다 오곤 했다. 뮈르테자와 사냥을 나가고 장차 사위가 될 사람에게 온갖 칭찬을 아끼지 않았다.

그날 밤 아흐메트는 할머니에게서 허락을 받고 강물로 뛰어들었다. 어둠 속에서 맞은편 강가로 갔다. 속옷 차림으로 메흐메트의 집 대문을 두드렸다. 메흐메트는 그를 보자 "이게 무슨 일이야 아흐메트, 사람들이 볼까 무섭네, 안으로 들어와"라고 말했다.

메흐메트는 그에게 옷을 주었다. 그런 후 그들은 플라타너스 나무통으로 만든 나룻배를 갈대밭으로 가져다 숨겼다. 그리고 아이쉐의 집으로 갔다. 모두들 자고 있을 시간이었다. 아이쉐의 창문을 두드리자 그녀가 창문을 열었다. 아흐메트는 아이쉐의 입을 손수건으로 틀어막았다. 까만 피부의 처녀는 몸부림을 쳤고, 두 남자는 가죽끈 같은 그녀의 다리를 겨우 붙잡아 나룻배 안으로 던졌다. 메흐메트가 노를 잡았다.

아흐메트는 "제발 가만있어 아이쉐, 몸부림치지 말라고"라고 하면서 입을 틀어막고 있던 손수건을 빼내 주었다.

아이쉐는 온 힘을 다해 비명을 질렀다.

아흐메트의 마을 강가 쪽에 도달했을 때, 맞은편 강가에서는 손에 등불을 든 사람들이 모여 있었다. 뮈르테자의 목소리가 들려왔다.

"내가 물에 뛰어들겠어! 저놈을 죽여 버릴 테야!"

그러자 아흐메트가 소리쳤다.

"남자라면 물에 뛰어들어 보시지!"

뮈르테자는 고양이처럼 물을 무서워했다. 그는 자신의 눈앞에서 휘몰아치는 사카르야 강물을 쳐다봤다. 그러고는 "아버지, 뛰어들 수가 없어요!"라고 말했다.

뤼스템 씨는 미소를 지으며 "네가 상대할 놈이 아니다"라고 말했다.

그는 총에 장전을 하고는 맞은편 마을의 어둠을 향해 세 발을 쐈다.

모두 그 총알들이 어디로 갔는지 생각했다.

아흐메트는 아침까지 아이쉐를 설득하려고 애썼다. 그러나 이른 아침 그녀를 나룻배에 태워 그녀의 마을로 다시 데려다 주었다. 하지만 뮈르테자는 더 이상 아이쉐를 원하지 않았다. 지난밤 아이쉐는 아흐메트에게 이렇게 애원했었다.

"난 그를, 뮈르테자를 사랑해. 날 놔줘 아흐메트, 난 부유한 남자의 아내가 되고 싶어."

아흐메트는 아이쉐의 손도 만지지 않았다. 산파인 아이쉐의 할머니도 뮈르테자에게 찾아갔다.

"아이쉐는 태어났던 상태 그대로야."

뤼스템 씨조차 아들의 고집에 질려 버리고 말았다.

"멍청한 놈. 내 아들이 이렇게나 지조를 중시하는 놈이었다니. 이런 놈을 그래도 사랑한다니, 대단하군 대단해."

그래도 아이쉐는 아흐메트에게 시집갈 생각이 없었다. 아흐메트는 2년을 기다렸다. 그녀의 부모는 아이쉐를 불쌍히 여겨 집에서 데리고 살았다. 아버지는 그녀의 얼굴조차 쳐다보지 않았다. 어머니는 그녀를 잡일을 하러 보냈고 그녀가 벌어 온 돈을 다 빼앗았다. 혼수도 다 팔아 버리고 말았다. 맞은편 마을의 청년들은 아이쉐를 비난하는 말들을 해 댔다. 아이쉐도 마을에서 도망치고 말았다. 그 유명한 사니예 부인의 집으로 갔다. 사니예 부인은 100리라를 받고 아이쉐의 처녀성을 소안즈자데의 주선으로 뮈르테자에게 팔았다. 아흐메트는 사니예의 집에서 아이쉐를 찾아 마을로 데려와서 결혼식을 올렸다. 할머니에게 아이쉐를 맡겨 놓은 후 메흐메트의 권총을 빌렸다. 그런 후 부유한 뮈르테자의 부유한 장인 소안즈자데를 그의 가게에서 발견하고는 정확히 머리에 세 발을 쐈다. 마을로 돌아와 권총 안에 남아 있는 두 발을 뮈르테자의 가슴 한가운데에 대고 쐈다. 하지만 그놈은 죽지 않았다.

야니 우스타*
Yani Usta

내가 야니 우스타를 알았을 때 그의 나이는 열다섯 살이었다. 그때는 아직 야니 우스타가 아니었다. 까만 눈, 까만 다리, 까만 머리카락의 까만 아이였다.

그 당시 나는 어땠냐고요? 나는 어른이었다. 어른이었지만 하는 일이 없었고, 이 세상에 어머니 이외에 그 누구도 없었다. 야니 우스타는 지금 스무 살이고, 내 나이는 쉰에 가까워지고 있다. 야니 우스타는 나의 유일한 친구였다. 그가 벽에 페인트칠을 얼마나 기가 막히게 잘하는지 입이 떡 벌어지고 말 지경이다. 하지만 내 눈에 그는 여전히 열다섯 살의 까만 피부의 소년이었다. 페인트칠을 하지 않는 날에는 극

* 우스타는 '기술자' '장인'이라는 의미이다.

장에 가고 축구 경기를 보러 가고 카페에서 카드 게임을 했다.

내가 생각날 때면 내가 어디에 있든지 찾아낸다. 내가 생각나지 않으면 찾지도 않는다.

"내가 왜 아저씨를 찾아야 해요?"

내가 자주 가는 한적한 맥줏집이 있다. 나는 종종 그곳에 앉아 생각에 잠기곤 한다. 이 세상에서 내가 뭘 했지? 이 세상에서 뭘 보았지? 왜 이 세상에 태어났지? 왜 죽지?

밖에 눈이 올 때면 안이 따뜻하다고 해도 이 맥줏집에서는 추위를 탄다. 6시에는 아직 아무도 없다. 웨이터는 다른 자리로 갔다. 벽에 걸려 있는 시계는 나의 신경을 곤두서게 만들고 술을 마시도록 종용한다. 내가 야니 우스타를 기다리고 있나? 그는 기다리면 오지 않는다…… 기다리지 않는다면 올까? 희망은 있다. 기다리지 않으면 희망은 있다.

그는 와서 내 앞에 앉는다. 그는 내게 무슨 말을 하나? 나는 그에게 무슨 말을 하나? 나는 아무것도 기억하지 못한다. 나중에는 그가 이렇게 말했다며 꾸며 댄다.

맥줏집에는 단골손님들이 있다. 어떤 사람이 있는데, 그는 맥줏집에 와 창가에 앉는다. 광천수를 한 병 시키고 그 안에 라크를 붓는다. 과일 한 접시, 양 콩팥 석쇠구이를 주문하고 때로는 오믈렛도 먹는다.

야니 우스타가 온다. 두 눈썹을 잔뜩 찌푸리고 있다. 처녀의 아버지가 5천 드라크마*를 준다고 한다. 처녀는 예쁜 편이란다. 옛날부터 알고 있는 처녀인데 이번에 차 모임에서 봤다고 한다. 처녀의 어머니가

---

* 그리스의 화폐단위.

"야니, 내 딸과 춤추지그래?"라고 말했고, 야니는 "저는 춤이고 뭐고 모르는데요. 출 줄 안다고 해도 안 춥니다"라고 말했다. 처녀의 어머니는 딸을 야니에게 주고 싶어 했고, 야니 우스타는 "제 아버지와 말씀 나누세요"라고 말했단다.

이제 야니 우스타도 맥줏집에 맥주를 마시러 오지 않을 것이다. 그는 "맥줏집 같은 곳에 있는 모습을 보이면 안 되지요. 5천 드라크마가 왔다 갔다 하는데"라고 말했다.

얼마 전 저녁에 나는 속으로, 아, 야니, 옛날이나 지금이나 같구나! 아주 작고 까만 소년이었는데 이제 다 큰 어른이 되었구나. 나는 아저씨가 되었고. 맥줏집은 옛날 그 맥줏집이다. 테이블도 옛날 그 테이블이고. 세상은 변했고 너는 다른 사람이 되었구나. 하지만 나는 항상 그대로야, 야니 우스타! 너도 항상 변함없는 야니 우스타라고 생각할 테다. 까만 머리, 까만 눈동자의 영리한 소년! 우린 함께 영화관에 가곤 했었지. 너는 내 옆에 앉아 손뼉을 치고 내 어깨를 때리거나 하며 가만있지 않았지.

"봤어요, 봤어요? 탐정이 뭘 했는지 봤어요? 한주먹에……"

그 영화관도 이제 그 자리에 없다. 그 영화관은 거울로 둘러싸여 있었다. 비가 오는 날에는 옷 냄새와 사람 냄새가 났다. 1등석에 앉은 아이들 사이에 앉게 되면 내 마음은 사랑으로 가득 찼다. 모든 얼굴이 아름다웠다. 모든 아이는 다정했다. 모든 손은 못이 박여 있었고 작고 더럽고 따스했다.

세월이 흘렀다. 나는 아파, 목구멍이 병났어. 넌 어른이 다 되었어. 5천 드라크마 받을 만큼. 야니 우스타, 최소한 그 처녀를 좋아하나?

"여자 아닌가요 뭐, 좋아하지요."

맞아, 야니 우스타, 여자들은 사랑을 받아야지. 하지만 마음이 항상 아이로 남아 있어서 그런지 몰라도 나는 여자들보다는 아이들을 좋아해.

"날 좋아하지 않아요?"

"너? 그걸 질문이라고 해, 야니 우스타? 널, 널 아주 좋아하지."

"하지만 난 이제 아이가 아닌걸요."

"내 눈에는 아이로 보이네."

"나를 아이 취급 하면 화낼 거예요. 삐칠 거고요. 그리고 다시는 말을 섞지 않을 거예요."

"결혼식에도 초대하지 않을 텐가, 야니 우스타?"

"초대해야지요."

야니 우스타와 나는 한동안 침묵했다. 잠시 후 야니 우스타는 어떻게 그 생각이 났는지 "아저씨는 연극 보러 자주 가지요? 하루 저녁 나도 좀 데리고 가 주세요"라고 말했다.

나는 "물론, 언제든지 원하면"이라고 대답했다.

그래서 우리는 월요일 저녁에 함께 연극을 보자고 약속했다. 나는 공연 시간보다 일찍 극장 매표소로 가 표를 샀다. 야니 우스타는 잘 차려입고 극장 앞으로 왔다. 하지만 표는 내일 저녁을 위한 것이었다. 월요일에는 공연을 하지 않았다.

"야니 우스타, 월요일에는 상연하지 않는다네. 내일 저녁 공연 예매를 했네."

"상관없어요, 제 표를 주세요."

그날 우리는 맥주 넉 잔씩을 마셨다. 다음 날 저녁 나는 8시 반에 극장으로 갔다. 그는 아직 도착 전이었다. 연극이 시작되는 벨이 울리자

내 옆에 다른 사람이 와 앉았다.

야니 우스타는 표를 팔았고 극장에 오지 않았다.

야니 우스타는 내게 마지막으로 어린아이 짓을 했던 것이다. 나는 그것이 마음에 들었다. 그러나 한편으로 기분이 이상해졌다. 외로움을 느꼈다. 항상 극장에 혼자 가서 혼자 보며 즐거워했는데도 말이다. 나는 관객이 드문 밤을 택해 발코니석으로 올라가 앉곤 했다. 그날 저녁처럼 형편없는 공연은 다시는 보지 않을 테다.

아, 야니 우스타, 옛날이나 지금이나 같구나! 그럼 어때, 야니 우스타? 넌 오지 않았어, 오지 않았어. 그러면 어때? 거리에서 널 보았을 때도, 너는 여전히 거울 있는 영화관에서 내 옆에 앉은 어린아이야. 그런데 내 심장을 마치 무언가가, 철로 된 손바닥이 꽉 쥐는 것 같아! 하지만 신경 쓰지 마! 믿지 마! 말도 안 돼! 마음 아파 하지 말라고, 야니 우스타. 나를 보면 그냥 미소나 지어 줘. 신경 쓰지 마, 연극이 다 뭐라고! 이 세상엔 우정이라는 게 있잖아. 그것은 죽지 않았잖아!

고향으로 보낸 당나귀
Köye Gönderilen Eşek

그는 이란 국경에 인접한 마을 중 한 곳 출신이었다. 그가 자신의 모든 고민을 100개의 단어가 들어 있는 사전을 사용하여 말할 수 있기 때문에 고민이 없다고도 할 수 있었다. 마흔일곱 살이나 먹었음에도 불구하고 흰 머리카락이 한 올도 없었다. 얇고 검고 긴 콧수염이 있었다. 바위만큼이나 강했다. 부두에서 가장 무거운 짐을 어깨에 짊어졌을 때, 그것이 자랑스럽지 않다는 듯 무슨 말인가를 중얼거렸고, 그저 얼굴을 찡그릴 뿐이었다. 혹은 아이들의 눈에 나타나는 어떤 분노의 불꽃이 반짝였다고도 할 수 있겠다. 그저 자신의 힘을 잘 보호할 수밖에 없는 사람의 조치인 듯 웃곤 했다. 진정 있을 수 없는 일이었다. 만족스러워 보이지도 자랑스러워 보이지도 않았다. 그의 얼굴에서는 그 어떤 것도 읽어 낼 수가 없었다. 비밀에 싸인 사람 같았다.

아니다, 비밀스러운 것도, 그 어떤 것도 아니었다! 다른 짐꾼들은 무거운 짐과 힘에 대해서 그 어떤 지식도 없는 이 새로 온 짐꾼이 봇짐들 중 가장 무거운 것을, 자루들 중 가장 꽉 찬 것을, 궤들 중 가장 무게가 많이 나가는 것을 등에 졌을 때의 무식함에 대해 벌써부터 알고 있었다. 다음과 같은 이유 때문이다.

라모는 그 지역에 어느 겨울날 도착했다. 짐꾼들은 그를 부두에서 보고는 곧장 카페로 데리고 갔다. 그 카페는 바닷가에 있었다. 전면이 커다란 유리로 덮여 있었고 바다가 내다보였다. 밖은 엄동설한이었고 바람이 불며 눈도 내렸다. 나무들이 바람에 흔들리고 바닷물은 카페 앞에 있는 콘크리트까지 사방을 적시고 있었다. 하지만 카페 안은 따스했다. 어부들은 알트 콜 카드 게임*을 하고 있었고, 짐꾼들은 알트 므시알트 카드 게임**을 하고 있었다. 라모가 앉은 테이블에서도 많은 짐꾼이 얘기를 나누고 있었다. 라모는 바깥을 내다보았다. 나무, 바람 그리고 바다를 바라보는 것 같았다. 놀란 아이 같은 모습으로 유리를 손으로 만지면서 경악하며 바라보았다.

어떤 사람이 "라모, 뭘 보고 있는 거야?"라고 물었다.

그러자 라모는 쿠르드어로 설명했다.

고향을 떠날 때까지 유리가 무엇인지 몰랐다고 했다.

"그곳에 있는 우리의 집에는 창문이 없었거든요. 그냥 문을 열어요 우리는……"

완에서 처음으로 누군가 그에게 "창문 좀 열어 주시오"라고 말했다.

---

* 여섯 명이 세 명씩 두 그룹으로 나누고, 이 그룹에서 자신들의 대표를 뽑아서 진행하는 카드 게임.
** 두 명이서 하는 가장 간단한 카드 게임.

그러자 그는 일어나서 문을 열었다. 유리가 무엇인지는 알았다. 알았지만 집에서 창문 대신 사용된다는 것은 몰랐다. 밖에 눈이 오는데 유리로 창을 만들면 춥지 않나? 그리고 밖에 눈이 오는 것이 훤히 보이는데 어떻게 몸이 따스해질 수 있을까? 처음 이스탄불에 올 때 완에 있던 어떤 카페에서 유리를 통해 밖에 눈이 오는 것을 보고 놀랐지만 이제는 익숙해졌다.

이 이야기를 하자 같은 테이블에 있던 사람들이 웃었고 라모도 그들을 따라 배꼽을 잡고 웃었다.

라모는 짐을 지게에 지고는 한 번에 대강 그 무게를 가늠했다. 이 행동은 마치 어떤 운명에 익숙해지고자 결심한, 의지가 강한 사람의 추스름이라고 할 수 있을 것이다. 이제 등에 있는 120킬로그램의 궤짝이 없는 것처럼 느껴졌다. 부두에서 나오는 좁다란 길을 걸어갈 때, 얼굴로 날아와 앉는 파리들에게 터키어가 아닌 다른 언어로 욕설을 퍼붓고 머리를 흔들며 파리들을 쫓아냈다. 천천히 길을 걸어갔고, 절대 아무 생각도 하지 않았다.

배가 도착하고 떠난 뒤, 그러니까 짐을 다 운반한 후, 부두의 바람이 불지 않는 벽 아래에 무릎을 접고 엉거주춤 앉았다. 그제서야 100개의 단어가 들어 있는 사전을 펼쳤다. 그러나 아무 말도 하지는 않았다. 어쩌면 말은 하지만 듣는 사람이 이해하지 못하는 것일 수도 있다. 문장이라는 것이 일련의 감정과 지식의 표현이라면 라모가 말할 수 있는 것은 아무것도 없었다. 하지만 세상에는 일련의 물건들, 사람들 그리고 이것들 사이에 일련의 관계들이 있었다. 단어들……

아흐메트, 메흐메트, 짐, 지게, 씨氏, 편지, 고향, 거짓, 진실, 셔츠, 철……

고향에서 온 편지와 메흐메트 씨가 준 셔츠에 다는 철, 라마잔이 말한 진실과 제브라일의 거짓……

"라마잔 거짓, 지보 진실, 이 셔츠 메흐메트 씨, 편지 양모 원한다, 실 보내기…… 침대 프레임 찢어진 셔츠…… 휴, 읽었다 불가리아 사람 우유 장수 편지."

그는 사람들의 얼굴을 눈으로 똑바로 쳐다보지 않고 설명하고 또 설명했다. 그의 눈은 계속 깜박거렸고 눈가에 웃음이 어렸으며 콧수염이 올라갔다 내려갔다를 반복하곤 했다.

다시 배가 오고 다시 가장 무거운 짐을 무겁다는 것도 모르고, 자신의 엄청난 힘에 대해 아무 생각 없이 무게를 가늠해 보고 비탈길을 올라가곤 했다. 그리고 또 역시 이란 국경과 가까운 마을의 언어로 파리들을 쫓아내곤 했다. 짐꾼 일이 금지되기 전에, 이렇게 해서 삶에 만족한 것이 아니라, 삶에 대해 알지 못하는 라모는 그럭저럭 살아갔다. 우리는 라모가 진주 같은 치아를, 분홍색 입을 열며 보여 주었을 때 그가 왜 웃었는지 알곤 했다. 다리를 드러낸 여성이 해변으로 걸어갔던 것이다. 라모는 누군가와 말하는 것처럼 눈을 깜박였고, 어떤 여자의 다리를 통해 꿈을 꾸듯 나체를 보았다. 그런 일이 있던 밤을 지나 아침에 악마가 기만한 몸을, 사람들로부터 떨어져 있는 어떤 바위 틈에서 샘솟는 차가운 물로 씻으며 악마와 접촉했던 불꽃을 얼음 같은 물로 끄곤 했다. 그는 여름과 겨울에 이러한 의식을 치르곤 했다.

짐꾼 일이 금지되었을 때 라모의 수중에는 약간의 돈이 남아 있었다. 그즈음에는 고향에서 편지가 올 때 연거푸 돈을 보내 달라고는 하지 않았다. 겨울이었다. 그는 할릴 씨의 여름 집을 지키는 일을 했고, 어부들을 돕는 일도 했다. 라마잔이 그의 곁으로 왔다. 라마잔은 온갖 감언이설로 라모를 꼬드겼다. 지금 짐을 나르기 위해 수레와 당나귀가 필요하다고 했다. 먹고살기 위해서 다른 방도가 없다며.

수레는 라마잔이, 당나귀는 라모가 사기로 했다. 라마잔은 정원사 흐리스토의 거름 창고 옆에서 버려진 수레를 본 적이 있었다. 그는 공짜로 그것을 가져와 수리를 했다. 라모는 여름이 올 즈음 당나귀를 샀다. 나이가 든 것처럼 털이 빠진 당나귀였다. 하지만 사실은 아주 어렸고 제자리에 가만히 있지 않을 정도로 원기 왕성한 놈이었다.

비탈길을 오르며 첫 번째로 주문받은 짐을 나를 때는 라모가 당나귀와 수레를 옮겼다고 할 수 있다. 두 번째에는 당나귀가 목적지의 반대 방향으로 얼마나 빠르게 수레를 끌고 가던지 라모는 그저 멍하니 바라만 보고 있었다.

그렇지 않아도 다 낡아 빠진 수레는 커다란 플라타너스 나무의 뿌리 쪽에 부딪쳐 두 동강이 났고, 라모가 그 조각들을 모으려고 하자 세 부분, 다섯 부분으로 나뉘고 말았다.

지금은 부두까지 손으로 미는 짐꾼 십장이 만든 다른 수레가 발명되었다. 비탈길이 시작되는 바로 앞까지는 이 손수레로 짐을 실어 오고 그곳에서 짐꾼의 등에 짐을 올렸다. 짐꾼 십장은 구역장으로부터 배운 이 말을 모든 사람에게 반복했다. "상황에 따라 일하기!" 이제 라모의 수중에는 당나귀만 남게 되었다. 라모는 당나귀를 묘지에 있는 향기 나는 나무에 묶어 놓거나 소나무 숲에 풀어 놓았다. 도무지 팔수가 없었다. 그가 있는 대로 욕을 퍼붓고 커다란 손바닥으로 내리쳤던 이 동물이 너무나 불쌍해 팔 수가 없었던 것이다. 안장 없이 등에 탔을 때 쏜살같이 달려 기병을 질질 끌고 가는 이 힘 좋은 당나귀는 들풀, 엉겅퀴들을 등에 묻히고는 발광하며 돌아다녔다. 라모는 노련한 기수였다. 전속력으로 달리는 당나귀를 타고 산과 돌길을 돌아다녔다. 항상 나무 그늘과 길 가장자리로 가고자 했던 당나귀는 라모를 소나무 가지에 매달아 놓고 가 버렸고, 때로는 땅바닥에 내동댕이쳤다. 어느 한겨울 날 고향에서 라모에게 이런 편지가 왔다.

"우리 모두는 잘 지내고 있다. 항상 너를 위해 기도하고 있다. 네 동생 하소가 다리에 총을 맞아 몸져누웠다가 죽었다. 우리는 아주 상심했지만 어쩌겠니. 그런 다음 당나귀가 아팠다. 몸이 붓고 고통에 신음하다 죽어 버렸다. 어떻게 해서든지 우리에게 돈 좀 보내 주렴. 남자 없이는 살 수 있지만, 당나귀 없이는 살 수가 없구나. 당나귀를 살 수 있게 10리라 혹은 15리라를 보내 다오."

라모는 편지를 받고 화가 났다. 여름에 벌었던 돈이 바닥났기 때문이었다. 그는 그 지역의 참륵 마을에서 어떤 룸 여성의 집에 밤에 몰래 갔고, 일련의 이상한 이름으로 불리는 옷감들을 판 돈을 여자에게 주었다. 전혀 속상해하지 않고. 그녀가 라모에게 주는 것의 가치는 돈으로 가늠할 수 없는 것이었다. 호주머니에 무엇이 있든 뭐든 놓고 갈 수 있었다. 여자는 그나마 인정이 있었고, 그의 모든 돈을 원하지는 않았다. 4~5리라! 그는 모든 돈을 다 썼다. 그럼에도 여자는 라모를 집으로 들였고 그의 콧수염을 잡아당기고 간지럼을 태웠다. 이럴 경우 라모는 룸어 몇 마디와 사람과 동물이 내는 이상한 소리 몇 가지를 내는 것 이외에는 다른 방도가 없었다. 겨울은 이렇게 지나갔다.

15리라! 아주 큰돈이었다. 라모의 편지를 읽은 불가리아인 우유 장수는 똑똑한 사람이었다.

"라모! 왜 속상해하는 거야? 이곳에 사는 네 고향 사람을 수소문해서 네 당나귀를 고향으로 보내면 되잖아!"

이스탄불에 사는 그의 모든 동향 사람은 라모와 별 차이가 없는 사람들이었다. 힘이 세고 튼튼했다. 하지만 청소부 메모는 라모가 인정하지 않는 동향 사람이었다.

"우리 고향에서 그런 사람은 나오지 않아."

어느 날 라모는 한 문장으로 이렇게 말한 적이 있었다.

향수병에 걸린 이 삐쩍 마르고 아픈 메모는 돈도 한 푼 없었다. 라마잔이 그를 도시에서 발견해 데리고 왔다. 그들은 나무 아래서 얘기를 나누었다.

다음 날 메모는 펜딕에서 라모의 당나귀를 타고 고향을 향해 길을 나섰다.

메모는 당나귀를 타고 기찻길 옆에서 바그다드로 가는 길을 따라 전속력으로 달렸다. 이때 앙카라 특급열차가 연기를 내뿜으며 투즐라를 향해 달려갔다. 기차가 길로 내뿜은 연기 속에서 메모와 당나귀의 모습은 보이지 않게 되었다. 메모는 언덕을 넘었고 이제는 시야에서 사라졌다. 라모는 편한 마음으로 부두로 돌아왔고, 휴우 하고 안도의 한숨을 내쉬었다.

정확히 3년 후에 고향에서 라모에게 편지가 왔다. 당나귀가 무사히 마을에 도착했다는 소식이었다. 라모는 어깨에 짊어진 짐의 무게를 가늠하고는 비탈길을 향해 걸어갔다.

짐을 짊어진 채 처음으로 꿈을 꾸듯 생각했다.

넓은 초원…… 한가운데에 나무 한 그루…… 나무 밑에 있는 메모…… 당나귀는 나무에 고삐가 매인 채 풀을 뜯고 있었다. 시간은 밤. 메모는 배가 고프고 피곤하다. 몇 시간 동안 배를 채울 마을을 찾았지만 발견하지 못했다. 이 초원에서 밤을 보내기로 결정했다. 초원에 누워 잠을 잤다. 이렇게 해서 하루가 가고, 한 달이 지나고…… 3년의 밤……

라모는 웃었다. 웃을 때 120킬로그램의 무게가 허리에 온전히 느껴졌다. 그의 입에서 한 번, 휴우라는 말이 흘러나왔다.

세상을 사고 싶은 남자
Satılık Dünya

에민은 평생 딱 한 번 도둑질을 할 참이었다. 그는 말단 공무원이었다. 하지만 도둑질을 하기 적합한 직위에 있었다.

한 번은 결혼할 때, 한 번은 아내가 죽었을 때, 한 번은 그녀가 아이를 낳을 때, 어렴풋하게나마 집 안을 그 자신이 전혀 모르고 생각하지도 않았던 부유한 분위기로 채우고 싶다는 생각이 머릿속에 스쳐 지나갔다. 이것들 속에는 빵처럼 필요한 것과 축음기처럼 불필요한 것들이 때로 위치와 상태가 바뀌면서 불필요하거나 필요한 것이 되었다. 에민은 그 변하는 선호도에 놀라곤 했다. 이 세 번마다 그는 어릴 적 자주 배를 곯고 자던 밤에 꾸었던 꿈을 깨어 있을 때 꾸었다.

그때마다 훔치고 싶은 욕구는 어렴풋했다. 어쩌면 오늘보다, 그 도둑질을 할 결정을 내렸던 순간보다, 더 달콤하고 더 참을 수 없었던 순간이었을지도 모른다. 그럼에도 불구하고 그 욕구는 어렴풋했다.

한 번은 아이가 태어난 지 7년 만에 죽었을 때 어렴풋하게 느꼈는데 그때는 아주 강하고 분열감을 띤 형태의 욕구였다.

그 분열감이 얼마나 대단했던지 그는 밖으로 뛰쳐나가 부두를 따라 죽 늘어서 있는 유리 거울로 된 카페들 중 한 곳으로 겨우 들어갈 수 있었다.

황금처럼 누런 저녁 무렵이었다. 주위는 사람으로 들끓었고 거리에는 가련하고 아름다운 여자들이 있었다.

위에서 어떤 카페에 겨우 들어갈 수 있었다고 밝힌 바 있다. 그 카페의 어떤 테이블에 앉아 있던 두 사람이 소리쳤다.

"아, 에민 씨! 이쪽으로 오시지요, 카드 게임 한판 합시다."

에민은 카드 게임을 할 때 모든 사건을 다 잊어버리고 몰입한다. 왜냐하면 카드 게임을 할 때 그는 미친 듯이 화를 내기 때문이다. 건달처럼 욕설을 퍼붓고 어린아이처럼 귀가 빨개진다.

그와 게임을 하는 두 사람은 대놓고 서로를 도와주었다. 에민은 이를 처음부터 눈치챘지만 게임을 그만두지는 않았다. 게임 한 판이 끝나고 자신이 졌을 때, 여기저기 찢어지고 해진 바지에 떨어진 담뱃재를 입으로 불었다.

"난 이 돈을 못 내! 당신들은 짜고 치고, 돈은 내가 내라고! 절대 못 내!"

그는 이렇게 말하고는 자리를 박차고 나가 버렸다. 뒤에 남은 사람들을 폭소를 터뜨렸다. 카페 주인, 구경꾼들 모두. 찻값은 항상 구경꾼들, 카페 주인, 게다가 함께 카드 게임을 하는 사람들이 낼 준비가 되어 있었다. 관건은 에민과 카드 게임을 하는 것이었다. 돈은 문제가 되지 않았다!

바로 이런 카드 게임을 하는 도중에 에민은 자기 아이가 죽을 수도 있다는 것에서 느껴지는 고뇌 때문에 돈을 훔치겠다는 욕구를 잊고 곧장 집으로 갔다. 아내가 세상을 뜬 지 4년이 되었다. 늙은 고모는 아이를 돌보느라 정신이 없었다. 아이는 열이 펄펄 났다. 링거를 맞았으니 이제는 회복의 기미가 보일 때가 되었지만 아무런 차도가 없었다.

아이의 머리맡에서는 가냘픈 얼굴에 쭈글쭈글한 피부의 깡마른 의사가 알코올 냄새를 풍기며 우울한 얼굴로 벽에 걸린 족자를 뚫어지게 바라보고 있었다. 그는 다시 아이의 맥박을 쟀다. 그러다 갑자기 자리에서 일어나더니 선 채로 처방전을 써 내려갔다.

"빨리 이걸 가지고 가서 약을 처방받아 30분 간격으로 먹이세요. 그럼 진정될 겁니다."

의사가 얼마나 빠르게 계단을 내려가고, 얼마나 빠르게 집을 나갔던지 에민은 고모에게서 돈을 받아 의사에게 줄 틈도 없었다.

약사가 약을 처방하는 비용은 40쿠루쉬였다. 에민은 남은 돈으로 코냑 한 병을 샀고 오는 길에 다 마셔 버렸다. 그는 술에 전혀 익숙한 사람이 아니었다. 마치 그는 자신이 원하는 세계에 도달한 것 같았다. 모든 것이 미지근하고 비가 내리는 어떤 향수鄕愁처럼 느껴졌다.

그림자들, 손전등들, 사람들, 바다 그리고 배들이 기름기 있는 물질 속에서 움직이지 않고 명령을 기다리고 있었다.

이른 아침까지 아이는 살아 있었다. 하지만 얼굴에는 다른 곳으로 갈 사람의 가면을 쓰고 있었다. 에민은 "우리는 그곳에 여느 때처럼 슬프고 아름다운 얼굴을 하고 갈 거야"라고 말했다.

그는 이 말을 자기 자신에게 너무나 무덤덤하게 했다. 때로 직장에서 돌아올 때 길에서 자신을 기다리고 있던 그 아이의 그림자를 보자마자 심장이 빠르게 뛰었던 나날은 어디 있는가? 그의 마음을 씻어주고, 이 비 오는 이스탄불의 나날을 어떤 먼 푸른 초원 혹은 눈이 쌓이고 소나무가 있는 산으로 데려갔던 그 아이 주변의 깨끗하고 사랑스럽던 공기는 어디에 있는가? 그 아이가 다른 아이 같았고, 지금 죽으려고 하는 아이도 다른 아이 같았다.

다시 그의 마음속에서 돈을 훔치고 싶다는 욕구가 일었다. 그는 미소를 지었다. 그러나 이제는 필요가 없었다. 아이가 죽었기 때문이다.

이날은 너무나 일이 많아 저녁때까지 밥을 먹을 겨를도 없었다. 퇴근을 하고 집으로 돌아올 때 자신이 아주 탁하고 공기 없는 곳에 있는 것만 같았다. 머릿속에서 어떤 답답함을 느꼈고, 자신과 상관없고 의미 없는 것들을 생각했다. 갑자기 그의 마음속에서 모든 창문이 열리는 것 같았다.

연달아 생각들이 머릿속을 스쳐 지나갔다. 주위가 저 먼 세상과 지평선의 다른 한쪽까지 새파랗게 밝아졌다. 그 순간 집에서 아이가 죽어 가고 있다는 생각이 떠올랐다. 말로 형언할 수 없는 고통이 느껴졌다. 그러자 그는 민감해졌다. 아이의 작은 신발, 까맣게 얼룩지고 때가 낀 마른 무릎, 엉덩이 쪽을 꿰맨 바지 그리고 항상 연민의 감정으로 가슴 아파 하며 바라보았던 아이의 가냘픈 손목, 맑고 사랑스러웠던 얼굴을…… 그의 다리를 껴안고 올라탔던 모습을……

그는 정신이 또렷해졌다. 수많은 크고 작은 기억이 연달아 떠오르고 사라졌다. 때로는 그 기억들 중 하나를 집중적으로 생각하려고 했지만, 그 기억은 마치 스스로 어떤 이야기를 만들고 싶어 하는 것 같았다. 그래서 이 시도는 성공하지 못했다. 그리하여 때로 1초 전에 무엇을 생각했는지 잊어버렸고, 잠에 빠져들 때 그러하듯이 실의 끝자락을 도무지 잡을 수가 없었다.

그는 아이가 죽은 것을 보게 되었다. 이웃들이 음식을 보내왔다. 그는 고모와 앉아 침착하게 음식을 먹었다. 그들은 식탁에 앉아 있었고, 어떤 여자가 방 안에서 기도문을 읽고 있었다.

에민은 마음속에서 어떤 반란을 느꼈다.

"저 나갔다 올게요 고모, 바람 좀 쐬고 싶네요."

하지만 에민은 그날 밤 이스탄불 안에서 자신이 찾는 분위기를 발견하지 못했다. 에민은 서른여섯 살이었다. 건장한 몸을 한 남자였다. 얼굴도 잘생긴 편이었다. 풍성하고 낡은 옷을 입고 다녔다. 모든 이에게 슬프고 착하고 강한 사람이라는 인상을 주었다.

에민은 다리 앞에서 거닐었다. 이제 도둑질을 하기 위한 마지막 이유도 놓치고 말았던 것이다. 이제는 그의 월급으로 살아갈 수 있었다. 그의 유일한 유희는 저녁때 카드 게임을 하는 것이었다. 그는 담배도 피우지 않았다. 라크를 권하면—사람들이 주로 권했다—마시곤 했다. 라크를 마시면 에민은 말을 더듬거렸다. 라크를 권했던 사람의 말을 진심을 다해 귀 기울여 들었다. 아무에게도 말할 수 없는 것들을 누군가에게는 털어놓고 싶어 하는 이들이 라크를 권하는 사람이 에민이었다. 에민은 이스탄불의 모든 술집을 다 알았다.

그는 커다란 밤색 눈동자를 크게 뜨고 놀라워하면서 많은 이야기를 들었다. 수없이 용감한 행동들, 수많은 고민들, 수많은 사랑 이야기들, 수없는 비열한 짓들과 수치스러운 일들…… 에민은 이 모든 이야기, 용감한 행동들이며 수치스러운 일들에 대한 이야기들을 들을 때도 눈을 크게 뜨고 놀라워했다. 하지만 이러한 이야기 중 어느 하나도 이해하지 못해 다음 날 잊어버렸기 때문에 그 누구에게도 말해 줄 수 없었다.

이런 사람이 자신에게 라크를 권할 사람을 어떻게 찾지 못한단 말인가?

에민의 고모도 1년 후에 세상을 떠났다. 그는 톱하네 위쪽에 있는 석조 가옥에서 살고 있었다. 이 건물에는 방이 두 개 있었다. 아마도 고모의 집이었겠지만 에민이 자기 명의로 했었다. 에민은 고모를 평생 모셨음에도 불구하고 이 집에서 고아처럼 살았다. 특히 그의 아내는 조금 전에 묻고 온 고모를 아주 두려워했고 그녀에게 많은 고통을 당했었다.

에민은 방 하나를 세주었다. 저녁때 집에 와서 잠을 잤다. 마치 아주 오래전부터 이렇게 살았다고 생각했다. 그냥 꿈을 꾼 것 같았다. 결혼을 했고 아이를 낳았고…… 그런데 그들은 지금 어디 있는 걸까?

어느 여름날, 에민은 돈이 가득 든 가방을 들고 나갔다가 며칠 후에 잡혔다. 돈은 되돌려 주었다. 그리고 법의학과로 보내졌다. 정신 균형이 건강하지 못하다는 진단이 내려져 석방되었다.

에민은 그 돈으로 무엇을 할지를 아무에게도 말하지 않았다. 단지 자상하게 그의 곁으로 다가온 어떤 법의학자에게 "의사 선생님! 의사 선생님! 나는 이 돈으로 세상을 사려고 했어요!"라고 말했다.

카페의 한구석에 초라하고, 머리가 뒤엉켜 있고, 착해 보이는 얼굴을 한 저 사람이 세상을 사고 싶어 했던 그 남자다.

멜라하트 동상
Melâhat Heykeli

그녀는 창백하고 아름다운 얼굴을 한 여인이었다. 노란색이라고 할 정도로 밝고 맑은 눈가에는 호의적이며 친구 같고 친근한 표정이 어려 있었다. 나는 마음에 드는 얼굴을 보면 눈을 크게 뜨고 보곤 했다. 지금부터 설명할 것의 내용 속으로 갑자기 들어가지 않는 유일한 이유는 그녀가 나를 가여워하는 듯한 시선으로 쳐다보았기 때문이다. 나는 속으로 "아, 나의 이 눈을 어쩌지!"라고 말했다. 나 스스로가 나의 눈에 대해 어떤 더 심한 말을 할 거라고 생각했다. "사람들이 마음에 드는 모든 눈을 어떻게 다 볼 수 있나, 미친 사람처럼? 아름다운 사람들은 그 자신이 아니라 내게 연민을 느끼게 해 준다. 어떤 면에서는 신경질이 나게 한다……" 더 말을 할 참이었다. 하지만 갑자기 내 머리에서 다른 다이얼이 돌려졌다. 다른 불들이 켜졌다. 내가 뒤로 이끌려 가는 것을 느꼈다. 빠르게 돌려지고 있었다. 젊은 시절의 일부를 보냈던 마을이 눈앞에 떠올랐다.

내 친구는 그 마을에서 알려진 가문들 중 하나의 아들이었다. 오랫동안 외국 재단 학교에서 공부했고, 외국어를 배웠으며, 입고 즐기고 대화하는 법을 배우고, 이제는 마을로 돌아와 쾨뮈르파자르에 있는 상점에서 일하고 있었다. 처음에는 그의 내부에서 어떤 혁명의 기운이 불었다. 가족이라는 끈을 단숨에 뛰어넘고자 하는 갈망 속에서 몸부림을 쳤다. 그러나 해내지 못했다. 2년이 지나 상점 사무실 안에서 뚱뚱해졌고 게을러졌다. 상점에 자루들이 들락거리지 않는다면 그의 상태는 더 심각해졌을 것이다.

그의 가족은 날이 갈수록 둔해지고, 날이 갈수록 내성적이 되어 암울한 성격으로 변하고 뚱뚱해지는 청년을 활발한 사람으로 만들기 위해 어떻게 해야 할지 몰랐다. 이스탄불로 자루들이 나가고 이스탄불에서 자루들이 도착했다—내가 사업에 대해 이해하는 것은 이 정도다. 내 친구도 그 이상은 몰랐다. 금고는 돈으로 넘쳐 났다. 하지만 청년은 돈으로 무엇을 하는지조차 잊어버리고 말았다. 일주일에 한 번 마시는 라크도 그를 깊은 잠에서 깨우지 못하는 것을 본 그의 상인 아버지가 밤에 꿈을 꿨는지, 아니면 의사들에게 상담을 했는지, 아니면 집안 어른들과 비밀회의를 하면서 서로 의견을 교환했는지는 모르겠다. 왜냐하면 그 가문에서 그 생각을 혼자 해낼 사람은 없다. 그 집에서는 생각이라는 것을 하지 않는다. 단지 먹고 마시고 계산을 하고 잠을 잤다. 그 생각이란 다름 아닌 아들을 결혼시키는 것이었다.

이런 사무실을 한번 생각해 보시기 바란다. 모든 창문이 먼지로 덮여 있다. 장부들은 파리똥들로 지저분해져 있다. 장부 가장자리에 있는 잉크 자국은 12년 된 것이다. 사무실 지붕 위의 두꺼운 유리는 수 년 동안 쌓인 먼지로 인해 불투명 유리로 변해 버렸다. 달력은 일곱 달 반 동안 뜯어내지 않았다. 이 사무실은 금고 위에 있는 검은 장정의 장부들, 바로 옆에 있는 등사판 인쇄기, 이따금씩 갑자기 커다란 소음을 내며 떨어지는 서류 서랍들과 함께 돈 이외의 모든 것을 여름의 오수에 양도한 모습이었다. 의자 위에 놓여 있는 빛바랜 방석, 하도 오랫동안 돌지 않아 자신이 회전의자임을 잊은 의자…… 그렇다. 아무것도, 더욱이 결혼에 대한 생각마저도, 방석처럼 의자처럼 장부처럼 되어 버린 내 친구를 잠에서 깨어나게 할 수는 없었다.

하지만 이번에는 생각을 했고 그 묘안이 마음에 들었다. 어떤 여성에 대한 상상과 함께 실내화, 파자마, 라벤더 분 냄새를 맡게 되었다. 약간 짓눌리는 듯한 느낌이 들었지만 '결혼하면 뭘 하지?'라고 생각하자 이러한 마음은 사라졌다. 그렇게 사라져 버렸다면 얼마나 좋았을까! 대신 두려움이 자리 잡았다. 두려움이 사라지자 깊은 생각에 잠겼다. 내가 깊은 생각에 잠겼다고 말해서 그 생각이라는 것의 활발함과 사나움을 떠올리지 마시기 바란다. 그는 "결혼하면 뭘 하지?"라고 말하며 눈을 더러운 유리에 고정시키고 잠들고 말았던 것이다. 얼마나 달콤한 잠이었는지! 꿈도 하나 꾸지 않은 그런 잠……

그때까지 사무실에 전혀 들어오지 않았던 곤충이 그를 잠에서 깨웠다. 그것은 말벌이었다. 그는 작은 사무실 안에서 커다란 제트 추진식 비행기 소음을 듣고는 깨어났다. 말벌은 미친 듯이 나갈 구멍을 찾고 있었다. 더 정확히 말하면 미친 조종사의 손아귀에 들어 있는 것 같았다. 졸린 눈으로 말벌의 몸부림을 따라가는 데 지친 나의 친구는 자신이 말벌보다 몇천 배나 더 크다는 것은 생각하지 않고 손조차 움직이지 않는 것을 관대함으로 해석하다 다시 '결혼하면 뭘 하지?'라는 생각이 머릿속에 똬리를 틀었다. 그는 정확히 28일 동안 생각했다. 왜 29일이 아니었을까? 나는 2월 한 달 꼬박 그가 이 일을 생각하는 것을 목격했다.

그는 생각하는 것만으로 해결책을 찾을 수 없음을 알게 되자 먼저 무엇을 해야 하는지 경험을 하기로 했다. 결과는 무척 나빴다. 그는 자신이 너무 뚱뚱한 나머지 결혼을 하게 돼도 부인과 잠자리조차 하지 못할 거라는 것을 알게 되었다. 나는 그에게 음식을 조금 먹으라고 충고했다. 그는 내 말을 들었다. 아주 뚱뚱한 몸에 쌓여 있던 지방이 녹기 시작한 지 두 달이 지나자 정확히 17킬로그램이 빠졌다. 그럼에도 불구하고 외관상 별 차이가 없었다. 그는 자신의 고민을, 마을의 모든 부유한 집에 무슨 방법을 찾아서라도 들어가는 의사에게 털어놨다.

결국 의사의 주선으로 이스탄불로 갔다. 이스탄불은 치료의 도시였다. 그는 바, 술집, 식당, 해변으로 갔다. 그는 결혼해도 부인과 잠자리를 하지 않아도 되었다. 이 결정을 전기 마사지 하는 사람이 의사와 함께 내려 주자 별로 괴롭지 않게 되었다. 이제 그는 괴롭다는 것의 메커니즘을 작동시키는 것을 잊어버렸다. 단지 과거만큼 음식을 먹을 수 없었다. 결혼해도 부인과 잠자리를 하지 못할 거라는 것을 확실하게 알게 되자 이스탄불에서 다시 살이 쪘다. 뚱뚱해지자 다시 고통의 리볼버도 채워진 것 같았다. 그의 머릿속에 어떤 혁명이 시작되었다. 이 혁명을 와인, 라크 그리고 불면으로 억누르려고 하는 게 어떤 의미인지 아실 것이다. 그건 불에 기름을 붓는 것이다. 그는 어마어마한 돈을 소비했다. 그의 가족은 기꺼이 모든 희생을 감수했다. 그는 만나는 사람에게 자신의 고민을 털어놨다. 의사들, 창녀들, 친구들이 그를 마구 몰아세우고 혼쭐을 내 주었지만 아무런 효과가 없었다.

어느 날 저녁 그는 어떤 바에서 우연히 멜라하트와 만나게 되었다. 내가 조금 전에 거리에서 보았던 그 멜라하트였다. 그는 역시나 그녀에게 자신의 고민을 털어놓았다. 그녀에게 많은 돈도 쓰지 않았다. 멜라하트는 날씬했다가 뚱뚱해지고, 뚱뚱했다가 날씬해지고, 조용했다가 활달해지고, 활달했다가 게을러지는 것을 반복하느라 아주 고뇌에 차고 아름다운 얼굴로 변한 내 친구를 일주일 후에 사랑하게 되어 버렸다! 멜라하트는 그에게 "내가 너를 이 고통에서 벗어나게 해 줄게!" 라고 선언했다. 내 친구도 그녀에게 만약 이 고통에서 벗어난다면 그녀와 결혼하겠다는, 법적인 효력이 없는 맹세를 했다. 멜라하트는 이 약속에 웃으며 "신경 쓰지 마!"라고 말했다.

그들은 1년 반 동안 함께 살았다. 내 친구가 몇 달째에 멜라하트와 잠자리를 했는지는 그녀에게 물어봐야 할 테지만, 1년 후에 그는 다른 사람과 다르지 않은 청년으로 변했다.

전쟁이 난 첫해, 그러니까 1940년 11월에 파크 호텔에서 마을의 유지인 C. H. 씨의 아들과 외과 의사인 H. O. 씨의 딸은 결혼식을 올렸다.

그는 조금 전에 내가 보고도 알아보지 못했던 멜라하트를 차 버렸다. 나는 온갖 선행을 다 했음에도 불구하고 버림 받은 바걸 멜라하트가 꽤 뚱뚱한 어떤 남자와 함께 있는 것을 최근에 자주 보았다. 그녀를 볼수록 가족의 행복에는 근간이 있다는 것을 알게 된다. 지금 우리 마을의 백만장자가 된 나의 옛 친구가 커다란 발코니가 있는 그의 집 앞에 왜 청동으로 된 멜라하트 동상을 세우지 않았는지를 생각한다.

위기

Kriz

마을의 모든 사람은, 대령으로 퇴직한 르자 씨의 풍성하고 긴 콧수염, 강한 인상, 정치적 상황을 어떤 행동과 단 한 마디 말로 표현하는 입 그리고 눈빛을 좋아했다. 그는 항상 손에 들고 있는 채찍을 단 한 번도 버릇없는 아이들의 벌거벗은 종아리에 대지도 않고 두려움을 주는 사람이었다. 카페 조수에서 시작해서 청과물 업종까지 올라간 거친 젊은이들의, 지금의 부인할 수 없는 행복은 이 60대의 꼿꼿한 노인 덕분이었다. 많은 아이를 학교에 보내라고 그 부모들을 설득한 사람도 르자 씨였다. 결론적으로 이 두 가지 사례와 비슷한 수많은 그의 선행을 포함하여 마을 사람들은 르자 씨의 덕을 톡톡히 봤다고 할 수 있다.

르자 씨는 '데외게츠메즈' 길에서 모든 집의 아버지의 그림자 같은 위상으로 마을 카페에 오갔다. 그는 마을 카페에서 도무지 이해할 수 없는 모든 정치 사건에 곧장 확고한 결론을 내렸고 다시는 이 문제에 대해 그 누구도 논쟁하지 못했다. 사람들은 그저 "르자 씨가 이렇게 말했어"라고 이야기하고는 그 결론을 받아들이고 입을 다물었다.

스페인 전쟁에 대해 르자 씨는 한동안 결론을 내리지 못하고 주저했다.

그는 인민주의자였다. 전차 이등칸을 타는 사람들에게 호의와 연민을 느꼈다. 여름에 베야즈트에 있는 퀼뤽* 카페에서 벌어진 논쟁에 관여는 하지 않고 멀리서 지켜보면서 뻐끔뻐끔 물담배를 피웠다. 마을 카페로 돌아와서는 퀼뤽 카페에서 오갔던 이야기들을—자신은 그 자리에 있지 않았다는 걸 말하는 것도 잊지 않았다—설명해 주곤 했다.

퀼뤽 카페에 있는 한 무리의 사람들은 이 귀머거리 같은 노인이 자신들의 뒤에서 물담배를 피우며 대화를 엿듣는 것을 못마땅해했다. 한두 번은 그를 겨냥하지 않고, 하지만 그를 암시한 뼈가 있는 말들을 한 적도 있었다. 사람이 늙으면 들은 척도 하지 않는 법이다. 그러나 사실 그의 붉은 얼굴은 더 붉어졌고 부끄러워했다. 그는 '내가 한 짓도 옳은 건 아냐……'라고 생각했다. 이렇게 해서 일련의 희생을 치르고는 스페인 내전 문제를 어떤 신문의 의견에 따른 것이 아니라, 젊은이와 늙은 울레마**의 말을 들으면서 해결했다. 그가 알게 된 바에 의하면, 전쟁에서 이 두 그룹 중 누가 이기든지 간에 한동안 스페인은 평화롭지 않을 것이며, 댄서들은 캐스터네츠를 들고 춤을 출 수 없을 것이고, 젊은이들은 손에 붉은 천을 들고 소를 뒤쫓지 못할 것임이 명백했다.

* '재떨이'라는 의미.
** 이슬람교의 율법 및 신학의 지도자.

그는 "여기서는, 세상에 평온이 더 이상 존재하지 않는다는 결론이 나옵니다. 이러한 정치적 문제를 이 마을 카페에서 생각하는 것조차 잘못입니다. 자신들이 저지른 일이니 그 결과에 책임을 져야지요. 그들은 우리가 신경을 쓸 필요조차 없습니다"라고 말했다.

그런 후 다시 국내 문제로 돌아와 일간신문의 어떤 칼럼에 대해 예민한 문제는 멀리하면서 유연성 있는 문장으로, 때로는 지나치게 낙관적이고 때로는 비관적인 결론으로 이끌어 갔다.

정치적 가십들에 대해 서너 단어로 간단히 설명을 한 후, 마을 내의 축구 선수, 건달들, 저질들, 환자들 그리고 불명예스러운 사람들에 대한 이야기로 돌아갔다.

*

르자 씨의 아들 네즈미는 이스탄불에 있는 고등학교를 졸업한 후 대학에 진학했지만 수업에는 전혀 관심이 없었다. 그는 무언가가 마음속을 갉아먹는 이상한 불편함을 느끼며 이스탄불 거리를 배회했다. 이 병은 무엇인가를 하고자 하는 병이었다. 예를 들면 갑자기 부자가 되는 것 같은. 예를 들면 갑자기 유명해지는 것, 예를 들면 갑자기 무엇인가를 발견하는 것……

고등학교를 졸업한다는 것은 대단한 일이었다. 하지만 대학을 졸업한다고 해서 뭐가 달라질 것인가, 뭐가 될 것인가? 대학은 언제고 졸업할 수 있었다. 아직 스무 살이니까. 10년 후에도 대학을 마칠 시간이 있었다.

무엇인가를 하고자 하는 병은 가끔 약해지곤 했다. 그럴 때면 그는 친구를 찾거나 자신과 뜻이 맞는 친구와 생각하고 있는 것들을 해결하고 모든 문제를 끝까지 논쟁하면서 밝히고 싶어 했다. 이러한 순간도 지나간다. 자신이 찾은 친구들과 했던 논쟁들이 절대 결론 나지 않는 것을 보았고, 그가 생각한 것들이 현실적으로 절대 해결될 수 없을 것이며, 이러한 것들은 오로지 생각과 논쟁을 하는 것 외에 다른 그 어떤 가치도 없음을 파악하게 되었다. 그러고 나면 양쪽 모두에서 옳은 면을 발견하곤 했다. 이렇게 해서 네즈미는 전적으로 좌익 성향의 사상도 전적으로 우익 성향의 사상도 갖지 못하게 되었다.

그리하여 이번에는 애인을 찾기에 이르렀다. 이 갈망은 친구들과 논쟁을 하며 찾으려고 했던 길처럼 오로지 지능만 가지고는 찾을 수 없었다.

하루 이틀 잠을 못 자고 읽은 한두 권의 책에서 이러저러한 문제에 대해 어떤 생각을 얻기란 힘든 일이었다. 하지만 애인을 찾는 것은 쉬운 일이었다.

돈도 노력도 건강도 사랑을 허락하지 않는다. 사랑을 유일하게 허락하는 것이 있다면 그것은 젊음이었다. 네즈미에게 넘치게 있는 것은 바로 이것이었다.

그는 먼저 세흐자데바쉬에 있는 카페에서 노름을 하기 시작했다. 아버지에게서 받은 용돈은 몇 분 만에 바닥이 났다. 하지만 가끔은 따기도 했다. 일주일에 한 번 받는 용돈의 두세 배를 따는 날도 있었다. 그러면 네즈미는 그 주에는 노름을 하지 않았다. 베이올루에 있는 무도장과 홍등가를 돌아다녔다. 마치 그가 찾는 것이 그곳에, 무도장의 한구석에, 홍등가 여자들의 분첩 하나에, 영화관 가는 것에, 작은 모자를 얻기 위해 바친다고 회자되는 속임수에 있는 것처럼. 이 여자들 중 대부분이 분, 블러셔 그리고 이와 비슷한 것들을 얻기 위해 이곳에 왔단 말인가? 그녀들 중 가족, 아이, 그 정도를 알 수 없는 가난, 어떤 병에 맞서기 위해 이곳에 온 사람은 없단 말인가라고 생각하곤 했다. 어쩌면 있을 수도 있을 것이다. 그러나 대부분은 돈은 두 번째 문제인 다른 이유 때문에 이곳으로 오곤 했다.

나중에 그녀들은 그 첫 번째 문제가 되는 것을 잊곤 했다. 그 대신 두 번째 문제인 돈이 그 자리를 차지했다. 집에서 지루해서 폭발할 지경이 되었고 미쳐 버릴 것만 같았기 때문이다.

진흙탕 거리를 지나가는 턱수염이 난 모든 젊은이는 이국적인 기후 같은 것이다. 남자는 알 수 없는 수수께끼였다. 이 괴상하고 골격이 커다란 사람은 턱수염, 콧수염, 경솔함, 혹은 잘 차려입은 모습과 향기로 어떤 여자에게 있어 어떤 기후, 어떤 세계―발견해야 할 극지방이라든지―같은 것이었다. 이런 상황에 온 여자들은 혼자 이렇게 생각한다.

'일주일에 한 번도 영화관에 갈 수 없어요. 코트가 없거든요. 제 가족은 가난해요. 직장을 구할 수 없어요. 아, 봐요, 디미트리의 여자 엘레니가 어디로 가고 있는 걸까요? 파트마도 그 사람과 만나고 있는데, 디미트리라는 이름 대신에 아이한이라고 부른답니다, 재수 없는 계집애!'

처음 느끼는 이 기후를 발견하고자 하는 갈망은 빨리 사그라지고 익숙해진다. 더욱이 좋아하지 않는 수준에까지 이르게 된다…… 담배를 피워 대고 애인을 기다린다. 이 애인들 중 한 명이 바로 네즈미였다. 네즈미의 애인도 어떤 이야기를 해 주었다. 모든 이야기처럼 처음부터 거짓인 것이 확실했다.

아버지가 편찮으셔서 수술비가 필요한데 집에는 더 이상 팔 것이 없다. 이 여자의 말은 사실이었다. 네즈미는 이 이야기 때문에 모든 돈을 마부데*에게 소비했다. 마부데의 진짜 이름은 마흐무레였다. 마부데라는 이름은 그녀의 첫 애인인 중년 남자가 붙여 주었다. 지금 마담 칼요피의 집에서 이탈리아 여자 다음으로 마부데가 유명하다.

르자 씨는 스무 살짜리 아들의 모든 행적을 다 알았다. 그렇지만 아무 말도 하지 않았다. 약간은 아들의 그 행동이 기쁘기도 했다. 왜냐하면 남자라면 노름도 하고 여자들과 잠도 자야 하기 때문이다. 뭐 그렇게 호들갑을 떨 필요는 없었다. 왜냐하면 아들은 그 대단한 대학생이기 때문이다.

아버지와 아들 사이의 첫 불화는 스페인 내전 문제에서 생겼다고 할 수 있다.

카페에서 스페인 문제에 대해 더 이상 언급하지 않기로 결정한 날 저녁, 그들은 마주 앉아 저녁을 먹고 있었다. 하녀 한 명이 가벼운 발걸음으로 오갔다. 한 시간 동안 달그락거리는 소리가 나고, 식탁 밑으로 고양이가 돌아다녔다. 르자 씨는 식탁보에 시선을 고정시키고는 말했다.

"얘야 난 이제 스페인 내전의 원인을 이해하게 되었단다……"

"뭔데요 아버지?"

"급작스럽게 말할 수는 없지. 그러니까 당장, 원인이 이것이라고 단정 지을 수는 없다는 말이지. 단지 내가 들은 것들에서 결론을 도출하려고 애를 쓴단다. 이 전쟁에서 어느 쪽이 이기든지 한동안 스페인 사람들은 편하지 않을 거라고 하더라!"

---

* '여신女神'이라는 의미.

"그래서요?"

"그들 중 수천 명의 무고한 사람이 무엇을 할지, 누구 편을 들지, 어떤 편이 될지 결정을 내리지 못하고, 이쪽 편에서 저쪽 편에서 구타를 당하고 죽는 수많은 불행한 사람들…… 그리고 스페인 사람들은 바보다……"

"아니에요 아버지. 마지막 문장 전까지는 멋지고 좋은 생각이었어요! 하지만 스페인 사람들은 바보가 아니에요. 길을 찾기 위해 기아도 질병도 죽음도 두려워하지 않는 영웅들이에요. 그리고 스페인은 영웅들의 땅이에요……"

르자 씨는 아들의 진짜 면모를 이해하기 위한 기회를 잡았다.

"어떤 쪽이 영웅이라는 거냐?"

"어떤 쪽에 더 많은 스페인 사람이 있다면, 그쪽에 더 많은 영웅적인 행위가 있겠지요."

"그게 무슨 말이냐?"

"그러니까 영웅은 두 쪽에 다 있을 수 있지요. 그러니까 어느 한쪽을 편들어 말할 수는 없어요."

"영웅적인 행위라는 의미는 무엇이냐, 아들아?"

"인간성이지요, 아버지…… 오늘날 거의 잊힌 영웅적인 행위 말이에요, 행복을 위한. 인간 전체의 행복을 위해 이루어지는 모든 행동은 인류를 위한 행동이지요. 모든 죽음은 영웅의 죽음이고요."

"그렇다면 폐허가 된 도시, 교회, 성당, 역사적 유물들은……"

"다시 만들면 되지요. 사람들이 행복하면 도시들에 더 멋진 건물들이 지어져요. 역사적 유물 말인데요, 아버지, (네즈미는 이 시점에서 연극적인 포즈를 취했다) 사람들이 역사를 만들 때, 자유와 미래의 행복한 삶의 역사를 만들 때, 왜 그런지 몰라도 약간은 난폭하고 거칠어져요. 역사적 유물을 파괴하는 모든 폭탄을 보면 마음속으로 깊은 아픔을 느끼고 유감스러워해야 한다고 생각해요. 아버지 생각에 한 사람이 더 귀중한가요, 아니면 쉴레이마니예 사원이 더 귀중한가요?"

"쉴레이마니예 사원……"

"제 생각에는 한 사람이 더 귀중해요."

"그렇게 말하는 것으로, 그것들이 인간적인 사고라고 생각하는 거냐?"

"한번 가정해 보세요, 아버지…… 어느 날 아주 끔찍한 폭군이 나온다면, 그러니까 네로 황제 수준의 미친 사람 말이에요. 아버지는 그의 명령하에 있게 되고요. 어느 날 눈이 삶의 생기로 가득 찬 아이를 이 잔인한 사람이 잡아 오라고 해서 사형시키라고 한다면, 아버지는 물론 안 된다고 강력하게 반발하겠지요…… 다른 사람이 '저 아이를 죽이든지, 아니면 내일 아침 기도 시간에 쉴레이마니예 사원을 파괴하기 시작하든지 둘 중 하나를 택해라', 그리고 아버지에게 '첫 곡괭이질을 네가 해라'라고 한다면……"

"그건 있을 수 없는 일이다. 생각할 가치조차 없어."

"그래서 처음부터 어차피 있을 수 없는 일이라고 말했잖아요. 하지만 아버지는 군인이셨고 목격하셨지요…… 전쟁에서 임신부를 죽이는 사람들, 어린아이들을 총검에 매단 사람들이 있지 않았던가요?"

"……!"

"그렇다면 이러한 것도 불가능하지 않지요. 쉴레이마니예 사원에 첫 곡괭이질을 하시겠어요, 안 하시겠어요?"

"……!"

"말씀해 보세요."

"그러니까 무슨 말을 하고 싶은 거냐?"

"이런 의미지요. 아버지는 제게 이것들이 인간적인 사고라고 생각하느냐고 물으셨지요? 저는 아버지에게 당장 대답을 할 수 없었어요. 아버지에게 불가능한, 가정된 사례로 이 사고가 인간적인 것이라는 걸 말하고 싶은 거예요."

르자 씨는 자리에서 일어나면서 "얘야, 간단히 말하면……"이라고 말했다. 문 뒤의 못에 걸려 있는 모자를 집었다. 밖으로 나가려고 하면서 한 번 더 "간단히 말하면, 그러한 생각을 가지고 있는 한 너는 인간이 되지 못할 미친 사람이다. 너는 무엇을 말하고 싶은지도, 어떤 쪽을 편들고 싶은지도 확실하지 않아. 확실한 것은 내가 쓸데없는 데 돈을 썼다는 거다. 내가 쏟아부은 땀이 안타깝기만 하구나, 안타까워"라고 말했다.

르자 씨는 무슨 말인가를 중얼거리며 밖으로 나갔다. 네즈미는 대문이 평소보다 더 큰 소음을 내며 닫히는 것을 들었다. 어린 하녀는 부드러운 발걸음으로 식탁을 치웠다. 네즈미는 카라귐뤽의 데외게츠메즈 길의 정적으로 열리는 격자 창문에 기대어 몇 시간이고 사랑하는 사람을 생각했다. 모든 카라귐뤽, 모든 가련한 사람, 순수한 사람, 아름다운 세상 사람과 단둘이 남겨져 있다고 생각했다. 가끔씩 집 앞을 지나가는 사람들의 소리를 들으며 정신을 놓고 졸았다.

*

어느 겨울날이었다. 이스탄불 거리는 지저분한 모습으로 변했다. 맨발의 아이들, 얼굴이 누렇게 뜬 사람들, 스카프를 쓰고 추위에 떠는 여자들, 거지들은 멋지고 두꺼운 옷을 입은 사람들보다 더 겨울을, 비를 사랑하기라도 한다는 듯 거리에 나와 있었다. 그들은 뛰고 있었다. 마치 어디로 가야 할지 모르는 사람들 같았다. 전차에 타기 위해서는 그 누구에게도 아이라는, 여자라는 이유로 양보하지 않았다. 서로를 밀치고 밟았다. 맨발에다 추위로 새파랗게 변한 아이가 카라쾨이 포아차* 가게에서 "난 개암과 아몬드를 먹어요"라는 노래를 부르고 있었다.

네즈미는 이 아이에게 포아차 한 개를 사 주었고, 자신은 다른 포아차를 베어 물며 걸어갔다. 마부데를 만나고 돌아가는 길이었다.

"허니, 이건 너무한 것 같아. 내가 뭐 자기 마누라야? 이건 아니지. 난 그 누구의 충고나 명령도 받아들이지 않아. 난 자유야. 나처럼 자유로운 사람은 이스탄불에서 눈을 씻고 찾아봐도 없을 거야. 그리고 이 자유를 내 앞에 나타난 사람 때문에 포기할 수는 없어. 한 시간 동안, 하룻밤 동안 팔렸던 때도 나 자신에게 필요한 자유에서 4~5분 정도만 포기했단 말이야. 자기로 말할 것 같으면 내게 강요할 권리가 전혀 없거든. 돈을 주면 원하는 것을 할 수 있지. 한 번 더 만나는 돈을 줘. 그럼 한 시간 더 머물게 해 주지. 이 일은 이렇게 진행되거든. 섭섭해하지 마, 자기. 어머, 내가 자기한테 상처를 준 것 같네, 어쩌지!"

그는 다리 위에 서 있었다. 북풍이 다리 위 아스팔트에 괴어 있는 물을 떨게 했고, 사람들은 우산과 모자를 꽉 움켜쥐었고, 뛰고 싶어 하지 않는 사람들조차 떠밀었다. 네즈미는 이런 상황에서 위스퀴다르 선착장까지 왔다. 모자에는 진흙이 묻어 있었고 트렌치코트는 흠뻑

* 안에 치즈나 고기가 들어 있는 간식용 빵.

204

젖어 있었다. 선착장 대기실로 몸을 던졌을 때, 마부데와 헤어졌던 장면을 한 번 더 떠올렸다. 하지만 자기 자신에게도 마부데에게도 이제는 그 어떤 분노도 느끼지 않는다는 것을 알게 되었다. 마치 다리 위에서 미칠 듯이 부는 바람이 이 취기 비슷한 분노에서 그를 떼어 놓은 것만 같았다. 대기실은 사람들로 꽉 차 있었다. 양철 난로는 활활 타오르고 있었다. 위에서 레일이 교차하는 곳을 지나는 전차의 소음이 들려왔다.

네즈미는 난로 옆의 긴 의자에 앉았다. 바로 맞은편에는 빵과 치즈를 먹고 있는 젊은 노동자가 있었다. 표정이 복잡했고 부끄러워하는 것 같았다. 신문지를 바닥에 놓고 한쪽 끝을 안에 있는 빵과 치즈를 아무도 보지 못하게 들어 올리고 있었다. 신문지 안쪽에서 빵을 작게 잘랐고, 커다란 손가락 사이에서 이 조각들은 사라져 보이지 않았다. 그러고는 보이지 않는 조각들을 입에 넣었다.

이 노동자의 맞은편에서는 얼굴이 빨간 얼룩들로 덮여 있는 한 남자가 담배를 피우고 있었다. 침착하고 조용한 남자였다. 모든 사람이 자신의 얼굴과 상처를 본다는 것을 알고 있기 때문에 억지로 신경 쓰지 않는 척했다. 그의 얼굴은 마치 내피의 상처처럼 빨갰다. 손은 아름답고 하얬다. 문으로 들어오는 사람에게 작은 소리로 "문을 닫아 주세요"라고 말했다.

그러고는 곧 무심하고 침착하게 담배를 피웠다.

자신을 지나치게 주의 깊게 보는 사람들이 있으면 이를 곧장 감지하고는 아주 활달하게 움직이는 눈을 그쪽으로 돌렸다. 그리고 아주 사뿐히 미소를 지으며 자신에게 시선을 고정시킨 사람을 쳐다보았다. 그 사람을 부끄럽게 만들었다는 확신이 들면 남자는 노동자가 혼자 보고 있는 신문지를 향해 몸을 굽히는 모습이나 창밖을, 계단 위로 연기처럼 떨어지는 비를 바라보았다.

네즈미도 얼굴에 상처 입은 남자가 자신에게 미소를 지을 때까지 그를 쳐다보았다. 그런 후 부끄러워하며 다른 쪽을 보기 시작했다. 하지만 계속해서 그의 눈은 남자의 얼굴을 보고 있었다. 비가 약간 그치는 것 같았다. 노동자는 신문을 둘둘 말아 난로 안으로 던지고는 밖으로 나갔다.

그의 뒤를 이어 배를 탈 사람들이 서둘러 사라져 갔다. 얼굴에 상처를 입은 남자는 천천히 일어섰다. 열린 문을 닫으려고 하는 듯 그쪽으로 걸어갔다. 하지만 바로 문 앞에서 포기라도 했는지 빠른 걸음으로 계단 쪽으로 사라졌다.

바로 그때 네즈미는 난로 뒤에 있는 두 명의 어린 짐꾼을 보았다. 이들 중 한 명은 열두어 살 정도 되어 보이는 아이였다. 셔츠와 바지를 보니 이민자임에 틀림없었다. 그리고 주근깨도 한몫했다. 우유처럼 새하얀 아이였으며 못생겼고 코를 흘리고 있었다. 그 옆에 있는 아이, 그러니까 난로 연통 뒤에 있는 아이는 곱슬머리의 흑인 혼혈이었다. 네즈미는 그 아이가 푸시킨과 닮았다고 생각했다. 얼마 전에 사망 100주년을 맞은 푸시킨의 어린 시절 사진을 본 적이 있었다. 정말로 너무나 닮았다! 이 아이는 긴 재킷을 입고 있었고, 바지는 밑단을 조이려고 안간힘을 쓴 것 같았다. 자신의 발보다 크고 끈으로 동여맨 부츠를 신었다. 첫눈에 봐도 그리 못 입은 인상은 주지 않았다.

하지만 조금 더 자세히 보면 크고 품질이 나쁜 어른용 재킷 속에는 아무것도 입지 않았다는 것을 알게 된다. 재킷의 깃을 올려 목 높이에서 옷핀으로 잠갔으며 배 쪽에 있는 첫 단추는 떨어진 채였다. 바로 그곳을 통해 보드랍고 따스한 살갗이 보였다.

이 아이도 열두 살, 열세 살 정도 되어 보였다. 친구에게 무엇인가를 설명했고, 네즈미가 듣고 있는지 여부를 알기 위해 계속 그를 쳐다보았다. 듣고 있었으면 하는 눈치였다. 웃기는 이야기를 했는지, 나이에 비해 진지하고 근엄해 보이는 아이가 웃었다. 그 아이는 침을 흘리며 친구가 웃는 것을 보고 기뻐하고 있었다.

네즈미는 조금 더 그들 가까이 갔다. 지금은 어린 혼혈 아이의 바로 옆에 있었다.

"그들이 정말로 싸우는지 알아? 아니야, 다 가짜야. 가끔은 가짜로 싸우는 게 다 보여. 진짜로 싸우지 못한다니까."

그 아이는 갑자기 네즈미를 보며 물었다.

"그렇지요, 형?"

"이해를 못 했는데, 누구 말이야?"

"영화에 나오는 탐정과 도둑 말이에요."

"물론이지. 진짜로 그러겠어?"

아이는 친구를 보며 "어때, 내 말이 맞지?"라고 말했다. 이민자 아이는 몰래 네즈미를 훑어보고 있었다. 그런 후 혼혈 아이에게 "탐정이 다른 모든 사람보다 힘이 센 건 확실해. 하지만…… 그가 원하면 정말로 다른 사람들을 때릴 수 있어" 하고 말했다.

혼혈 아이는 "당연하지"라고 말했다.

네즈미는 어린 혼혈 아이를 바라보았다. 지극히 생기가 넘치고 아름다운 아이였다. 네즈미가 자신에게 관심을 갖자 약간 의기양양해졌다. 생기가 넘치고 명랑한 아이였다. 네즈미를 정면으로 보지 않고 친구에게 계속해서 이야기를 해 줬다. 다른 아이는 진지하게 미소를 지으며 혼혈 아이의 말을 들었다.

네즈미는 자신의 내면이 사랑으로 가득 차는 것을 느꼈다. 어린 혼혈 아이는 밤처럼 따뜻했다. 네즈미는 그 아이를 껴안고 싶은 마음이 들었다. 향기로운 구운 밤 냄새가 났다. 하지만 사랑과 함께 슬픔도 그의 마음을 채웠다.

"얘야, 넌 어디 출신이니?"

"이스탄불요."

"이스탄불 어디?"

"위스퀴다르."

"이름이 뭐니?"

"르드반."

"오, 정말 멋진 이름이구나!"

그가 입은 재킷은 그의 어머니가 일하는 곳에서 주었다는 것이 확연했을 뿐만 아니라, 그의 이름도 그가 태어난 시기에 까만 피부의 어머니에게 파샤* 저택에서 지어 주었으리라는 것에는 의심의 여지가 없었다.

이민자 아이는 네즈미를 다시 주의 깊게 응시했다. 하지만 이번에는 더 부드러운 눈길이었다. 젊은 사람이 자신에게는 별로 관심을 보이지 않는다는 것을 느낀 듯 그 아이도 쾌활해졌다.

"진짜 이름은 르드반이지만, 형, 우리는 쟤를 라흐반이라고 불러요."

"진짜야?"

네즈미는 이민자 아이에게도 관심을 가져야겠다고 느낀 듯 물었다.

* 오스만 제국 시대의 고위 문무 관리.

"넌 왜 학교에 가지 않니?"

"저요? 신발이 없어서요."

그러면서 붉고 하얗고 검은 두 발을 난로의 나무로 된 가장자리에서 공중으로 들어 올렸다.

네즈미는 이번에는 큰 신발을 신은 혼혈 아이에게 물었다.

"그러면 너는? 신발은 있잖아!"

"돈이 없어요, 책, 공책, 연필 살 돈. 교복 살 돈!"

"교복 살 돈?"

"그럼요, 교복을 입지 않으면 학교에 안 들여보내 줘요. 어느 날 학교에 갔더니 교복을 사 입은 다음에 오라고 하더라고요. 다음 날 교복을 입지 않고 또 학교에 갔더니 들여보내 주지 않았어요."

"네 엄마가 교복을 맞춰 주지 않았니, 아니면 만들어 주지 못했니?"

"교복은 만들었어요. 그런데 옷깃에 다는 하얀 칼라를 구할 수가 없었어요. 열흘이 지났지요. 하얀 칼라를 구할 때까지 학교에 가지 못했어요. 그런 후로는 이제 가지 않아요. 그리고 책도 사야 한대요. 우리도 그냥 포기하고 말았어요. 저는 3학년 때 그만뒀어요."

이민자 아이는 "저는 5학년 때요"라고 말했다.

"그렇다면 너희는 무슨 일을 하니?"

"이 사람 저 사람 가방을 옮겨 주고 있어요."

네즈미는 5쿠루쉬짜리 두 개를 꺼내 그들에게 주고 싶었다. 하지만 그들은 이제 네즈미와 아주 친해졌다. 아이들은 또 영화 이야기에 몰입했다. 쿰카프 주변의 여름날에 대해 말하고 있었다.

네즈미는 돈을 주지 못했고, 진심에서 우러나는, 아무것도 바라지 않는 진심을 망치고 싶지 않았다. 상상 속에서 손수건을 꺼내 이민자 아이의 코를 닦아 주었다. 따스해 보이지만 얼음처럼 차가운 어린 혼혈 아이의 볼과 구운 밤 냄새가 느껴지는 눈에 입맞춤을 하고 그들과 헤어졌다.

지금 바람이 그를 어디로 데려가든지 이제 사람들을 모든 연민과 진심을 다해 사랑하고 싶었다. 어린 아랍 아이, 그리고 줄무늬 바지와 카디건을 입은 이민자 아이 같은 다섯 살에서 열 살 그리고 쉰 살 나이 간격의 사람들을 어느 곳에서든지 우연히 만날 수 있을 것이다.

네즈미는 아나톨리아 민요를 부르며 발륵파자르*로 들어섰다.

"저녁이 덮었네 사방을, 슬픔이 에워쌌네 시내를."

그는 오렌지 세 개, 귤 한 개를 샀다. 작은 테이블에 앉았다. 생각하면서 술을 마셨다. 커다란 와인 잔은 두 번에 걸쳐 다 마셔 버렸다. 슬픔, 아나톨리아 강들, 길 그리고 시내들이 그의 마음속을 감싸듯 에워쌌다. 발륵파자르의 생선 장수들은 목청이 터져라 고함을 지르고 있었다. 술집 앞을 레몬 장수들이 지나갔다. 작은 접시 안에 방금 잡은 생선들을 넣고 파는 다리 위의 부랑자들, 신문을 파는 사람들, 염주를 파는 사람들, 라벤더를 파는 사람들, 피스타치오를 파는 유대인 아이들, 굳은살 제거 전문가들, 손에 상자를 들고 구걸하는 길고 풍성한 머리카락의 집시 여자들은 네즈미를 그가 빠져 있는 슬픔에서 꺼내 주지는 못했지만, 그에게 때때로 어린 혼혈 아이를 떠올리게 했다.

그의 친구는 한 시간 동안 네즈미를 쳐다보고 있었다. 결국 서로 눈이 마주쳤다.

"무슨 상념에 그렇게 빠져 있어, 네즈미?"

* '생선 시장'이라는 의미.

"아무것도 아냐. 이쪽으로 오지그래."

그는 키가 작고, 나이보다 빨리 머리카락이 세었으며, 안경을 낀 뚱뚱한 학교 선생이었다. 그는 역사를 가르쳤다.

네즈미의 테이블은 이제 사람들로 왁자지껄했다. 시인 두 명, 외국어를 모르는 번역가 한 명, 비평을 하지 않는 비평가, 그리고 시인들이 모여 있는 곳을 좋아하는 사람, 그리고 술집에서 만나는 친구 둘……

그들은 이야기를 나누었다. 예술, 문학, 시와 산문의 차이, 고전이 무엇인지, 사실주의에 대해…… 네즈미는 처음에는 관심을 가졌지만 밑도 끝도 없는 논쟁에 신경질이 났다. 와인 잔에 든 와인을 단숨에 들이켰다.

문득 아버지에게 물었던 쉴레이마니예 사원과 한 아이 문제가 떠올랐다. 그는 질문을 바꿔서 했다. 머릿속에서 먼저 자신에게 물으면서 이 모임이 주로 세계적인 사례에 중요성을 부여한다고 생각하면서.

"여러분에게 질문 하나를 하겠어요. 이 자리에 예술가, 비평가, 시인 그리고 역사가가 많이 있습니다. 이 질문을 예전에 누군가에게 한 적이 있는데 대답을 주지 못하더군요. 전 놀랐어요. 그러니 여러분에게도 한번 물어볼게요. 루브르 박물관이 화재로 완전히 전소될 위기에 처해 있습니다. 관람객들은 문 쪽으로 뛰어가고 있고요. 아수라장 그 자체였지요. 갑자기 검은 모자를 쓰고 넥타이를 맨 남자가 '조콘도* 조콘도'라고 외칩니다. 어떤 젊은 남자가 불 속으로 몸을 던져 조콘도가 있는 전시실로 들어갑니다. 하지만 바로 거기에서 어린 흑인 아이를 보게 됩니다. 아이의 눈은 공포로 커져 있었지요. 아이는 방금 들어

* 레오나르도 다빈치의 유명한 〈모나리자〉의 실제 모델로 알려진 여인이다.

온 남자에게 팔을 내밉니다. 조콘도는 그들과 열 걸음 정도 떨어진 곳에 있었습니다. 생각할 시간이 없었지요. 아이 혹은 조콘도 둘 중 하나를 구해야만 했지요. 당신들은 이때 무엇을 구하겠습니까?"

두 시인 중 한 명이 전혀 생각하지도 않고 "조콘도…… 이것보다 더 당연한 게 뭐 있겠어? 인류의 가장 위대한 작품인 조콘도 혹은 조각품…… 모세 조각품……"이라고 말했다. 이에 두 번째 시인은 "조콘도를 구한다는 것은 레오나르도 다빈치를 구한다는 의미지. 우리는 조콘도와 한 아이 앞에 있는 것이 아니라, 레오나르도 다빈치와 한 아이 앞에 있는 셈이야. 질문을 그렇게 했어야지. 이렇게 묻는다면 당연히 레오나르도 다빈치를 구조해야겠지"라고 말했다.

비평가는 "나라면 사람을 구하겠어"라고 말했다. 네즈미는 전혀 좋아하지 않았던 그 사람을 갑자기 좋아하게 되었다. 그래서 "왜요?"라고 물었다. "왜냐하면 사람을 구한다는 건, 그 사람 자체뿐만 아니라 그의 자손들로부터 많은 것을 기대한다는 의미지. 장차 이 아이의 아이들이 한 점이 아니라 수천 점의 조콘도를 그리지 못할 거라고 누가 장담할 수 있겠어?"라고 말했다.

시인들은 동시에 "미래는 알 수 없는걸…… 어쩌면 그 아이의 자손들 중 살인자, 도둑들도 태어날 수 있지……"라고 말했다.

네즈미는 "그렇지요, 알 수 없지요……"라고 말했다.

역사가 친구는 안경을 닦으며 "나라면 아이를 구하겠어. 그가 단지 인간이라는 이유 때문에……"라고 말했다.

두 시인은 이제는 자신들과 의견이 일치한 비평가와 함께 역사가를 공격했다. 네즈미는 지금 와인 값을 지불할 것이다. 밖으로 나가 걸어가면서 사람이기 때문에 아이를 구한 조용하고 침착한 역사가 친구를 좋아하게 될 것이다.

그는 인파를 헤치면서 조금 전 술집에서 했던 논쟁을 곱씹었다. 한 사람이 산 채로 활활 타는 것을 눈감아 준 두 명의 잔인한 식인종이 어떻게 시인이 되었는지 생각했다. 어떤 희망과 꿈을 위해 사람을 구한 비평가를 생각하며 미소를 지었고, 현실 때문에 어린아이를 구한 역사가 친구에게는 완전히 경의를 표하게 되었다.

*

네즈미는 자신이 술에 취했을 때면 왜 집으로 가는 길에 지발리 비탈길을 택하는지 그날 저녁에야 이해하게 되었다. 단지 처음으로 술에 취했을 때 이 길을 일부러 택했다는 것을 지금에야 기억해 냈다. 그리고 나중에는 이것이 습관처럼 되어 버렸다. 주위를 둘러보지도 않고 걸어가곤 했다. 하지만 항상 지발리에 도착했을 때 먼저 기쁨, 두근거림, 온몸으로 무엇인가를 찾고 있지 않았지만 어떤 모색, 탐색을 한다는 기분을 느끼곤 했다. 그런 후 비탈길을 오를 때면 모든 것을 잊었다. 그러나 그렇게 되면 정상적인 취기 상태를 잊어버리고 슬픔을 느꼈다. 이 슬픔은 지발리에 도착했을 때와는 정반대의 느낌이었다. 이 기쁨과 슬픔을 각각 한 저울에 단다면 같은 무게가 될 것이다.

나중에는 그도 인지하지 못했던 다른 감정들을 느끼곤 했다. 이것들은 설명할 수 없는 것들이었다. 하지만 네즈미는 이 설명할 수 없는 것들이 조금 전의 두근거림과 모색을 대신하는 것이라고 확신했다. 이것들은 기쁨의 반대인 슬픔 같은 정반대되는 것일까? 두근거림 대신에 심장이 조금 뛰는 것, 모색과 탐색 대신에 어떤 발견할 수 없음이 자리 잡은 것일까?

알 수 없었다. 하지만 비탈길의 중간쯤에 오르면 정상적인 취기로 돌아오기 시작했다. 보통 네즈미는 주로 흥분을 느끼곤 했다.

이 정도였다. 그러나 오늘 저녁은 자신이 느꼈던 흥분을 분석할 수 있었다. 왜냐하면 오늘 저녁 네즈미는 지발리 비탈길을 왜 올라가는 지를 드디어 알았기 때문이다.

"라마잔* 명절이 언제야?"

"화요일."

"정말?"

"엄마가 그렇게 말했는걸."

"그럼 화요일 저녁에 나쉬트** 공연 보러 갈래?"

그들 곁을 지나가던 두 사람이 이들을 주의 깊게 바라보았다. 여자 애는 대답을 하지 않았다. 두 사람이 그곳을 다 지나간 후 그녀는 "모르겠어"라고 말했다.

"뭘 몰라?"

"나쉬트 공연 보러 가자고 하지 않았어?"

"그래 그랬어. 그럼 안 돼?"

"나도 모르겠다고 말했어. 갈까 말까? 모르겠는걸!"

"넌 나를 공원 위쪽에 있는 문에서 기다려. 잊지 마. 자, 이제 헤어지 자. 우릴 보는 사람이 있을 수도 있을 테니."

---

* 이슬람력에서 제9월. 이 기간 중에는 일출에서 일몰까지 금식을 한다.
** Naşit Özcan(1886~1943). 터키 연극사에서 유명한 즉흥연기 배우.

"나쉬트는 아주 재능 있고 대단한 팬터마임 배우야. 나쉬트의 작품
을 본 사람들은 웃지 않고는 못 배겨. 슬프거나 기쁘거나, 원하거나 원
하지 않거나, 어렵거나 쉽거나, 나쉬트의 가장 예술가적인 면은 그의
열정에 있지. 그는 반쯤 지식인들과 서민들보다 자신이 우월하다고
생각했지. 그는 모든 예술가, 에윕 사브리*파와 유머들을 혐오하고 비
방하지. 알아들었어?"

"아니, 하나도 이해할 수 없는걸."

그들은 극장에서 나온 후 걸었다. 파티흐 공원의 뒤쪽으로 가고 있
었다. 그들 뒤에 두 명의 마을 청년이 자신들의 존재를 보여 주기 위
해 어떤 때는 앞에서, 어떤 때는 뒤에서 그들을 따라오고 있었다.

네즈미는 프랑스어로 된 책에서 다음과 같은 문장을 읽은 적이 있
다.

"식물들과 동물들의 천성에는 진화로 질서로 조화로 완벽함으로 향
하는 성향이 있다."

이 문장은 오로지 동물, 식물 그리고 이들 밖의 형태에 속하는 관찰
의 결과일까? 인간들 그리고 그들의 영혼, 감정에 속하는 그 어떤 진
화는 없을 것인가? 그렇다면 왜 시인들과 소설가들은 헛되이 글을 쓰
고 있는 걸까? 문학작품이 인간을 새롭고 행복하고 다른 멋진 세계로
데려가고 아름다운 세계를 건설하는 데 도움이 되지 않는다면 무슨
쓸모가 있단 말인가?

---

* Eyüp Sabri. 연극인으로 1930~1940년대에 터키의 다양한 영화에도 조연으로 출연했다.

왜 자신보다 어린 저 두 젊은이는 더 착하지 않고, 더 동정심이 많지 않고, 더 정중하지 않고, 더 감성이 풍부하지 않고, 더 무고하지 않단 말인가? 어떤 사람에게 고통을 주는 것에 희열을 느낄 수 있단 말인가?

아니면, 우리가 겉으로 보기에—저 두 사람이 보기에—행복해 보이지 않는단 말인가? 이 행복이 그 어떤 물질적 우위로 형성된 것도 아닌데, 그들처럼 싼 좌석에 앉아 나쉬트를 관람하며, 이른 밤 이 시민 공원 주위를 지나 별이 떠 있고, 비로 씻긴 까만 밤에 잠과 사랑을 향해 뛰어가는 것뿐인데, 이 증오는 무엇 때문인가?

그렇지 않다면 이것은 어떤 관습, 아주 나쁜 습관이란 말인가?

물질적 우위에 대한 질투로 이 결과가 나타난 건가?

아름다운 밤에, 굉장히 멋진 자동차 안에서 안겨 있는 어떤 여자를 질투하거나 더 나아가 무정부주의자 정신으로 이 자동차에 폭탄을 던지는 것은 상상할 수 있는 일이다. 하지만 자신들처럼 허름한 옷을 입고 같은 길, 같은 방향으로 걷는 한 남자가 한 여자를 소유했다는 이유는 질투의 대상이 될 수는 없다. 이것은 이해할 수 없는 일이다. 오히려 이 풍경에서 어떤 외로운 사람은 약간 이상하고 약간 씁쓸하지만 즐거움을 느낄 수도 있다. 게다가 자신으로부터 어떤 행복의 몫도 끄집어낼 수 있을 것이다. 끄집어낼 수 없다면 극장에 왜 가며 극장에서 어떻게 웃고 울 수 있단 말인가?

그렇다면 저 사람들의 영혼은 사악하다. 네즈미는 그들을 정말로 사랑했는데…… 네즈미는 자신이 저 활발한 두 젊은이에게 그 어떤 증오심도 느끼지 않는다는 것을 알았다. 그저 그들이 가엾게 느껴졌다. 잠시 후 그는 스스로에게 혼잣말로 "신경 쓰지 마"라고 말했다.

바로 이때 그녀가 그의 팔짱을 끼는 것을 알아챘다. 그들은 파티흐 사원 뒤에 있었다. 조금 전의 두 건달은 약간 앞에 있는 가로등 아래서 담배를 피우는 척하면서 그들을 기다리고 있었다.

네즈미는 자신이 생각했던 것들을 몸에서 무엇인가를 털어 버리듯 순식간에 던져 버렸다. 단 한 번의 몸부림으로 기병을 떨어뜨린 어떤 말의 속력이 그의 내면을 가득 채웠다. 번갯불 같은 어떤 푸른색의 서정으로 가득 차고 현재의 존재가 밝아지는 것을 느꼈다. 모든 것이 밝아지고 그의 내면이 어떤 빛과 함께 어둠 속에서 빠져나오고 빛 속에서 헤엄치는 것을 보는 듯했다.

그는 기쁨, 슬픔, 흥분, 꿈, 실제와 뒤엉킨 어떤 세계로 빠져나왔다. 현실이라고 하는 것이 바로 이것인가? 그는 이 느낌은 '실제와의 접촉이 주는 흥분이다. 분명 그것이다'라고 생각했다. 그 안에 모든 것이 있었다. 혹은 아무것도 없었다. 하지만 이 아무것도 없는 것에조차 모든 것이…… 이제 그는 아무것도 생각할 수 없었다.

행복, 그는 아주 강한 행복감으로 뒤흔들렸다. 놀랐다. 웃고 울고 싶었다. 팔에 들어온 손을 팔꿈치로 꽉 죄었다. 어떤 다른 존재의 빛으로 환하게 밝아졌다.

그들은 어떤 나무의 그림자 위를 걸어갔다. 그것은 몸통이 두꺼운 나무였다. 그림자의 양쪽에 강한 광휘가 있었다. 네즈미는 이 광휘, 이 그림자를 아무에게도 보여 줄 수 없다고 생각했다.

그는 멈춰 섰다. 그와 팔짱을 끼고 있던 팔이 풀렸고 여자의 팔이 그의 허리를 감았다. 그들은 입맞춤을 했다. 조금 전의 강력한 행복감은 사라졌다.

그들이 다시 걷기 시작했을 때, 네즈미는 입맞춤이 주는 희열이 조금 전에 팔짱을 끼는 것과는 다르다고 생각했다. 모든 희열이 왜 진정한 행복이 되지 못하는지를 그때 알았다. 그는 여자에게 "너는 나를 소생시켜 주었어"라고 말했다.

여자는 아무 말도 하지 않았다.

네즈미는 혼잣말로 "내 옆에 있는 사람은 입이 무거운 사람이야!"라고 말했다. 그런 후 대놓고 "레만, 넌 닫힌 상자 같은 사람이야!"라고 말했다.

네즈미에게 여자는 연극에, 소설에, 더욱이 우리의 생각 속에 있는 것과는 완전히 다르게 느껴졌지만, 소설에서 영화에서 그리고 연극에서 나오는 것 같은 여느 문장을 말했다.

"난 널 사랑해."

다음 날 네즈미는 편하고 평온한 마음으로 다시 대학을 다니기 시작했다.

여관 주인의 아내
Hancının Karısı

나는 아침에는 내 눈을 들여다보고 저녁때는 문 앞에서 나를 기다
리는 노란 개와 함께 길을 나섰다. 모든 것이 나를 기만하고 있었다.
옥수수 밭을 지나 내가 그 가장자리에 이른 물, 하얀 여름 속 먼 곳에
서 졸고 있는 마을, 그 안에 분수가 있는 마을 카페에서 함께 백개먼
게임을 했던 뚱뚱한 상인, 시청 정원에서 나와 함께 앉아 어린아이들
을 바라보았던 청년, 도시 밖에 있는 호두나무 그림자 위에 함께 드러
누웠던 귀리 다발 같은 머리카락을 한 보스니아 목동, 모두, 모두들,
물, 물레방아, 그림자, 태양, 보라색 술이 달린 바람둥이 옥수숫대, 모
든 것이 나를 기만하고 있다.

누군가는 나의 지식에, 누군가는 나의 야망에, 누군가는 나의 글 소
재에, 누군가는 나의 영혼에 시비를 건다. 절망이 독수리처럼 빠르게

내 머릿속에서 날개를 편다. 나는 그 누구도, 그 어떤 것도 사랑하지 않기 위해 거리낌 없이 나 자신에게 고민거리를 만들고 있다. 고민은 노랗게 익은 보리밭 위를 지나가는 바람처럼 사각거리며 나에게 온다. 나는 이삭처럼 흔들린다. 물은 노래하지 않았고, 논에서 추수하는 조용하고 침착한 시골 사람들은 내게 길을 일러 주지도 않았다.

노란 개와 함께 꽤 많은 길을 갔다. 많은 다리를 지났고 늪가를 걸었으며 목동들에게 길을 물었고 어느 산자락에 도달했다. 산자락에는 드문드문 보이는 집과 조용하고 골목이 없고 시장이 없는 괴상하고 우울한 풍경의 마을이 있었다. 대로와 연결된 잔디와 초원 위에 꽤 많은 집이 옹기종기 모여 있었다. 집들 앞에서 단 한 명의 아이도, 단 한 명의 소녀도, 양말을 짜는 노파도 한 명 보지 못했다. 길에는 마차 바퀴자국이 많이 나 있었다. 나는 골목들을 돌아다녔다. 그 누구와도 마주치지 않았다. 다시 대로로 나왔을 때는 저녁 어스름이 깔리고 있었다. 나의 노란 개는 배가 고프고 갈증이 난 것 같았다. 하지만 이 긴 여행에서 나를 혼자 두지 않겠다고 결심한 듯 여전히 내 앞에서 날뛰고 있었고, 지친 다리를 들고는 나에게 달려들었다.

"여기 어딘가에 여관이 있을 텐데……"

노란 개는 사냥개처럼 공기 냄새를 맡았다. 코를 땅에 대고는 나보다 200미터 앞으로 갔다가 돌아왔을 때, 나는 "여관 같은 것은 찾지 못했나 보구나……"라고 말했다.

내가 땅에 무릎을 꿇고 앉자 개는 두 앞발을 내 어깨에 얹고서는 길게 울부짖었다.

우리는 산을 오르기 시작했다. 물소리를 향해 걸어갔다. 어떤 웅덩이에서 얼음처럼 차가운 물을 마셨다. 나는 번개를 맞은 듯 나무 몸통 옆에 털썩 주저앉았다. 저녁 빛을 보며 생각했다. 머리 위에서 보리수나무 향기가 났다. 나는 왜 이 여름날, 재가 쌓인 화롯가에서 끓고 있을 찻주전자를, 목과 편도선이 부어 아픈 어떤 사람을 상상하고 있는가?

나는 왜 선선한 저녁 햇빛이 산과 물푸레나무에 올라오는 이 순간에 겨울을 생각하는 걸까…… 나는 왜 사과들이 줄지어 진열되어 있는 선반들을, 빨간 양철 난로를 떠올릴까? 그렇다, 나는 왜 또 어떤 어두운 집을, 어떤 노인을, 그가 기침하는 것을, 그의 담배 연기를, 그의 집 정원의 크랜베리 나무에 있는 끈끈이 덫에 붙은 정적을 떠올리고 있는가?

개가 내 옆에서 소녀의 손목만큼이나 가느다랗고 하얗고 물관이 없는—어떤 얼빠진 목동이 껍질을 벗겼는지 모르겠지만—나뭇가지를 깨물고 있었다. 나는 이 여름날에 보리수 향기와 겨울을…… 감기를…… 크랜베리 나무를…… 그리고 무엇보다도 먼저 그리고 나중에 어떤 노인을 기억했다. 그 노인은 나의 할아버지다. 나는 아홉 살 먹은 아이……

밤은 갑자기 온다. 나는 심장이 뛰는 소리를 듣고는 두려워하며 자리에서 일어났다. 시간을 잊었다가 다시 상기했다. 1킬로미터 전방에서 달콤하게 부서지는 불빛. 개와 함께 그 불빛을 향해 뛰어갔다.

여관의 주인은 깡마른 남자였다. 개에게 마른 빵과 죽, 나에게는 소시지와 달걀 두 개를 요리해 준 그의 아내는 성숙하고 육감적이며 혈색이 좋고 몸집도 좋았다. 하얀 스카프 밑으로 삐쳐 나온 싱싱한 머리카락은 가스 등불 아래서 반짝였고 눈은 이른 저녁 산에 있는 늑대의 눈처럼 번뜩거렸다.

나는 아침부터 지금까지 나의 개에게 열어 보이지 못한 나의 속마음을 그 깡마른 여관 주인에게 열어 보였다.

"저는 호수를 보기 위해 갑니다. 카라쿠르트 호수를요. 호숫가에 아름다운 마을이 있다고 하더군요. 저는 몸이 아픕니다. 그곳에 며칠 묵을 만한 데가 있을까요?

"찾으면 있기야 하겠지요. 하지만 그 마을 사람들은 약간 의심이 많습니다. 이방인을 별로 좋아하지 않지요. (그런 후 미소를 지었다.) 그 마을의 여자들은, 아마도 들으셨을 텐데, 아주 아름답답니다. 그러니 그 마을 남자들이 당신을 꺼릴 수도 있지 않을까요?"

그런 후 그는 한동안 그 마을 여자들에 대해, 마을에 대해 그리고 카라쿠르트 호수에 대해 이야기를 해 주었다.

몇 시간 안에 우리는 서로 아주 친숙해졌고, 그는 결국 다음과 같이 말했다.

"나도 그 마을 사람이오. 왜 그런지 몰라도 그 마을 아이들은 약간 나쁩니다. 여자들도 은근히 욕구가 왕성하답니다. 하지만 당신이 어떤 사람인지 감이 잡혔으니 어디 묵을 만한 장소를 찾도록 노력해 보겠소."

그는 나의 개를 예뻐했다.

그는 "당신에게는 이놈 이외에 이 세상에 애인이 없군요"라고 말했다.

나는 "네, 없어요, 없습니다, 상사님"이라고 말했다.

그는 자신의 군대 생활에 대해, 17년 동안 했던 군 복무에 대해 언급했다. 시간이 흐른 후 그는 더욱더 친근한 사람이 되었다. 자신의 모든 고민을 털어놓았다. 이 산속에 사는 여관 주인에게도 고민이 있었던 것이다. 그것은 이 건강한 머리카락의 여자를, 이른 밤 늑대의 눈을 한 여자를 만족시키지 못한다는 것이다. 아이도 생기지 않았다. 그렇지 않았더라면 네다섯 명의 아이를 키우느라 정신이 없었을 테고, 금세 늙어 버렸을 것이다.

나의 개는 자고 있었다. 우리는 담배를 새로 피워 물며 먼 곳에서 보이는, 조금 전에 지나온 마을로 향해 나 있는 창문을 열었다. 그는 또 설명을 해 주었다.

그곳은 체르케스인 마을이었다. 옛날에는 마을의 모든 사람이 산적이었다고 했다. 지금은 이방인을 보면 집에서 나오지 않을 정도로 겁쟁이라고 할까, 꺼린다고 할까, 어쨌든 이상하게 되어 버렸단다……

산속에서 소리가 들려왔다. 밤은 어둡고, 짙은 바다의 파도 소리를 냈고, 자칼이 울부짖는 소리도 바위에서 바위로 메아리쳐 우리 귀까지 들려왔다. 여관 주인은 나를 침대 네 개가 있는 방에 데려다 주고는 나갔다. 나는 무엇인가를 기다리며 아침 무렵에야 잠이 들었다. 내가 기다렸던 것이 여관 주인이 만족시키지 못했던 건강한 머리카락의 아내였음을 오랫동안 알지 못했다. 하지만 그것이었다. 그녀는 오지 않았다. 여관의 어둑하고 텅 빈 현관을 돌아다니는 그 어떤 발자국 소리도, 문이 삐걱거리는 소리도 들리지 않았다.

산모
Loğusa

쿰쾨이* 마을은 사카르야 강가에 위치한, 거의 나란히 붙어 있다고 할 정도로 군에 가까운 45가구가 있는 마을이었다. 군 소재지의 변두리 마을을 지나면 묘지가 시작된다. 곳곳에 벽이 무너졌고, 아위** 와 쐐기풀이 묘지와 묘비들을 뒤덮고 있었다. 이제는 시체들을 파묻지 않는 이 묘지를 지나면 사카르야의 석조 다리가 보인다. 다리에 채 도달하기 전에 오른편으로 좁은 달구지 길이 작은 언덕 쪽으로 올라가고 있다. 언덕 꼭대기에 있는 커다란 플라타너스 밑에 도달하면 0.5~1헥타르 정도의 밭으로 서로 나뉘어 있는 마을의 집들이 풀로 된 담과 함께 나타난다. 길은 여기부터 군 소재지의 길처럼 네모반듯

* '모래 마을'이라는 의미.
** 산형과의 여러해살이풀.

한 돌로 되어 있다. 저 멀리 있는 마을의 첫 번째 집까지 이 비뚤비뚤하고 여기저기 파인 길은 계속 이어지다가 마을 초입에서 갑자기 드문드문 돌이 박혀 있다. 100보 정도까지 돌이 한두 개쯤 보이고 그다음은 잔디밭이 시작된다. 이 잔디밭 가운데에 나 있는 마차 자국은 두 평행선을 전혀 흐트러뜨리지 않고, 주변에 있는 잔디를 짓이겨 시들게 하지 않고 모든 집의 대문까지 이어진다.

군 소재지에는 세 개의 대로가 나 있다. 이 세 개의 대로에서 두 개는 사카르야 다리 쪽으로 나간다. 강은 군 소재지 외곽에 커다란 곡선을 그리고 있다. 쿰쾨이는 군 소재지의 다리로 나가는 모든 대로와 같은 거리에 위치하고 있다. 두 쪽에서 모두 같은 시간이 걸려 군 소재지에 도착할 수 있었다. 하지만 묘지를 지난 후 군 소재지 시장으로 이어지는 길은 지름길이라고 할 수 있다. 왜냐하면 이 길을 따라가면 군 소재지에 더 빨리 도착할 수 있기 때문이다. 다른 길을 택하면 밭두 개를 지나 군 소재지가 시작되긴 해도 시장은 거기서 꽤 멀었다. 쿰쾨이는 보스니아인들이 사는 마을이었다. 이 마을은 물처럼 투명한 피부의 금발 소녀들과 즐길 수 있는 모험과 사랑의 길이었다.

마을 사람들은 군 소재지의 영향 때문에 자신들의 마을이 작다는 것을 잊고 있었다. 때로 쿰쾨이 사람들은 다른 쪽에 있는 마을에 딸을 주거나 다른 마을에서 신붓감을 데려올 때 도시 사람으로 대접받기 원했고, 도시 사람 같은 태도를 취했다. 마을의 지름길로는 돌길과 양쪽에 블랙베리 덤불이 있는 길이 있지만, 모험과 사랑을 즐길 수 있는 다른 마을에서는 군 소재지로 더 빨리 도달할 수 있는 길이 없었다. 밭과 덤불들 사이를 지나야만 했던 것이다. 이 길에서 젊은이들은 커다란 도랑을 넘어야만 겨우 모험의 길로 갈 수 있었다. 보스니아 처녀들을 좋아하는 쿰쾨이 청년들, 아침에 군 소재지에 있는 학교로 가는 아이들은 이 밭길을 선호했으며, 항상 하산 아아의 밭을 지나갔다.

하산 아아의 집은 마을 한가운데에 있는 3층짜리 커다란 집이었다. 마을의 여느 집처럼 어도비 점토로 지은 것이 아니라 절반은 어도비 점토, 절반은 벽돌로 된 집이었다. 집 앞에는 안으로 들어갈 수 있도록 필요하면 들어 올리는 평행한 두 개의 긴 기둥이 있어 문 대신에 사용되었다. 이 집 사람들은 기둥들을 들어 올릴 필요가 없다고 생각하고 두 기둥 사이로 들어가 지나가곤 했다.

이 집의 각 층에는 서로 다른 세 가족이 살고 있었다. 맨 아래층에는 79세의 하산 아아, 중간층에는 큰아들 가족, 맨 위층에는 하산 아아가 최근에 결혼시킨 큰딸이 살고 있었다. 하산 아아는 큰아들과 사이가 좋지 않았다. 큰아들은 누나와 사이가 안 좋았다. 하산 아아는 군 소재지 시장에 가까운 마을의 지름길을 통해 일흔 살까지 이익을 볼 만한 일은 다 한 무척 속임수에 능하고 영리하고 지칠 줄 모르는 사람이었다. 일흔 살에 셋째 부인을 잃었을 때, 5년 동안 피 끓는 청년처럼 그 마을의 모험과 사랑의 길을 통해 군 소재지를 들락거렸다. 어느 겨울밤, 눈이 2미터보다 더 쌓인 밭을 통해 금발에다 콧등에 주근깨가 있고 손목에는 보라색 혈관이 보이는 스물다섯 살짜리 아가씨를 데리고 왔다. 지금 4년 동안 그녀와 살고 있었다. 가녀린 여자를 살찌우기 위해 해 보지 않은 것이 없었다. 터키어를 전혀 몰랐던 금발의 보스니아인 아가씨는 이 세월 동안 터키어를 배웠고, 분홍빛 피부는 햇빛으로 인해 약간 탔으며, 엉덩이도 무척 통통해졌고, 가슴도 커졌다. 여든 살이 되었음에도 불구하고 노인의 눈에는 그녀밖에 보이지 않았고, 그렇게 자연스럽고 조용한 사랑은 보지 못했다. 보관 장소를 알 수 없는 금을 오로지 그녀를 위해 팔았으며, 오로지 그녀의 가슴 위에서 커다란 금 목걸이, 작은 금들이 반짝였다.

하산 아아가 일흔아홉 살일 때 그의 마지막이자 네 번째 부인이 갑자기 산통을 하기 시작했다. 하산 아아는 아들과 사이가 좋지 않았음에도 불구하고 위층을 향해 소리쳤다.

"뤼스템, 이놈 뤼스템!"

거친 얼굴, 커다란 콧수염, 두꺼운 목덜미, 커다란 손의 소유자일 거라는 추측을 불러일으키는 어떤 남자의 소리가 들렸다.

"왜요? 뭣 때문에 그래요?"

잠시 후 집을 무너뜨릴 수도 있을 것 같은, 마흔다섯 살에다 신중해 보이고, 정말로 위로 치켜 올라간 콧수염이 달려 있고, 청년 같은 눈빛을 한 남자가 내려왔다. 머리카락은 군데군데 세어 있었고, 좁은 이마로 떨어지는 기름기 많은 검은 머리카락은 가르마가 타져 있었다.

"무슨 일이에요? 무슨 사고라도 났어요?"

방문 불빛 사이로 키가 작고 왜소한 사람이 보였다. 방의 열린 문에서 흘러나오는 불빛이 얼굴 반쪽에 비치고 있었고, 얼굴에는 2주 정도 깎지 않은 하얀 턱수염이 반짝거렸다. 그의 뺨은 어린아이의 뺨처럼 주름이 없었고 분홍빛을 띠고 있었으며, 목소리는 깨끗하고 생기가 돌았다.

"보스니아 마을로 달려가 리조를 찾아라. 그가 산파의 집을 아니까 너를 그곳으로 데려다 줄 거다. 산파를 데리고 와. 아니면 네 엄마가 죽을 거야."

뤼스템은 경악해서 아무 말도 못 하고 그대로 서 있었다. 질문을 할 수도 없었다. 그는 눈으로 떨어지는 머리카락을 손으로 밀었다. 그러고는 손으로 이마를 짚더니 무슨 말인가를 중얼거렸다. 잠시 후 갑자기 얼굴이 새빨갛게 변했다. 여명의 빛 속에서도 그가 화가 났다는 것을 행동으로 알 수 있었다. 뤼스템이 자기 아버지에게 가장 화가 나는 것은 바로 그것이었다. 네 엄마! 네 엄마! 왜 내 엄마란 말인가? 사람에게 엄마는 하나밖에 없는 것이다. 그의 어머니는 죽었다. 지금 산통을 겪고 있는 여자가 아버지의 아내라고는 하지만 어떻게 그의 어머니가 될 수 있단 말인가? 서른 살 먹은 여자가 그의 어머니가 될 수는 없었다.

"무슨 말인지 모르겠는데요. 누구를 위해 산파를 부른다는 거지요? 혹시 누나가 올해 한 명 더 낳나요?"

노인은 "네 엄마라고 했잖아!"라고 말했다.

뤼스템은 화가 났다. 도무지 이해할 수가 없었던 것이다. 정말로 이해할 수 없었다.

"무슨 엄마요? 미쳤어요, 아버지?"

노인은 아들을 화나게 하는 것 이외에 아무런 쓸모가 없는 이 엄마라는 단어를 또 한 번 반복하는 일이 필요 없다는 것을 알았다는 듯 침을 삼켰다.

"보스니아 여자, 제흐라가 애를 낳을 참이다."

"제흐라가 애를 낳는다고요? 아이고, 아이고, 누구 애예요?"

노인은 방을 향해 뛰어갔다. 문 뒤에 있는 가시가 난 몽둥이를 움켜쥐고 아들 쪽으로 걸어갔다. 뤼스템은 두 걸음 뒤로 물러나 계단 쪽으로 갔다.

"누구 애라니 이놈아? 누구 애겠어? 그 아이의 남편이 누구냐? 나야, 나, 당연히 내 애지!"

맨 위층에서 소음을 듣고 달려온 한 청년과 쉰 살이지만 정정한 남자가 2층에서 몸을 굽히고 아버지와 아들의 싸움을 듣고 있었다. 뤼스템은 그들을 바라보며 "내려오지그래? 이 사람이 뭐라 하는지 들어보라고!"라고 말했다.

청년은 계단참에서 밑으로 허리까지 늘어뜨리고 있었다. 어떤 여자가 그의 어깨에 기대어 있다가 갑자기 결심을 한 듯 계단을 빠르게 내려오면서 말했다.

"당연히 모든 사람이 너처럼 고자는 아니잖아. 부끄러운 거야? 네 아버지의 자식이 생기는 것이고, 네 형제가 태어나는 거잖아. 바보처럼 보고만 있지 말고 보스니아 마을로 뛰어가!"

뤼스템이 소리를 질렀다.

"닥치지 못해 이년아, 목을 졸라 버릴 테다!"

그런 후 여전히 위층 계단참에서 어린아이처럼 보고만 있는 청년을 보며 말했다.

"이 빌어먹을 놈아, 아래로 내려오지 못해! 빨리 안 와. 네 장인의 애가 생긴다잖아!"

그런 후 아버지 곁으로 간 누나에게 분노에 가득 차 소리쳤다.

"이놈을 니가 위층에서 잘 먹여 살렸지. 품에 끼고 키웠잖아! 추수도 우리가 하고, 소도 우리가 치고, 밭도 우리가 갈았어. 너희가 위에서 사랑 놀음이나 할 때. 저놈 보고 뛰어가라고 해! 여든 먹은 사람의 애가 태어난다고 해서 내가 창피를 당할 순 없어. 니들이 알아서 해!"

위층에서 꿈쩍도 하지 않고 있던 청년 뒤에 서른에서 서른다섯 살 정도로 보이는 가냘프고 하얀 스카프를 한 여자가 나타났다. 그녀는 뤼스템의 부인이었다. 그녀는 조용하고 단호한 걸음으로 계단을 내려왔다.

"소란 피우지 마세요!"

그녀는 이렇게 말한 후 노인을 향해 걸어가면서 "소란 피우실 필요 없어요. 먼저 위뮈퀼 아주머니를 부르세요. 그녀는 다른 누구보다 손재주가 좋아요. 이 일을 아주 잘하지요"라고 말했다.

노인은 "안 돼, 자격증 있는 산파가 필요해"라고 말했다.

시누이는 시어머니들이나 하는 말투로 아버지에게 "아이를 낳지 않은 사람은 자격증이 있고 없는 산파를 구별하지 못하지요"라고 하고는 미소를 지으며 덧붙였다.

"무례하네, 소란을 피우지 말라니, 그게 무슨 말이야? 아이고, 아버지!"

그녀는 여전히 문이 열려 있는 방으로 뛰어갔다.

"아, 딸이었으면 좋겠어!"

방 안에는 통통한 뺨이 빨갛게 되고, 땀으로 범벅이 된 뚱뚱한 여자가 몸부림을 치고 있었다. 보스니아어로 무슨 말인가를 중얼거렸다. 증오 섞인 의미로 얼굴을 찡그리고 있었고, 방문에서 소리치며 들어온 여자에게 조그마한 목소리로 속삭였다.

"조용히 해요, 사방이 떠나가겠어요. 왜 소리치나요? 위뮈퀼 아주머니도 부르고 자격증 있는 산파도 부르세요. 제 아버지에게도 연락해 주세요. 아버지 가게는 아직 열려 있을 테니 당신 남편이 마을로 뛰어갔으면 해요."

그러고는 목소리를 낮추면서 다정하게 "빨리요 에스마, 당신이 자식들 중 제일 윗사람이잖아요"라고 말했다.

에스마는 문 쪽을 쳐다봤다. 밖에서 아버지와 남동생이 으르렁거리

며 말다툼을 하고 있었다. 그녀는 산모 쪽을 바라보았다. 그녀는 뱀의
휘파람 소리처럼 대답했다.

"이 창녀야, 부끄럽지도 않니! 네 아버지가 아니라, 죽은 네 어머니
도 부르지그래! 당신 딸이 얼마나 자비로운 사람인지 보게 말이야."

방 안은 속삭임과 휘파람 소리가 섞인 싸움과 증오가 난무하고 있
었다. 산모는 흥분하고 있었다.

"누구 아이인지 누가 알겠어? 우리 아버지를 온갖 술수를 부려 속였
지. 여든 살 먹은 노인의 애를 뱄다고? 그런 일은 있을 수 없지!"

산모는 보스니아어로 중얼거렸다. 그녀는 같은 언어로 맹세를 하고
배 안에 든 아이가 노인의 아이라고 설명하려고 애를 썼다. 시누이는
자신이 보스니아어를 안다는 표정으로 "맹세하지 마, 빌어먹을, 닥치
지 못해!"라고 말했다.

하지만 금발의 젊은 산모는 계속 맹세를 했다.

밖에서는 아버지와 아들이 멱살을 잡고 싸우고 있었다. 노인이 몽둥
이를 아들의 머리로 내리쳐 뤼스템의 이마에 흘러내린 머리카락 사이
로 빨간 상처가 생기고 말았다. 눈에 핏발이 선 아들은 단숨에 아버지
를 덮쳤다. 노인의 손에 있던 몽둥이를 빼앗아 노인의 허리에 내리쳤
다. 그런 후 아래로 내려오기 두려워하는 누나의 남편을 향해 달려갔
다. 노인은 바닥에 무릎을 꿇고 엉덩이를 잡고는 저주를 퍼부었다. 위
에 있던 청년은 굵은 몽둥이를 들고 있는 처남에게 애원했다.

"그러지 말아요, 그러지 말아요, 제가 뭘 했다고 그래요? 저는 이 집
사람들에게 환영받지 못하는 존재예요. 절 경멸하지 마세요. 때리지
마세요, 때리지 마세요!"

하지만 맞은편에 있던 남자는 두꺼운 몽둥이로, 두 손으로 머리를

감싸고 있는 남자를 닥치는 대로 때렸다. 젊은 남자의 고함과 구조 요청 소리를 듣고 달려갔을 거라고 생각했던 산모 옆에 있던 여자는 남동생을 덮쳐 그의 손에서 몽둥이를 빼앗았다. 증오심 가득 찬 눈으로 남동생을 쳐다본 후, 산모가 있는 방으로 뛰어가 젊은 여자의 배를 향해 몽둥이를 들어 올렸다.

무관심
Kim Kime

위에 있는 집은 아래에서 봤을 때는 이상적인 집이었다. 젊을 때 환상을 꿈꿨던 식료품 가게 주인, 상인 혹은 부랑자가 거주할 수 있고, 비평가 선생, 작품을 쓰는 소설가 혹은 정치적 유배자가 마지막 나날을 보내고 싶지만 보낼 수 없는 집들 중 하나였다.

일요일에는 그 앞을 서너 쌍의 연인이 지나가고, 바위들이 저절로 금이 가 부서져서 형성되었을 거라고 여겨지는 이 길에, 일요일을 제외한 다른 날들은 길뿐만 아니라 그 주위에도 한적함이 부여하는 이상한 분위기가 밴다. 섬 안에서 이 길을 좋아하는 사람이 네다섯 명 있지만 그들은 주로 저녁 어둠이 깔린 후 별을 구경하기 위해—내게만 이렇게 느껴지는지는 모르겠지만—이 길을 지나간다.

이 길의 한쪽은 섬에서 가장 사람의 발길이 드문 곳이다. 소나무들이 뒤엉켜 있고 길이라는 흔적도 없다. 이 때문에 소나무 밑에는 립스틱을 닦은 손수건도 신문지도 정어리 통조림통도 없었다. 길의 다른 편 가장자리에는 멀리서 보면 아주 아름다운 한 채의 집 같지만 사실은 아주 추한 두 채의 집이 있었다. 집의 한 방향은 길을 바라보고 있고 다른 세 방향은 역시 소나무들이 둘러싸고 있다.

멀리서 보면 그 안에서 행복한 나날을 보내고 소나무 향기, 북풍의 냄새를 맡고 싶은 갈망을 가득 채울 것 같은 이 집에 사는 사람들 가운데, 병아리콩을 팔기 위해서인지 아니면 어떤 소나무 아래서 밭도 없고 소나무도 없는 고향을 생각하며 잠을 자기 위해서 왔는지 확실하지 않는 병아리콩 장수 이외에는 아무도 알지 못한다고도 말할 수 있다. 이 집 사람들은 그만큼 조용하게 살았던 것이다. 겨울날에 중년의 금발 남자가 정확한 시간에 배를 타러 뛰어가는 것을 본 이발사는 손님에게 "위에 있는 집에 사는 늙은이"라고 말하곤 했다. 모든 가십은 이것뿐이었다. 늙은 남자는 작은 보따리를 들고 돌아왔고 몇 주 동안 아래로 내려오지 않았다. 아래에서 서로를 헐뜯는 섬 주민들은 흑해에서 어부들이 오면 며칠 동안은 입방아를 찧는 것을 그만두고 자신들의 집을 이들에게 몰래 세놓으려 애를 썼다. 어부에게 세주었다고 알려진 집은 여름에 해수욕이나 휴식을 취하기 위해 오는 사람들이 세를 얻지도 않았다. 왜냐하면 어부들은 미혼 남성이었기 때문이다. 미혼인데 게다가 어부…… 왜냐하면 어부의 셔츠에는 사실 여부를 떠나 벼룩이 있다고 여겨졌기 때문이다.

섬의 토박이들은 서로가 어부들에게 세를 놓았다는 것을 알고 있어도 여름이 오기 전에는 아무도 이를 아는 척하지 않았고, 이 비밀이 입 밖으로 나오려고 할 때면 겨우 안으로 삭였다. 이러한 날들 중, 금발의 노인이 몇 주 동안이나 아래로 내려오지 않았다는 것을 알아챈 사람은 아무도 없었다.

어느 청명한 겨울날이었다. 어부들은 자신들의 고향으로 돌아갔다. 마을 거리에는 아무도 없었다. 금발이 하얗게 변했지만 여전히 젊어 보이는 얼굴의 어떤 마른 여자가 아랫마을의 골목들을 돌아다녔다. 손님이 없어 이발소에서 수염을 깎던 카페 주인이 "저 여자 누구야?" 라고 물었다. 이발사는 아주 주의 깊게 그녀를 관찰했다. 번개처럼 반짝이는 작은 눈은 "아, 정말 저 여자가 누구지? 알 것도 같은데"라고 말하는 듯했지만, 그는 결국 "모르겠는걸"이라고 대답했다.

여자는 먼저 카페를 들여다봤다. 한구석에서 두 명의 토박이 룸 어부가 백개먼 게임을 하고 있었고, 카페 주인은 카페 안의 이발사에게 이발을 하고 있었다. 여자는 그곳에 한 번 시선을 던지고는 선착장을 향해 뛰어갔다. 어부들 중 한 명이 그녀를 보고는 "위에 있는 집에 사는 여자야"라고 말했다. 다른 사람들은 "아, 그렇구나!"라고 말했다.

여자는 선착장에 있는 직원을 찾았다. 어젯밤에 남편이 죽었으며, 아이는 배를 곯고 있고, 시체를 묻어야 하니 도와 달라고 부탁했다. 직원은 이러한 일을 부탁받은 것이 처음이었다. 이것은 승선권 문제도 아니었고, 물건 영수증에서 서너 푼이 걸림돌이 되어 어려움을 야기하는 문제도 아니었다. 그는 자신이 뭘 할 수 있겠느냐고, 자신의 업무는 배를 기다리는 것이라고 말했다.

"당신은 무슬림이 아닌가요?"

"부인, 신이 보우하사 저는 무슬림입니다. 하지만 동시에 직원이기도 하지요. 여기를 떠날 수는 없습니다. 책임이 있으니까요. 짐꾼 십장에게 가시지요."

짐꾼 십장의 집은 마을 한가운데에 있는 2층짜리 좋은 건물이었다. 여자는 그 집에 가까워지자 난로에서 나오는 불길에 대고 무엇인가를 말하고 싶어 하는 태도를 취했다. 난로가 타는 방에서 크리스털 대접 안에 있는 노란색, 호박색 담배를 말면서 이웃집에서 일어난 사건을 설명하고 싶어 하는 것 같았다.

그녀는 문을 두드렸다.

양철 난로 주위에 남녀 아이 둘 사이로 까맣고 건장해 보이는 남자가 앉아서 안경을 끼고 오래되어 색이 바랜 신문을 읽고 있었다. 바지 밑으로 털이 난 두꺼운 정강이가 헤라클레스의 두 다리처럼 강하게 뻗어 있었다. 실내화 한 짝은 벗겨져 있었다. 끔찍하게 못생긴 발이 새로 태어난 아기의 발처럼 퍼렇지만 강하게 여자를 보고 있었다.

"무슨 일인지 말씀하시지요, 부인!"

여자는 자신이 봉착한 문제를 선착장 직원에게 말한 것처럼 이 사람에게도 설명했다.

"부인, 돈은 있으세요? 이 한겨울에 어떤 짐꾼을 그곳으로 올려 보낼 수 있겠습니까? 그 돼지 같은 놈들은 절대 올라가지 않습니다. 모두들 돈이 없어요. 여름에 번 돈은 예전에 바닥이 났을 겁니다. 배가 고파 죽을 지경일 겁니다. 당신을 위해 뭔가를 하겠지만, 공짜로는 안 됩니다."

"팔 게 없습니다. 말했잖아요, 집의 아이마저 배를 곯고 있다고요."

"어딘가에서 돈을 구할 수 없습니까?"

"이스탄불에 갈 돈을 구한다면, 어쩌면……"

"몇 푼 안 되지만, 이 돈 가지시오!"

여자는 고맙다고 말하고 그 집을 나와 곧장 빵집으로 갔다. 빵을 하나 사 들고는 비탈길을 오르기 시작했다. 어떤 여자아이가 길가에서 그녀를 보고 치마에 안겼다. 빵 한 개를 10분 만에 다 먹어 치웠지만, 또 먹고 싶다는 표정이었다.

여자는 다시 아래로 내려갔다. 시립 병원 의사가 떠올랐기 때문이다. 이 의사는 겨울에는 화학 실험들로 바빴다. 질산염을 녹이고 리트머스 종이를 푸른색에서 붉은색으로, 붉은색에서 푸른색으로 변하게 하고, 염소를 제조하고 물을 분석해 전이시키고 오존 냄새를 맡곤 했다.

어떤 여자가 자신을 만나고 싶어 한다는 소식을 전달받았을 때, 그는 작은 실험실에서 소변을 분석하느라 바빴다. 소변에 무엇인가를 넣고 당이 있는지 확인하고 있었다.

푸른색으로 변한 소변에서 먼저 가스가 나왔다. 잠시 후 소변이 갑자기 벽돌색으로 변했다. 의사는 "아이고, 이런, 걸렸군. 그러지 않아도 의심하고 있었는데. 그렇게 물을 마셔 대고 잠을 자지 않더니. 눈앞에 고생길이 훤하군"이라고 혼잣말했다.

그의 부인이 문으로 고개를 내밀고 "여보, 어떤 여자가 당신을 만나고 싶어 해요"라고 말했다.

"알았어, 지금 가."

그는 이 말을 마치 나를 이렇게 귀찮게 하다니, 두고 보라지 하는 투로 내뱉었다.

"무슨 일이오, 부인? 문제가 뭐요, 얘기해 보시오."

여자는 설명했다. 의사는 "내가 보지 않고는 장례를 치를 수 없소"라고 말했다.

"하지만 병 같은 건 없어요. 이미 죽었어요."

"죽었는지 봅시다, 내가 어떻게 알겠소?"

"최소한 사람들에게 말해서 시체를 거두도록 해 주세요."

"난 거기까지 올라갈 수 없소. 난 환자요. 당뇨병이란 말이오. 늙고 기력이 없소. 당나귀라도 있으면 타고 가겠소. 그렇지 않으면 한 발자국도 움직일 수 없소."

"알겠어요, 가서 당나귀를 찾아볼게요."

여자는 이렇게 말하고 그 집을 나갔다.

여자가 밖으로 나갔을 때 아침의 여름 날씨가 갑자기 사라져 버린 것을 보고 놀랐다. 살을 에는 바람이 불고 있었던 것이다. 구름 떼가 그들의 집이 있는 소나무 숲 쪽으로, 마치 위대한 사람의 장례식에라도 가는 것처럼 몰려가고 있었다. 그녀는 뛰어서 집으로 갔다. 주검을 시트에 감아 싸 아래로 내렸다. 눈이 오기 시작했다. 밖으로 나갔을 때 그녀의 바지는 1분 만에 새하얗게 변했다. 가장 높은 언덕까지 시체를 끌면서 운반해 갔다. 언덕을 넘어 다른 산기슭으로 가는 평지에서 멈췄다. 이곳에는 바람이 불지 않고 있었다. 여기에서는 마치 여름 날씨가 다시 시작된 것 같았다.

주위는 조용하고 따스했다. 이 따스함 속에서 눈이 조용히 펄펄 내리고 있었다. 이 가파른 해안 기슭으로 오는 북풍은 단지 키가 큰 소나무의 위쪽으로만 분다.

약간 앞쪽에 절벽이 있었다. 여자는 그곳에서 기도를 하는지 아니면 추워서 떠는지 모르겠지만, 입술을 달싹거리며 시체를 밑으로 굴려 던져 버렸다. 처음에는 아무 소리도 들리지 않았고, 나중에 자갈이 굴러가는 소리가 들렸다.

사흘 동안 눈이 내렸다. 사흘 동안 바람이 불었다. 사흘 동안 오로지 배 세 척만이 선착장에 들렀다. 짐꾼 십장은 난롯가에서 2년 된 신문을 읽었고 팝콘을 만들어 먹었다. 의사는 매일 소변 분석을 한다는 핑계로 겨우 밥 한 술만 먹었다. 어떤 여자가 자신에게 왔다는 것도 이제는 기억하지 못했다.

선착장 직원은 삐쩍 마르고 신경질적인 사람이었다. 때때로 마음속에서 불이 나는 것을 느꼈다. 어떤 여자가 자신에게, 시체를 묻기 위해 도움을 요청한 것을 한 순간 기억해 내고는 곧장 잊어버렸다.

하지만 이 순간적으로 떠오른 기억 속에서, 자신이 죽으면 자신의 시체도 며칠 동안 거둬지지 않으리란 걸 보는 것만 같았다.

어느 여름 같은 날이었다. 이발사는 손님을 이발하다 멈췄다. 면도칼 끝으로 밖을 가리키며 "위에 있는 집에 사는 여자네. 또 어딜 가지?"라고 말했다.

얼굴이 샛노란 여자가 선착장을 향해 걸어가다가 잠시 멈췄다. 그러다가 포기한 듯 부두를 따라 걷기 시작했다. 어떤 늙은 남자도 그곳을 배회하고 있었다. 이 남자는 날씨가 좋다는 핑계로 섬을 둘러보고 싶은 사람처럼 보였다.

여자는 그 남자를 향해 걸어갔다. 무슨 말인가를 하고 싶은 표정이었다. 잠시 후 포기하고는 머릿속에 무엇인가가 떠오른 듯 살짝 웃었다. 맞은편 섬의 곶을 도는 배를 타기 위해 선착장 쪽으로 걸어갔다.

그녀는 배 안에 있는 유일한 여자였다. 그리고 탑승표가 없는 유일한 사람이었다. 하지만 카드쾨이* 선착장에서는 표가 있는 사람만이 내렸다. 많지도 적지도 않게 딱 그만큼의 사람만이.

* 이스탄불의 아시아 지구에 위치한 지명.

가스난로

Gaz Sobası

오늘 저녁 시골 카페는 여느 때보다 더 붐볐다. 그 이유를 보자면 카페 주인 레젭이 도시에서 새로 사 온 가스난로 때문이었다. 레젭이 도대체 왜 이 가스난로를 샀는지는 알 수 없었다. 그는 천방지축인 사람이었다.

그는 도시에 갈 때마다 때로는 자기 자신, 때로는 모든 사람을 위해 새로 나온 것들을 사곤 했다. 하지만 이것들은 한 달이 채 넘기 전에 관심에서 사라졌고, 고물이 되었고, 레젭마저 눈길을 주지 않게 되곤 했다.

한번은 번호가 있는 자물쇠를 사서 3769 번호에 맞춰 열었다. 다음에 다른 번호에 맞추었는데, 나중에 자신이 어떤 번호에 맞췄는지 잊어버려 열지 못해 고장이 나 버리고 말았다.

그 마을에 처음으로 전기 손전등을 들여온 사람도 그였고, 이맘*에게 정령을 보았다고 맹세한 첫 사람도 바로 그였다.

이번에는 가스난로를 사 왔다. 석유램프를 켜기 전에는 카페 내부가 보라색 광휘들로 밝았고, 모든 눈은 램프에 집중되어 그것을 뚫어지게 바라보았다. 사람들은 한동안 조용히 카페의 얼음장처럼 차가운 가죽 벤치가 따스해지기를 기다렸다. 그 후 카페가 사람들의 입김으로 따스해졌을 즈음, 어떤 노인이 "레젭, 전등을 켜는 게 좋겠어. 서로 얼굴을 볼 수가 없네그려"라고 말했다.

전등이 켜지자, 조금 전 카페 한가운데에서 파랗고 빨갛고 초록인 운모에서 달콤한 빛을 내던 괴상하고 아름다운 것은 모든 동화 같은 것을 어둠 속에 남겨 놓고 사실화되고 말았다. 하지만 겨울밤, 젊은이들은 사실 같은 것들을 좋아하지 않는다. 그들에게는 거짓, 몽상, 꿈, 동화가 필요했다. 그저 노인들이 불쾌해할까 봐 아무 말도 하지 않는 것뿐이었다.

그저 "조금 전이 좋았는데! 전등을 켜지 않았더라면 얼마나 좋았을까"라고 말을 할 뿐이었다.

전등이 켜지면 가죽의 찢어진 부분, 벤치의 기름, 짚 돗자리의 떨어진 부분들이 드러났다. 카페는 옛날부터 익히 알고 있던 카페였다. 먼저 카페의 창문은 밖이 보이지 않을 정도로 더러웠다. 어떤 것들은 두껍고 화려한 손뜨개 작품, 어떤 것들은 오스만 터키어로 된 누렇고 어떤 추억만큼이나 생기가 없지만 그 내용을 파악할 수 있고 내부를 보온하는 신문지로 덮여 있었다. 때로 북풍이 어떤 구멍을 통해 쌩하니

---

* 이슬람 사원의 예배 인도자.

안으로 들어와 이란에서 출판된 군인과 전쟁 관련 그림들 위를 넘어 가곤 했다. 마을에서는 이제 보죽*을 연주하는 유행도 사라졌기 때문에 먼지가 앉고, 쓸쓸해 보이는 구석에 걸린 보죽은 저절로 흔들거렸고, 어떤 사람들에게 "보죽이 또 시인에게 영감을 불러일으키는군"이라는 말을 하게끔 만들었다. 그런 후 다시 입김들이 창문에 달라붙어 안개와 연기 속에 파묻힌 어두운 광장을 보이지 않게 했다.

청년들은 놀이에 빠져 있었다. 한쪽에는 아직 어린 나이의 아이들이 어떤 노인의 주위에 모여 무엇인가를 듣고 있었다. 노인이 이야기를 들려주고 있었던 것이다. 도시, 건물, 나라, 강과 다리, 빌딩, 여자, 레젭이 들여온 새로운 것들을 훨씬 뛰어넘는 새로운 것들, 잭나이프, 망원경, 타워……

이야기를 듣는 사람들의 눈은 무엇인가로 가득 찼다.

다른 한쪽에 있는 노인들은 완전히 정치적이었고 진지했고 현실적이었다. 공상이나 허구의 것들은 아무것도 돈이 되지 않았던 것이다. 폭풍이 곡식을 망쳐 놓았던 것이다. 감자는 서리를 맞아 싹이 트기도 전에 얼어 버렸다. 세금 징수원은 좋은 사람이었다. 그는 무정한 사람은 아니었다. 아니 어쩌면 무정한 사람이었다. 윗분들, 고위층들은 농촌 사람들에 대해 무슨 생각을 하고 있는 걸까?

레젭의 딸을 아흐메트의 아들에게, 메흐메트의 손자를 하즈의 이모 딸에게 주었다. 가끔 누군가가 자리에서 일어나 구석에 있는 짚 돗자리에서 엎드렸다 일어났다를 반복하며 기도를 올리고는 제자리로 돌아왔다.

* 아홉 개의 줄이 있는 터키 전통 현악기.

레젭은 커피를 준비했다. 자신이 개발한 살렙 차를 잠들기 전에 마시라고 추천했다.

레젭은 아주 활기 넘치는 사람이었다. 푸른색 눈에 광대뼈가 뚝 튀어나온 얼굴을 하고 있었다. 옷 입는 스타일도 다른 시골 사람들과 닮지 않아서, 마치 그들의 유행을 선도하는 사람 같았다. 장식이 별로 없는, 칼라 없는 재킷을 입었으며, 아래에는 푸른색 바지에 푸른색 허리띠를 했다. 그 허리띠에는 쐐기 머리와 아주 비슷한 어떤 뿔이 보였다. 하지만 그것은 쐐기가 아니라 구둣주걱이었다. 바지 호주머니 가장자리에는 호박으로 된 염주의 술 장식이 항상 늘어져 있었다.

또 레젭은 생각하고 꿈을 꾸는 사람이었다. 마을 청년들이 겨울에 몽상에 빠지지 않는다면, 밭고랑을 파는 것도 나무 가지치기를 하는 것도 소를 모는 것도 그들에게는 아무런 도움이 되지 않았다. 그러지 않았다면 고민에나 빠져 있었을 것이다. 그들은 나중에 군대를 다녀온 후에 현실적이 되었다. 현실적이 된다는 것은 모든 것을 자명종처럼 맞추는 것을 의미하는 것이었다. 겨울은 이렇게 맞춰진 자명종 시계처럼 그들을 기다렸고, 여름에, 제때에 깨우곤 했다. 두 아이의 아버지가 되기 전에는, 군대에 갔다 오지 않고는, 저녁 기도 시간 이후에 곧장 잠자리에 드는 것도, 아침에 길게 기지개를 켜지 않고 일어나는 것도, 종교적으로 금지된 일을 하는 것도, 카페에서 오가는 대화에도 끼어들면 안 되고 기도를 꼭 올려야만 했다.

그는 마을에서 군대를 다녀오지 않고 두 아이의 아버지가 되지 못한 모든 청년의 표본이었다. 그는 자식들이 줄줄이 있었다. 합법적으로 결혼한 부인, 합법적은 아니지만 종교적으로 인정받는 부인, 그리고 열네 살 먹은 하녀 에미네가 있었다. 이런 상황인데도 그는 꿈에 젖어 있었다. 그는 그들처럼—아이들처럼—아니다, 아이들처럼이 아니라 아이로 남아 있는 대표적인 사람이었다.

도시로 나가 모든 사람을, 특히 무엇보다도 자신을 놀랠 것들을 사지 않고는, 세 명의 부인을 두고도 기회가 있을 때마다 바람을 피우지 않고는, 자신이 이야기를 듣고 있는 와중에 차를 주문하는 사람들에게 불평을 늘어놓지 않고는, 가끔 아편을 피우며 눈이 빨개지지 않고는 못 배기는 사람이었다. 레젭은 가스난로를 사면서 자신이 마을에 새로운 것을 들여왔다는 사실에 흐뭇해했고 속으로 히죽거렸으며 마을 대로까지 오는 버스 안에서 그것을 품에 안아 가지고 왔다. 그는 종이에 싸인 기계를 덧문이 닫힌 카페 안에 들여놓았다. 손님들이 오자 그제야 불을 붙였다.

빨갛고 보랏빛 나는 운모에서 나온 빛을 하염없이 바라보면 마치 어린 시절로, 우물로 떨어지는 기분이 들었다. 당시 이 카페는 아버지 소유였다.

어느 날 밤 이 마을에 부르사에서 대화를 재미있게 하고, 잘 놀러 돌아다니는 사람들이 왔다. 그중 한 명은 청년들이 앉는 약간 높은 곳에 커튼을 치고는 카라괴즈* 놀이를 했다. 사람들은 카라괴즈가 하는 모든 말에 배를 잡고 웃었다. 레젭은 그 말들 중 어떤 것도 기억하지 못했다. 그 말을 듣고 있지 않았기 때문이다. 그는 상상에, 커튼에 몰입해 있었다. 지금 가스난로가 타고 있고 카페의 전등이 꺼져 있을 때, 마치 그의 눈앞에 커튼이 쳐지는 것 같았고 자신은 카라괴즈 놀이를 보고 있는 것만 같았다.

---

* 터키 전통 그림자 연극인 동시에 이 연극의 주인공 이름.

레젭은 불현듯 무엇인가를 기억해 냈다. 어느 날 밤 레젭이 부르사에 머물렀을 때 그곳의 카페 주인들이 그를 극장으로 데려간 적이 있었다. 그것도 일종의 카라괴즈였다. 레젭은 극장의 영사실에서 스크린까지 도달하는 빛을 계속 바라보았다. 그는 스크린에서 사람들, 동물들, 산들, 강들, 모든 것을 보았다. 사람들은 키스를 했다. 잘생긴 남자들, 멋진 여자들이 있었다. 레젭은 이런 것에는 놀라지 않았다. 그럴 수 있는 일이었으니까. 그런데 갑자기 영화 속에서 눈이 내려 사람들의 어깨에 쌓이는 것을 보았다. 바로 이때 레젭은 깜짝 놀라고 말았다. 모든 것은 가능했지만, 눈, 그 계절에 어떻게 눈이 온단 말인가? 그는 이것을 도무지 이해할 수 없었다. 마을로 돌아왔을 때, 겨울 동안 도시를 보지 못한 사람들에게 한여름에 눈이 왔다고 설명해 주었다.

레젭의 가스난로는 운모에서 빨갛고 보라색 빛을 발산하면서 저녁 기도 시간 이후에 켜졌고 한동안 전등은 켜지 않았다. 노인들, 현실적인 사람들은 광장 맞은편에 있는 베키르의 카페로 떠나고 말았다. 청년들과 짚 돗자리에 앉아 이야기를 듣는 사람들은 어둠 속에서 가스난로를 바라보며 레젭으로부터 극장에 어떻게 눈이 왔는지를, 오일레슬러 휘스멘이 거대한 알리와 어떻게 레슬링을 했는지를, 프랑스인들에게 포로로 잡힌 알리가 마르세유와 알제리에서 무엇을 했는지를 동이 틀 때까지 귀를 쫑긋 세우고 들었다.

하지만 하루의 따스한 첫 햇살이 다시 현실 세계의 폭풍, 가뭄, 세금, 고통, 홍수 그리고 죽음과 함께 자신들을 기다리고 있다는 것을 청년들에게 말했을 때, 그들은 논밭으로 갔고 레젭의 카페 앞으로 왔고 여름 내내 연달아 담배를 피워 댔다.

여름에 레젭의 카페는 그 앞에 앉은뱅이 의자와 긴 나무 테이블을 놓고 피곤에 지친 사람들을 휴식을 취하도록 초대했으며, 그늘이 드리워져 서늘해서 겨울을 전혀 떠올리게 하지 않았다. 겨울이 이야기, 펄펄 내리는 눈, 안개와 가스난로로 어떤 몽상만큼이나 거짓 같고 아름답다고 할지라도 여름에 이것들을 이 서늘한 그늘에서 떠올리는 것은 바로 옆에서 죽은 친한 사람을 1초의 천분지 1 정도의 시간 동안 생각하고 떨쳐 버리는 것과 같다.

곡식이 노랗게 익기 시작했던 시기에는 열흘 정도 일손을 멈추게 된다. 이때 청년들은 다을르데레로 수영하러 가고, 가지 않는 사람들은 레젭의 카페로 몰려왔다.

그날도 이러한 나날 중 하루였다. 카페는 사람들로 붐볐다. 어떤 결혼식에서 사타구니에 총을 맞은 금발 청년이 구석에서 창백한 안색을 하고 있었다. 바로 이 금발의 청년과 마흔두어 살 정도로 보이며 건장한 어깨에 흰머리 한 올 없는 까만 머리카락의 가무잡잡한 피부색의 남자 사이에 아무것도 아닌 일로 싸움이 일어났다. 노인들은 청년들이 일을 잘하지 못해 지연되고 있다는 것에 대해, 오늘 할 일을 내일로 미룬 탓에 생긴 나쁜 결과에 대해 언급하고 있었다.

가무잡잡한 남자는 "난 그 이유를 알고 있소. 그건 겨울에 아무것도 하지 않고 할 일 없이 보내기 때문이지요……"라고 말했다.

아직 상처가 다 아물지 않은 금발의 청년은 "겨울에도 일을 해야 합니까?"라고 물었다.

"물론이지요. 사람이 뱀입니까, 아니면 곰입니까, 겨울에 잠을 자게. 레젭의 가스난로를 뚫어지게 바라보며 몽상에 젖는다면, 여름에 어떻게 일을 합니까?"

금발의 청년은 또다시 총을 맞은 것처럼 버럭 화를 내며 샛노랗게 질렸다.

"레젭의 가스난로. 레젭이 들여온 이것저것이 없었다면 이 마을에서는 서로 싸움을 하고, 술에 취해 심각한 문제가 발생했을 겁니다."

가무잡잡한 남자는 청년의 말에 대답을 하지 않았다. 대신 그때 앵두 주스를 테이블에 올려놓는 레젭을 보며 말했다.

"기적이 당신의 가스난로에 있었구면요. 그게 없었다면 무슨 일이 일어났을까요? 레젭, 당신의 가스난로가 무엇과 비슷한지 아쇼?"

레젭은 겨울을 떠올리고는 1초의 천분지 1 정도 시간 동안 상심해하고는 잊었다.

금발의 청년이 "뭐와 비슷한지 말해 보시지요!"라고 했다.

"우상을 숭배하는 것과 비슷하지. 이런 일은 가당치도 않지요! 당신들은 기도를 올리지도 않고, 금식을 하지도 않아요. 코란을 독파하지도 않고 레젭의 가스난로가 무엇과 비슷하냐고 묻고나 있고. 그것이 당신들이 잊고 믿기를 그만둔 종교의 자리를 차지하고 있는 것으로 봐서, 당신들의 믿음과 비슷하지요. 이제 당신들은 우상을 숭배하고 있습니다. 겨울에는 우상을, 여름에는 게으름을 숭배하고 있지요."

청년은 대강 대답을 했고, 말싸움에서 주먹질로 확대될 찰나 주위에 있던 사람들이 이들을 떼어 놓았다.

이 사건이 있고 바로 며칠이 지나 레젭은 깊은 생각에 빠졌다. 가무잡잡한 아흐메트의 말이 일리가 있을까? 그렇다, 옳았다. 가스난로와 이슬람 종교 사이에는 별 차이가 없었다.

기도를 올릴 때 다른 세계를, 천국을, 요정들을, 천국의 포도주를 상상하는 것과 가스난로의 아편 같은 파도와 빨갛고 보랏빛이 나는 운모에 빠져 자신들에게 있을 수 없는 세계를 상상하는 것 사이에 어떤 차이가 있을 수 있을 것인가?

하지만 그 가스난로에는 사람들을 생각하게 만드는 세계가 있었던 것이다. 그것도 어쩌면 그들이 생각할 수 없었던 것보다 더 멋진 것이.

레젭은 가무잡잡한 아흐메트의 말에 진정 놀라고 말았다. 그의 머리는 계속해서 생각을 하고 있었다. 그는 한 번도 종교를 믿은 적이 없었다.

그는 "종교라는 것은 없어"라고 말하곤 했다. 없고말고! 천국도 지옥도 없다. 하지만 그럼에도 불구하고 한 번도 신은 없다고 말한 적은 없었다. 그는 현세를 믿었다. 현세 그리고 현세에 존재하는 자신이 도달하지 못하는 천국도 있었다. 이것도 느낀 적이 있었다. 그는 이렇게 해서 며칠 동안 이 생각들을 하며 할 일 없이 거닐었다. 가을이 오기까지……

가을에, 마을 광장 곳곳에 밤들이 쌓이던 시기에도 여전히 생각을 계속했다. 안개가 광장을 덮고 산에 첫눈이 내릴 때, 카페를 며칠간 닫고 부르사에 갔다.

그가 도시에 왜 나가는지는 자기 자신도 정확히 몰랐다. 새로운 것들을 들여오려고 했던 것일까? 그 시기는 부르사가 사람으로 들끓는 아주 복잡한 때였다. 이스탄불에서 스키를 타러 온 사람들로 붐볐던 것이다. 여자, 남자 할 것 없이 이상한 옷을 입고 많은 사람이 버스를 타고 산으로 올라가고 있었다. 그들은 등에 얇고 긴 커다란 나무와 지팡이들을 짊어지고 있었다. 레젭은 그것들이 무엇인지 궁금해 물었고 그 쓰임새를 알게 되었다. 그는 극장 여러 군데를 들어갔다 나왔다. 카페를 순회했다. 클럽에 출입했다. 많은 잡지, 신문, 겨울, 눈 그리고 영화에 관한 많은 사진들을 구했다. 마을로 돌아갈 때 그의 영혼은 고요해졌다. 눈에서 타오르던 불이 진정되었고, 오므리고 있던 입술도 펴져 입이 반듯해졌다.

위장의 매스꺼움도 사라졌고 이제 귓속의 이명도 사라졌다. 레젭에게 이러한 순간들이 있었다. 그러니까 무엇인가를 생각하기 시작했을 때는 온몸과 온 영혼으로 생각하는 것. 위장에 탈이 나고 심장은 평상시보다 더 빨리 뛰었다. 잠을 이루지 못했다. 손에 땀이 났다. 처음에는 울다가 나중에는 웃고 싶은 마음이 들었다. 이런 발작이 일어났던 것이다. 하지만 이제는 마음이 편해졌다. 그는 버스 창에 머리를 기대었다. 인간이게 하는 것은 상상을 하는 것이다.

그는 이제 결정을 내렸다. 자신에게조차 숨겨 왔던 결정을. 끊어진 필름 조각들을 한데 붙여 만든 영화처럼 부르사 초원 곳곳에 물이 고여 있었다. 땅에 떨어져 썩어 가는 노란색 나뭇잎들을 바라보았다.

마을은 10년 전에 물소 수레를 타고 갔던 옛날보다 더 멀게 느껴졌다. 저녁이 되어서야 마을 광장에 도착할 수 있었다.

그는 곧장 에미네의 집으로 갔다. 문을 두드렸다. 마르고 아이 같은 얼굴을 한 여자가 문을 열었다. 어린 여자는 대문이 닫히자마자 레젭의 목을 끌어안았다. 그들은 천장이 낮은 방으로 들어갔다.

"불 켜지 마! 와서 내 옆에 앉아."

여자는 책상다리를 하고 앉았다. 레젭은 그녀의 무릎을 베고 누웠다.

"내일 저녁, 내 카페 앞을 한번 지나가 봐, 알았지? 내가 그 안에서 무엇을 밝힐 줄 알아?"

"뭘 밝힐 건데요?"

"달빛!"

레젭의 휘황찬란한 가스난로도 보름 만에 고장이 났다.

극단

Kumpanya

가장 격렬한 논쟁은 극단의 이름을 짓는 것에서 시작되었다. 할리트는 기어코 '공화국의 유희의 극단'으로 하자고 고집을 피웠다. 이 이름 이외에는 다른 것이 떠오르지 않았던 것이다.

사페트 페리트는 거의 미칠 지경이 되었다. 먼저 재킷을 내던지고, 그다음에는 넥타이를 풀었다. 그런 후 여기저기 숱이 빠진 머리카락을 헝클어뜨리고는 "말도 안 돼, 할리트! 안 된다고! '의'가 두 번이나 들어가는 이름이 말이 되느냐고? '술루 무대'라는 이름이 좋으니 이걸로 하자"라고 말했다.

그러자 할리트가 "그럼 당신들이 한번 이름을 찾아보시오. 찾지 못하겠지요? 그러면서 내가 찾은 이름은 좋아하지 않는군요. 나는 먼저 극단……"이라고 말하려는데 사페트 페리트가 그의 말허리를 잘랐다.

"알겠어, 알겠다고! 자넨 '오스만의 유희' 극단에서 연기 활동을 시작했어. 오늘날의 자네의 유명세도 거기서부터 시작되었고. 오늘날의 극단 배우들 대부분은 그곳에서 일을 했지. 사방에 유명해지고 흥행도 되었지. 좋은 일이지! 오스만 제국 시절에도 '오스만의 유희'라는 이름이 나쁘지 않았어. 하지만 '공화국의 유희의 극단'이라는 이름은 절대 안 돼. '의'가 들어가는 것은 둘째 치고라도 공화국의 유희가 무슨 의미야? 의미가 있다손 치더라도, 좋지 않아. 잠깐만, 좋은 생각이 떠올랐어. 자네의 그 고집에도 반하는 건 아니니까. 공화국이라는 게 무슨 의미인가? 국민 통치라는 의미 아닌가? 그렇다면 '국민-유희 극단'이라고 합시다."

다시 이의를 제기하는 목소리들이 여기저기서 들렸다. 몸이 마르고 눈과 목젖이 밖으로 튀어나온 한 젊은이가 말했다.

"국민-유희라는 말은 상업은행 이름 같군요. 가장 좋은 건 국민의 유희라고 생각합니다."

"하지만 이번에는 여기다 극단이라는 말은 붙이지 못했는데."

"고향 극단은 어때?"

그곳에 있던 거무스름한 카슴파샤 출신의 젊은이가 "카슴파샤 출신 극단이라고 합시다"라고 말하자, 위스퀴다르 출신이 나서며 "왜 위스퀴다르 출신 극단이라고 하지 않고 카슴파샤 출신 극단이라고 해야 하지요?"라고 말했다.

늙은 살리흐는 "잠깐만, 잠깐만, 아니 왜 싸움을 하고 그래? 내가 하나 찾았어……"라고 말했다.

"살리흐 형, 형은 제발 이름 짓지 마세요. 지난번 이름도 형이 지었잖아요. 두 달도 채 가지 못했다고요."

"아니 지난번 이름이 나빴어?"

"아니 사실은 아주 좋았어요. 게다가 아다나에서 정말 유명했잖아요! 당할 거 다 당하고 몰매만 안 맞았을 뿐이지요. 그리고 그때 우리가 먹었던 통통한 새끼 오리 고기의 고약한 냄새가 몇 달 동안이나 내 코에서 사라지지 않았어."

할리트가 "난 포기했어"라고 말했다.

"아이고 할리트, 그러지 말게."

"아니, 아니, 극단을 포기하는 게 아냐. 아즈라엘* 말고는 아무도 우릴 포기하게 만들지 못하지."

"할리트 형, 브라보!"

사페트 페리트는 뭔가 슬프고 비극적인 분위기에 휩싸여 있었다. 부르하네틴 텝시**의 팬이기 때문에 나폴레옹 같은 포즈를 취하고는 몸을 숙여 할리트의 이마에 입맞춤을 했다.

논쟁이 다시 격렬해졌다. 바로 그때 구석에서 조용히 앉아 있던 극단의 코메디 연기의 2인자인 렘지 씨가 말을 하기 위해 머리를 내민 것을 본 사람들은 그가 가장 옳고 가장 중요한 말을 하기 직전임을 느낀 듯 논쟁을 멈췄다. 그러고는 질문이 가득한 눈길로 렘지 씨를 쳐다보았다. 그는 손으로 찻잔을 구석으로 밀었고, 사페트 페리트 앞에 놓여 있는 세르클 도리앙*** 담뱃갑에 손을 뻗어 담배 한 대를 집었다. 담뱃갑 위로 담배를 탁탁 치면서 말했다.

"모든 문제가 극단의 이름을 짓는 거라면, 일은 다 되었다는 의미군.

* '저승사자'라는 의미.
** Burhanettin Tepsi(1882~1947). 연극 및 영화배우, 연극 감독.
*** '동양의 원'이라는 의미로 프랑스산 담배 이름.

너희는 정말 정신이상자들이구나! 너, 부르하네틴 이후에 터키의 가장 끔찍한 재앙이라고 할 수 있는 너 사페트 페리트, 그리고 죽은 나쉬트 이후에 죽지 않은 마지막 즉흥연기 배우인 할리트, 그리고 너 에윕 사브리 이후 가장 훌륭한 배우 살리흐! 그리고 젊은 배우 여러분. 극단의 이름을 짓는 것으로 일이 끝난다면 얼마나 좋겠나? 그럼 커튼은, 무대 장식은, 의상은, 분장은 그럼……"

그의 말허리를 사페트가 잘랐다.

"그것들은 별것 아냐. 나한테도 있고, 할리트한테도 있어. 살리흐 한테는 옛날에 쓰던 캔버스 천이 있어. 수아트는 그림에 소질이 있고…… 하룻밤에 커튼도 무대 장식도 준비할 수 있어. 낡은 것들이지만 다들 무엇인가를 가지고 있다고. 여기저기서 빚 좀 내면 될 테고. 테이블이 필요하다고 여기 있는 테이블을 가지고 갈 수는 없잖은가? 분장 때문에 고민해야 하나? 많은 코르크, 많은 탈모제, 많은 에테르……"

"양모, 솜……"

"이발사 유스프한테서 가발 두세 개를 사면, 외픽 파샤*의 모든 몰리에르 번역을 무대에 올릴 수 있다고."

"그렇다면 여자 배우는?"

"이런 이런, 몰라도 한참 모르는군! 일단 마담 디루히의 딸은 준비되어 있어. 하지만 '오빠가 오면 나도 올게요'라고 말하더군. 그 형편없는 놈이 꼴 보기 싫지만 다른 방도가 없지 뭐. 그리고 에미네 지한기르도 있어. 과거 오페레타 출신의 메디하 데르트리유즈도 있고."

할리트가 "가장 최근에 온 배우는 잊고 있구먼, 사페트"라고 말했다.

---

* Ahmed Vefik Paşa(1823~1891). 오스만 제국 시대의 외교관, 극작가, 번역가. 몰리에르의 작품 열여섯 편을 각색했다.

이에 사페트 페리트는 "할리트 형, 형은 나보다 위니까 형의 말을 거역할 생각은 없어요. 근데 그 여자애는 제 맘에 들지 않아요. 그리고 우리가 학교를 여는 겁니까, 연극을 하는 겁니까? 여기가 뭐 이스탄불 시립 극단도 아니고. 우린 엑스트라는 필요 없어요"라고 말했다.

"이봐 사페트, 그 여자의 어머니가 자기 딸을 극단에 넣어 달라고 애원을 했다니까. 목소리가 아주 좋아. 막간을 이용해 노래를 부르게 하면 돼. 자네 대본이 나오면 작은 역할도 주자고. 마을 처녀 역할은 아주 잘 해낼걸! 게다가 뭐가 어때서 그래, 피부도 하얗고 좋던데."

"난 그게 바로 꺼림칙해. 알잖아, 아나톨리아 시골 마을들을. 지주 아들이 그녀에게 빠지면 극단을 졸졸 따라올 거라고요. 게다가 우리가 연극 극단이지, 다른 뭐, 거시기, 제발 이 말까지 제 입에서 나오지 않게 해 주세요."

"말하는 꼬락서니하고는! 그 여자가 그거야, 응?"

"말도 안 돼! 그런 의미가 아니었어. 하지만 난 그녀의 눈도 맘도 안 들어. 교활한 게 역력히 드러난다니까."

젊은이들은 이들의 말에 귀를 쫑긋 세우고 있었다. 할리트는 이를 감지하고는 다음과 같이 말했다.

"이보게들. 여자 한 명을 우리 극단에 들이는 거야. 연극이라는 것은 우애라는 의미지. 극단에서는 그 누구도 다른 누구를 안 좋은 시선으로 보면 안 돼. 난 아주 사소한 무례함도 눈감아 주지 않아. 가만 두고 보지 않을 테야. 내가 미리 경고했어."

사페트 페리트는 "애들은 내가 책임지지. 그 밖의 사람들은 내가 어찌할 수 없지만"이라고 말했고, 이에 렘지가 "그 사람들은 내가 보장하지"라고 말했다. 그러자 사페트 페리트가 "그렇다면 문제없어"라고 대답했다.

이렇게 말하기는 했지만, 조용히 물담배를 피우고 있는 극단의 문지기이자 커튼 담당자이며 보조 배우인 살리흐에게 윙크를 했다. 렘지는 사페트 페리트가 살리흐에게 윙크하는 것을 못 본 척하면서 말했다.

"여러분 모두는 어떤 일이든지 할 수 있는 사람입니다. 예전에 한번, 나쉬트가 무대에서 쿠르드인 의상을 입고 화롯불을 뒤적이며 커피를 끓이고 담배를 피우는 것을 본 적이 있답니다. 무대에는 화로도 불쏘시개도 불도 제즈외*도 나무 꼬챙이도 담배도 찻잔도 없었지요. 하지만 나쉬트는 방금 열거한 모든 것이 자기 앞에 있는 듯 행동하면서 연기를 했지요. 촌뜨기 관객들을 제외하고는 거의 모든 사람이 배꼽을 잡고 웃는 것을 보았고, 나는 그의 재능이 부러워 배가 아팠소. 게다가 나도 하도 웃느라 팬티에 약간 오줌도 지렸고요."

"그런 후 집에 가서 연기 연습을 했겠구먼……"

"연습은 했지만 연기는 엉망이었지. 무대에서 내가 그 연기를 했는데 관객들 중 건달 같은 남자가 '저 구석에 있는 남자, 정신 나간 놈 아냐? 뭐 하는 거야, 정말!'이라고 소리치는 것을 들었어. 맨 앞 좌석에 앉아 있는 사람도 그 말을 한 사람을 돌아보며 '인도 춤을 추고 있잖아!'라고 대답하자, 내 실력을 알게 되었지."

창백한 얼굴을 하고, 무대에 대한 열정으로 활활 타오르는 청년들 중 한 명이 "그가 어떻게 연기를 했었는데요?"라고 물었다.

"그가 어떻게 그런 연기를 할 수 있는지 알았다면, 나도 그렇게 했을

---

* 터키 커피를 끓이는 주걱 모양의 기구.

거야. 하지만 그는 성공적으로 했지. 아주 단순해. 우리처럼 불쏘시개를 손에 들고 화로 안을 뒤섞어 숯불을 골라 가장자리에 놓고, 나무 꼬챙이의 불을 담배에 붙여 피우고, 연기를 입으로 불기도 했지. 우리 관객들은 연기를 보지 못했지만 연기가 난다고 생각했지. 하지만 우리가 더 집중했더라면 상상 속에서 연기도 볼 수 있었을 거야. 그런 후 나무 꼬챙이를 조심스럽게 접시 위에 놓고, 제즈외에 설탕과 커피를 넣고 물을 부었지. 제즈외 속의 커피를 찻잔에 붓고 맛있게 마시더군."

위스퀴다르 출신의 아는 척하는 청년은 "소품도 전혀 필요가 없었군요"라고 말했다.

렘지는 "필요 없었어. 더구나 나쉬트 앞에 소품들이 있었다면, 그 연기의 맛을 느낄 수 없었을 거야. 그는 소품이라는 것을 이런 식으로 조롱한 셈이 되었지. 조롱했다니까! 얘들아, 그는 정말 위대한 배우였어, 위대했다고. 결점이 있다면 글을 못 쓴다는 거였지. 쓸 수만 있었다면 대단한 극본들이 나왔을 거야. 우리 나라에도 우리의 몰리에르가 있었을 거야. 그가 〈오셀로〉에서 이아고 역할을 했다는 것 아나? 사실은 그를 수치스럽게 만들기 위해 그 역을 주었지. 무대에서 데스데모나가 손수건을 떨어뜨리는 장면이 있었는데, 나쉬트가 눈을 크게 뜨고는 '손수건, 아, 손수건!' 하고 비명을 지르자 그에게 창피를 주려고 했던 적들이 가슴을 치며 슬퍼하는 것을 보았다네. 관객들 중에 셰익스피어가 앉아 있었다면 나쉬트가 비극을 왜 희극으로 바꾸었는지를 이해하고는 이를 좋게 보면서 '올 라이트!'라고 말했을 거야."

할리트는 "그렇다면, 이제 어떻게 되는 거야? 극단 이름은 정한 거야?"라고 물었다.

렘지가 "이건 뭐 아무리 말해도 소용이 없군. 이것저것 다 포기했다고 치자고. 화로도 꼬챙이도…… 다 쉽게 해결했다고 함세. 그런데 돈은, 여비는?"이라고 물었다.

살리흐가 웃으면서 "그게 뭐 문제야? 사페트 씨가 해결할 거야. 친구들이 얼마나 많은데. 그 친구들이 50쿠루쉬씩 주면, 에르주룸*까지 갈 수 있어"라고 말했다.

사페트 페리트는 "살리흐, 농담 그만해. 렘지 말이 맞아. 할리트 자네는 '모두 다 준비되었어'라고 말하는데 돈 얘기는 없구먼. 돈 문제에 있어 우리 상황은 어떻지?"라고 물었다.

할리트가 "자네는 어떤 상황인가?"라고 묻자, 사페트는 "나는 머리부터 발끝까지 빚투성이야. 한 푼이라도 달라고 손 내밀 사람이 없어"라고 대답했다.

살리흐가 "그런 상황까지 온 거야, 사페트?"라고 말했다.

"그 상황도 지났어, 살리흐…… 옛날 친구들은 이제 한 명도 남아 있지 않아. 내가 그들의 사무실에 가면 '아, 사페트, 잘 지내? 연극 일은 잘되어 가나?'라고 묻지. 내가 '또 안 좋아……'라고 말하면 웃으면서 '올해의 극단 이름은 뭐야?'라고 묻고, 그러면 '아름다운 아나톨리아 연극단이야'라고 대답하곤 했어. 그들은 '흥행이 될까? 어떤 지역으로 갈 건데?'라고 묻고, 내가 '동쪽 지역'이라고 말하면 '얼마나 필요해?'라고 물었지. 그러면 난 '500리라'라고 대답하지. 그들은 돈을 주며 '언제 갚을 거야?'라고 묻고, 나는 '돌아와서'라고 말하고, 그들은 '원금의 얼마를 돌려줄 건데?'라고 묻고, 난 '절반 이상'이라고 대답하곤 했어. 그러면 그들은 웃으면서도 호주머니에 손을 넣곤 했다네."

* 터키 동부에 위치한 도시.

"반은 갚아 줬나?"

"내가 이 연극에 대고 맹세하는데, 난 그 누구한테도 사기 친 적 없어. 내가 받은 돈의 절반은 항상 갚았다고."

"한 푼까지도 다 갚은 적은 있어?"

"갚았어. 게다가 라크도 대접했다고. 내 호주머니에 들어 있는 반지를 본 사람이 나한테 돈 좀 빌려 달라고 한 적도 있고, 나한테 돈을 빌려 주었던 사람에게 내가 돈을 빌려 준 적도 있어. 하지만 난 그 사람한테 그 빚을 갚으라고 말한 적은 한 번도 없어. 믿을 수 있겠나?"

"그 사람이 누군데?"

"이름을 댈 필요는 없어."

"그 사람 지금 무슨 일을 하는데?"

"내가 어떻게 알아? 당시는 치즈 사업을 하고 있었어."

"가서 돈을 달라고 하지 않았어?"

"난 평생 그렇게 한 적 없어. 돈을 빌려 달라고 하는 건 다른 문제야. 하지만 난 빌려 준 돈을 갚아 달라고 한 적 없어."

할리트가 자리에서 벌떡 일어났다.

"아, 그 사람 나 알아! 하산 타흐신 사르자 아냐? 그 사람 지금 백만 장자야, 사페트! 네가 편지를 써 주면 내가 가서 그 돈을 꼭 받아 올게. 얼마였어?"

"250리라 정도였을걸……"

"그 돈이면 우리는 이스탄불에서 300킬로미터 떨어진 곳 어디에나 갈 수 있어. 더욱이 보름 동안 흥행이 안되어도 돼……"

살리흐가 "점심은 차와 시미트로, 저녁은 흰 치즈, 토마토 그리고 빵. 저녁 무렵에는 사페트와 여러분에게 500그램짜리 클럽 라크. 그럭저럭 지낼 수 있을 거야"라고 말했다.

할리트가 "살리흐! 너 배은망덕한 사람 아니지? 내가 사 준 라크도 많이 마셨잖아!"라고 말했다. 살리흐가 "할리트, 난 농담한 거야. 자네 어린애야 뭐야? 그리고 우리가 또 그렇게 생활하지 않은 것도 아닌데 뭐"라고 말했다. 이에 할리트는 "가련한 사페트가 포도와 빵으로 연명하고 있을 때, 너와 난 식당에서, 뭐였지 그 새 이름? 찌르레기였나? 찌르레기 튀김과 와인을 마셨지!"라고 말했다.

사페트는 "이런 이런, 의리 없는 놈들. 나한테는 목재상 하는 하산이 대접해 줬다고 했잖아, 이런 개 같은 놈들!"이라고 말했다.

*

에민 씨가 "여러분⋯⋯"이라고 말하자마자 모든 사람이 한입으로 "아이고 제발 에민! 설교를 할 생각이라면 그만둬!"라고 말했다. 하지만 에민 씨는 얼굴색 하나 변하지 않고 "여러분?"이라고 말했다. 그는 "조용히들 좀 하게나"라고 말하지 않고, "여러분"이라고 말한 후 물음표를 던지듯 가만히 있었다. 모두 입을 다물었다. 체념한 듯 고개들을 숙였다. 에민 씨를 더 이상 화나게 하지 않고 일을 망치지 않는 편이 낫다고들 생각하는 것 같았다.

잠시 후 에민 씨가 말했다.

"난 설교할 생각은 없네. 하지만⋯⋯ 상황이 아주 명백하군. 그러니까 우리 극단은 여느 때처럼 돈이 없네그려. 준비된 것도 아무것도 없고. 머릿속으로 세운 계획들은 종이 위에 옮겨지지도 않았고. 가장 필요한 것부터 시작해서 가장 필요하지 않은 것까지 가시적으로 보이는 건 아무것도 없군. 출연진들을 제외하고 말이야."

이 말을 하고 에민 씨는 잠시 멈추고는 카페 주인을 불렀다. 다른 사람들은 꿀 먹은 벙어리처럼 아무 말도 하지 않았다. 에민 씨는 우선 아까부터 모든 사람의 머릿속에 있는 문제를 해결했던 것이다. 그는 찻값을 지불하고는 테이블 위에 25쿠루쉬짜리 잔돈을 팁으로 던졌다. 웨이터가 "감사합니다, 에민 씨!"라고 말하며 자리를 뜨자마자 그는 "우리가 지금 어차피 한데 모여 있으니 결정을 내립시다. 이 일을 할 겁니까, 안 할 겁니까?"라고 물었다. 대답을 하려고들 하자 에민 씨는 그들의 말을 가로막는 신호를 하고는 말을 이어 나갔다.

"하려고 한다면 지금 이곳에서 모두 헤어집시다. 여비를 마련할 친구들에게 미리 감사드립니다. 그걸 내가 마련하게 될까요? 아니면 사페트? 할리트? 살리흐? 아니면 수아트와 레자이가 마련할까요? 이 모든 건 다음 주 이 시간에 여기 모였을 때 결정하기로 합시다. 우리가 제일 먼저 해야 할 일은 극단 이름 짓는 일로 에너지 소비를 하지 말자는 것입니다. 그다음 일들은 쉽습니다! 여러분의 눈을 보니 단호한 의지가 엿보이는군요. 좋소, 이제 우리는 이 일을 위해 몸을 바칩시다. 누군가 공연을 나갑시다라고 말하면 잠도 편안함도 이제 다른 곳에서 찾아야 할 것입니다. 일주일 동안 나도 여러분 같았소. 극단을 위해 필요한 게 있으면 집, 이웃, 친구, 아니면 서너 푼 빌리든지 어떻게 해서든 우리는 이 모든 걸 할 것이라고 확신합니다. 어차피 제 이름도 확신이 아닙니까?*"

모두 어쩔 수 없이 웃었다. 그러니까 에민 씨도 결정을 내린 것이었

---

* '에민'은 터키어로 '확신'이라는 의미이다.

다. 이 일은 성사될 것이다. 눈썹을 찡그리고 있던 사페트의 얼굴이 펴졌다. 핏기가 없었던 할리트의 얼굴에도 생기가 돌았다. 그들은 몇 마디 할 준비를 했지만 에민 씨가 또 이들의 말을 가로막았다.

"이제 말은 그만합시다. 각자 다음 주에 여비를 마련하는 데 힘쓰고, 한데 모아 공연 길을 나섭시다. 하지만 우리가 각자 여비를 마련한다고 해서 극단의 장, 감독이나 책임자가 없다고는 생각하지 마시길 바랍니다. 우리 극단의 장은 할리트입니다. 그가 모든 것을 지휘할 겁니다. 월급 혹은 주급은 그가 알아서 할 겁니다. 주연배우는 사페트입니다. 희극배우는 할리트와 저고요. 그러니까 우리 일이 질서 정연하다는 것을 말하고 싶습니다. 모두 자신의 역할을 알고, 다음 주까지 확고한 결정을 내리기 바랍니다. 사흘 내에 공연 길을 나서야 하니까요. 우리 수중에 만 리라가 있어 극단을 설립한다고 해도, 만반의 준비를 하고 공연 길에 나선다고 해도, 그리고 아무것도 없이 나섰다고 하더라도, 문제는 우리가 가서 공연할 곳의 분위기에 모든 게 달려 있다는 것입니다. 우리가 갈 마을에 여름 영화관이 두 군데 있다면 최악의 상황과 직면하게 되는 겁니다. 우리 국민들은 무대에서 활기차게 터키어로 말하는 것과 상상의 스크린에서 더빙해서 말하는 터키어의 맛의 차이를 아직 파악하고 있지 못하니까요. 영화는……"

그때 사페트가 그의 말을 잘랐다.

"거기까지만 하지. 진짜 연설이 지금 시작되는군, 그만해!"

자기가 하고 싶은 말을 대강 다 한 듯 에민 씨는 이제 입을 다물었다. 이제 사페트가 말할 차례가 왔다.

"여비를 마련하는 것은 다른 사람의 일이 아니라 나와 할리트가 담당해야 합니다. 우리 둘이 항상 극단을 꾸렸으니까요. 우리는 그 누구한테 돈을 주기는 했지만 받지는 않았소. 그리고 다른 사람의 몫을 가지려고 하지도 않았소. 우리가 주급을 주지 못했다면 그건 일을 하지 못했기 때문이었소. 우리는 지방 공연에서 몇몇 친구의 도움도 받았고 이건 부인하지 않겠소. 고맙게 여기고 있어요. 하지만 한 번도 여비를 극단 단원들이 마련하게 하지는 않았소."

그는 에민 씨의 얼굴을 똑바로 쳐다보며 "에민, 이번에도 역시 그렇게 하지 않을 걸세"라고 말했다.

이에 수아트가 나서며 "사페트 씨, 빚이라고 생각하며 받을 수는 없나요?"라고 물었다.

"그건 다른 문제지."

에민 씨가 좌중에 찬물을 끼얹는 웃음을 터뜨렸다. 사페트 페리트는 고개를 숙였다. 모든 사람이 아무 말도 하지 않았다. 사페트가 돈을 빌리지 않은 사람, 혹은 사페트에게 빌려 달라는 부탁을 받지 않은 사람은 아무도 없었다. 하지만 동시에 돈이 있을 때 그는 아무것도 묻지 않고, 때로는 몰래, 돈이 필요한 친구들의 호주머니에 돈을 넣어 주었다. 그리고 그 일은 항상 잊어버렸다. 진심으로 잊었던 것이다. 에민 씨의 호주머니에도 술에 취한 척하면서 몇 번 돈을 넣어 준 적이 있었다.

좌중의 썰렁한 분위기는 에민 씨가 조금 전 자신이 한 행동을 후회하며 사페트와 껴안는 것으로 끝이 났다. 그들은 다음 주 같은 시간에 만나기로 약속하고 헤어졌다.

*

할리트와 사페트 페리트는 카페에서 맨 나중에 같이 나왔다. 할리트는 이 모임 내내 사페트가 한 어떤 말에만 신경을 쓰고 있었다. 그 말에 대해 모임 중간에 언급을 하면 사페트가 동의하지 않을 거라고 생각해서 한 마디도 하지 않았다. 둘만 남게 되었을 때에도 도무지 그 말을 꺼내지 못하고 있었다. 사페트가 단호한 사람이기 때문이었다. 그는 한번 아니라고 하면, 세상이 두 쪽 나도 번복하지 않고 고집을 피우는 사람이었다. 적당한 기회를 포착해야만 하는 상황이었다.

"사페트, 나한테 돈이 몇 푼 있어. 라크 한 병 사서 저 쾨프테* 식당에 가세. 조금만 마시자고."

"안 돼, 날 꼬드기지 마, 어머니가 기다리고 있어."

"자네 어머니가 어디 자넬 한두 번 기다리시나. 기다리다가 주무시겠지."

"그건 그래."

"그럼 가자고!"

그들은 라크 한 병을 사서 쾨프테 식당으로 들어갔다. 사실 둘 다 서로에게 하고 싶은 말이 있었던 것이다. 첫 번째 병을 다 비울 때까지 하고 싶은 말 주변을 빙빙 돌며 꺼내지 못하고 있었다. 두 번째 병을 따고 한 잔 걸친 후에야 둘 다 어디서부터 말을 꺼내야 할지 계산을 하고 있었다.

사페트는 말을 할 때마다 극단의 여자 배우에 대해 언급하는 것으로 끝을 맺었다. 그는 할리트가 말한 젊은 여자가 공연에 참가하는 것에 결사적으로 반대했다. 하지만 사페트의 진짜 목적은 그녀가 꼭 공연단과 함께 가는 것이었다. 그는 그 여자를 본 적이 있었다. 어마어마

* 미트볼.

266

하게 아름다운 여자였다. 그 잘록한 허리하며 관자놀이까지 길게 난 눈썹하며 게다가 그 위로 치켜 올라간 아몬드색 눈은 또 어떻고! 그 도톰한 입술! 햇볕에 그을린 팔 위에 난 노랗고 반짝이는 솜털! 게다가 목은 또 어떤가! 새하얗고 굴곡진 목은 보는 이에게 무슨 약속이라도 하는 것만 같았다.

사페트가 거듭 그녀를 공연에 오지 말라고 하면, 할리트는 정반대로 그녀가 오도록 고집을 피울 것이다. 이렇게 되면 사페트가 그녀를 꼬드기는 건 시간문제가 될 것이고, 지방 공연의 맛도 만끽할 수 있을 것이다.

할리트가 갑자기 "자네는 여자가 오지 않았으면 하는 건가? 좋네!"라고 말했다. 사페트는 순간 놀랐다. 할리트가 말을 계속했다.

"그렇게 함세! 그런데 나도 자네한테 부탁이 있네. 자네가 조금 전 카페에서 말하는 도중에 한 얘기 말이야, 정말로 사업가 하산 타흐신한테 받을 돈이 있나?"

"할리트, 내가 거짓말한 적 있나?"

"그렇다면 나한테 증서를 써 주게. 자네가 직접 가서 돈을 달라고 하지 않을 거라는 걸 알고 있네. 내가 가서 그 돈을 받아 오겠네. 아주 부자라고들 하던데, 그가 자네 같은 무일푼에게 빚지고 살고 싶겠나?"

"그건 할 수 없네. 내 평생 누구한테 돈을 빌려 준 적은 있지만 다 잊었어. 그 일을 잊지 않았다는 게 부끄러울 뿐이네. 가서 내가 달라고 하는 것과 자네를 보내서 받는 것은 차이가 없어 보여. 왜냐하면 만약 자네에게 증서를 써 주면 자네는 그 사람을 찾아갈 것이고, 그러면 난 안절부절못할 것이기 때문이야. 할리트가 지금 타흐신의 사무실 앞에 있을 거야, 문을 열고 안으로 들어갈 거야, 그들이 서로 만나겠지, 할리트가 증서를 그에게 내밀 것이고, 타흐신은 그걸 받아 봉투를 뜯겠지, 그리고 읽겠지…… 아이고! 마치 내가 그 증서를 가지고 간 것 같아 쥐구멍이라도 있으면 숨어 버리고 싶네."

"그렇다면 그 여자도 오라고 할 테야."

"이보게, 그 여자가 오고 안 오고는 나와는 상관없어. 어차피 내가 증서를 쓴다고 해도 그 가련하고, 어쩌면 재능도 있을 수 있는 여자의 미래에 걸림돌이 되었다는 생각에 마음이 불편할 거야. 그래서 자네에게 '그 여자 데리고 와도 돼'라고 말할 참이었네."

"정말인가? 그녀가 와도 되나, 사페트?"

"오라고 해! 우리 모두가 그녀를 잘 보살펴 주면 되지 뭐. 목소리도 좋다고 하더라고. 그 키로는 무대에 별로 어울리지 않지만…… 그리고 얼굴도 꽤 둥글넙적해. 말투도 시골스럽고. 하지만 자네가 굳이 데리고 가겠다고 하니 뭐 어쩌겠나!"

"사페트, 자네는 정말 착한 사람이야!"

두 번째 병도 곧 다 비울 참이었다. 할리트는 도무지 말을 꺼내지 못하고 빙빙 돌리고 있었다. 사페트는 잠시 혼자 생각을 했다. 빌려 준 돈을 달라고 하는 게 부끄럽지만, 자기에게 빚진 사람에게서, 게다가 부유한 그로부터 받을 돈을 달라고 하는 것이 그다지 답답해야 할 문제가 아니라는 판단을 내렸다. 그래서 할리트가 이 문제를 언제 언급할 것인지 기다리면서 노래를 흥얼거렸다. 하지만 가련한 할리트가 이 말을 쉽사리 다시 꺼내지 못하리라는 것을 알고 있었다.

할리트는 드디어 결정을 했다. 되면 좋고 안 되면 그만이었다. 물론 사페트와는 다시는 인사조차 나누지 않게 될 것이다.

그는 "위대한 배우!"라는 말로 시작했다.

사페트는 놀라서 눈을 휘둥그레 떴다.

"사페트, 자네는 위대한 배우야. 난 자네를 잘 알지. 자네가 해내지 못할 역할은 없어. 자네가 원하면 즉흥연기를 할 수 있고, 원하면 〈오셀로〉 전문을 외워서 책을 읽듯 읽을 수도 있지. 가장 현대적인 대본도 만들어 낼 수 있고. 어떤 역할을 하겠다고 결심하면, 가장 작은 역할이라고 무시하지 않고, 주인공 역할을 하는 배우를 부끄럽게 만들수도 있지. 자네가 원하면 가장 우스운 역할도 할 수 있어. 사페트, 자네는 정말 위대한 배우야."

할리트는 이 말을 하고 입을 다물었다. 사페트는 이 말 다음에 나올 제안을 알고 있음에도 불구하고, 그 마법에 빠지지 않을 수가 없었다. 그는 반은 겸손하게 반은 믿는 것처럼 행동하며 이렇게 대꾸했다.

"너무 과장하지 말게. 나도 자네에 대해 같은 말을 할 수 있네, 자네도 기분이 좋아지게."

"난 내 가치를 잘 알고 있어. 난 배우가 아니라 극단장이 제격인 사람이야. 그렇지 않나? 말해 보게."

"그건 그래."

"좋은 배우가 되지 못한 것도 감사할 일이지. 자네는 우리 나라에서 가장 재능 있는 배우네. 내가 자네에게 아첨한다고 생각하지 말게. 자네와는 오로지 부르하네틴, 나쉬트 그리고 무흐신* 같은 배우만이 겨룰 수 있지. 난 이렇게 믿고 있네. 하지만 자네의 지금 상황은 어떻지? 이들 중 오로지 무흐신만이 수중에 돈이 들어오고 다른 사람들은 빈털터리네. 그나마 그 유명세도 나 같은 감독이나 관리자들 때문이지.

---

* Muhsin Ertuğrul(1892~1979). 터키의 배우 겸 감독. 터키에 최초로 극장과 영화가 생기는 데 지대한 공헌을 했다.

연기 말인가? 많은 배우가 있지만 모두 다 배를 곯으며 세상을 떠났어. 이름들을 거론할 필요는 없겠지."

"아냐, 무흐신은 괜찮은 배우야."

"응, 좋은 배우지, 나쁘다고 말한 사람 없어. 그냥 얘기하는 김에 나온 말이야."

"자네 날 거시기에서 봤나, 할리트?"

"어디에서?"

"연극 〈돌 조각〉에서."

"사페트, 난 몇 번이나 봤어."

"나 어땠어?"

"자네 그 연극에서, 뭐였지, 그러니까…… 있잖아, 지금 이스탄불 시립 극단에서 상연하잖아. 지방 공연에서는 자네가 연기했고, 제목을 잊어버렸네. 말해 봐 자네가."

"〈햄릿〉?"

"아, 그래 〈햄릿〉에서…… 자네는 정말 유럽 배우 수준으로 연기했지, 사페트!"

"우리가 〈햄릿〉을 언제 공연했어? 자네가 착각하고 있는 거야. 그건 다른 연극이었어. 어쨌든 할리트, 내가 지금 대본을 썼는데 말이야, 제목은 '빨간 우산을 든 백작 부인'이야. 반은 즉흥연기고 반은 대본이 있어. 자네는 한쪽 눈으로 웃고 한쪽 눈으로 울 거야."

"그렇다면 날 위해 쓴 것은 아니군. 공연 첫날부터 그걸 하겠다고 고집 피우지는 않겠지, 자네."

"첫날은 아니고, 한 1~2주 후에."

"그래, 그렇게 해!"

"자네는 모든 게 다 된 것처럼 얘기하는군그래. 할리트가 기회를 잡았고, 놓치지 않았다고."

"모든 건 자네에게 달렸어."

"나한테 달렸다고?"

"물론 자네에게 달렸지, 사페트…… 괜히 안 된다고 고집 피우고 있잖아. 내가 강요하지는 않겠어. 하지만 돈을 빌려 달라고 하는 것과 받을 돈을 달라고 하는 것의 차이는 개미와 낙타의 차이인데 말이야."

"어떤 게 개미고 어떤 게 낙타야?"

할리트는 사페트가 말하는 톤에서 부드러워진 것을 느꼈기 때문에 얼굴에 미소가 번졌다.

"문제가 부끄러운 것에 있다면, 돈을 빌려 달라고 하는 데 있어 전혀 스트레스를 받지 않는다고 하니 돈을 빌려 달라는 것이 개미야. 한편 빌려 준 돈을, 그러니까, 자네가 받을 돈을, 게다가 백만장자가 된 사람한테 달라고 하는 것은 낙타야. 물론 자네가 보기에는……"

"할리트, 자네는 정말 모르고 있군. 그건 나의 천성이야. 난 돈을 빌리는 것을 전혀 부끄러워하지 않아. 빌려 주면 얼마나 좋겠나! 돈을 빌려 달라고 하는 사람은 약간만 부끄럽고, 돈을 빌려 주지 못한 사람은 엄청 부끄럽다는 말도 있잖나!"

"이봐! 다른 경우도 그렇다니까! 안 주면 할 수 없지 뭐! 어쩌겠나? 어차피 돈을 빌려 달라고 하는 것이 약간 부끄러운 일이라면, 자네도 돈을 빌려 달라고 하느니 받을 돈을 달라고 하면 한 번만 부끄러워지는 셈 아닌가?"

"안 된다고 말하는 게 아냐. 날 좋아한다면 다른 것을 하세. 내가 자네에게 증서는 써 주겠네. 하지만 그냥 그 사람한테 약간 돈을 빌려 달라고 하면 어떨까?"

"그러면 자네가 가서 돈을 빌려 달라고 하게. 그 사람이 자네에게 돈을 빌린 것을 기억하지 못하고 금고를 열어 보이고는 '사페트, 보게나 정말 돈이 없네. 요즈음 상황이 안 좋아'라고 이야기하는 것을 들어 보게나. 그건 안 될 일이야 사페트!"

"그렇다면 한번 생각해 보자고. 증서에 뭘 쓰지? 잠깐만, 연습으로 한번 써 보세."

그들은 종이와 연필을 꺼냈다. 열 번 정도 쓰고 지웠다. 결국 다음과 같은 편지를 쓰기로 결정했다.

사랑하는 형님……

저를 기억하실지 모르겠습니다. 저는 연극배우 사페트 페리트입니다. 우리가 서로 안 본 지도 몇 년이 흘렀군요. 저는 여전히 배우 일을 하며 인생을 낭비하는 일을 계속하고 있습니다. 형님 사업은 아주 잘되어 가고 있다는 소식을 들었습니다. 우리 나라에서 많이 알려지고 존경받는 사업가가 되었다는 말을 듣고 정말 자랑스러웠습니다. 부탁이 있습니다, 형님. 우리는 지금 지방 공연을 갈 준비를 하고 있습니다. 옛날을 기억하고 계실지 모르겠습니다. 한때 우리가 서로에게 좋은 일을 하면서 저는 항상 형님께 빚을 졌습니다. 그 은혜를 어떻게 갚아야 할지 모르겠습니다. 그저 갚을 날만을 기대하고 있던 차에 신이 단 한 번 그 은혜를 갚을 기회를 주었지요. 기억하시리라 생각합니다. 형님 장부에 표시를 하셨으니까요. 타흐신 형님, 항상 형님에게 감사하는 마음을 가지고 있습니다. 이번에도 우리를 구제해 줄 분은 형님밖에 없는 것 같습니다. 형님의 손등에 입맞춤을 하며 존경을 표합니다. 이 편지를 가지고 가는 친구는 극단장입니다. 믿을 만한 사람입니다. 도와주실 거라고 생각하며 미리 감사의 말씀을 올립니다. 형님의 손등에 존경을 다해 몇 번이고 입맞춤을 하며……

항상 감사하는 마음으로

사페트 페리트

할리트는 뛰어가서 봉투 하나를 사 가지고 와 편지를 그 안에 넣었다. 그런 후 그들은 타흐신 씨에게 건배를 하며 마지막 잔을 마셨다.

"사페트, 그가 물어보면 뭐라고 하지?"

"뭘 물어보는데?"

"그 돈이 얼마였지라고."

"이봐 그 사람은 사업가야! 우리 같은 줄 알아! 분명 어딘가에 기입해 놓았을 거야."

"그 장부를 잃어버렸을 수도 있잖아."

"그랬건 안 그랬건 자네는 아무 말도 하지 말게."

"물론 난 말하지 않지. 하지만 그가 물으면 말이야."

"그가 물으면?"

"그렇다니까, 그가 묻는다면."

"250리라였어. 자네는 250리라라고 말하면 돼."

"300리라라고 할게."

"그가 얼마가 필요하냐고 하면?"

"물어보지 않을 거야."

"물어볼 거야."

"그러면, 500리라입니다, 라고 말하게. 이번에는 250리라를 빌리겠습니다, 라고 말하고. 공연 가서 보내 주면 되니까."

"보낼 건가?"

"보내야지."

그들은 마치 지금 돈이 호주머니에 들어온 것처럼 만족스러웠다. 그들은 내일 아침에 만나기로 하고 헤어졌다. 할리트는 "내일 아침 10시에 '퀼뤽' 카페에서 만나자고"라고 말했고, 사페트는 "그러지"라고 대답했다.

그는 악사라이 전차를 잡아타기 위해 뛰어갔다. 할리트는 만족스러운 모습으로 호주머니에 손을 넣고 술탄 아흐메트 동네 쪽으로 걷기 시작했다.

*

그는 걸으면서 생각했다. 20일 동안 그의 머리는 계속 생각으로 가득 차 있었다. 가장 사소한 것에서 가장 중요한 것까지 모든 문제를 해결했지만, 결국 여느 때처럼 돈 문제에 봉착했던 것이다. 이 돈 문제만 제외하면 극단은 준비가 된 상태였다. 모든 짐을 싣고 길을 나서는 일, 미지의, 환상의, 연극을 좋아하는 계몽된 사람들이 사는 도시를 찾는 일만 남아 있었다. 내일 돈 문제도 해결할 수 있을까? 그것만 해결되면 다 되는 것이다! 25만 명이나 30만 명 되는 도시, 일주일에 한 번 극장에 꼭 가는 2천 명의 사람들, 여자 연극배우들에게 선물 주기를 주저하지 않는 사람들, 배우들로부터 그다지 많은 것을 기대하지 않는, 눈에 거슬리지 않게 비도덕적인 예닐곱 명의 사업가들, 배우들과 함께 술을 마시고 함께 돌아다니는 것을 좋아하는 열댓 명의 약간 배운 젊은 이들. 여름 내내 물가, 포도밭, 양고기구이, 라크 술상…… 해가 진 후 도시에 울려 퍼지는 마법적인 북, 클라리넷, 지지직거리는 호화로운 램프, 더운 날씨에 몸이 무거운 매미, 달이 떠 있는 밤…… 말썽 없고 부유하고 행복한 도시…… 그런 도시에서 정착해 사는 것……

옛날에는 이렇게 생각하지 않았다. 마을에서 마을로, 도시에서 도시로 순회하는 것을 선호했었다. 자신도 모르게 나이가 들어 버린 것이다. 그는 혼잣말로 "내가 서른여덟이라고 말하지만, 사실은 마흔두 살이지! 이런 젠장맞을!"이라고 중얼거렸다.

바로 어제 일만 같았다. 이런 젠장! 그렇다, 그는 한 번도 좋은 배우가 되지 못했다. 하지만 그건 그가 원했기 때문에 그랬던 것이다. 그는 조연으로 자신의 역할을 열심히 해내는 것 이외에 다른 야망이 없었다. 그는 극장장, 감독이 되고 싶었다. 배우라는 업종을 잘 알고 있기 때문이었다.

즉흥연기, 마당놀이가 아닌 무대가 있었던 것이다. 무대장치, 대본, 대사를 상기시켜 주는 사람도 있다.

무대는 화려해야 한다. 에민이 한 말은 헛소리다. 화려한 무대는 그 가치가 있기 때문이다. 연극 〈제철소장〉을 공연한다고 생각해 보자. 배우가 여느 때와 같이 해진 옷을 입고 무대에 나오면 관객들에게 그가 제철소장이라는 이미지를 보여 줄 수 없다. 관객이란 나스레틴 호자*가 허름한 옷을 입고 갈 때는 쫓아내고, 밍크코트를 입고 갈 때는 환영하는 집주인과 같다.

사실 이러한 것들을 말했던 시기는 그가 서른 살 때였다. 하지만 지금도 그의 생각에는 변함이 없었다. 에민의 말은 헛소리다. 나쉬트는

* 13세기에 살았던 터키의 해학가이자 현인.

그렇게 한다고…… 모든 사람이 나쉬트가 될 수 있느냐 말이다. 그처럼 되지 않는다고 해서 연극을 포기해야 하나? 서른 살! 그가 서른 살때 극단을 설립할 결정을 내렸다면, 돈을 빌리든지 해서 어떻게든 설립했을 것이다. 돈은 벌지 못했을까? 천만의 말씀!

지갑에 수표를 넣고 다니던 시절도 있었다. 사페트가 한 말이 있다. 사페트가 떠돌이 생활을 하던 시기에 베이올루의 어느 카페에 앉아 창밖을 바라보고 있는데 즉흥연기자인 희극배우 멍청이 레픽이 거리를 지나가고 있어 그를 불렀다.

"레픽, 10리라짜리 잔돈으로 바꿔 줄 수 있어?"

멍청이라는 말에 속지 말아야 한다. 그는 아주 교활한 놈이었다.

"물론이지요 형님, 바꿔 드릴 수 있지요."

"50리라는?"

"바꿔 드릴 수 있어요."

"100리라는?"

"바꿔 드리지요."

"1리라는?"

"잔돈은 없는데요, 형님."

사페트는 가련한 표정을 지으며 레픽의 얼굴을 바라보았고, 그에게 한 푼도 없다는 것을 알게 되었다. 그래서 말을 바꿨다.

"할리트는 어디 있어?"

"케말파샤*에 있다고 하던데요. 두 달 동안 할 일 없이 배회하고 있다고 들었습니다."

---

* 터키 서부 부르사 시에 위치한 지역.

"그렇다면 케말파샤로 가자. 어떻게 잔돈으로 바꾸는지 너한테 보여 주지."

이렇게 해서 그들은 이스탄불을 온통 돌아다니며 20리라를 긁어모을 수 있었다. 그들은 다음 날 아침 부르사로 가기 위해 일찍 집으로 갈 참이었다. 돈의 절반은 사페트가, 절반은 이제 고인이 된 레픽이 나눠 가지고 있었다. 레픽이 말했다.

"사페트 형님! 형이 우리 집에 오든지 아니면 내가 형 집으로 가든지 해요. 방문을 밖에서 잠그지 않으면 이 돈을 다 써 버리고, 내일 아침 부르사로 가는 배를 타지 못할 겁니다."

"좋아, 그럼 네 집으로 가자."

그들은 쿰카프 마을로 갔다. 사페트가 라크 한 병만 사자는 말을 꺼내려고 할 때 레픽은 화를 냈다. 가던 길에 예니카프 쪽에 있는 극장식당들에서 노랫소리가 들려왔다.

레픽이 "형님, 흐리스토 극장식당에 한번 가 볼까요? 혹시 아는 사람 있으면 한잔 걸치게요"라고 말했다.

"안 돼! 넌 날 어떻게 생각하는 거야? 호주머니에 돈이 있는데 다른 사람의 술을 마시고, 마신 후에 술 한 병 대접하지 않는 사람은 구두쇠야. 술탄 아흐메트 광장에서 교수형에 처해야 해. 안 돼!"

간단하게 말하면 그들의 결심은 확고했다. 그들은 레픽의 어머니에게 방문을 잠궈 달라고 했고 일찍 잠자리에 들었다. 그때는 라마단 시기였다. 레픽의 어머니는 사후르* 시간에 일어나, 사페트는 단식을 하지 않지만 병아리콩이 들어간 밥과 포도 콤포트**를 좋아한다고 생각

---

* 라마단 달에 동트기 전, 하루의 단식을 시작하기에 앞서 하는 식사.
** 설탕에 졸여 차게 식힌 과일 디저트.

하여 깨우려고 그가 자고 있는 방으로 갔다.

어머니는 문을 두드리며 말했다.

"사페트 씨! 사페트 씨!"

대답을 하지 않자, 이번에는 자신의 아들 방문을 두드리며 "레픽, 레픽, 애야, 와서 포도 콤포트 먹으렴!"이라고 말했다.

레픽은 잠귀가 밝았다. 한 눈만 감고 자곤 했다. 아들이 대답을 하지 않자 그녀는 의아해하며 방 안으로 들어갔다. 침대는 흐트러지지 않은 상태였다. 그녀는 다른 방으로 뛰어가 문을 열었다. 두 방의 창문 모두 열려 있었다! 한 명은 베이올루에 갔고, 다른 한 명은 예니카프로 달려갔던 것이다. 당시는 둘 다 유명했던 시기였다. 할리트는 이 두 사람을 자신의 그 가난한 극단에 입단시키고, 이즈미르, 무올라, 부르두르, 마니사, 아다나, 메르신, 안탈야에 가 순회공연을 하려고 했지만 성사되지 않았다.

레픽의 어머니에게 돈을 맡겨 두었더라면 얼마나 좋았을까. 문도 잠그지 않고 자도 되었을 것이다. 하지만 그들은 도저히 잠을 이룰 수 없었다. 무슨 수를 써서라도 어머니를 꼬드겼을 것이다. 어느 날 저녁, 우리는 레픽의 집에서 술을 마시고 있었다. 그들이 이 일화를 얘기해 줘서 함께 웃었다. 늙은 어머니는 "나한테 맡겼으면 좋았을 텐데······" 라고 말했다. 그러자 사페트가 "맡기지 않은 게 다행이지요, 어머님"이라고 대답했다.

"왜요, 사페트 씨?"

사페트는 웃으면서 레픽을 쳐다봤다.

"어머님, 아드님을 좀 보세요. 아드님은 어머니를 죽인 살인자가 되었을 겁니다."

나는 폭소를 터뜨렸다. 그녀는 처음에는 그게 무슨 말인지 이해하지 못하고 멀뚱멀뚱 두 사람을 번갈아 쳐다보았다. 그런 후 부엌으로 갔다. 정원으로 통하는 부엌문에서 그녀의 모습이 보였다. 아주 즐거운 표정이었다. 잠시 후 우리 곁으로 와 마늘 소스가 들어간 가지튀김을 식탁에 올려놓았다.

"얘야, 레픽, 넌 멍청이가 아니다. 아마도 나를 닮은 것 같구나. 사페트 씨가 조금 전에 한 말을 이제야 이해했으니 말이다, 가지튀김을 할 때. 사페트 씨, 어이가 없군요. 레픽, 기가 막힌다, 애야. 근데 네가 정말 나를 죽였을까?"

그들은 돈 속에 파묻혔지만 관리를 하지 못했다. 가난했지만 쾌활함은 잃지 않았다. 언제 어떻게 될지 모르는 직업을 가진 사람들이 그러하듯이, 그 뒤에 추억, 이야기, 모험들을 남기고 떠나 버렸다. 그러니까 레픽은 이미 고인이 되었고, 사페트는 가난 속에서 허우적댔다. 그들은 좋은 사람들이었다. 그들은 그 누구에게도 나쁜 짓을 하지 않았다. 수중에 돈이 들어오면 연극을 위해 썼다. 한때 사페트를 왕자 사페트라고 부르곤 했다. 그는 왕자처럼 살았던 것이다. 레픽도 그에 못지않았다. 그는 오른쪽 호주머니에서 돈을 꺼내 카페의 대리석 테이블 위에 던지며 이렇게 말하곤 했다.

"필요한 만큼 가져가도록 해."

테이블 위에 1리라만 남자 손을 천장을 향해 펴고는 "이것도 고마운 일이야"라고 말했다.

이때 친구 한 명이 카페로 들어와 테이블 위에서 찢어진 돈을 집었다. 그러면 레픽은 손으로는 테이블을 가리키고 눈으로는 카페의 천장을 주시하며 "이것도 고마워해야 하는 건가?"라고 중얼거리곤 했다.

*

다음 날 아침 그들은 10시 반에야 만날 수 있었다. 늦게 온 사람은 사페트였다. 약간 얼룩이 진 회색 옷을 입고 있었다. 바지 주름은 칼날처럼 빳빳했다. 팔에는 개버딘 트렌치코트를 걸치고 있었다. 그날 날씨는 찌는 듯이 더웠다.

할리트는 그를 머리끝에서 발끝까지 훑어본 후에 "드디어 오셨구먼!"이라고 말했다. 사페트는 "오는 게 문제라면 왔으니까 화 돋우지 마. 어젯밤 한숨도 제대로 못 잤으니까. 갈라타에 있는 사무실들 중 안 들어간 곳이 없고, 경찰들이 내 뒤를 쫓고, 자동차 바닥에 깔리고, 사업가 타흐신 씨가 내 손에 쥐여 준 돈을 소매치기당하고. 밤새 이런 재수 없는 꿈들을 꾸었다니까! 자다 깨다, 자다 깨다……"

"꿈은 반대라고 하니까 좋게 해석하자고."

"좋게 해석하든 말든, 그건 신만 아는 일이지! 난 그 꿈들을 좋게 해석할 수가 없어, 도무지."

"쓸데없는 얘기 그만하고. 난 지금 배가 고파. 어차피 그 사람도 곧 점심 먹으러 갈 테니 우리도 저기서 배를 좀 채우자고."

"나도 자네에게 그 말을 할 참이었어. 배고픈 곰은 재주도 못 넘으니까. 나도 배에서 꼬르륵 소리가 나거든."

그들은 야외 식당의 한 테이블에서 마주 보고 앉았다.

할리트는 웨이터가 오자 "나는 삶은 고기!"라고 말했다. 웨이터는 "손님은요?"라고 물었다. 사페트도 "나도 같은 걸로"라고 말했다.

그들은 삶은 고기에 커다란 빵을 잘라 먹으며 별 얘기 하지 않고 식사를 했다. 두 번째 음식을 먹기 위해 메뉴판을 한참 들여다본 후 웨이터를 불러 물었다.

"이것은 통조림 콩 요리야, 아니면 신선한 거야?"

"신선한 콩 요리입니다."

"지금이 나오는 철인가?"

"손님, 가지도 나왔는걸요. 안탈야와 메르신에서 옵니다."

"그렇다면 가져오게. 그런데 안 가고 뭐 하나?"

"다른 거 주문하실 건 없습니까?"

"먼저 콩 요리를 먹고 보자고."

"전 그저 기다리시게 하지 않으려고요."

"후식은 뭐 있나?"

"카든괴베이*요."

"좋아, 가져오게나. 내 것은 2인분으로. 툴룸바**도 두 개 곁들이고. 툴룸바 전에 배 부분까지 벗은 뚱뚱한 여자……"

사페트는 더 말할 참이었지만 웨이터는 이미 간 후였다. 할리트는 "제발, 수다는 그만두라고. 웨이터가 우리가 1년에 한 번 정도 식당에 온다고 생각하겠네그려."

"자네 올해 이 식당에 온 적 있었어?"

"아니, 자네는?"

"난 2년 동안 들른 적이 없어. 쾨프테 식당을 식당이라고 쳐주면 우리는 그곳에 가잖아. 어떤 때는 판델리 식당에 가고, 어떤 때는 쾨프테 식당에. 쾨프테 식당에 가지 못할 경우에는 내장탕집에 가고."

"내장탕집에 가지 못하는 사람들은?"

---

* '여성의 배'라는 의미로, 튀긴 빵의 움푹 파인 한가운데에 땅콩 아이스크림을 넣은 후식.
** 시럽에 절인 세몰리나 도넛.

"묘지에 가지."

그사이 콩 요리가 왔다.

사페트는 "콩 요리가 대령했군"이라고 말하고 포크를 집어 들고는 얼굴을 찡그렸다.

"껍질 콩 요리는 어딨어? 아카시아 씨는?"

할리트가 "계산서도 엄청나겠군" 하고 말했다.

"콩 요리는 얼마지?"

"80쿠루쉬."

"1인분 가격인가? 쌍인가?"

"아니 뭐 신발 사? 1인분 가격이야."

"세상에 이럴 수가! 삶은 고기는?"

"1인분에 75쿠루쉬."

"거기다 카든괴베이 가격까지 더하면 아이고, 세상에! 자네 유산 상속받았나, 할리트?"

"누구?"

"자네 말이야."

"갑자기 그게 무슨 말이야?"

"자네가 이 모든 음식 값을 낼 돈이 있는데, 왜 우리가 여전히 돈을 구하고 다니지?"

"어떤 돈 말이야?"

"우리가 먹은 음식 값!"

"자네 머리가 어떻게 된 거 아냐?"

"아니 멀쩡해."

"이 음식 값 자네가 계산할 거 아니었어?"

"할리트, 정신 차려!"

"난 호주머니에 75쿠루쉬밖에 없어."

"나도 25쿠루쉬와 잔돈 조금 더 있어."

"그럼 왜 배를 채우자고 했어?"

"그 말은 내가 하지 않았어, 자네가 했잖아."

"내가 그런 말을 했다 치더라도, 물어봤어야 할 거 아냐! 돈 있느냐고."

"내가 자네한테 물어봤어야 한다고 치자고. 실수로 묻지 않았다고 치고. 그러면 자네는 나한테 음식 대접을 하는 건 고마운데, 돈 있어 친구야, 라고 물어봐야 되는 거 아니었나?"

"그럴 필요 없었지."

"왜?"

"왜냐하면 자네가 호주머니에 돈이 없었다면 이렇게 차려입지 않았을 테니까. 팔에 트렌치코트까지 걸치지도 않았을 테고."

"두 시간 후에 우리 돈 생길 거야?"

"생길 거야."

"그렇다면 아침에 트렌치코트를 팔에 걸지 못할 이유라도 있나? 수염을 깎지 않을 이유라도 있나?"

"아하, 그러니까 자네는 장차 있을 프로젝트 결과를 믿고 미리 잘 차려입었다는 것이군. 근데 조금 전에 악몽을 꾸었다고 하지 않았나?"

"그냥 하는 말이었지. 희망이 사라지나? 자네 초등학교 교과서에서 읽지 않았나? '한 민족의 희망은 묻히지 않는다. 너의 노력은 헛되도다 묘지기!'라는 말 말이야."

"이런, 신이 자네에게 벌을 내리길. 그러니까 자네는 바로 그 희망으로 오늘 트렌치코트를 팔에 걸었던 건가?"

사페트는 대답하지 않았다. 바로 옆에 있는 홀 스탠드에 걸린 트렌치코트를 쳐다봤다. 그러고는 트렌치코트를 낚아채더니 "자네는 여기서 기다려. 금방 올게. 절대 내 카든괴베이에 눈독 들이지 마!"라고 말했다.

할리트가 대답도 하기 전에 사페트는 트렌치코트를 팔에 걸고는 사라졌다. 하지만 도무지 돌아올 낌새가 보이지 않았다. 웨이터는 할리트 주위에서 맴돌고 있었다. 할리트는 식은땀을 흘리는 한편, 테이블 위에 주인 없이 기다리고 있는 카든괴베이를—그 맛을 별로 느끼지 못하고—먹었다. 결국 웨이터가 "계산을 하시는 게⋯⋯"라는 말이 나오기 바로 직전에 사페트가 돌아왔다. 그의 팔에 걸려 있던 트렌치코트는 사라지고 없었다.

"웨이터, 카든괴베이 2인분, 접시 하나에 담아 오게."

"네, 알겠습니다."

그는 후식을 다 먹었다. 보아지치 상표 담배를 피우며 손잡이 없는 커피 잔으로 후루룩 커피를 마셨다. 그런 후 갈라타에 있는 하산 타흐신 씨 사무실로 가기 위해 길을 나섰다.

*

할리트가 외메르 아비트 건물에 있는 사업가 타흐신 씨의 사무실을 혼자 찾는 것은 꽤 힘들었다. 어마어마한 건물이었다. 건물들 사이에 철교가 있었다. 엘리베이터가 층간을 계속해서 오르내리고 있었고, 에스컬레이터는 쌍으로 움직였으며, 사람들 발밑에서 움직이는 철 계단들 사이로 아래에서 사람들이 개미처럼 거닐고 있었다. 드디어 그가 찾고 있던 것을 찾았다. 불투명한 창 위에 '하산 타흐신-수입-수출-공급과 커미션'이라고 쓰여 있었다. 그는 문을 두드렸다. 안에서 "들어오십시오"라는 말이 들리자 그는 안으로 들어갔다. 얼굴에 온화한 표정이 깃든 중년의 안경 낀 남자가 방문 목적을 물었다.

"타흐신 씨를 만나고 싶습니다."

"조금 기다리셔야 합니다. 앉으시지요."

할리트는 안락의자에 앉아 생각에 잠겼다. 사페트가 그를 할릴파샤 가로 통하는 외메르 아비트 건물 문 앞까지 데려다 주면서 "난 저기 부두에 있는 카페들 중 한 곳에서 기다리고 있겠네"라고 말하고는 도망쳐 버리고 말았다.

사페트는 한동안은 문 앞에 석고로 된 커다란 발이 있던 카페로 들어가 구석에 자리를 잡고 앉았다. 먼저 신문을 훑어봤다. 그런 후 카페 안에 있는 흑해 지역 사람들의 시끄러운 대화에 귀를 기울였다. 이 카페에 있는 사람들은 마치 트라브존, 리제, 호파 같은 도시에서 이 카페로 데리고 와 앉혀 놓은 것만 같았다.

손님 대부분의 얼굴, 몸, 목소리들이 아주 괴상했다. 얼굴은 넓고 붉은색을 띠고 있었다. 모두 거칠고 사흘 동안 면도를 하지 않은 것만 같았다. 아침에 면도를 한 사람들도 면도를 하지 않은 것처럼 보였다. 어떤 사람들의 귀에서는 시커먼 털이 삐져나와 있었다. 어떤 사람들의 큰 입 안에서는 커다란 금니와 치관이 번쩍거렸다. 말하는 품새를 보면 모두 선장이거나 영웅이었다. 얼굴들은 무시무시하고 표정들은 진지했다. 이렇게 무시무시하고 진지한 얼굴, 거칠고 남자다운 말 너머 이들이 얼마나 잔인한 아이 같은 성격의 소유자들이며, 즐기기 위해 무슨 일이든지 할 수 있다는 것을 다음과 같은 사건으로 목격하게 되었다.

한구석에 꽤 진지해 보이는 태도로 신문을 읽는 허름한 행색의 남자가 앉아 있었다. 그는 반짝거리고 다정해 보이는 푸른색 눈, 금발의 수염, 구멍이 숭숭 난 모자를 쓰고 있었다. 그때 거대한 몸집에 치관을 씌운 이, 귀 안이 검은 털들로 덮인 남자들 중 한 명이 나섰다.

"이봐, 하산, 신문을 거꾸로 들고 있구나."

하산이란 이름의 허름한 행색의 남자는 이 말에 신경도 쓰지 않았다. 사페트는 그 남자를 유심히 바라보았다. 정말로 그는 신문을 거꾸로 들고 있었던 것이다.

"너한테 말하고 있잖아, 하산. 거꾸로 들고 있다고."

하산은 신문을 약간 빠르게 읽는 시늉을 하면서 말했다. "선장, 입 다물지그래? 당신이 내 생각을 뒤죽박죽으로 만들고 있잖아."

"거꾸로 들고 있다니까, 이 미련한 놈아!"

하산은 대답하지 않고 몸을 돌려 그 남자를 똑바로 쳐다보았다. 그러고는 신문을 바로 했다. 이번에 남자는 "하산, 신문을 바로 들고 있네"라고 말했다.

하산은 "당연히 바로 들고 있지"라고 대답했다.

그 남자는 웃으면서 "하산, 너는 읽을 줄 모르지. 읽을 수 있는 척하지 마. 넌 또 거꾸로 들고 있어"라고 말했다.

"휘세인 선장! 당신 부모는 빌어먹을 사람들이군. 조용히 안 할 거야?"

카페에 있던 사람들은 배꼽을 잡고 웃었다.

"하산, 신문을 거꾸로 들고 있네그려."

"하산, 신문을 거꾸로 들고 있네그려."

하산은 신문을 연신 이리저리 뒤집느라 땀을 뻘뻘 흘리고 있었다. 이번에는 조금 전의 남자보다 더 배가 나오고, 머리칼이 더 회색이며, 더 붉은색 얼굴을 하고, 금니가 더 많고, 귓속과 콧속에 털이 더 많이 난 남자가 앉았던 자리에서 서서히 일어났다. 그는 구부정하게 걸어가 하산이 들고 있던 신문에 라이터로 불을 붙였다. 하산은 너무나 신문에 몰입한 것처럼 보였고, 신문이 완전히 불길에 휩싸이자 비로소 자리에서 벌떡 일어났다.

"악! 이런 빌어먹을…… 이 짓을 한 놈을 내 그냥……"

"하산 조용히 해! 더 이상 지껄이지 마! 안 그러면 총에 맞을 테니……"

사람들은 담배의 양쪽 끝에 불을 붙여 하산에게 건넸고, 하산은 그것을 입에 물다 그만 입술을 데고 말았다. 사람들은 하산의 구멍 난 모자에 종이를 넣고 불을 붙였고, 그의 목덜미에 담배를 던졌다. 하산이 "무례한 놈들!"이라고 고함을 지를수록 사람들은 더 커다란 목소리로 웃었다.

사페트는 하산이 가여웠다. 웃기 위해서 가련한 광인을 화나게 하고, 어쩌면 그가 순회공연을 가게 될 거라고 생각했던 저 사람들의 고향은 저 배를 타고 가나 하며 부두를 바라보았다.

아, 배들, 배들! 하고 속으로 말했다. 나를 태워 데리고 가 주오. 배꼽이 빠지도록 웃고 장님이 될 지경까지 눈물 나게 할 곳으로! 남녀노소 할 것 없이 배가 나오거나 나오지 않은 사람들, 털이 많거나 없는 사람들이 피리와 클라리넷 소리를 듣고 뛰어왔으면 좋겠다. 커다란 포스터에는 이렇게 적혀 있을 것이다.

사페트 : 가장 위대한 비극 배우―우리 극단과 우리 나라의 유일한 배우, 자랑의 원천.

에민 : 나쉬트 이래로 가장 위대한 희극배우―멸종 위기에 있는 최후의 배우.

시타레 : 미모만큼이나 연기도 멋진 우리 극단의 위대한 여배우.

시타레는 공연 갈 때 데리고 갈 여자의 이름이었다.

사페트는 "뜬금없이 왜 그녀가 생각났지?"라고 중얼거렸다.

그는 다시 카페 분위기에 주의를 돌렸다. 그의 옆에서, 주위에서 일어나고 있는 소란에 별로 신경 쓰지 않고 신문을 읽던 늙수레한 남자도 이제는 조용히 웃고 있었다. 하산을 바라보고 생각에 잠겨 고개를 저었다. 사페트와 눈이 마주치자 "사고가 있은 후…… 그가 탄 작은 배가 침몰했지요. 세 시간 동안 바다 위에 있었답니다. 그런 후 저렇게 되었지요. 저 사람을 고향에 데려다 놓으면 그곳에 있지 않고 도망쳐 이스탄불로 오곤 하지요. 항상 이 카페에 있답니다. 남에게 해를 입히지 않고 그 누구에게도 시비를 걸지 않는답니다. 자신을 건드리는 사람에겐 욕설만 하고요. 어린아이 같지요, 가련한 사람 같으니"라고 말했다.

그런데 할리트는 도대체 왜 안 오는 거지? 카페는 이제 조용했다. 광인 하산은 대리석 테이블에 머리를 대고는 잘 준비를 하고 있었다. 그를 성가시게 하는 사람이 있으면 잠시 머리를 들고 카페를 한 번 쭉 훑어보고는 누가 장난을 치는지 알아내려고 했다. 주위 사람들은 깔깔거리며 웃었고 자신 역시 미지의 사람에게 웃어 보였다. 그런 후 비몽사몽간에 눈을 뜨고 마치 배 소리를 듣기나 한 것처럼 어딘가에 귀를 기울였다.

할리트가 카페에 나타났을 즈음에는 카페에서 자는 사람들이 꽤 많았다. 하도 하산을 바라보느라 사페트의 눈은 침침해졌고, 마치 자신이 흑해 해변, 녹음이 싱그러운 기레순 해안가를 지나가는 것만 같았다. 그 분위기에 푹 빠질 찰나였다.

사페트는 몽롱한 상태에서 할리트의 얼굴이 찡그려져 있는 것을 보지 못했다. 할리트가 와서 앉았다. 주인에게 차를 주문했다. 사페트는 할리트의 보스포루스 상표 담배 한 대를 꺼내 들었다.

"자네가 최악의 거짓말쟁이든지 아니면 세상에 인간이라는 것이 우리가 알지 못하고 이해하지 못하는 괴물 상태가 되었든지 둘 중 하나야. 난 여태까지 그런 사람을 본 적도 없고 들은 적도 없어. 그렇게 부유하고 그렇게 유명한 사람이 자네처럼 조잡한 배우의 돈을 받을 생각을 하다니……"

"첫째, 말조심하고, 둘째, 진정하고, 셋째 무슨 일이 있었는지를 간략하게 설명해 봐."

"이봐 형제, 자네는 위대한 예술가고, 좋은 배우기는 하지만 꽤 조잡하군."

"이 멍청한 사람아! 나 같은 사람한테는 무능하다고 하는 게 아니라 점잖은 사람이라고 하는 거야. 조잡하다는 건 자네처럼 남의 옷을 빌려 입은 것처럼 보이는 사람에게 하는 말이지. 단어를 제대로 사용하게. 자네는 극장장이 될 사람인데 창피하지도 않아?"

"사페트! 그 사람의 사무실을 겨우 찾았어. 그런 어마어마한 빌딩은 태어나서 처음이야. 몇 개의 문이 있는지, 몇 대의 엘리베이터가 있는지, 몇 개의 방이 있고, 몇 개의 계단이 있는지, 몇 개의……"

"그만하게, 충분해."

"충분하지 않아! 그건 빌딩이 아니라 에펠탑 같았어!"

"봤어?"

"누구를?"

"에펠탑."

"사진으로 봤잖아! 철로 만든 거 아냐? 조금 전에 갔던 건물에도 발밑이 쇠사슬처럼 쩔렁이고 흔들리고 땅과 하늘 사이에 다리들이 있었어."

"어찌 되었든 간에 간단하게 말해."

"어쨌든…… 그 이상하고 신비롭고, 수천 개의 문과 수천 개의 방이 있고, 다리들이 있는 빌딩 안을 돌아다니다가 불투명한 유리창 위에 쓰여 있는 그 남자의 이름을 보게 되었네. 노크를 했지. 안으로 들어오라고 하더군."

"들어가서 그 사람 앞으로 가, 선생님이라고 했겠군."

"잠깐만, 아직 거기까지 진도 안 나갔어. 어떤 인자해 보이는 사람이 날 맞이하더군. 타흐신 씨 없느냐고 물었지. 곧 오실 거라고 하더라고. 우리는 약간 염소 냄새가 나는 부드러운 국산 모로코가죽 안락의자에 앉았지. 하염없이 기다리고 또 기다렸어. 물론 그사이 안경 낀 그 점잖아 보이는 남자와 얘기를 나누었다네. 타흐신 씨는 위탁 사업이 아니라 직물 수입, 목재 수출, 농산물 거래를 하고 미국에서 주문을 기다리고 있다는 것을—신이 더 많은 것을 주시길—그의 재산이 부동산 이외에도 50만 리라가 넘는다는 것을 알게 되었다네. 그래서 나도 모르게 그만 내 입에서 '아, 뭐 그렇다면, 우리한테 진 쥐꼬리만 한 빚을 갚지 않을 사람은 아니겠군요'라는 말이 나오고 말았지. 그러자 그 안경 낀 사람은 나를 아주 차가운 눈길로 위에서 아래로 훑어보더군."

"이런 빌어먹을! 다 된 밥에 코……"

"내가 쓸데없이 지껄였다는 건 알았지만, 이미 엎질러진 물이었어. 그 남자는 '저희 사장님께서 당신에게 빚이 있습니까?'라고 물었다네. 나는 말했지.

'아니요, 그럴 리가요! 배우인 사페트라는 친구가 있는데요. 젊었을 때 하산 타흐신 씨와 아주 가까운 친구 사이였다고 하더군요. 무슨 일이든 함께했다고 합니다. 사페트는 타흐신 씨에게 항상 빚을 얻어 쓰곤 했다고 합니다. 사페트에게 무슨 돈이 있었겠습니까! 돈을 벌기는 했지만 관리를 못 했던 거지요. 어쨌든 공연을 갔다가 몇 푼 벌었다고 합니다. 그러자 타흐신 씨가 형님 노릇을 하시느라 그 돈을 자기한테 맡겨 놓으라고 했답니다. 그래서 사페트가 있는 돈을 꺼내 그분께 맡겼다고 합니다. 이 모든 일은 물론 전쟁 전에 있었던 일이지요. 시간이 흘렀고 이들은 서로 만나지 못했다고 합니다. 사페트도 부끄러움이 많은 친구지요. 타흐신 씨를 찾아가 맡겨 놓은 돈을 달라고 하지 못한 겁니다. 아마도 별로 필요가 없었던 모양이지요. 그런데 지금 그 돈이 아주 필요하다고 합니다. 우리가 작은 극단을 설립했는데, 곧 공연을 떠날 계획입니다. 우리는 타흐신 씨를 떠올렸고, 그분이 우리를 도와줄 거라고 생각했답니다'라고 말했지. 그러자 남자는 '저는 그 긴 이야기를 도무지 이해하지 못하겠습니다. 그러니까 당신이 타흐신 씨에게 빚을 졌습니까, 아니면 타흐신 씨가 당신에게 빚이 있습니까?'라고 물었지. 나는 '그 누구도 누구에게 빚을 진 게 없습니다. 그리고 저는 잘 모르겠습니다'라고 말했다네. '제 손에 편지가 있는데 이걸 타흐신 씨에게 건네줄 생각입니다. 아마도 그분이 저보다 더 잘 아실 겁니다'라고 말했지. 그러자 남자는 '그 편지 저한테 주시지요'라고 말했다네. 남자는 그 편지를 받아 봉투를 쫙 하고 찢었지. 한편으로는 내 얼굴을 보고, 다른 한편으로는 그 편지를 보며 읽어 내려갔다네. 그런 후 폭소를 터뜨렸지. 잠시 후 오른쪽에 있는 어떤 문을 열고는 그 안으로 들어갔어. 그 안에서 어떤 여자가 웃는 소리가 들려왔다네. 그가 들어갔던 방 안에서 미소를 머금은 여자 세 명이 연달아 고개를 내밀고 나를 쳐다봤다네. 이번에는 왼쪽에서 보이지 않던 문이 열렸지. 뚱뚱하고 잘생긴 남자가 듣기 싫은 목소리로 '아니, 무슨 일인가요 르자 씨, 웬 소동이오?'라고 말했지. 그러자 남자는 '이 사람이 사장님께 전달할 증서를 가지고 왔는데요. 조용히 있게 해 달라고 하셔서 저 사람을 기다리게 했습니다. 아주 우스운 것입니다. 사장님께서 이 사람에게인지, 아니면 이 사람 친구에게인지 빚을 졌다고 해서요'라고 말했다네. 그 잘생긴 남자는 '내가?'라고 되물은 후 나를 머리끝에서 발끝까지 훑어봤다네. 증서를 읽더니 고개를 설레설레 젓더군. 그리고 또 나를 쳐다봤지. 그런 후 르자 씨에게 '이런 일이 너무나 빈번히 생기는군. 얼마 전에도 어떤 사람이 이런 식으로 찾아왔었다네. 이스탄불이 사기꾼들로 들끓고 있군그래…… 르자 씨 가서 경찰 좀 불러오시게'라고 말하지 뭔가. 르자 씨가 갈 준비를 하고 있을 때 나도 자리에서 일어났다네. 그 뚱뚱하고 잘생긴 남자는 르자 씨를 방으로 불렀다네. 나는 아주 놀랐지. 가야 할지 기다려야 할지 모르겠더군. 하지만 가장 현명한 짓은 그 자리에서 도망치는 거라고 생각했다네. 내가 막 도망치려고 하던 때에 르자 씨가 허리를 굽힌 채 뒷걸음을 치며 타흐신 씨의 방에서 나오고 있었다네. 그러면서 연신 '네, 명령대로 하겠습니다, 네, 명령대로 하겠습니다'라고 하더군. 나는 있던 자리에서 꿈쩍도 하지 못했다네. 르자 씨는 문을 닫고 나를 바라보며 '이봐, 빨리 이곳을 나가게. 당신이 그래도 평소에 좋은 일을 많이 했나 보군. 사장님께서 너그러이 봐주셨어'라고 말했지. 나는 '그분이 그 증서를 읽고 사페트를 알아봤지요, 그렇지요?'라고 물었지. 그러자 그 남자는 '여전히 증서에 대해, 사페트에 대해 언급하는군. 당신을 속여 이곳으로 보냈는데 당신은 사기나 협박을 당했다는 것도 모르고 있군. 정말 순진한 사람일세. 아니면 당신이 진짜 끔찍한 사기꾼이든지. 우리 사장님이 그런 건달한테 돈을 빌릴 사람 같소? 게다가 몇 리라라고?'라고 묻더군. 나는 '200리라요'라고 대답했다네. 그는 다시 방으로 들어갔어. 잠시후 사장과 함께 나오더군. 나는 즉시 '사장님, 가련하고 무지한 사페트가……'라고 아부를 했다네. 타흐신 씨는 내 앞으로 걸어오더니 문을 가리키며 '내 한마디 더 하지. 먼저 내가 자네를 흠씬 두들겨 패 주겠네. 그런 후 경찰서로 데리고 가겠네, 알겠나? 나는 배우니 뭐니 하는 친구가 없어. 그리고 그 누구한테 돈을 빌린 적도 없고. 난 그 사람을 알지도 못하고 돈을 빌리지도 않았네. 당신 미친 사람이야 뭐야! 난 사업가야. 여기저기 돈을 뜯길 사람이었다면 사업을 할 수 있었겠나? 좋아, 내가 빚을 졌다고 치자고. 그럼 차용증, 영수증, 사소한 메모라도 있어야 할 게 아닌가? 우리 사업가들은 채권을 받고 빚을 준다고. 우리는 거대한 은행과 일을 한단 말이야, 이 멍청아! 내가 어떤 배우한테 200리라를 빌렸다고! 있을 수도 없는 일이야!'라고 말했어. 나는 '사장님, 그 일은 전쟁 전에 있었던 일입니다. 게다가 돈을 빌린 것도 아니고, 그 사람이 사장님께 위탁했다고 하더군요'라고 말했다네. 타흐신 씨는 '그 누구도 나한테 돈을 맡기지 않았어. 게다가 당신은 이해가 돼? 전쟁 전에 맡긴 돈을 왜 지금 달라고 하는데? 난 전쟁 전에도 사업가였어. 신흥 부자가 아니라고. 아직도 내 앞에 버티고 서 있군그래. 꺼져! 이 사기꾼 같은 놈!'이라고 고함을 쳤다네. 문을 나올 때 르자 씨의 오른쪽 발이 나의 민감한 부분을 걷어차지 않았다는 것에 감사하며 존경스러운 사업가의 사무실을 나오자마자, 백만장자에게 돈을 빌려 주고 받지 못하는 불명예스러운 배우 앞으로 허겁지겁 왔다네."

"혹시 그 사람 타흐신 아닌 거 아냐?"

"그럼 가서 한번 보든지."

"아니 잘 좀 캐묻지 그랬어? 고향이 어디고, 어디서 사는지?"

"어떻게 안 물어볼 수 있겠어? 삼순 출신이라고 하던데."

"맞아……"

"지금은 수아디예로 이사했다고 하더군."

"그건 넘어가고, 그 전에는 어디 살았대?"

"르자 씨가 그러던데, 한때 베야즈트의 소안아아 마을에 살았다더군."

"맞아, 이전 사무실은?"

"이전의 사무실은 셀라메트 빌딩에 있었다고 했어."

"맞아."

"삼순의 유지인 사르자 아들들 중 한 명인 하즈 에쉬레프 에펜디의 손자라고 하더군."

"그것도 맞아. 근데?"

"근데고 뭐고! 게다가 나는 너와 그 사람을 멀리서 보긴 했지만, 같이 있는 걸 보았다고. 그 사람 맞아. 약간 더 살이 찌고 약간 더 잘생겨졌더군."

이제 그들은 말을 하지 않았다. 부두 카페를, 부두를, 외메르 아비트

빌딩을, 다리를, 시르케지를 떠나 술탄 아흐메트 공원에 있는 한 벤치
에 앉을 때까지 이야기를 나누었다. 그곳에서도 이 문제에 대해 전혀
언급하지 않았다. 그들은 일어나 다시 걷고 걸어서 세흐자데바쉬에
있는, 항상 모였던 카페에 지치고 힘이 빠진 상태로 도착했다. 역시 그
곳에서도 말을 하지 않았다. 사페트가 "나 집에 갔다 올게. 할리트 여
기서 날 기다려"라고 말했다.

  그는 갔다가 한 시간 후에 돌아왔다. 그러고는 할리트에게 "가서 종
이랑 봉투 좀 가져와!"라고 말했다. 그는 종이에 오스만 터키어로 오
로지 한 단어를 썼다. 하이레트Hayret.* 그는 이 단어를 쓰기 전에 할리
트에게 물었다.

  "하이레트라는 단어의 철자는 하Ha로 써 아니면 흐Hı로 써?"

  "흐."

  "그렇다면 흐르트Hırt**라는 단어는 어떻게 써?"

  "하로."

  "확실해?"

  "고등학교 1학년 때 퇴학당하지 않았잖아 우리!"

  "그렇다면 내가 쓴 것 한번 읽어 봐 줘."

  "흐르트."

  "틀렸어, 이건 하이레트야. 하지만 그 멍청한 놈도 너처럼 읽겠지.
괜찮아 뭐!"

  그가 봉투 안에 다른 증서를 더 넣고 있을 때 할리트는 "그것 좀 줘
봐, 한번 읽어 보게, 사페트"라고 말했고, 사페트는 건네줬다. 종이에

* '놀라운'이라는 의미.
** '멍청이'라는 의미로, 하이레트와 자음이 같다.

는 다음과 같은 글이 쓰여 있었다.

원하는 때에 갚도록 하산 타흐신에게 200리라를 빌려 준 멍청이.

사페트 페리트

그 아래에는 다음과 같이 쓰여 있었다.

원할 때에 갚을 참으로 사페트 페리트라는 이름의 어설픈 배우로부터
200리라를 빌린 하이레트Hayret*.

하산 타흐신

사페트가 우체국에 가서 부치려고 편지를 호주머니에 넣을 때, 할
리트는 그의 얼굴에 드러난 끝없는 고통과 피로감을 보았다. 그의 입
술은 추하게 일그러져 있었다. 마치 웃는 것 같았다. 눈의 생기는 사라
지고 없었다. 무엇인가를 말하고 싶어 하는 것 같았지만 말을 하지 못
했다. 그의 머릿속과 혀에는 전례가 없는 욕설들이 쌓여 있었다. 하지
만 그중 한 마디도 하지 못했다.

흑해 출신의 광인 하산이 들으면 놀라 자빠질 어마어마한 욕설을
퍼붓고 싶었던 것이다. 사페트는 할 수만 있다면 하산의 모자에 반 미
터짜리 긴 막대기를 꽂고, 그 끝에 휘발유를 묻힌 헝겊을 감아 불을
붙이고 거리로 뛰쳐나가 "나는 광인 사페트다! 친구들이 나를 이렇게

---

* 이 증서는 아랍 문자를 사용했던 오스만 터키어로 쓰여 있는데, '하이레트'의 철자는 '흐르
트'라는 철자와 자음은 같고 모음은 달라, 문맥에 따라 잘못 읽고 해석할 수 있다. 여기서는
'흐르트'로 읽힐 것이라 예상하고, '하이레트'로 썼다.

만들었다!"라고 소리치고 싶은 생각마저 들었다. 그리고 신문도 거꾸로 들고 싶었다.

사페트는 지금 아무것도 듣지 않았다. 주위에 있는 사람들의 목소리도, 백개먼 게임을 할 때 쓰는 동그란 게임 도구가 내는 소리도, 고장 난 테이블 위에 있는 당구공 달그락거리는 소리도…… 그저 넋을 놓고 있었다. 카페 주인이 와서 할리트에게 말했다.

"할리트 형님, 어떤 젊은이가 형님을 찾던데요. 그러니까 그 목젖과 눈이 튀어나온 아이 있잖습니까, 그 청년요."

"아, 수아트를 말하는 거군요."

사페트는 이 말도 듣지 않았다. 그의 눈은 한곳을 주시하고 있었다. 생각도 하지 않고 듣지도 않고 보지도 않았다. 만약 이 순간에 그의 손에 담배를 쥐여 준다거나 어디를 바늘로 찌른다면, 신경들은 여느 때처럼 즉각 반응을 보이지 않고 분명 몇 초 후에나 반응을 보일 것이다. 어디를 칼로 베여도 피가 나오지 않을 것 같았다. 사람들은 커다란 슬픔을 느끼는 순간에 멍하니 넋을 잃게 된다. 정신이 들게 하기 위해서는 몸을 마구 흔들거나 따귀를 때려야만 한다. 사페트는 미세하지만 바로 이러한 유의 순간과 비슷한 경험을 하고 있었던 것이다.

할리트는 "왜 그래 정말?" 하고 말했다.

하지만 사페트는 역시 듣고 있지 않았다. 잠시 후 제정신이 들었다. 놀라움과 두려움에 휩싸여 주위를 둘러보았다. 정신을 차렸을 때는 그의 눈에 늙은 사람의 눈빛이 어려 있었다. 그 눈빛은 어제의 사페트의 눈에서 보았던 것보다 스무 살은 더 들어 보였다. 그는 고개를 저었다. 콧방귀를 뀌며 몇 번 웃었다. 아무 말도 하지 않았다. 할리트는 그의 상황을 이해할 수 있는 사람이었다. 할리트 역시 생각에 잠긴 듯한 태도를 취했다. 그는 사람들을, 배우를 통해 더 잘 알게 되었다. 인간은 그런 존재였다. 돈은 절대 사람을 진정한 인간으로 만들지 않는다. 그러니까 있을 때 쓰는 것이 최상이었다. 그러지 않으면 우리가 알 수 없는 어떤 관점, 어떤 도덕에 집착하게 된다. 그 도덕에서는 오직, 오로지 그 돈이라는 것을 어떤 값을 치르더라도 벌어야 하는 것이었다. 명예라는 것도 이것이고, 도덕이라는 것도 이것이었다. 어떤 면에서는 맞기도 하다. 그것으로 사지 못할 것은 아무것도 없다. 다이아몬드에서 사람까지. 저 하산 타흐신, 250리라를―명예와 자존심 문제로 삼고는―그의 우매함 때문에 돌려주지 않았던 것이다. 하지만 오늘 밤 어떤 자리에서 아부를 하기 위해 100리라를 쓸 수도 있을 것이다. 어떤 아름다운 여성에게 500리라짜리 다이아몬드를 선물할 수도 있을 것이다. 사람들의 칭찬을 듣기 위해 하룻밤에 300리라가 드는 잔치도 베풀 수 있을 것이다. 이러한 이유 때문에 할리트는 별로 속상하지 않았다. 약간 속이 상했지만, 그건 사람들이 이렇게 변했다는 것에서 기인한 절망이 아니라 돈을 마련하지 못했다는 사실 때문이었다. 사페트는 그다지 신경 쓸 필요 없다! 그는 여린 사람이고 경험이 없다. 그러니까 여태 살아오면서 이런 유의 경험을 전혀 하지 못했기 때문에 저렇게 상심하고 있는 것이다. 나처럼 생각해야만 하는 상황인데도 말이다. 그러니까 나는 돈이 있으면 쓰고 없으면 할 일 없이 배회한다. 돈이 있으면 왕이고 없으면 위대한 배우다. 하산 타흐신이라는 불명예스러운 사람은 돈이 있기 때문에 인간이다. 그가 돈이 없다면―그런 날이 꼭 와야 할 텐데―다시 개가 될 것이다. 상심할 가치도 없다.

사페트가 완전히 정신을 차린 것을 본 할리트는 "사페트, 자넨 뭘

가에 몰입해 있더군. 그만하면 됐어. 근데…… 내가 무슨 말을 하려고 했지? 아! 수아트가 우리를 찾았다고 하네. 무슨 소식이라도 있는 걸까?"라고 말했다.

"그 가난한 놈한테서 무슨 소식이 있겠어! 가련한 놈이야. 그냥 공연을 떠난다고 하니까 너무 흥분해서 그런 거겠지."

잠시 후 수아트가 다급하게 카페 안으로 들어왔다. 그의 모습에서 느껴지는 부자연스러움을 할리트뿐만 아니라 사페트도—이제 막 정신이 돌아왔음에도 불구하고—느꼈다.

이 둘은 동시에 "무슨 일이야 수아트?"라고 물었다. 수아트는 "어머니가……"라고 말한 후 침을 삼켰다. 할리트와 사페트는 걱정을 하며 기다렸다. 수아트는 또 "어머니가……"라고 말한 뒤 입을 다물었다.

"네 어머니한테 무슨 일이 생겼어?"

"저기…… 아무 일도 없어요. 제가 지방 공연을 간다고 어머니한테 말했는데요……"

"허락을 안 해 주시는 거야? 어차피 우리 못 가……"

"아니요, 허락해 주셨어요. 제가 우리 극단에 돈이 없어서 공연을 떠나지 못한다고 말했는데요. 금 열 돈을 내주셨어요. 그걸 돈으로 바꿔 공연을 떠나라고 하셨어요. 돌아오면 다시 되돌려 달라고 하시면서."

할리트가 "그 금은 어딨어?"라고 물었다.

"저한테 있어요."

"아니, 아침부터 지금까지 그걸 가지고 돌아다닌 거야? 아이고 이런 조심성 없는 놈 같으니라고, 그거 나한테 줘!"

그는 수아트한테서 은실로 장식된 주머니 안에 든 금을 받았다. 그 주머니를 공중으로 던졌다 잡았다를 반복했다.

"금 한 돈이 얼마지? 42리라인가? 41리라로 계산하면, 아니 뭐 40리라로 계산하면, 총 400리라가 되는군. 질하 부인 만세!"

수아트도 사페트도 할리트도 어린아이처럼 좋아했다. 사페트는 "어떻게 이런 일이 있을 수 있지? 양치기에게 양을 잃게 하고는 나중에 그를 기쁘게 하기 위해 다시 찾게 해 주시잖아. 신이 하시는 일을 보라니까!"라고 말했다.

하지만 이 말을 마치자마자 머릿속에 다른 가능성이 똬리를 틀었다. 조금만 생각한다면 자발적으로 나서서…… 이런 일을 위해 그렇게 할 어머니, 아버지, 아내, 여자 형제, 친삼촌, 외삼촌이 있을 수 없다는 걸 알 수 있었을 것이다. 자신이 너무나 멍청한 사람이라고 생각했다. 사페트의 얼굴에서 재앙의 분위기를 읽자 할리트는 깜짝 놀랐다. 사페트의 눈에서 읽히는 생각이 할리트의 뇌에서 번개처럼 번쩍였다. 그의 얼굴과 눈에 어렸던 미소는 얼어붙고 말았다.

지금 두 사람 다 수아트의 눈을 주시했다. 수아트는 할리트를 한 번 보고 사페트를 한 번 보며 미소를 지으려고 애를 썼다. 하지만 그냥 넘어갈 것 같지 않자 그 역시 진지해졌다.

할리트와 사페트는 "솔직히 털어놔"라고 말했다.

그는 여전히 시치미를 뗐다.

"뭘 솔직히 털어놓으라는 거지요, 할리트 형님?"

"뭘 원하시는 건가요, 사페트 씨?"

그들은 아무런 대답을 하지 않고 눈도 꿈쩍하지 않고 수아트를 뚫어져라 쳐다봤다. 잠시 후 수아트는 그들의 생각을 알았다는 듯이 이렇게 말했다.

"아니, 그런 생각들을 하시는 거예요? 어떻게 그럴 수가 있나요? 할리트 형님은 우리 어머니를 잘 알고 있어요. 어머니에게 어떻게 그런 짓을 할 수 있겠어요, 제가? 게다가 제가 뭐 그런 청년인가요?"

할리트와 사페트는 수아트의 이 말에 대해 이제는 의심이 남아 있지 않다는 시늉을 하는 게 지금으로서는 더 옳다고 생각했는지, 다른 것들에 대해 언급하기 시작했다. 수아트가 온갖 노력을 했음에도 불구하고 지방 공연에 관련하여 정확하지 않은 평범한 결정이 내려졌다.

수아트는 그들과 더 이상 말씨름을 하지 않아야 한다는 것을 알고는 "배를 놓치지 않으려면 지금 가야 할 것 같습니다"라고 말했다.

"어, 잘 가, 수아트, 고마워. 월요일에 친구들과 모여 결정을 하자고. 어머니께도 안부 전해 줘."

할리트와 사페트는 단둘이 남게 되자, 금에 대해 한 마디 언급도 하지 않았다. 서로 헤어질 때 할리트가 "내일 나와 함께 위스퀴다르에 갈 수 있어 사페트? 11시에 부두에 있을게"라고 말했다.

사페트는 "꼭 감세"라고 말했고 이들은 헤어졌다.

*

그들은 약속 시간 정각에 만났다. 위스퀴다르 초입에 갔을 때 할리트는 사페트에게 "원하면 저기 있는 카페에서 기다려. 수아트네는 꽤 머니까"라고 말했다. 이에 사페트는 "아냐, 나도 자네와 함께 갈게. 위스퀴다르에 안 간 지도 꽤 오래되었어. 이곳은 이스탄불에서 과거의 것을 그대로 간직하고 있는 지역이야. 이곳 사람들은 도덕적이며 가난해. 주민들을 이스탄불의 시골 사람이라고 달콤하게 표현할 수 있지. 때로 이스탄불 술집에서 좀 색다른 젊은이를 만나게 되면, 난 속으로 '저 청년은 체시메메이단 출신도 아니고, 에디르네카프 출신도 아니고, 카라귐뤽 출신도 아냐. 분명 위스퀴다르 출신일 거야'라고 생각하는데, 그에게 물어보면 정말 맞더군."

"자네가 옳아 사페트. 위스퀴다르 사람들은 다른 도시민과는 달라. 내 생각에는 위스퀴다르에서 부자는 절대 살 수 없어. 위스퀴다르에 건달은 있을 수 있지만 난폭하거나 부도덕한 사람들은 없어. 거기에는 사악하거나 배은망덕하거나 음흉한 사람은 없는 것 같아. 위스퀴다르에 있는 미친 사람마저도 침착하고 무해한 것처럼 느껴져."

"위스퀴다르는 이스탄불에 속해 있지만, 마치 이스탄불에서 디야르바크르*만큼이나 먼 곳 같아."

"정말 그래. 예를 들면 카드쾨이 사람들도 난 카드쾨이 사람이에요 하고 말하지만 그들은 베이올루나 이스탄불의 유럽 지구에 속한 사람이지. 그런데 위스퀴다르 출신 사람들과 한두 마디 얘기를 하자마자 '당신은 위스퀴다르 사람이군요'라는 말이 튀어나오고 말지. 위스퀴다르 출신은 그들만의 고유한 말투, 웃음, 옷차림이 있어. 우리가 흑해 사람들을 그들의 사투리 때문에 금방 알아보듯이, 내 경우지만, 위스퀴다르 출신 사람들의 말 한두 마디를 들으면 금방 알 수 있다니까."

"나도 그래."

네모반듯한 돌이 깔린 인도, 아주 작은 사원, 조용하고 미로처럼 복잡한 골목. 퇴창이나 격자창 혹은 내닫이창이 달린 내부가 아주 깨끗한 집들. 이 집들 안에 코를 들이밀면 빨래, 비누, 향나무, 향긋한 흙냄

---

* 터키 남동부에 위치한 도시.

새를 맡을 수 있을 것이다.

"여기는 '일곱 무화과나무' 골목, 여기는 '하얀 피부의 아들' 골목, '트럼펫 연주자' 골목, 여기는 '살리흐파샤 우물' 골목, 여기는 '네 명의 고아' 골목, 여기는 '군기軍旗' 골목, 여기는 '미친 메흐메트 막다른' 골목, '하산 알마즈' 골목, 여기는 '체리 나무가 있는 우물' 골목, 여기는 '두 명의 아흐메트' 골목, 여기는 '아버지 자페르' 골목, 여기는 '골칫거리 할아버지' 골목……"

"할리트, 뭘 그렇게 중얼거리고 있나?"

"나 어렸을 때의 여기 골목들 이름……"

"지금은 바뀌었나?"

"모르겠는걸."

"표지판을 보면 되잖아."

"볼 수가 없어. 바뀌었을까 봐 두려워서……"

"이상하지! 사람은 저 이름들 모두의 역사를, 자기 맘대로 바꾸고 있으니 말이야……"

"그리고 그 이름들은 저마다 사연들이 있지."

"이름들에 향취도 있고 말이야."

"복숭아 같은 이름들."

"수박 같은."

"멜론 같은."

"대추 같은."

"모과 같은."

"야바위꾼 같은."

"위스퀴다르에는 분명 '야바위꾼 골목'이라는 이름의 골목도 있을 거야."

그들은 웃으면서 걸어갔다. 잠시 후 어떤 나무막이가 된 창문 앞에 멈췄다. 집은 밖에서는 보이지 않았다. 꽤 커다란 정원 끝에 집이 있을 것이다. 대문에 걸려 있는 철사로 된 고리를 잡아당기자 안에서 워낭 소리가 들릴 뿐, 그 밖에는 아무런 소리가 들리지 않았다. 몇 번 더 고리를 잡아당겼다. 역시 그 어떤 소리도 나지 않았다. 응답이 없자 그들은 문을 살짝 밀었다. 문이 열렸다. 그들 앞에 정원이 펼쳐져 있었다. 검은색, 하얀색 자갈로 모자이크 된 길이 까맣게 변한 작은 목조 건물 앞까지 나 있었다. 그 길을 따라 양쪽에 개암나무, 회양목이 줄지어 있었다. 정원은 새들이 지저귀는 소리로 가득 차 있었다. 우물 덮개 위에 가장자리가 반짝거리는 붉은 동으로 감싸인 나무 양동이가 놓여 있었다. 약간 앞쪽으로는 커다랗고 나이 든 뽕나무가 하늘을 향해 뻗어 있었다.

조금 더 걸어가자 잔디 위에 황금 같은 노란 병아리들과 암탉이 거닐고 있는 것이 보였다. 검정고양이가 멈춰 서더니 사나운 노란색 눈으로 그들을 쳐다봤다. 그러더니 화살처럼 튕겨 나가 그곳에서 사라졌다. 아주 가까운 곳에서 보이지 않는 수탉이 울었다. 어떤 동물이 으르렁거렸다. 그들은 집 앞에서 계속 흐르고 있는 어떤 분수 앞에 도착했다. 분수 위 창가에는 붉은 고추 서너 개와 나무 판에 박힌 커다란 못에 먼지가 낀 병이 걸려 있었고, 회색으로 변한 줄이 늘어져 있었다. 사페트는 속으로 '장미 식초'라고 중얼거렸다. 마음속에서 어떤 떨림이 일었고, 무엇인가가 떠오를 것만 같았다. 언뜻 장미 식초 냄새를 맡은 것도 같았다. 그들은 손 모양의 현관 손잡이를 두드렸다. 열서너 살 정도 되어 보이는 벌레처럼 까만 여자아이가 문을 열었다.

"네, 무슨 일이신지요?"

"수아트 씨의 어머니 집에 계신가요?"

"네, 들어오세요!"

마치 그들을 기다렸던 것만 같았다. 현관문을 들어서자 신선한 소똥 회반죽 냄새가 코를 찔렀다. 바닥을 소똥 회반죽으로 닦은 것 같았고 얼마 전에 마른 듯했다. 깨끗한 짚이 반짝이고 있었다. 아랍인 소녀가 그들이 벗은 신발들을 그들의 손에서 받아 들었다.

그들은 흙바닥 위에 길게 붙여 놓은 나무 바닥재를 밟으며 꽤 선선하고 어둠침침한 곳을 향해 걸어갔다. 그 나무 바닥은 그들을 어떤 계단 앞으로 데리고 갔다. 일곱 층계 정도가 있는 계단을 올라갔다. 겨울용 양모 커튼이 여전히 쳐져 있는 어떤 문 앞에서 소녀는 멈춰 섰다.

"아주머니, 수아트 씨의 친구분들이 찾아오셨어요."

안에서 굵은 여자 목소리가 들려왔다.

"안으로 모시지 않고 뭐 하니?"

그들은 커튼을 걷고 문을 열어 안으로 들어갔다. 조금 전 정원이 내다보이는 방이었다. 바로 맞은편에는 긴 방석이 있었다. 방에는 의자 같은 것이 없었다. 바닥에 있는 양모피와 방석 두 개 그리고 재봉틀이 눈에 들어왔다. 그들은 맞은편에 있는 긴 방석에 앉았다.

여자는 "어서 오세요. 죄송해요, 방을 정리하지 못했네요 아직. 올해는 날씨가 더디 따뜻해지네요. 6월이 가까워지는데, 여전히 쌀쌀하니 말예요"라고 말했다.

할리트는 "만나서 반갑습니다, 부인. 저를 알아보시겠습니까?"라고 말했다.

"어떻게 모를 수가 있나요, 할리트 씨. 항상 방문해 주시길 기다리고 있었답니다. 명절 때에도 한 번 오지 않으셨지요. 아주 섭섭했답니다. 하지만 전 그다지 개의치 않습니다."

"죄송합니다, 질하 부인."

"하지만 위스퀴다르가 꽤 먼 곳이니 오기 힘들다는 것도 알고 있어요. 그런데 옆에 있는 분은 처음 보는데……"

"사페트 씨도 우리와 같습니다, 배우지요."

"그렇군요. 제 남편도 사무원이었는데 몰래 극장에 가서 하산 씨와 무대에 섰다고 합니다. 나중에 그 소식을 듣고는 공포에 휩싸였지 뭡니까. 그 당시는 지금 같지 않았잖아요? 우리가 연극, 영화를 알기나 했나요? 그건 부끄러운 것이라고 생각했지요. 지금은 배우가 유행이 되었지요. 남자들은 그렇다 치고, 여자들도……"

그들은 잠시 아무 말도 하지 않았다. 한동안 무슨 말로 시작을 해야 할지 몰랐다. 드디어 할리트가 "부인, 저희가 이곳에 온 이유는……"이라고 말을 시작했다. 그러자 부인은 "아주 잘 오셨어요……"라고 대꾸했다.

"고맙습니다. 부인의 손등에 입을 맞출 수 있어 행복했습니다. 저기, 저희가 여기에 온 이유는…… 수아트 씨가 어젯밤 저희 앞에 나타났어요. 저희에게 그런 친절을 베풀어 주셔서 감사합니다. 그런데 나중에 생각해 봤습니다. 부인을 찾아뵙고 배려에 감사드리는 한편 이 금을 받을 수 없다고 말씀드리자는 결론을 내렸습니다. 주머니 여기 있습니다……"

"아, 그렇군요. 제 사정을 말하지요. 전 세 달에 한 번 나오는, 고인이 된 남편의 월급으로 지내고 있습니다. 그 금은 제 장례식 비용이고 수의 비용이지요. 제가 아들 수아트에게 그 금을 줬다고 말하고 싶지만 그럴 수가 없네요. 지금은 좋은 시기가 아닌 것 같아요, 할리트 씨. 저는 수중에 한 푼도 없답니다. 아들이라는 놈은 배우가 된다며 빈둥거리고 있고요. 아, 무슨 기술이라도 배워 놓았으면 얼마나 좋을까요. 이발사였다면, 구두 만드는 사람이었더라면, 대장장이였다면…… 걔 아버지가 살아 있을 때 안간힘을 써 공부를 가르쳤지요. 고등학교를 졸업했답니다. 걔 아버지가 죽자 과부가 된 저는 아이를 대학에 보낼 수 없었답니다. 알아서 잘하겠거니 생각했지요. 그런데 배우가 되었더군요. 뭐, 그래도 되지요! 무엇이 되든지 간에 인간이 되면 되니까요. 그런데 제 보석함을 깨고 장례식 비용을 가져가다니요! 다른 여자가 제 처지였더라면 공포에 휩싸였겠지요. 정말 마음이 아프더군요. 다른 사람들과 다 써 버릴 거라고 생각했지요. 그러니까 그 금을 당신들에게 줄 거였군요. 뭐, 어느 정도는……"

"네, 부인, 저희가 지방 공연을 떠날 계획이었거든요."

"계속 그 말은 하더군요. 하지만 전 속으로, 그 지방 공연 비용을 내 아들이 대야 하는 건 아니겠지라고 생각했지요."

"물론이지요. 당연히 아드님이 내지 않습니다. 다만 저희가 약간 쪼들렸거든요. 받을 돈들이 있었는데 다 받지를 못했답니다. 수아트 씨도 그걸 듣고는 어린아이 같은 행동을 한 거지요. 저희를 봐서라도 아드님을 용서해 주시기 바랍니다. 금, 여기 있습니다!"

여자는 주머니를 받았다. 무슨 말인가를 하려고 하다가 그만두었다. 그러고는 그들이 그것을 곧 다시 가져가기라도 할 듯 몸뻬 주머니에 황급히 넣었다.

"지금은 시절이 안 좋은 것 같아요, 할리트 씨."

이때 아랍 소녀가 커피를 들고 왔다. 여자는 "걔한테 집에 들어오라고 말 좀 해 줘요. 이틀 동안 집에 들어오지 않았답니다. 이 일에 대해서도 절대 언급하지 말아 줘요. 그냥 와서 제 손등에 입맞춤을 하라면 됩니다. 전 제가 어떻게 해야 할지 압니다. 내일 당장 그 아이에게 사무직 자리를 구해 주기 위해 손을 걷어붙여야 할 것 같네요. 걔 장가도 보내야 하고요. 그리고 당신들에게 부탁이 있는데요, 그 아이를 극단에 넣지 말아 주세요. 연극계에 있는 다른 친구분들에게도 걔를 받아 주지 말라고 경고 좀 해 주세요. 그리고 당신들에게도 유언 조로 말하겠는데요, 이 일을 그만 포기하세요. 당신들은 이 배우 일로 하루는 배를 곯고 하루는 배불리 보낼 거라고 생각해요. 하지만 제 아들은 이 일을 할 수 없어요. 건강이 따라 주지 않으니까요. 병치레를 하면서 컸답니다. 먹고사는 일이 걱정 없는 사람들이 배우를 했으면 좋겠네요. 가난한 아이가 배우가 웬 말인가요? 그런데 이상하게도 꼭 가난한 아이들이 그 일을 선망하더군요, 웬일인지는 몰라도. 할리트 씨, 자기 어미의 장례식 비용을 훔치는 아이가 누구에게 이로울 수 있을까요. 당신들에게 이로울까요? 제발 애원합니다, 할리트 씨. 제 아들이 재능이 있다고 하더라도 걔 희망을 깨 주세요. 제 부탁은 바로 이거예요."

"그렇게 원하시니, 최선을 다하겠습니다."

"그 아이가 집에 돌아오지 않는다고 하면, 귀를 잡고 끌고 오는 것도 당신들 몫이에요."

"알겠습니다, 질하 부인."

"부탁해요."

그들은 부인의 손등에 입을 맞췄다.

"행복하길 바라요. 고마워요, 섭섭하다고 생각하지 말아요. 그 아이 아버지 때문에 속이 많이 상했답니다."

"안녕히 계십시오."

"잘들 가요, 잘들 가요! 또 와요. 수뵈레이* 만들어 줄게요."

"그러지요."

밖으로 나왔는데도 여전히 생각에 잠긴 사페트를 본 할리트가 말했다.

"사페트, 제발 또 어젯밤처럼 멍하니 있지 말라고."

"어젯밤은 생각하고 있지 않았어. 정말로 멍하니 있었다고."

"지금은 뭘 생각하는데?"

"자네가 생각하는 거…… 자네가 먼저 말해. 뭘 생각해?"

"난 사람이 동시에 정당하기도 하고 부당할 수도 있는지를 생각하고 있어."

"그러니까?"

"자네도 이해력이 부족하군. 어떤 문제에서 한 사람이 동시에 정당하고 부당할 수 있을까?"

"그럴 수 없지. 정당하다거나 부당하다거나 둘 중 하나지."

"그렇다면 저 부인은 부당한가?"

"정당한 것처럼 보이지만 부당하지."

"내 생각은 정반대야. 부당하게 보이지만, 정당해."

"같은 거지 뭐."

"같은 거 아냐."

"같은 거야."

"같다면 더 좋은 거 아냐? 그러니까 사람이 어떤 문제에서 정당할

---

* 고기, 채소, 치즈 등 여러 가지 재료로 만든 속을 종잇장처럼 얄팍한 밀반죽 여러 겹 사이에 펼쳐 넣어 만든 요리.

수도 있고 부당할 수도 있지."

"그럴 수 없어."

"자네가 보기에 정당한 것이 내가 보기에는 부당할 수 있어. 혹은 이것의 반대일 수도 있고……"

"하지만 우리 둘 다 이 문제에서 중도를 고수한다면……"

"중도라는 게 무슨 말이야? 모든 생각은 어떤 사람에 의하면 옳고, 어떤 사람에 의하면 옳지 않아."

"어떤 생각의 옳고 그른 면은 있을 수 없어?"

"생각의 경우는 없어."

"이런, 우리가 철학자처럼 얘기하기 시작했군. 이러면 헤어날 수 없어."

"저 부인이 정당해, 아니면 부당해?"

"부당해."

"그러니까 이 문제에서는 유일한 생각만이 있다는 거군, 자네가 보기에는. 사건은 전혀 중요하지 않고. 그래서 부당하다, 그런 거야?"

"정당해!"

"이런 빌어먹을! 너 일부러 그러는 거야?"

"부인이 정당하다는 게 그녀가 부당하다는 것에 걸림돌이 되지 않거든. 기본적인 생각은……"

"이해 못 하겠는데……"

"물론 이해하지 못하겠지. 이 문제에서 부인은 부당해."

"그렇다면 부인의 정당한 부분은 뭐야?"

"부인에게 정당한 부분은 없어!"

"조금 전에 있다고 했잖아!"

"부인에게 정당한 부분은 없어."

"무엇의 정당한 부분이 없다는 거야?"

"자네는 자네가 보기에 정당한 부분이 있어서 그걸 부인에게 전가하려고 하는 거야. 부인은 사실 부당해. 부당하지만 죄는 없어. 바로 그래서 겉으로 보기에 그녀가 정당한 거야. 그녀가 무슨 상관인데? 배우라는 업종에서 무슨 해를 입었길래 아들의 일을 방해하는 거야? 자네와 나는 많은 해를 입었지. 그럼에도 불구하고 가능성 있는 젊은이에게 자네는 '애야, 넌 배우가 될 수 없어'라고 말한 적 있어? 말한 적 없지, 그렇지? 그런데 부인이 무슨 권리로?"

"그건 다른 문제야! 주머니는, 금은?"

"장미를 좋아하면 가시도 감수해야지. 어머니라는 건 바로 그런 거야."

"자네는 지금 예술 때문에 도둑질까지도 감싸는 것 같군. 자네가 판사라면 그 가련한 부인을 가두겠군그래."

"그녀가 부당하다고 판결할 거야 난."

"우리 나라에 배심원 제도가 있다면 자넨 아주 좋은 배심원이 되겠군그래. 그러니까 자네 생각은 그 가련한 부인의 함을 깨부수고 장례식 비용을 가져와서 극단을 꾸리고, 피리를 불고, 북을 쳐도 된다 이거네."

"지금 문제의 실상에 도달했어, 우리는. 아니, 그러지 않아야 되지, 자네가 말한 것처럼 되어야 해. 국민이 연극을 좋아하고 보호해야 하지. 보호해서 이런 사건이 일어나지 말아야 해."

"그러니까 정부, 시 당국이 보호해야 하지."

"누가 되었든지 보호해야 하지. 하지만 배우라는 사람은 끝없이 자유로워야 해. 작가들과 하나가 되어 온갖 종류의 옹졸함, 온갖 종류의 선입견, 온갖 종류의 이기적인 도덕을 조롱해야 하고, 그 도덕을 수치스럽게 만들어야 하며, 그러한 유의 생각들과 투쟁해야 해."

"이런, 이런! 그렇게 좋은 생각이 있었는데 모르고 있었군그래. 그런데 이 위스퀴다르에 사는 부인이 자네와 같이 생각하지 않는다면 부당한 거로군."

"위스퀴다르에 사는 질하 부인은 아무것도 생각하지 않아…… 생각한다면 아들을 다시는 집에 들이지 않겠지, 배우 일을 했으니까. 그러면 부인이 이 문제를 생각한다고 볼 수 있겠지. 생각하지 않기 때문에, 생각하지 못하기 때문에 이 문제에 대해 어떤 사고도 가지고 있지 않기 때문에 정당해. 그러니까 죄가 없다는 거야."

"그러니까 결론적으로 부인이 옳은 부분도 있다는 거야?"

"아니, 없어."

"뭐야, 방금 있다고 했잖아."

"있다고 하지 않았어. 죄가 없다고 했을 뿐이야. 뭐, 그래 내가 그녀가 정당하다고 말했다 치자고. 모든 사건에서 어떤 사고의 결과는 결국에 사건이 될 수 있지. 이 생각을 파악하지 않고는 우린 그 사건에 대해 생각할 수 없어. 부인이 이 생각을 파악하지 못했으니 부당한 거지."

"그럼 어떤 면에서 정당한 거야?"

"여전히 어떤 면에서 정당하냐고 묻는군, 자네는. 좋아, 그녀가 어떤 면에서 정당한지 말하지. 그건 그녀가 자신도 모르게, 연극이 투쟁할 어떤 사고에서 (더 정확히 말하면 생각이 없다는 것에서) 출발했다는 거지."

"부당한 면에서 정당하다는 거로군."

"맞아. 부당하다는 점에서 정당해. 그리고 수아트의 상황도 이상해. 우리 눈으로 보면 그는 영웅이야. 하지만 그의 어머니의 눈으로 보면 배은망덕한 자식이지. 법의 눈으로 보면 도둑이고."

"다른 눈은 남지 않았군."

"철학자의 눈으로 본다면 다음과 같은 금언을 두려워하지 않고 말할 수 있겠지. '도둑은 동시에 영웅이기도 하다.'"

"얘기 그만하고 빨리 저 배나 타자고. 이스탄불 유럽 지구로 가세. 위스퀴다르가 자네를 꽤 사상가로 만들었어. 자신의 생각을 제대로 표현하고, 설명하지 못하지만 뭐 어쨌든……"

사페트는 대답하지 않았다. 그들은 배의 이등칸에 앉은 후에야 비로소 이야기를 계속했다.

"할리트, 내일 배를 타고 보스포루스로 나가세. 아나톨리아 쪽에 어떤 마을이 있어. 마을 이름은 기억나지 않아. 배가 닿는 부두 바로 옆에 아주 아담하고 정겨운 카페가 있는데 항상 눈에 띄었어. '내려서 커피 한 잔을 마시면서 물담배를 피우면 얼마나 좋을까'라고 생각하곤 했지. 항상 내 머릿속에 있었어. 게을러서가 아냐. 있잖아, 아이들이 가장 맛있는 과일은 맨 나중에 먹겠다고 하면서 아까워서 먹지 못하는 경우와 같아. 나도 그 일을 맨 나중으로 미루어 놨거든. 그곳에 가서 세상과 나의 문제를 물담배를 피우며 해결하고 싶네. 해결해서 마무리 짓고 싶어."

"그렇다면 기다려. 아직 시간이 있으니까. 그리고 난 갈 수 없어. 내일부터 당장 내가 돈 문제를 해결해야 하니까. 자네 일은 재수가 없었어. 내가 좀 노력해 보겠네. 월요일까지 날 볼 수 없을 걸세."

"그럼, 나 혼자 가겠네."

"며칠 다녀와. 신선한 공기가 필요할 거야, 자네 사고에. 걱정 마, 아직 끝난 거 아니니까. 절대 날 보려고 하지 마, 그런 말 했었지. 뭐였더라, '한 민족의 희망은 묻히지 못한다'였던가?"

그들은 잠시 침묵했다. 배는 이제 부두에 접근하고 있었다.

할리트는 "사페트, 오늘 우리가 한 행동으로 양심이 좀 편해지지 않았어?"라고 물었다.

"응, 편해졌어, 빌어먹을!"

"내가 자네한테 기대했던 게 바로 그거야. 그렇다면 조금 전의 생각들은 어디로 갔어?"

사페트는 우울하게 "위스퀴다르에 남았어"라고 대답했다.

*

기차가 출발하기 직전이었다. 사페트는 허둥대며 여기저기 뛰어다니고 있었다.

"얘들아, 자, 자, 빠뜨린 거 없지, 모두 다 왔지? 살리흐, 내 가방 잘 실었어?"

"할리트 형님이 아직 안 왔는데요."

"뭐라고? 10분 후면 기차가 출발하는데 그게 무슨 말이야?"

"배가 지금 부두에 접근했어요."

"저 배에서 내리지 않으면?"

"내리지 않으면 할리트가 사고를 당했다는 의미지. 그래도 나머지 사람들은 모두 준비하고 있어."

"어쩌면 배를 놓쳤을 수도 있지 않을까요?"

"절대 그런 일 없어."

할리트가 온통 땀에 젖은 모습으로 나타나 이렇게 말했다.

"겨우 올 수 있었어."

그런 후 주위를 둘러보며 "시타레 어딨어?"라고 물었다.

사페트의 눈에서 작은 분노의 불씨가 나타났다 사라졌다. 속으로 '저놈 좀 보라지! 다른 사람은 묻지도 않는군. 앞으로 골치 아프겠어' 라고 생각했다. 시타레는 객차 안 복도의 창가에 있었다. 빨간색 옷을 입었고, 금발 머리는 둘로 땋아 모자처럼 머리 위로 올려놓은 모습이었다. 사페트와 눈이 마주쳤다. 젊은 여자는 달콤하게 웃었다.

사페트는 "할리트, 자네의 시타레는 저기 있네"라고 말했다. '자네의 시타레'라는 말은 할리트를 정신 차리게 하는 데 충분했다.

"궁금했거든. 그녀의 어머니가 카드쾨이 부두까지 나오셨더라고. 앞에 간 배를 탔는지 안 탔는지 걱정을 하셔서 말이야……"

"앞에 간 배를 타지 못했다면 자네가 타고 온 배에 탔겠지. 걱정할 것 없는데 뭐."

"그녀가 어떻게 알겠어? 다른 배가 없다고 생각하셨다고 하네. 북 치는 아랍인은 어떻게 되었어, 찾았어?"

"찾았어."

"물론 술집에 있었겠지."

"자네가 말했던 곳에 있더군. 겨우 술에서 깼어."

드디어 모든 사람이 자리를 잡고 앉았다. 기차가 출발했다. 사페트와 할리트를 제외한 다른 배우들은 삼등칸에 빼곡하게 앉아 있었다. 극단장과 주연배우는 이등칸의 회색 벨벳 의자에 기대어 휴 하고 안도의 한숨을 내쉬었다. 이 관습은 항상 이행되었다. 극단장과 주연배우는 공연할 곳의 유명 인사들, 지식인들과 접촉을 할 것이기 때문에 이등칸에서 여행을 하곤 했다. 이것은 필수적인 사항이었다. 이러한 이유가 없었다면 이등칸에서 여행하는 즐거움과 친구들과 함께하는 즐거움을 바꿀 사람들도 아니었다. 그래도 다른 사람들이 삼등칸의 딱딱한 나무 의자에서 여행을 할 때, 이등칸의 벨벳 의자 위에 앉는다는 것은 일종의 우월감을 선사했다. 이 우월감이 없었다면 즐겁지도 않았을 거라고 생각하실 수도 있을 것이다. .

그러나 할리트와 사페트는 이러한 것을 생각하지 않았다. 그들은 여기 익숙해져 있었다. 아무리 익숙해져 있어도……라고 말하실 것이다. 하지만 여러분의 이번 관찰은 옳다. 할리트와 사페트는 자신들이 이등칸에 익숙해져 있다고 확신했음에도 불구하고—얼마나 익숙해져 있다고 할지라도—무의식적으로 우월감이 주는 희열을 만끽하고 있었다. 이를 다른 적당한 문장으로 표현할 수 있으리라. 그러니까 그들은 이등칸이 주는 즐거움을 만끽하고 있었다라고. 이는 절대 그들 자신이 부인할 수 없는 것이었고, 다른 사람들 앞에서는 절대 티를 내지 않는 것이었다.

그들이 있는 객차는 사람들로 꽉 차 있었다. 그 누구도 그들에게 별로 관심을 두지 않았다. 관심을 두어야 하는데도 말이다. 그들은 다른 여행객들과는 달랐다. 할리트는 틈만 나면 누군가와 친구가 되려고 주위를 둘러보며 안달했지만 그럴 만한 사람을 찾을 수가 없었다. 사페트는 오로지 지방 공연을 갈 때만 이 사이에 무는 파이프 담배를 피웠다. 이것은 그의 습관이었다. 이스탄불에서는 쾨이뤼 그리고 뷔윅 클럽 상표의 담배를 재스민 나무로 된 파이프에 끼워 피우는 애연가

316

였지만, 지방 공연을 갈 때면 어머니에게 잘 보관하라고 맡겨 놓았던 부르하네틴 텝시가 선물한 장미 나무로 만든 파이프를 사용하곤 했다. 의자의 머리 기대는 부분에 머리를 대고는 배우 같은 포즈로 앉아 파이프로 작게 숨을 들이쉬고 내쉬면서 연기를 뿜어내고 있었다.

할리트는 친구가 생기자마자 연극에 대해 언급할 참이었다. 그런 후 그 사람이 어디 출신이며, 그 도시의 경제 상황에 대해 정보를 얻기 위해 "올해 수확은 어떻습니까?"라고 물을 심산이었다. 다른 질문들도 이미 준비하고 있었다. 최근 인구조사에 의하면 도시의 인구는 어느 정도이며 극장에 오가는지, 밤 문화는 있는지 등등……

드디어 이러한 사람을 찾았다. 그는 담배에 불을 붙인다는 핑계로 다가갔다. 첫 질문은 상대가 해 왔다.

"행선지가 어디신지요?"

"지금으로서는 기차가 가는 가장 가까운 지방으로 갈 계획입니다. 그다음에는 다른 지방으로……"

"혹시 무슨 일을 하시는지요?"

"저는 극단장입니다. 제 극단이 하나 있지요."

"아주 훌륭하군요."

"유랑 극단이랍니다. 우리 나라에 약간의 즐거움, 약간의 생각, 약간의 근심거리들을 전달하고 있지요. 우리의 의도는 바로 이것입니다. 그러는 당신은 무슨 일을 하시는지요?"

"저는 A 시에 있는 중학교 프랑스어 교사입니다.

"아, 아주 반갑습니다, 아주. 오로지 당신 같은 지식인들만이 우리를 이해하지요. 오늘날 연극은 그래도 나라에 필요한 것에 대한 답을 주지요, 그렇지 않나요? 하지만 인기가 별로 없답니다. 당신 같은 지식인들만이 우리를 무지한 국민들에게 소개해 줄 수 있지요."

"그렇게 될 것입니다, 그렇고말고요."

"혹시 A 시에서 공연하면 호응을 얻을 수 있을까요?"

"A 시는 우리 나라의 가장 큰 지역 중 하나지요. 인구도 다른 지역보다 많고요. 도시의 인구는 2~3만 명 되고요. 시민들도 아주 깨어 있지요. 여름에는 밤 문화가 아주 발달해 있답니다. 전쟁 중에 모든 것이 돈이 되었기 때문에 토지 주인들, 온갖 업종에 종사하는 상인들은 비교적 부유하지요. 직장인들은 물론 제외하고요. 그런데 이들은 어떤 수를 써서라도 연극을 보러 가지요. 제 생각에 당신 극단은 A 시에서 흥행할 수 있을 것 같기도 합니다."

"그렇게 된다면 얼마나 좋을까요! 우리도 그렇게 되길 희망합니다. 우리는 이번에 한 도시에 정착해서 여름을 보내고 싶답니다. 사실 이 도시에서 저 도시로 옮겨 다니는 데에도 지쳤답니다. 지금은 매년 여름과 겨울에 한 도시를 택하지요. 그러는 편이 그 도시를 위해서도 유익하고 우리 역시 많이 지치지 않으니까요. 이제 우리는 더 이상 젊지 않답니다."

"아, 몇 년생이신지요?"

"18년생입니다."

"아이고, 그 나이로는 절대 보이지 않는군요."

"그럼 당신은 몇 년생인지요?"

"저는 23년생입니다."

"당신은 우리에 비하면 아직 어린아이군요."

"그런데 극단의 이름은 무엇입니까?"

그때서야 비로소 할리트는 정신을 차렸다. 문제는 저 신사에게 극

단의 이름을 말하지 못하는 것이 아니라 극단의 이름을 짓지 못했다
는 데 있었다. 이건 모두 에민 때문이었다. 돈, 먼저 돈, 그런 다음 무
대, 그런 다음 이것저것, 이름은 맨 나중으로. 극단 이름 짓는 일을 맨
나중으로 미룬 결과를 보시지그래! 지금 어떻게 이 난관을 벗어나야
할 것인가……

이 첫 친구와의 대화를 한쪽 눈과 한쪽 귀로 들으면서, 다른 한쪽
눈은 파이프 연기 때문에 감겨 있던 사페트가 할리트를 이상한 시선
으로 바라보며 비웃고 있는 것 같았다.

할리트는 남자의 질문을 회피하기 위해서 "당신에게 우리 극단의
주연배우인 사페트 페리트 씨를 소개하겠습니다. 아마도 이름을 들으
셨을 겁니다"라고 말을 돌렸다. 남자는 몸을 굽히고는 사페트에게 "뵙
게 되어 영광입니다"라고 말했다.

할리트는 "우리 극단에 대해 당신에게 더 좋은 정보를 줄 사람입니
다. 연극에 대한 그의 견해는 정말 귀중하답니다. 허락해 주신다면 저
는 이만 다른 칸으로 가 봐야 할 것 같습니다. 다른 사람들이 어떤지,
잘 자리 잡고 있는지 점검해 봐야 해서요. 그럼 이만……"이라고 말했
다. 할리트가 밖으로 도망치려고 할 때, 사페트가 "선생님, 우리 극단
의 이름은 '이스탄불 사람들 극단'입니다"라고 말하는 것을 들었다. 그
는 속으로 '이런 음흉한 놈 같으니라고, 벌써 이름을 찾았군그래'라고
중얼거렸다.

연극 관련자들이 있는 객차 안으로 들어갔을 때 그들도 극단의 이
름에 대해 논쟁하고 있는 것을 보게 되었다. 그는 조용히 오가는 얘기
를 들었다. 아무 말도 하지 않았다. 그들은 일을 엉망으로 만들어 놓고
있었다. 상상할 수도 없는 어처구니없는 이름들을 붙이려 하고 있었

다. 어떤 이는 유랑 극단이라는 이유로 '급행 극단'이라는 이름을 붙였고, 다른 사람은 이 이름을 조롱하며 '화물열차'가 더 좋을 것 같다고도 했다. 다른 사람은 "파리에 '두 마리 당나귀 극단'이 있다고 하던데 우리는 '두 마리 노새'라고 짓자고"라고 말했다.

그들은 할리트를 쳐다보았다. 바로 그때 사페트가 갑자기 나타나 웃으면서 말했다.

"노새 중 한 마리는 할리트고, 나머지 한 마리는 누구야? 난 아니겠지?"

이에 살리흐가 "삼등칸을 타고 여행하는 사람들"이라고 말했다.

"그렇다면 '열두 마리의 노새 극단'이라고 해야 해."

"여러분, 부러워하지 마시게나. 원하는 사람은 이등칸 표를 사서 앉도록 하지. 우리가 있는 칸에 프랑스어 교사가 있는데, 여러분에게 유용할 수도 있을 거요. 그 사람이 연극이 무엇인지 가르쳐 주니까요. 프랑스어는 가르치지 못하고 연극이 무엇인지 가르치려 들더군. 겨우 빠져나왔다니까요. 그놈이 공자 앞에서 문자 쓰고 있더라니까. 이제 정했나?"

"뭘 정해?"

"극단 이름 말이야?"

위스퀴다르 출신 수아트는 "저는 '급행 극단'이 좋겠다고 제안했어요"라고 말했다.

"에민 자네는?"

"난 '번영 극단'이 좋겠네."

"자네는 살리흐?"

"평온 극단."

"하산, 자네가 지은 이름은 알고 있네, '화물열차'였지?"

"자벨 자네는?"

"난 나 자신이 이름이 되었으니, 극단 이름을 낳은 어머니가 되고 싶지 않네."

"시타레, 너는?"

"제가 무슨 생각이 있을 수 있겠어요?"

"그래도 한번 얘기해 봐!"

할리트와 사페트는 시타레를 보고 웃으면서 용기를 북돋아 주었다. 시타레는 눈을 사람의 머리보다 위쪽에 두며 생각한 후 이렇게 말했다.

"우리 일부가 사람들을 웃기며 즐겁게 해 주고, 일부는 사람들을 슬프게 하며 눈물짓게 하는 것으로 봐서 저도 찾은 이름이 있기는 해요. 웃지 않는다고 하면 말할게요. 하지만 정말 웃으실 테니까 말하지 않겠어요."

"우리 진짜 웃지 않을게, 시타레 양."

입술은 석류꽃 같았고, 금발의 곱슬곱슬한 머리카락이 서너 개의 아주 작은 여드름이 난 창백하고 팽팽하며 매끄러운 이마에서 흔들리고 있었다. 그리고 노란빛을 띠는 긴 속눈썹에는 황금빛 반짝임……

시타레가 "우는 석류, 웃는 모과 극단!" 하고 말했다.

모두 아무 말도 하지 않았다. 마치 유모가 동화를 들려줄 것 같은 분위기였다. 지금이 겨울이며 밖에는 눈이 오고 있는 것 같았다. 그들은 호르호르에 있는 저택의 바다가 내다보이는 방에 있었고 창문이 흔들리는 것 같은 기분이 들었다. 밖에는 끔찍한 북풍이 불고…… 아이들은 방에 모였고, 유모는 바닥에 책상다리를 하고 앉아 있는 것만 같았다. 아이들은 유모의 무릎에 각각 머리를 대고 누웠으며, 턱에 손을 괴고 있는 상태였다. 어떤 어린 소녀는 엎드려 누워 있었고, 소녀의 머리카락은 몹시도 아름다웠다. 반듯한 코, 얇고 긴 눈썹, 위로 치켜 올라간 아몬드 같은 눈의 어린 소년은 유모 맞은편에 책상다리를 하고 앉아 꼭 다문 입술로 유모가 입을 열기를 기다리고 있었다.

사페트는 시타레가 말한 극단 이름을 듣고는 한순간 어린 시절로 돌아가는 어떤 꿈을 꾸고 있는 것만 같았다. 어디선가 무엇인가를 제거한 것 같은 결핍감을 느꼈다. 그런 후 무엇인가가 그의 마음속에 자리 잡았다. 눈 안 어딘가를 털로 쓰다듬는 듯 간지러운 것 같기도 했다.

"정말 아름다운 이름이네! 정말 아름다운 이름이야! 아주 맘에 들어. 진짜 맘에 들어! 이 이름을 간직하고 있을게. 어느 날, 우리도 이스탄불에서 우리를 건사할 극장을 갖게 되면 건물 맨 꼭대기에 빨갛고 노란 불빛으로 사람 크기의 웃는 모과와 배럴 크기의 우는 석류 광고를 만들자고. 4초에 한 번씩 껐다 켰다를 반복하면 될 거야."

"당장 그 이름을 붙여요, 사페트 씨……"

"정말 그 이름을 씁시다. 난 원하지만 내 권한은 여기까지야. 그 이름을 좋아하는 것과 내 생각을 말하는 것. 결정은 할리트가 내릴 거야."

할리트는 그 이름이 아주 좋다면서, 사페트가 말한 것처럼 이스탄불에 극단을 설립하여 그곳에서 배우들을 키운다면 이 이름이 아주 좋을 거라고 말했다. 하지만 이 이름은 아나톨리아 도시에서는 자못 이상할 것이고, 익숙한 이름 이외에 다른 이름은 극단을 파산시킬 수도 있다고 말했다.

"전형적인 이름이어야 해. 다른 방법이 없어. 이스탄불은 다르니까 먹히겠지. 하지만 아나톨리아 사람들에게는 익숙하지 않아."

위스퀴다르 출신의 수아트는 "우리는 항상 그렇게 말하지요. 아나톨리아에서는 먹히지 않아, 아나톨리아 사람들은 원하지 않아, 아나톨리아 사람들은 이해 못 해, 라고요. 이 때문에 우리는 세상에서 가장 저질스러운 영화를 만들지요. 아나톨리아는 이래, 아나톨리아는 저래. 우리 중 아나톨리아를 아는 사람은 한 명도 없어요. 내 생각에는 이 이름을 아주 좋아할 것 같은데요"라고 말했다.

이에 할리트가 "근데 그 이름을 좋아하지 않으면 어쩌지? 우리가 실험용 쥐가 되는 거야? 게다가 극단의 이름이 아주 중요하다고 생각하나? 그 중요성은 우리 자신이 부여하는 거야. 아나톨리아 사람들을 위한 극단의 이름이 이것이고 저것이고는 중요하지 않아. 게다가 유랑극단에게 그렇게 아름다운 이름은 전혀 소용없어. 그럼에도 불구하고 시타레에게는 고맙다는 말을 해야겠어. 우리 모두를 대표해서. 우리는 극단이 있고, 이 극단의 이름은 우리 사이에서는 '우는 석류, 웃는 모과'야. 아나톨리아에서 쓸 우리 극단 이름은 사페트가 붙였어, '이스탄불 사람들 극단'으로"라고 말했다.

사람들은 "좋네, 그것도 좋네"라고 한입으로 말했다.

사페트는 무엇인가가 마음에 드는 경우 왠지 우울하고 시인 같고 생각에 잠기는 태도를 취한다. 이 모습에 아주 어울리는 상념에 잠긴 배우 같은 시선은 그 아름다움을 만들어 낸 사람에게 집중된다. 할리트는 사페트가 고안한 이름을 극단에 붙였다는 이 커다란 호의에—더 정확히 말하면 희생에—대해 그가 얼마나 기쁘며, 자신을 고마움에 가득 찬 시선으로 볼 거라는 것을 알았기 때문에 그를 쳐다봤다. 하지만 사페트는 정신이 나가 있었다. 그가 우울하며 시인 같은 모습으로 시타레의 얼굴을 넋을 잃고 바라보고 있는 것을 발견하고는 그 역시 시타레 쪽을 쳐다보았다. 젊은 여성은 사페트의 눈, 뺨, 머리카락을 감싸 안은 듯 환하게 웃고 있었다. 그는 머리끝까지 화가 났다. 사페트에게 베푼 호의를 후회했지만 이미 엎질러진 물이었다.

이제 옛 친구는 할리트의 눈 밖에 나고 말았다. 이제 사페트가 성숙하지 않고 건달에다 가련하며 자만심에 가득 찬 사람으로밖에 보이지 않았다. 사실 지금까지 그가 한 게 뭐란 말인가? 그는 연극에 대해 아무것도 몰랐다. 그는 연기하는 배역에서 과장된 제스처를 취하곤 했다. 어떤 연극에서 외운 대사를 다른 연극에서 혼동해 쓰고, 외운 행동들을 계속 반복하곤 했다.

그는 부르하네틴, 무흐신 그리고 나쉬트를 흉내 냈다. 그러니까 어떤 때는 두 손으로 머리를 감싸 쥐고 머리카락을 헝클었다. 어떤 때는 가슴과 머리를 주먹으로 치며 콧소리로 "내 눈앞에서 사라져, 이 배신녀야! 너는 지옥, 늪에나 살 여자야. 이제 그곳으로 다시 돌아가!"라고 말하곤 했다. 특히 자신이 쓴 엉터리 같은 말을 반복할 때, 연극에 대해 약간 아는 관객이 "이런 세상에나! 국민들 앞에서 저런 말을 하는 게 부끄럽지도 않나!"라고 말하는 것을 들은 적이 있었다. 마흔 살이 다 되었는데도 여전히 여자 사냥꾼으로 통했다. 그는 아름다움을 좇는 사람이었다. 머리카락은 빠져 듬성듬성했다. 눈 아래는 움푹 들어가 있었다. 얼굴의 주름은 어떤 의미를 부여하는 것 같았지만, 주의 깊게 보면 그것은 어떤 의미보다는 술에 만취해 보낸 밤, 변비, 간, 창자 그리고 위와 관련된 여러 가지 병이 남겨 준 것이었다. 이마는 무척 넓어 보였다. 하지만 그 이마에는 그 자신만의 고유한 부도덕하다고 할 수 있는 환상 이외에 다른 그 무엇도 없었다. 얼마 전만 해도 공연을 떠나기 위해 도둑질도 용인할 뻔하지 않았는가 말이다! 용인하는 것은 그만두고라도 도둑질을 찬양하지 않았느냔 말이다! 누가 알겠는가, 어쩌면 하산 타흐신이 그에게 빚진 것도 없을지 모른다.

시타레는 또 어떤가? 그녀 역시 여자가 아니란 말인가? 여자들은 모두 이렇다, 모두 바보들이다. 여자들은 남자들의 돈, 명성 혹은 외모에 커다란 가치를 부여한다. 여자들은 그가 다른 남자들처럼 훌쩍이기는 하지만 그의 반듯한 코, 의미심장하다고 생각하는 변비에 걸린 것 같은 얼굴에 매료되고 만다.

그러나 이 상황은 할리트 자신이 만들어 낸 것이다. 그 자신이 멍청하게 사페트를 칭송했던 것이다. 그리스 공연을 갔을 때, 그리스 배우들이 사페트가 유럽 수준의 배우라고 극찬했다는 것을 그가 말했던 것이다. 하지만 이 그리스 공연은 있지도 않은 환상의 산물이었다. 그는 시타레를 1년 전부터 알고 있었다. 이 기차에 탈 때까지는 무척이나 달콤하게 그에게 웃음을 지어 보였는데, 그녀는 지금 그 웃음을 사페트에게 날리고 있었던 것이다.

바로 열흘 전에 할리트는 그녀에게 "맞아, 나도 이제 나이를 먹을 만큼 먹었어, 시타레 양. 하지만 삶을 허비하지는 않았어. 난 아직 젊어. 예술가들은 건달이라는 말을 하곤 하지. 이건 잘못된 말이야. 예술가들은 악의 없고 조용한 사람들이야. 나도 그런 사람이고. 지금까지 아내 될 여자를 찾지 못했어. 내가 만난 여자들은 영화에 나오는 것과 같은 예술가의 삶을 동경하곤 했지. 하지만 우리 예술계에서는 약간은 고통을 당해야 하지. 이 고통을 함께 나눌 여자를 지금까지 만난 적이 없어. 하지만 이러한 여성들도 있을 거라고 생각해"라고 말했었다.

그러자 시타레는 "아마도 지금, 당신이 찾는 사람을 찾은 것 같군요…… 잘못된 판단이 아니에요"라고 말하면서 그의 눈을 들여다보았다.

"시타레 양, 이번에는 잘못된 판단이 아니라고 생각해. 공연을 마치고 돌아오는 길에는 나와 감정을 공유할 누군가를 찾을 수 있을 거라고 희망해."

"저도 그러길 바라요, 할리트 씨."

그때 할리트는 떨면서 소파 위에 걸쳐 있던 시타레의 손에 자신의 손을 올려놓았다. 시타레는 그 따스한 손을, 할리트의 손 아래 있던 새처럼 따스한 손을 한동안 빼지 않고 앞을 바라보며 생각에 잠겼다. 이어서 그는 "난 지금 서른여덟 살이야, 시타레 양. 이 나이의 남자를 어떻게 생각하지?"라고 물었다.

시타레는 "성숙하고 올바른 정신을 가진 남자의 나이보다 두 살 어리다고 생각해요"라고 대답했다.

할리트는 "나는 네가 말한 그 나이보다 두 살 더 많아"라고 말하지 않기 위해 겨우 자신을 제어할 수 있었다. 바로 이 소설 같은 순간을 경험한 것이 바로 열흘 전이었다.

다른 친구들은 A 시에서 공연할 연극을 고르느라 논쟁에 빠져 있었다. 지나간 달콤한 나날에 빠진 할리트의 눈이 시타레의 눈과 마주쳤다. 그녀의 얼굴에는 그를 회피하는 듯한 미소가 어려 있었다. 그 모습과 함께 그녀의 아름다운 시선은 객차 안에서 무엇인가를 찾는 것처럼 다른 곳으로 훨훨 날아갔다. 이를 본 할리트는 화가 머리끝까지 솟구쳤다. 지금 사페트는 그녀에게 자신을 증명해 보이려고 안간힘을 쓰고 있었고, 모든 연극에 대해 자신의 생각을 토로하고, 공연을 거의 자신이 장악하는 것 같은 태도였다.

할리트는 속으로 '거들먹거리는 저놈에게 한 방 날릴 때가 오기는 왔는데⋯⋯'라고 생각했다. 그는 손으로 사페트를 한 번 밀고는 "잠깐만, 잠깐만! 마낙얀 레퍼토리도 아니고 자네가 아주 성공적으로 연기했던 때 지난 작품도 아니고, 이것도 저것도 아니고, 자네와 나의 반 시간짜리 장황한 엉터리 같은 말로도 연극을 시작하지 않을 거야. 연극 도서관에서 나쉬트 스타일의 책을 고를 거야. 처음에는 모과들을 웃게 하고 석류들은 나중에 울게 하자고. 어차피 세상이 실의에 빠져 있는데, 우리만이라도 울게 하잔 말이야. 〈쉬르픽 두두〉*로 무대를 열자고. 에민이 '쉬르픽 두두' 역할을 하면 나쉬트 뺨치게 잘할 거야. 한 때 나쉬트조차 에민이 한 이 역할을 보고 그의 이마에 입맞춤을 할 정도로 존경을 표한 적이 있지. 나쉬트는 그날 저녁 우리에게 단호박 후식을 제공해 주었고. 에민, 기억하지? 자네의 역량을 보여 주게"라고 말했다.

에민은 이 기대하지 않았던 호의에 몹시도 기뻤다. 사페트도 이의를 제기하지 못했다. 할리트의 태도가 마음에 들지 않았기 때문이었다. 할리트의 안색이 갑자기 바뀌었던 것이다. 그가 속으로 무슨 생각을 하는지 파악이 되지 않았다. 그는 다르게 해석했다. '할리트는, 우리끼리 극단의 이름을 정해서 어쩌면 에민을 화나게 했을 수도 있어'라는 생각을 했고, 그래서 할리트가 일부러 자신에게 차갑게 대한다고 생각했다. 자신이 고집을 피우는 것은 쓸데없는 짓이었다. 게다가 에민도 무시할 만한 희극배우는 아니었다. 그가 하는 연기를 사페트가 할 수 없었고, 사페트가 하는 연기를 에민이 할 수 없었다. 자신이 고집을 피우면 시타레 앞에서 소인배가 될 것 같았다.

* 1950년대에 이스탄불에 살았던, 정부 고위층 인사들의 점을 쳐 주던 아르메니아 여인의 이름이자 이 여인을 소재로 한 연극 작품명. 유명한 즉흥연기자 나쉬트가 연기했다.

"적당한 선택이야. 나도 자네 생각에 동의하네."

그러면서 시타레에게 눈을 찡긋해 보였다. 그러고는 밖으로 나갔고 그의 뒤를 따라 시타레도 나갔다. 그들은 함께 이등칸 쪽으로 걸어갔다. 사페트는 잠시 후 다시 이등칸으로 와서는 "할리트, 차표 좀 줘. 차표 검사원이 오면 잔말하지 않게"라고 말했다. 할리트는 조끼 호주머니에서 사페트의 표를 꺼내고 자신의 것은 다시 호주머니에 넣었다.

사페트는 "그 표도 좀 줘. 시타레와 할 얘기가 있어서 말이야"라고 말했다. 하지만 할리트는 사페트에게 아무런 대답도 하지 않고 문 쪽으로 걸어가 머리를 내밀고는 "시타레, 이리 좀 와 봐!"라고 말했다.

시타레는 눈썹을 치켜뜨고는 불만스러운 표정으로 문 앞에 나타났다.

"넌 여기에 앉아. 이등칸은 너무 붐벼. 그리고 우리 칸에는 여자가 한 명도 없어, 옳지 않아. 그리고 〈쉬르픽 두두〉에서 너도 노래 한 곡을 불러야 하니까 에민과 같이 생각해 봐."

에민이 "시타레 양, 무슨 노래를 부를 거지?"라고 묻자, 그녀는 "아무거나요……"라고 대답했다.

할리트가 "내 생각에 그 깡패 같은 분위기 나는 노래 있잖아…… 예를 들면, 〈경찰서에 거울이 있다〉 같은……"이라고 말했고, 에민은 "아, 그거 아주 좋을 것 같아!"라며 맞장구를 쳤다.

*

A 시의 국민당사 정원에서 선보인 공연은 그리 나쁘지 않았다. 일주일간 그럭저럭 관객이 들었던 공연은 시타레가 본격적인 공연에 앞

서, 또는 공연 중간에 공연과는 아무 상관 없이 부른 노래 때문에 빽빽하게 차기 시작했다. 할리트의 경험에 의하면 어떤 연극이 한 도시에서 정착할 때, 초기 관객 수는 아주 중요했다. 이 수가 너무 많고 계속 증가하지 않으면 두 가지 형태로 생각할 수 있다. 첫째 관객 수가 많다고 미리 흥분하거나 좋아할 필요는 없다. 이는 관객 수가 갑자기 떨어질 수도 있다는 의미거나 아니면 연극과 무관한 정반대의 환호다. 즉, 연극을 보러 올 관객은 그게 전부라는 의미다. 사흘 내에 좌석은 텅 비게 될 것이다. 혹은 꽤 인기가 있다는 의미다. 이런 인기가 있다면 상황을 진지하게 받아들이고 잘 조절해야만 한다. 다음과 같이 조정을 해야 한다. 먼저 관객 수를 조사해야 한다. 만약 어떤 특정한 요일에 관객이 적게 온다면—예를 들면 그 도시에 월요일에 장이 선다든가—그날은 공연을 하지 말아야 한다. 또한 아주 신실한 신자들이 사는 도시에서는 금요일 밤에는 절대 공연을 하지 말아야 한다. 이렇게 하면 다른 요일들을 조정하는 셈이 되고 빈 좌석도 없게 된다.

이런 식으로 행동하지 않고 낮에도 공연을 하려고 지나치게 광고를 하게 되면, 그 도시에 사는 지식인 계층, 반쯤 지식인 계층이 부정적인 프로파간다를 할 수 있는 빌미를 제공하는 셈이 될 것이다. 왜냐하면 이 반쯤 지식인 계층은 항상 이스탄불 시립 극단을 흠모하는 사람들이기 때문이다. 이들은 이스탄불 시립 극단의 무대장치, 화려함, 배우들 그리고 연극의 팬들이며 작은 극단들을 무시한다. 그들의 도시에 온 유랑 극단 모두를 비방한다. 이렇게 되면 어느 날엔가는 그 인기를 잘 조정하지 못한 탓에 네다섯 명의 관객 앞에서 연기할 수밖에 없는 결과가 나타나고, 이것이 얼마나 개탄스러운 일인지는 극단장 이외에 그 누구도 느끼지 못할 것이다.

조정을 잘하고 도시의 반쯤 지식인인 계층과 어울리면 빈 좌석이 생길 위험에서 벗어날 수 있을 것이며, 이렇게 되면 대략 크게 변화가 없는 관객 수를 유지할 수 있을 것이다.

그 인기가 기대하지 않은 형태로 지속된다면, 이 증가의 원인이 어디에 있는지 조사하는 것도 필수다. 배우 때문인지, 가수 때문인지, 여가수 때문인지, 독연자獨演者 때문인지, 전혀 예상 밖의 배우 때문인지, 상상할 수조차 없는 이유 때문인지. 예를 들면 무대장치 등을 조사해 봐야 한다. 이러한 것은 아주 꼼꼼한 앙케트 조사로 분석해야 한다. 비결을 찾는다면 이제 문제는 없다. 즉시 조정을 하면 된다. 조정에는 두 가지 원칙이 있다. 인기를 잘 제어하는 것, 탐욕스럽지 않아야 한다는 것.

극단은 인기가 좋았다. 하지만 그것은 거짓이거나 가짜 인기는 아니었다. 도시는 연극에 대한 목마름이 가신 후에도 그 관심이 끊길 것 같지는 않았다. 인기의 원인은 확실했다. 그건 다름 아닌 시타레의 노래와 아름다움이었다. 물론 두 번째, 세 번째 원인들도 있었다. 이것들도 아주 중요했다. 상연 요일들이 잘 조정되었기 때문이다.

할리트는 즉시 월요일과 목요일 공연을 없앴다. 축구 시합이 있는 일요일에는 경기 후에 공연을 했다. 축구 경기에는 모든 공연단이 다 관람하러 갔다. 인기를 얼마나 잘 조정했던지 몇 달 동안 빈 좌석이 하나도 없었다. 인근 시골에서는 자동차를 타고 마을 사람들이 관람을 하러 왔다. 일요일 몇 번은 다른 마을로 공연을 하러 가기도 했다. 이 시골 공연을 갈 때 도시에 있는 젊은이들도 함께 가곤 했다. 도시에서 발행되는 작은 신문에도 연극과 관련된 작은 논평이 사페트의 노력으로 게재되곤 했다. 이 글을 쓴 젊은이에게는 무대 뒤를 출입할 수 있도록 허가했다. 그 도시 출신의 어떤 대학생이 쓴 1막짜리 연극은 그 자신이 몰라볼 정도로 바뀌어 무대에 올려졌다. 다른 청년에게는 그의 재능에 맞는 역할을 주기도 했다. 공연은 순풍에 돛 단 듯 순조롭게 진행되었다.

단원들도 연기를 꽤 잘했고, 말할 것 없이 수입도 아주 좋았다. 하지만 사페트는 자신이 쓴 대본이 항상 맨 뒤에 공연되는 것에 불만을 품었다. 가벼운 희극도, 이스탄불 시립 극단 레퍼토리도 성공적으로 공연했고 박수 세례를 받았다.

A 시의 유일한 사교 장소인 시립 카페에 있는 도박 클럽에서 그 지역 젊은이들과 논쟁을 하고 연극과 관련된 진지한 사고들이 교환되었다. 입에 파이프를 물고 도시의 복잡한 시장을 지날 때 사람들은 오로지 그를 향해 "대단한 배우야!"라는 말을 했다.

그는 할리트와는 눈을 마주치지 않았다. 사페트가 그의 생각을 말하려고 하면 할리트는 에민과 협력하여 자신의 생각을 관철시켰다. 이 모든 것이 시타레에게 그다지 큰 영향을 미치지 않는 것을 아는 사페트는 그녀와 함께 입에 파이프를 물고 시장을 지나갈 때 사람들이 눈을 돌려 그를 쳐다보는 것이 위대한 배우에게는 충분하다고 여겼다. 그는 극단에서 할리트가 꾸미는 음모에는 귀 기울이지 않았다. 왜냐하면 마을 시장에서 사람들은 그들에게 주목했고, 시타레가 그와 함께 거니는 것을 자랑스러워했기 때문이다. 그는 이것으로 충분했다! 할리트와 사페트는 극히 필요한 말만 했다. 서로의 옆얼굴조차 바라볼 마음이 없었다. 얼굴을 보며 말해야 할 필요가 있을 때 그들의 눈은 서로의 조끼 호주머니 위 혹은 머리에서 세 손가락 정도 위를 바라보며 얘기했다. 그 둘은 이렇게 계속 갈 수는 없다는 생각을 했다.

그러나 둘 다 이를 악물고 참았다. 서로에게 무엇인가를 설명해야 할 상황에 직면하면 침묵을 택했다. 이러한 상황이 생기면 극도의 재앙 앞에 서 있게 되었다. 그럼에도 불구하고 극단 일은 탄탄대로였다. 이렇게만 간다면 장차 그들이 원하는 극장을 설립할 수도 있었다. 그들은 속으로—시타레에게 고착된 생각이 잠시 사라지고—생각할 수 있는 상황이 되면 '우는 석류, 웃는 모과' 극단을 세흐자데바쉬에 설립했다고 상상하곤 했다.

시타레는 초기에 사페트와 함께 모습을 드러내는 것을 좋아했다. 그러다 한때는 에민과 딱 붙어 다녔다. 에민의 추한 외모는 일시적으로 이 두 경쟁자 친구 사이의 소리 없는 전쟁에서 휴전 분위기를 조장해 주었다. 특히 할리트는 에민과 시타레의 친구 관계를 격려하기도 했다. 사페트와 시타레가 함께 외출했을 때, 할리트는 에민에게 뛰어가 "그들과 함께 가. 그 더러운 사페트가 어떤 놈인지 알잖아!"라고 말했다. 그러면 에민은 "네 알겠습니다, 할리트 형님!"이라고 대답하며 뛰어갔다.

사페트는 시타레가 자신과 동행하고자 안달하는 것이 좋았다. 하지만 그녀는 일련의 크고 작은 경험에서 어떤 때는 성공하고, 어떤 때는 실패하는 원인에 대한 책임을 항상 할리트에게 전가했다. 그는 그녀가 일면 할리트를 꺼리는 것을 좋게 해석하지 않았다. 그들 사이에 어떤 일이 있었던 걸까? 얼마 되지 않아 우연한 기회에 그들 사이에 무슨 일이 있었는지를 알게 되었다.

어느 날 시타레는 "물론 전 결혼하고 싶어요, 사페트 씨. 하지만 배우보다는 극단장과 하고 싶어요"라고 말하고는 폭소를 터뜨렸다. 사페트는 너무나 화가 나 입술을 꼭 깨물었다.

시타레와 할리트의 상황은 더 이상했다. 가련한 할리트는 그녀 앞에서 왜소해질 대로 왜소해지고, 아주 사소한 의미심장한 말만을 내뱉었으며, 상심한 표정을 지어 보였다. 시타레에게 가장 화가 났을 때에도 장난기가 지나치다는 말만 겨우 할 정도였다.

"시타레 양, 좀 더 진지해져 봐요. 당신에게는 진지한 게 어울리니까요. 사실 당신의 능력에 우리 모두는 아주 놀랐소. 하지만 배우는 겸손하며 모든 친구를 공평하게 대하는 것이 옳지요. 게다가 당신은 젊은 여성이잖소. 곧 결혼도 할 것이고. 오직 한 사람과 지나치게 친하게 지내면 당신에게 쏟아지는 의심의 눈길을 피할 수 없을 거요."

"당신도 참, 할리트 씨…… 전 아직 젊어요. 결혼도 할 것이고, 남자와도 만날 거예요. 그건 제 권리 아닌가요? 이게 뭐가 나쁜 거지요? 전 그 누구도 차별을 두고 대하지 않는걸요. 저에게 있어 수아트 씨도 에민 씨도 사페트 씨도 그 의미가 같아요. 하지만 제 역할을 잘 해내는 데 있어 사페트 씨가 많은 도움을 준 건 사실이에요. 전 정말 그분한테 많은 유용한 것들을 배웠어요."

"아, 사페트에게 감사할 일이군요, 하지만 약간……"

"참 내, 웃어넘겨야 하겠네요! 고맙지만 약간 뭐요? 그가 약간 제게 딴 맘을 먹고 있고 호색한이라고요? 저는 평범하지 않은 남자가 좋아요. 하지만 그것만은 아니지요. 그리고 일단 호색한은 이중인격자는 아니에요. 그리고 쉽게 사랑에 빠지지도 않지요. 더 좋은 거 아녜요? 그리고 진심인데, 할리트 씨, 사페트 씨는 저의 오빠라고 할 수 있어요. 물론 당신도 제 오빠고요."

사페트와 할리트는 시타레에게 푹 빠져 있었다. 사페트는 이전에는 할리트가 결혼하고자 하는 의도가 있는지를 몰랐기 때문에 자신도 생각하지 않았던 결혼을 진지하게 생각하기 시작했다. 이것이 거부감 없이 받아들여졌고 꽤 괜찮은 듯도 했다. 기회가 되면 그녀에게 말할 작정이었다. 하지만 바로 그즈음 그를 대할 때 취했던 시타레의 관용적인 태도에 변화가 보이기 시작했다.

"시타레 양, 내일 마차 타고 시냇가까지 한 바퀴 돌고 올까요?"

항상 손뼉을 치며 좋아라 했던 시타레는 이제는 "내일 어찌 될지 모르겠는데요! 하지만 못 갈 것 같아요. 읽고 있는 소설이 있는데 다 끝내려고요"라고 말했다.

"시타레 양, 시장 한 바퀴 돌까요? 그런 다음 시에서 운영하는 카페에 가서 차 한잔 마시지요?"

"정말, 저도 가고 싶은데요…… 제 뒤에서 쑥덕거릴까 봐 신경이 쓰이는군요. 여기는 작은 곳이잖아요. 게다가 그 카페에는 여자들이 전혀 안 오더군요. 꿔다 놓은 보릿자루 같은 느낌이 들 거예요."

"시타레 양, 역할을 연기하는 데 뭐 어려움 있나요?"

"아니요, 아니요, 잘 소화해 내고 있어요."

이러한 상황이 되자 사페트는 할리트를 주시하기 시작했다. 하지만 시타레가 할리트에게 별로 관심이 없다는 것을 알아내는 데는 그다지 오랜 시간이 걸리지 않았다. 그녀에게 다른 무슨 비밀이 있는 것이 분명했다. '혹시 에민하고?'라고 속으로 질문을 던졌지만, 이 질문에 자신조차 웃고 말았다. 시타레는 아름다운 남자를 좋아했다. 그녀는 "나이는 들어도 남자는 잘생겨야 하지요, 사페트 씨!"라고 말하곤 했기 때문이다. 어느 날 밤 빈대들이 그의 삭고 지친 몸을 빨갛게 부풀리던 시간에 침대에서 벌떡 일어나 레몬 화장수를 몸에 바르며 진정시키다 갑자기 "아, 난 정말 바보 천치구나!"라고 소리쳤다. 상황은 불 보듯 뻔했다.

에민은 항상 이런 사람이 아니었던가 말이다.

그는 항상 극단에서 가장 아름다운 여자와 친구 관계를 발전시키지 않았던가? 동시에 도시에서 가장 부유한 사람과도 격의 없는 친구가 되곤 하지 않았던가 말이다.

다음 날 사페트는 하얀 턱수염이 긴 상태로 파자마를 입고 할리트의 방으로 뛰어갔다.

"이봐, 할리트, 자네도 정말 순진한 아이구먼그래…… 다른 사람 때문에 우리가 서로 등질 뻔했지 뭔가? 자네한테 할 얘기가 있어."

"말하지 마. 그저께 밤 에민, 시타레 그리고 목재상 르자 씨가 공연이 끝나고 함께 물가로 가 밤을 새웠다고 하네. 그녀가 노래를 부를 때마다 돈을 지불했다고 하더군. 자벨 부인도 동행했대."

"그건 몰랐어. 이제 어떻게 되지?"

"그녀한테서 얼른 벗어나야지 뭐."

"내가 자네한테 전에 말하지 않았난 말이야?"

"말했었지. 하지만 그녀에게 자네가 먼저 빠졌잖아."

"그리고 할리트가 두 번째로 빠졌지."

"뭐 어쨌든…… 사페트, 우린 이제 늙었어. 우리에게는 이제 왕 같은 삶이 남아 있을 뿐이야. 다른 방도가 없어."

"그게 무슨 말이야?"

"무슨 말이겠어? '미혼의 삶이 왕 같은 삶이다'라고들 하잖아!"

사페트는 생각에 잠겼다. 그러고는 화제를 바꿨다.

"할리트, 일은 잘 돌아가나?"

"좋았지, 좋았고말고. 그런데 이 도시 사람들은 우리보다 먼저 모든 것을 알고 있다니까. 우리 모두는 바람난 마누라를 둔 꼴이 되었지 뭐.

다른 사업가도 나한테 혹은 자네한테 다리를 놔 달라고 할 것 같아."

"에민을 심문해야 하나?"

"그럴 필요 없어! 현재로서는 이를 정도 공연을 하지 않는 걸로 하지. 자네가 쓴 〈빨간 양산을 든 공주〉 리허설이나 하자고. 그사이 우리가 할 일은 내가 준비함세. 그녀한테 본때를 좀 보여 줘야겠어. 내가그녀의 꼬리에 깡통을 묶어 놓지 않고, 창피를 주지 않고 이스탄불로간다면 이후로 난 할리트가 아니야. 내 성을 갈고 말지."

"에민은 어쩌지?"

"에민은 나중에 추궁하자고. 게다가 우리가 개한테 뭘 어떻게 하겠어? 흠씬 혼내 주고 용서하는 길밖에 다른 방도는 없어. 어차피 우리발 아래 엎드려서 '절 용서해 주세요'라고 말하겠지. 진짜 문제는 그녀야. 그녀에게 어떤 게임을 해서 어떻게 창피를 줄지 생각해 봐야 해.이걸 무대 위에서 해야 할 것 같아. 이 도시 사람들의 일부가 그녀의목소리와 외모에 반했으니 목재상과의 친분을 견디지 못하고 질투를하고 있을 거야. 누에고치 공장주와도 몇 번 즐거운 시간을 보냈다고하더군. 그 남자가 약간 구두쇠 짓을 해서 그녀가 외면했을 거야. 그남자 측 사람들도 칼을 갈면서 기회를 엿보고 있을걸."

"그렇다면 연극이여, 안녕!"

"A 시여, 안녕이지. 연극하고 무슨 상관이 있나!"

*

〈빨간 양산을 든 공주〉 내용을 어디에서 표절해 왔는지는 연기하는배우들뿐만 아니라 집필한 사람 자신도 몰랐다. 이 작품은 이전에 있던 모든 작품과 비슷했다. 번역한 대본 수준이었다고 할 수 있다. 사건은 프랑스에서 1830년 혁명 시기에 진행되었다. 단두대, 백작, 백작부인, 양치기 소녀, 진짜 공주 그리고 혁명가들이 등장하는 등 대단히 복잡했다.

이 연극을 잘 이용하고 싶었던 할리트는 공주 배역을 시타레에게 주었다. 그 역할은 약간 비호감을 주는 것이었다. 오로지 시타레만이 이 역할을 사랑스러운 역할로 만들 수 있었다. 자벨 부인이 이 역할을 하기에는 너무 나이가 들었다. 결국 시타레가 "가련한 사람들이여, 그들이 우리의 모든 것을 파괴했습니다!"라고 고함을 질러야 했다. "이 문장에 맞는 반항적이며 고귀한 톤은 오로지 너만이 낼 수 있어, 시타레"라고들 말했기 때문에 그녀는 이 중요한 역할을 기꺼이 수락했다.

할리트는 그사이 자신이 할 일을 결정했다. 배우들이 막간에 무대 뒤에서 더위에 못 이겨 벌컥벌컥 마셨던 깡통 음료를 실수인 척하며 공주의 푸른색 의상에 낚싯바늘로 매달 계획이었다. 그녀가 막 "가련한 사람들이여! 그들이 우리의 모든 것을 파괴했습니다! 비열한 사람들입니다!"라고 말하며 빠르게 걸어갈 때, 미리 그녀의 옷에 매달아 놓은 깡통을 할리트가 발로 찰 예정이었다. 시타레는 이를 모른 채 깡통을 질질 끌며 걸어갈 것이다. 막을 내리는 사람에게는 절대 막을 내리지 말라고 미리 언질을 해 놓은 상태였다.

무대는 연극의 혼에 적합했고 이리하여 이 불운한 극본도 그나마 창피를 면할 수 있을 터였다. 시타레에게 적의를 품은 사람들은 배를 움켜잡고 웃을 것이고, 그녀를 향해 휘파람을 불어 댈 것이다. 즉흥연기 역사에 또 다른 승리를 더할 참이었다. 이후 시타레의 이름에 '깡통'이라는 말이 덧붙여질 것이다. 그녀가 어떤 극단에 입단하든 간에

'깡통 시타레'라고 불릴 것이다.

*

　객석은 꽉 차 있었다. 무대 바로 맞은편에 환한 달이 걸려 있었다. 인근 시골 마을에서 달구지를 타고 온 사람들도 있었다. 무대 맞은편의 많은 집들과 나무들 위도 사람들로 꽉 차 있었다. 막이 올라가기까지 5분이 남아 있었다. 시타레가 지금은 극장에 왔어야 했고, 무대에서 노래를 부르고 있어야 할 때였다. 관객들은 안달을 하기 시작했다. 시타레는 보이지 않았다. 자벨 부인과 하숙집처럼 함께 지내고 있던 집에서는 자벨 부인은 30분 전에 왔고, 시타레도 곧 올 것이며, 신경이 아주 날카로워져 있다고 말했다. 할 수 없이 그 집으로 사람을 보냈다. 시타레 양이 집에서 나갔다는 소식이 왔다. 오고 있는 길일 거라며 한동안 기다렸다. 그래도 오지 않자 사페트와 할리트가 그 집으로 뛰어갔다. 그사이 자벨 부인도 헐레벌떡 그 집으로 뛰어가 먼저 주변을 둘러보고 침대 아래까지 샅샅이 뒤졌다.
　"자기 짐을 가지고 가 버렸네."
　화장대 위에 있는 종이를 자벨 부인이 발견했다.

　나는 목재상 르자와 결혼할 겁니다. 우리는 알로와로 갑니다. 모두에게 신의 저주가 내리기를. 개들이나 당신들의 얼굴을 쳐다보길……
　　　　　　　　　　　　　　　　　　　　　　　　　시타레 르자

　사페트와 할리트는 서로의 얼굴을 쳐다볼 뿐이었다. 그런 후 화장대 거울 쪽으로 몸을 돌려 자신들을 쳐다봤다. 거울에서는 광기 어린 두 노인의 얼굴이 비쳤다.

*

지금 모두 자정이 지난 새벽 3시 기차의 삼등칸에 타고 있었다. 자벨과 메디하가 연극을 성공적으로 끝내려고 안간힘을 썼다. 휘파람 소리와 야유 소리가 울려 퍼졌다. 사람들은 "시타레 어디 있어? 우린 시타레를 원해!"라고 소리치고 있었다. 자벨 부인에게는 "시끄러워 이 노파야! 그만해!"라고 고함을 쳤다. 앞좌석에 앉은 사람들은 맥주를 가지고 들어와 병을 흔들며 무대로 던졌다. 맞은편 경찰서에서 보낸 경찰들은 문 앞에 서서 입장하는 사람들이 썩은 달걀, 토마토를 반입하지 못하도록 검사를 철저히 했다. 그럼에도 불구하고 사페트는 남색 양복에 두 개를 맞았다. 하지만 그는 백작처럼 정중하게 얼굴색 하나 변하지 않고 시타레가 빨래한 새하얀 손수건으로 옷을 닦았다.

국민당 당수는 그들이 사람들을 속였다는 이유로 크게 호통을 치면서 "바라건대, 이제 더 이상 공연을 계속하지 않았으면 합니다"라고 말했다. 기차역에는 늦은 시간임에도 불구하고 그들을 보며 미소 짓는 관객들이 있었다. 에민은 공연이 끝난 후 자취를 감추고 말았다.

지금 사페트와 할리트는 불이 들어오지 않는 객차의 객실에 마주 앉아 뼛속까지 스며드는 9월의 서늘한 가을 아침에 잠들지 못하고 누렇게 뜬 얼굴로 생각에 잠겨 있었다. 얼마나 지났을까. 할리트는 혼잣말을 하는 듯 "연극은 죽었어"라고 중얼거렸다.

　나는 지금 연극계의 이 두 영웅 중 한 명은 상수도국에서 검침원으로 일하고, 다른 한 명은 사마트야에서 아주 작은 카페를 운영하는 것을 알고 있다. 그들은 만날 때마다 여전히 '우는 석류, 웃는 모과' 극단을 어느 날 세흐자데바쉬에서 어떤 스태프, 어떤 무대장치, 어떤 극본으로 처음 상연하고 설립할 것인지 몇 시간 동안 궁리하며 논쟁하고 있다.

코린토스 만* 사람 이야기

Korentli Bir Hikâye

메모 : 얼마 전에 그리스 단편소설가와 알게 되었다. 우리는 서로 마음이 통했다. 그는 나에게 자신의 단편소설을 읽어 주었고, 나 역시 그에게 내 단편소설을 읽어 주었다. 그리고 나중에 우리끼리 합의를 봤다. 우리 사이의 이 합의에 의하면, 그가 내 단편소설을 읽은 후 24시간 정해진 시간이 지나 새롭게 그 단편소설 내용에 대해 언급하지 않고 원하는 대로 쓰는 것이었다. 원할 경우 내용이 똑같아도 되고, 이렇게 완성된 작품을 원한다면 자신의 이름으로 발표해도 상관없었다. 나 역시 그의 단편소설을 같은 조건에서 다시 쓸 것이며, 그 내용이 똑같아도 상관없었다. 물론 그 작품을 내 이름으로 내는 것도 자유였다. 우리가 쓸 이야기 도입부에 이러한 메모를 넣거나 넣지 않거나 그것 역시 자

---

* 펠로폰네소스 반도와 그리스 본토 사이의 좁고 긴 만.

유였다. 나는 그리스의 어느 지역이 배경이 된 이야기에—읽으면 알 수 있는데 뭐—그 어떤 메모도 넣지 않는 것은 적당하지 않다고 여겼다. 그 그리스 친구는 어떻게 했는지 모르겠다. 그는 자신이 원하는 형태로 자유롭게 했을 것이다. 그 친구의 단편소설을 24시간 전에 읽고 새롭게 썼을 때 이러한 메모를 원하면 넣고 원하지 않으면 넣지 않을 것이다. 물론 전체를각색한다면 전혀 메모를 넣을 필요가 없을 것이다. 하지만 이 이야기처럼각색이 힘들 경우, 부득이하게 이런 메모를 넣을 수밖에 없을 것이다.

나는 그가 면 소재지에 처음 왔던 날을 아주 잘 기억하고 있다. 가랑이가 해진 바지, 꽉 끼는 재킷, 핼쑥한 얼굴, 매듭 부분에 유분기가 있는 넥타이, 얼굴에 땟국물이 줄줄 흐르는 길거리 소년의 솔로 거울처럼 닦아 군데군데가 커피색이고 초콜릿색인 신발, 바람이 불면 손수건처럼 떨리는 트렌치코트가 마치 어제인 것처럼 눈앞에 선하다.

면장들 그리고 선생들—다른 사람들도 있지만, 그들에 대해서는 말할 시기가 되면 언급하겠다—이 두 유형의 사람들은 처음 볼 때는 탐탁지 않은 사람들이다. 왜 그런지를 생각하면 그 이유를 알아낼 수 있다. 그 이유는 서민과 학생, 자신들을 관리하기 위해 앉혀 놓은 사람들에게 내면보다는 외면을 보여 주고, 지식보다는 무지를 보여 주고, 우정과 사랑보다는 자신들을 좋아하게 만들려고 애를 썼기 때문이다. 그 응답을 받지 못하면 그들 사이의 관계는 그저 그렇게 되고 신경을 쓰지 않게 된다. 하지만 그때까지의 관심과 행동에서 아무것도 이해하지 못한 관리자는 자신이 우위에 있다는 행세를 하고, 이 행세를 배지처럼 옷깃에 단다. 그러고는 사람들 사이를 하늘에서 내려온 괴상한 창조물처럼 돌아다닌다. 그러나 그 척하는 것과 배지가 추하다는 점을 설명할 도리가 없다. 면장과 선생에게 있어 모든 사람은 어떤 아이 아니면 자신에게 서류에 사인을 받으면서 옷깃을 여미고 손등에 존경의 입맞춤을 하려는 가련한 사람들일 뿐이다.

내가 이러한 것을 설명한다고 해서 면장들과 교장들이 나쁜 사람이라고 말하고 싶은 것은 아니라는 점을 알아주었으면 한다. 그들 대부분은 좋은 사람이다. 행세하는 체하는 것과 규정 말고는 아주 좋은 사람들이다. 그러나 나는, 그들이 첫눈에 얼마나 호인처럼 보일지는 몰라도 그들과 친하게 지내는 것은 좋아하지 않는다.

나는 이 면 소재지에 새로 온 면장을 거리에서 처음 보자마자 마음에 들었다.

아 참, 다음과 같은 것을 말하는 걸 잊었다. 그들이 아무리 행세하는 체하더라도 자신의 임무를 제대로 하는 사람이라면 국민과 학생이 두려워할 것은 없다. 그들의 이러한 모습은 확연하다. 어쩌면 자신들의 임무를 수행하는 데 있어 지나치게 정직할 수도 있다. 그들의 잘못은 면 소재지에 사는 사람들과 학생들을 이해하지 못한다는 것이다. 이것도 아주 중요하지만 정직보다는 더 중요하다고 볼 수 없다.

너무 말을 많이 한 것 같다. 그렇지 않은가? 간단하게 말하면, 내가 조용하고, 교통수단도 없고, 말도 없고, 자동차도 없는 면 소재지의 거리에서 우리 면장을 처음 봤을 때 마음에 들었다는 것이다. 그에게 지나치게 관심을 기울이지는 않았지만, 그 지역에 관심이 있었기 때문에―그러니까 나는 카페에 들락거리고 어부들과 얘기를 나누고 부인들에게 칼리메라*, 칼리스페라**라고 말했다―새 면장이 정직하며 고

---

* 그리스어로 아침에 나누는 인사로 '안녕하세요'라는 의미.
** 그리스어로 오후에 나누는 인사로 '안녕하세요'라는 의미.

결한 사람이라는 것을 들으면서 '그 바짓단이 다 해진 젊은이가 용하군그래'라고 속으로 말했다.

이전 면장은 얼마나 끔찍한 사람이었던가! 게다가 매정하기도 이를 데가 없었다. 가난한 사람을 보면 기겁하곤 했다. 가련한 사람을 보면 옛날 자신이 수행했던 경찰직을 떠올리고는 험담을 하며 공격하곤 했다. 부자 앞에서는 태도가 돌변하여 진지한 가면을 썼다. 필요한 곳에서는 필요한 만큼 신경질을 내고 수행된 일과 자신을 중요하게 여겨주기를 바라며 모든 문제를 해결하곤 했다. 그렇다, 사람들은 그에 대해서도 별말을 하지 않았다. 그는 법과 질서에서 벗어나는 행동을 하지 않았다. 하지만 내가 법에서 조금이나마 벗어날 수 있다면, 은퇴 시기가 3년 남았다는 것을 잊는다면 얼마나 좋을까라는 것처럼 보이는 그의 태도를, 어쩌면 내가 이렇게 해석했는지도 모른다.

나는 새로 온 면장과 친구가 될 생각까지 가지고 있었다. 나는 정직한 사람을 좋아한다. 내가 감히 길을 제시해 줄 수는 없지만 나도 나름대로 면에 대해서 한두 마디 할 말이 있기는 하다. 예를 들면, 가을에 무리 지어 날아오는 새들을 새 잡는 끈끈이로 잡는 것을 법으로 금지시킬 수는 없나? 저 두 마리 처량한 주인 없는 개에게 예방주사를 맞히고—세금 10만 드라크마만 내지 않는다면, 정원사들의 집 혹은 우리 집 정원에 들일 수 있는 동물들을—독을 넣은 고기 완자로 죽이지 않는다면 얼마나 좋을까 등등…… 물론 나에게는 면장에게 이렇게 하는 것, 저렇게 하는 것, 아스팔트를 까는 것, 나무를 심는 것, 벤치를 설치하는 것, 아름다움을 망치지 않도록 하는 것, 호텔을 짓는 것, 빵가게를 여는 것, 목욕탕을 짓는 것 등을 꾀하는 프로젝트 따위는 없다. 그는 분명 이와 같은 일들을 나보다 더 잘 알 것이다.

나는 이렇게 한두 명의 사람과 한두 마리의 동물을 재앙에서 구하기 위해 면장과 친구가 되기로 결심했다. 하지만 그 당시 그가 어떤 축제 때문에 온갖 아름다운 배지를 옷깃에 단 모습을 보자 '잠깐만, 그가 무슨 말을 할 테니 들어 보고, 그다음에……'라는 생각으로 기다리기로 했다.

그러나 그가 얼마나 진부하고, 얼마나 어딘가에서 주워들은 것 같고, 얼마나 아부성 짙고, 얼마나 그 지역과 관련 없는―이 모든 것을 너무나 진심 어리고 열정적으로 믿으면서 자신이 애국적인 말들을 했다고 여기며―말들을 했던지, 나의 아주 사소한 말이 그에게 너무나 우습게 느껴질 거라고 생각하면서 놀랐고 경악했고 두려웠다. "그와 친구가 된다면 내 꼴이 어떻게 되었을까?"라고 나 자신에게 물었다.

그가 한 말 중 그 어떤 것도 손톱만큼도 진심 어리지 않고, 손톱만큼도 겸손하지 않고, 손톱만큼도 유연성이 없으며, 그 지역에 이로운 면이 없었다. 알맹이가 없는 거창한 말뿐이었다.

뭐 물론 이런 말들을 할 수도 있을 것이다. 그리고 한 지역의 면장이라면 이런 말들을 할지도 모른다. 하지만 그래도 최소한 자신이 어쩔 수 없이 그러한 말들을 하며 그 말들을 하는 자신을 부끄러워하는 모습이라도 보여야 하지 않는가 말이다! 게다가 그런 말들은 면장보다는 주지사에게 더 어울리는 것들이었다. 그런 연설은 약간 먹물을 먹은 사람들을 미치게 만든다. 그는 애국자를 매국노로, 미소 짓는 사람을 우는 사람으로, 앞이 보이는 사람을 장님으로, 민주주의자를 독재자로 만들 수 있었다. 그 모습을 보며 나는 스스로에게 "신이 나를 보호했구나!"라고 말했다.

하지만 그래도 멀리서, 그가 정직한 공무원이라는 말들을 들으며 기뻐하곤 했다. 같은 바지, 같은 트렌치코트, 같은 신발을 신은 그를 2년 동안 우애가 가득 찬 시선으로 바라보았다. 단지 넥타이만 바꾸었을 뿐이었다. 그리고 약간 풀 먹인 셔츠를 입고 있었다.

그런데 면에 갑자기 이상한 변화가 생겼다. 거의 습격 수준이었다. 여름에 날씨가 좋고 토지가 싸다며 멋대가리 없는 사람들이 물밀듯 밀려오기 시작했던 것이다. 건축 붐이 분 것이었다.

그사이 면장은 결혼을 했고 아이도 생겼다. 나는 이제 그를 별로 볼 수 없었다. 내가 이사를 했기 때문이었다. 하지만 그래도 몇 년 동안 살았던 이 마을에 볼일이 없어도 가끔 오가곤 했다. 면장에 대한 그 어떤 뒷말도 내 귀에 들려오지 않았다.

면에 대해 말하자면, 그곳은 갈수록 두드러기가 번지는 아이처럼 추한 형태로 방대해졌다. 멋대가리 없지만 웅장한 빌라들, 코린토스만의 풍경을 쥐앙 레 팽*과 비슷하게 만들려고 안간힘을 썼으나, 마치 땅에서 생겨난 듯한 굉장한 저항심이 내 마을이 간직하고 있는 어촌의 분위기를 도무지 없애지 못했다. 여전히 초록색 이끼, 노란 미모사, 아르부투스 나무의 가지, 야생 박하 냄새가 났다. 마로니에 나무에서는 멋진 밤색 열매들이 한적한 길에서 우리 발끝으로 떨어졌고, 아이들은 몇 시간이고 그것들을 가지고 축구를 했다.

갑자기 일상의 냄새가 나는 시원한 마당으로 발을 들이게 된다. 갑자기 야외 카페의 우물에서 비잔틴 시대의 글씨를 읽게 되고, 모퉁이를 돌면 수백 년 된 아주 작은 교회의 정원으로 들어서게 되고, 늙고

* 프랑스의 휴양지.

굽고 옹이 진 올리브 나무에 종이 걸려 있는 것을 보게 된다. 그런 후
또 갑자기 어떤 수도원의 문들, 마당으로 통하는 줄지어 있는 방 앞쪽
길에서 여전히 작은 목소리로 속삭이는 여든 살 정도로 보이는 검은
옷의 룸 여인들과 우연히 마주치게 된다. 작은 교회 옆에 있는 콘크리
트로 된 추하고 생뚱맞은 빌라는 멋모르는 두 명의 부유한 유대인 여
성들이 가건물로 지은 것이었다. 하지만 그것은 작은 교회 옆에서 비
교라도 되듯, 아니 비교가 아니라 그 작은 교회의 시적인 모습을 그곳
을 지나가는 사람들에게 설명하기 위해서 세웠다는 생각을 불러일으
켰다. 그 두 건축물은 서로 어울리지도 않았을 뿐만 아니라, 우리 대부
분의 눈에는 그 추한 건물이 보이지도 않았다. 그 대신 우리 머릿속에
는 여전히 예전에 쓰러진 까마귀밥나무와 월계수 나무가 있었다.

그 건물의 주인들은 지독하게 고집이 셌다. 우리 마을의 분위기를
바꾸기 위해 정원을 정돈하고 땅들을 평평하기 만들기 위해 안간힘을
썼다. 그런데 땅을 파면 나오는 자갈들을 바다에 버리는 데는 돈이 들
었다. 물론 건물주들이 마을의 분위기를 바꾸기 위해서 대단한 노력
을 했기 때문에, 사람을 고용하여 차를 가져오게 하거나 몇 날 며칠이
고 기다리는 것이 계획에 맞지 않자 '난 못 봤어'라는 식으로 눈을 감
아 주면 이 자갈들을 이끼 낀 한적하고 아름다운 길 위에 쌓아 놓았
고, 약간 투덜거리는 사람들이 있으면 눈과 마음이 먼 고향을 향하는
거무스름한 노동자들의 손에 로드 룰러를 쥐여 주고는 소위 길을 평
평하게 정돈하게끔 했다. 송진이 흐르고, 소나무의 침엽들이 썩고, 아
르부투스 열매들의 즙으로 덮이고, 비가 오면 향기로운 몰약, 박하, 올
리브, 송진, 마로니에, 월계수 그리고 흙냄새가 나는 2천 년 된 길들은
진흙탕이 되었다. 길에 난 잔디마저 다 뽑아 버린 상태였다. 굴뚝에만

800드라크마를 썼다는 소문이 난 어떤 네덜란드 사람은 자신의 집 정원을 잔디로 장식했다. 건물에 해가 되지 않게끔 하기 위해 소나무들, 올리브 나무들에조차—그 월계수, 마로니에, 박하, 엉겅퀴 나무, 까마귀밥나무 등은 아예 나무 축에도 끼지 않았다—먼저 나무 밑동을 파고 석회를 붓는다. 이렇게 해도 견뎌 내면 천 년이 된 나뭇가지들을 여기저기 쳐 낸다. 그래도 말라 죽지 않고 살아남으면 사나흘 동안 완전히 방치하고 학대한 후, 어느 날 밤 몸통에 밧줄을 매고는 죽지 않겠다고 신음하는 나무를 어떻게 해서든지 쓰러뜨렸다.

이렇듯 많은 일들이 일어났다.

하지만 내가 말했듯이, 이러한 모든 것에도 불구하고 자연은, 땅, 천 년 된 나무들, 작은 교회들, 종탑들, 수도원들, 만灣들, 진흙에서 자신들을 지킬 수 있었던 이끼 낀 길들은 마치 반란을 일으키는 것만 같았다. 단연코 그 무엇도 변화되는 것을 원하지 않았다. 침묵 속에서 미소 지으며 이 저항의 움직임을 이어 갔다. 이들에게 동참한 사람은 나였다. 어부 콤야노스도 있었다. 그리고 과부 흐리소폴로스도 있었다. 그리고 몇 명이 더 있었을 뿐이었다. 변한 사람들이 많이 있었다. 그 사람들을 다 셀 수조차 없었다. 나는 그 누구에게도 놀라지 않았다. 하지만 면장한테는 놀랐다. 나는 그가 손목에 찬 금시계, 반팔 실크 셔츠, 유럽산 넥타이를 멍하니 쳐다보았다. 이러한 것들을 그가 결혼한 여자의 돈으로 샀다고 말한 사람이 많았다. 그가 겨울에 입는 외투는 이제 그 어떤 바람도 날리게 할 수 없었다. 외투는 천천히, 연극장의 커튼처럼 열렸고, 외투 자락에 납을 넣어 꿰맨 듯 가장 강한 바람에도 거의 흔들리지 않았다.

신부님
Papaz Efendi

우리 집은 성당 맞은편에 있었다. 붉은 벽돌로 된 성당 건물의 몸은 저녁 무렵이 되면 군청색으로 변하는 하늘과 짙은 초록색 소나무에 기댄다. 종탑이 없기 때문에 꼭대기에는 항상 까마귀 혹은 갈매기 한 마리가 앉는 십자가가 있었다. 이 건물은 비잔틴 시대 이후 수백 명의 룸 건축가들의 무지한 머리로 복원이 거듭되어 성당보다는 비잔틴 시대 영주의 집 같은 느낌을 준다. 돔은 하나밖에 없었다. 건물은 추하지는 않지만 그렇다고 아름다운 것도 아니었다. 작은 돔이 있어야 하는 곳에 총안銃眼, 성루와 비슷한 구멍들과 돌출부들이 있었다.

낮에 보이는 투박한 모습은—더 자세히 말하면 밝아서 지겹도록 많이 볼 수밖에 없는 모습은—밤이 되면 짙은 초록색, 군청색이 아주 확연해지고 이에 벽돌색도 더해져 풍경이 더 구체적으로 변한다. 그때 꼭대기에 있는 십자가에서 시작해 거기 앉은 새도 놓치지 않고 짙은 파란색 바탕의 공책에 스티커처럼 붙여 벽에 걸어 놓는다면 마음껏 바라보며 즐길 수 있을 것이다. 아마도 성당은 5월에 이런 모습을 띠는 것 같다. 난 5월 저녁마다 스티커를 붙이는 아이, 어쩌면 화가가 아닌 것이 유감스럽다.

성당의 종탑은 앞에 있는 공터에 있었다—이것을 종탑이라고 부르는 것도 옳지 않다!—종탑에는 두 개의 종이 있었다. 한 개는 의식 때나 사람이 죽으면 치는 커다란 종, 다른 한 개는 하루의 기도 시간과 배 시간을 알려 주는 작은 종이다. 나는 그날 처음으로 종탑의 약간 뒤편에 있는 소나무 두 그루 사이에 놓아둔 목재 위에 앉아 있는 신부님을 보게 되었다. 새까만 두 눈과 새까만 턱수염을 한 남자였다. 그는 다리를 꼬고 앉아 있었고 검은 모자는 무릎 위에 놓여 있었다. 손으로 만지지 않고 입은 것처럼 깨끗한 거친 실크로 된 셔츠가 몸에서 반짝거렸다. 기름 낀 머리카락은, 무척 하얗고 넓은 이마 위로 개구쟁이 아이의 그것처럼 흘러 내려와 있었다.

"안녕하시오?"

"안녕하세요, 신부님."

"잘 지내시는지요? 우리가 이웃인가 보군요."

"네, 이웃입니다."

거친 비단 셔츠처럼 하얀 치아 두 줄이 검은 턱수염 사이에서 반짝이자 그의 표정에 어려 있던 비잔틴인, 정교회 신부의 느낌이 금세 사라져 버리고 말았다. 지금 그는 식사를 하는 노동자만큼이나 아름다웠다. 성당의 모든 분위기를 가면처럼 벗어던져 버린 것만 같았다.

"올겨울에 제가 정원을 돌봐도 되는지 어머님께 여쭤 봐 주시겠습니까?"

"네, 말씀드려 보겠습니다, 신부님."

나는 어머니에게 말했다. 다음 날 이른 아침부터 정원에서 일하는 그를 보게 되었다. 손에는 곡괭이가 들려 있었다. 그의 긴 신부복은 사과나무에 울타리처럼 팽팽하게 걸려 있었다. 새하얀 팔은 근육질이었다. 길고 가는 손가락은 곡괭이 손잡이를 잡고 있었다. 그는 손으로 흙한 줌을 집어 들었다.

"난 흙을 아주 좋아한답니다. 이것은 조용하고 겸손하고 침착하지요. 삶은 바로 여기에 있어요. 이것에 비하면 우리가 뭐 생명체 축에나 끼나요? 그래서 우리가 이것으로 만들어졌다고 하지요."

"신부님은 철학자시군요?

"아니요! 난 신부도 철학자도 아니오. 사람입니다. 땅도 없고 집도 없고 종교도 없는."

"종교도 없다고요?"

"어떤 면에서는 당연히 종교가 없는 사람입니다. 하지만 신이 있다면 우리를 삶을 살라고 창조하신 것이겠지요. 이런 거라면 신을 믿지요."

그는 잠시 말을 하지 않다가 이렇게 말했다.

"다른 건 신경 쓰지 말고 흙으로 돌아갑시다."

"신부님은 연세가 어떻게 되십니까?"

"예순셋입니다."

"뭐라고요?"

그가 꼿꼿하게 섰다. 손톱만큼의 쓸모없는 살도, 손톱만큼의 쓸모없는 지방도 없었다. 균형 있게 꼿꼿한 몸에는 과한 것이라고는 아무것도 없었다.

"대단하시군요! 말도 안 됩니다. 절대 마흔 살 이상으로는 보이지 않습니다."

"난 살기 위해 먹습니다. 포도주가 있으면 많이 마시고요. 입에서는 담배가 떨어지지 않지요. 채소 잎들을 먹습니다. 새를 먹습니다. 이런 것도 없으면 흙을 먹지요. 하지만 사람 고기는 먹지 않습니다. 기계를 작동시킬 만큼만 먹지요. 과한 것은 싫습니다. 즐겁게 먹고 즐겁게 마시지요. 내가 젊은 것은 이 때문이라오. 아무것도 신경 쓰지 않습니다. 사람들은 신부가 라크를 마신다, 술에 취한다, 신부가 여자들을 쳐다본다, 신부가 웃는다고 말들을 하지요. 맘대로들 말하라지요. 난 눈곱만큼도 신경 쓰지 않습니다. 난 이 삶에서 무엇인가를 하고 싶었지만 할 수 없었습니다. 노름을 하지 않았습니다. 이것까지는 할 수가 없더군요. 하지만 난 사람들이 하는 모든 것을 하고 싶답니다. 젊었을 때는 마른 빵과 양파를 먹었지요. 하지만 젊은 처자들을 보면 망아지처럼 날뛰지요."

"그게 말이 되나요, 신부님?"

"난 그랬다오. 왜냐고요? 내가 신부라서 그럴 수 없단 말인가요? 나는 아름다운 것들을 무척 좋아합니다. 아름다운 젊은 여자들, 좋은 포도주, 풀, 나무, 꽃, 새…… 난 아름다운 모든 것을 좋아한답니다."

그는 터키어를 아주 잘했다.

"다음에 또 봅시다, 그럼."

그는 발을 곡괭이 위로 강하게 쳤다. 약간 물기가 있는 붉은 땅이 부드러운 소리를 내며 옆으로 흩어졌다. 신부가 말했다.

"보세요, 금 한 줌과 다를 바 없지요. 금이 뭐 별건가요?"

몸을 굽혀 풀을 뽑으면서 머리를 내 쪽으로 돌려 그 건강한 치아를 보여 주었다.

"우리는 금을 소유하고 있지 않기 때문에 흙을 사랑하고, 그것을 먹기 때문에 치아가 건강하지요. 금이 없는 게 얼마나 다행스러운지. 금 때문에 죽을 수도 있어요. 과도한 지방 섭취와 간이 나빠져서……"

신부님이 우리 집 정원과 분투하는 일을 끝냈을 때, 그의 모습에서 남녀 사이의 사랑 전쟁에서 승리한 남자의 자랑스러움과 연민이 느껴졌다. 그 꽃이 가득하고 아름답고 반짝이는—일종의 승리 이외에 그 무엇도 아닌—여성의 승리감은 흙에 스며 있었다. 나무에는 그 어떤 불필요한 가지도 땅에는 그 어떤 잡초도 남아 있지 않았다. 토마토 씨가 싹을 틔웠다. 노랗게 핀 호박과 가지 꽃이 핀 정원을 보며 그가 피우는 담배는, 승리했으므로 당연히 누려야 마땅한 권리였다.

나는 집 안 창문 앞에 있었다. 나는 그가 아주 작은 씨의 껍질들을 까 흙을 밀면서 공중으로 던지는 모습을 즐겁게 바라보았다. 그는 이제 어떤 돌 위에 앉아 있었다. 어느 5월 말 오후였다. 하늘에는 수증기 상태의 번개와 무거운 구름들이 쌓여 있었다. 신부님은 창문 앞에 있는 나를 보더니 주위를 둘러보았다. 그는 정원을 가리켰다.

"어때요?"

나도 주위를 한 번 둘러봤다.

"아주 멋지군요. 전쟁에서 승리하셨습니다, 신부님."

그는 한순간 생각했다.

"씨 같은 부하들이 있고 흙 같은 탄약이 있는데 승리하지 않으면 부끄러운 일이지요. 이리로 오시지그래요?"

밖으로 나갔을 때, 또다시 그가 성경에 나오는 목동처럼 꼿꼿하게 곡괭이에 기대어 있는 것을 보게 되었다.

"승리한 장군처럼 보이는군요, 신부님."

그는 웃었다.

"네, 신부 알렉산드로스 장군!"

그는 또 흙을 한 줌 집어 들었다. 빨갛고 촉촉한 흙이었다. 그는 그 흙을 턱수염에 발랐다.

"이 안에는 철분, 마그네슘, 유황, 석회질 등 모든 것이 포함되어 있지요. 난 씨에 대해 잘 안답니다. 일종의 창고지요. 일종의 달걀이지요. 하지만 이 흙이라는 것을 이해할 수 없네요. 화학자는 분석을 하지요. 안에 이것이 있다, 저것 등등이 있다고 말합니다. 하지만 흙이 씨 안으로 들어가면 오로지 거기 필요한 것들만 관대하게 준다는 건 무슨 뜻일까요? 냄새, 색깔, 무기질, 비타민, 철분, 유황, 비소, 당분 그리고 더 많은 것을 준다고 하는데……"

"하지만 그것만 있는 게 아니잖습니까? 물은 어떻고요? 태양은 어떻고요?"

"그것들은 흙만큼 겸손하지 않기 때문에 내게는 부차적인 것처럼 느껴진답니다. 비는 마치 기도와 부탁을 기다리고 있는 것 같아요. 우리는 물이 졸졸 땅 위에서 흐를 때 기뻐하며 '신이시여, 감사합니다!'라고 말하지요. 흙은 태양처럼 눈부시게 반짝이지도 않고 '난 여러분 모두에게 무엇인가를 주고 있어, 내가 없으면 당신들은 아무것도 못하고, 내가 없으면 살 수 없어!'라고 말하지도 않지요. 그것은 조용히 진흙 상태로 우리 발밑에서 겨울 내내 우리 신발과 옷을 더럽히면서 생명 없이, 빨갛게 노랗게 까맣게 잿빛으로 누워 있지요. 그러다 봄이 오면 그 안에 있던 즐거움을 분출하지요. 쉬지 않고 풍부하게 나눠 주

면서 우리에게 축제를 보여 주지요. 초원은 클로버들로, 들판은 안개
꽃, 들국화들로 가득 찬답니다. 금작나무들조차 환하게 웃지요. 아무
대가도 바라지 않고 준답니다. 관대하지요, 관대하고말고요! 그런 후
때가 되면, 우리에게 축제를 충분하게 보여 준 후, 다시 그것들을 품고
썩히고 다시 태어나게 한답니다. 썩히고 태어나게 하지요. 남자들은
아니지만 여자들은 분명 흙에서 나왔을 겁니다. 흙의 어머니! 흙의 어
머니! 모든 생명체의 암놈에게는 흙의 성분이 있지요. 우리 남자들은
어쩌면 태양, 공기, 물의 아이들일 겁니다. 하지만 여성들은 분명 흙에
서 나왔지요!"

그는 손에 들고 있던 흙을 가지 싹 위에 뿌렸다. 그러곤 갑자기 이
렇게 물었다.

"당신은 내가 찬송하는 소리를 들은 적이 있소?"

"아니요."

"내 목소리는 아주 좋으니 한번 들어 보기 바랍니다. 예수, 그의 아
버지를 생각하면서 부르는 게 아니라, 땅을 사랑하며 찬송가를 부른
답니다. 당신이 들어 봐야 할 겁니다. 비잔틴 멜로디는 끔찍하고 구슬
프고 현실과는 동떨어져 있지요. 그것은 거짓으로 가득 찬 세상, 고민,
분노, 욕정, 노예 상태, 일종의 침착한 광기를 노래하지요. 하지만 난
이것들을 다른 형태로 부른답니다. 땅을 생각하며 부르면 달라지지
요. 이 섬에 목소리가 좋은 사람이 두 명 있는데, 그중 한 명은 의심할
바 없이 나고, 다른 한 명은 어부 안티모스입니다. 그의 노랫소리를 들
은 적이 있습니까?"

"아니요, 그 사람 노랫소리도 들은 적이 없습니다."

"분명 들었을 겁니다, 하지만 듣지 못했겠지요. 그는 그물을 짤 때,

그물을 수선할 때 노래를 부른답니다. 가까이서 들으면 그 소리의 아름다움을 알아챌 수 없지요. 왜냐하면 신음 소리 그 이상은 아니니까요. 너무나 조용하게 읊어서 겨우 들리지요. 그의 목소리를 듣고 싶나요? 그러면 그가 바닷가에 있는 자신의 오두막집에서 노래를 부를 때 나룻배를 타면 됩니다. 한 10분 노를 저어 바다 한가운데에서 멈추세요. 그럼 그때야 비로소 어부의 목소리를 들을 수 있을 겁니다. 그 옆에 있을 때 들리지 않는 이 목소리는 바다에서 어떤 방향으로 가든지 들린답니다. 얼마나 멋지게 들리는지…… 한참 동안 듣기를 권합니다. 처음에는 당신 마음속에서 어떤 좌절감을 느끼고는 신경질이 날 겁니다. 그럴 때면 나룻배를 더 빨리 저어서 바닷가에서 좀 더 멀어지기 바랍니다. 더 멀리 가세요, 두려워하지 말고. 목소리가 당신을 쫓아올 겁니다. 들리지 않기 시작하는 곳에서 당신은 다시 그 목소리를 향해 노를 젓기 시작할 거라고 난 장담합니다. 당신은 물고기를 잡으러 바다로 나갔지만, 그곳에서 바다의 심연, 물고기들, 바다의 반짝임, 바다가 부드럽게 출렁이는 소리가 주변에 여기저기 뿌려져 있는 것을 보게 될 겁니다. 그 소리는 인간의 소리입니다. 신의 노래가 아니지요. 우리는 어부가 자신을 위해 노래를 부른다고 생각할 수도 있지요. 하지만 자신이 아니라 바다에 대고 부르는 거지요. 그 사람은 정확히 여든 살 먹은 노인이랍니다. 그 누구에게도 나쁘게 대한 적이 없지요. 자신의 삶을 그물로 짠 사람입니다. 그는 그 오랜 세월 동안 바다에서 먹을 것을 구했지요. 이틀 정도 물고기를 잡으러 가지 않으면 배를 곯지만, 70년 동안 매일 바다로 나갔답니다. 그가 매일 잡았던 물고기는 내일의 빵에 곁들여 먹을 정도였을 뿐입니다. 그는 보물을 찾은 거지요. 매일 그 보물에서 가져오는 것은 그 정도였지요. 그 정도만 가져오는 것은 다른 사람의 몫을 취하지 않으려는 생각에서지요. 나는 그가 바다에게 부르는 사랑과 감사의 노래를 좋아한답니다. 당신은 모를 겁니다. 나도 성당에서 땅을 향해 찬송가를 부른답니다. 하지만 나의 노래는 흙을 향해 부르는 어떤 죄인의 신음이지요. 나는 사람들을 수 세기 동안 속이는 노래를 하며 밥벌이를 하고 있지요. 나는 잠들지 못하는 사람의 아편입니다. 은박으로 장식된 옷을 입고 흙에게 노래를 부를 때, 만약 듣는 사람들이 이 실상을 알게 되면 얼마나 분노할까요? 내가 굶게 내버려 둘 겁니다!"

그는 다시 흙을 한 줌 집었다.

"나는 땅에게 찬송가를 부른답니다. 내 노래를 듣고 어부의 노래를 들으세요. 그 역시 바다의 심연에 대고 노래를 부르지요. 그는 자신도 모르게 진실을 발견하고 살아가는 신성한 사람이지요! 여든 살이지만 단지 물고기에게만 나쁜 짓을 한 사람이랍니다. 나는 영리한 죄인이고요. 난 이 세상에서 어부들을, 땅을 일구는 농부들을 좋아합니다. 오로지 그들만을……"

나는 신부님의 목소리를 설교할 때 들었다. 그리고 어부의 목소리를 가까이에서 그리고 멀리서 들었다. 비잔틴 멜로디의 비밀은 풀 수 없었지만, 이 소리들은 며칠 동안 내 마음을 벌레처럼 갉아먹었다.

항상 이 두 목소리가 내 귀에 들렸다. 이 목소리들을 잠이 오지 않는 밤에 열린 창 앞에서 들을 때, 얼마나 몰입했던지 나의 피가 혈관 속에서 흐르는 소리를 듣는 것만 같았다.

신부님이 땅과 분투하는 모습은 그야말로 볼만했다. 그는 무척이나 즐겁게 일을 했다. 턱수염 이외에 그 어떤 것도 그가 신부임을 떠올리게 하지 못했다. 그 턱수염도 사람들이 젊을 때 나는 것처럼 까맸다.

마을 사람들은 신부님을 좋아하지 않았다. 신부님은 마을 사람들에게 적의가 없었다. 모든 사람과 상냥하고 허심탄회하게 얘기를 나누었다. 그에 관한 뒷말들에 신경조차 쓰지 않았다. 카페에 가서는 이렇게 묻곤 했다.

"얼마 전에 누군가 내가 여자들을 좋아한다고 말했지요?"

아무도 대답을 하지 않으면, 그 소문을 퍼뜨린 사람의 눈 안을 들여다보며 이렇게 말했다.

"여자들을 좋아하는 것은 숨 쉬는 것과 같습니다. 숨을 쉬지 않으면 살 수 있나요?"

나는 그가 어느 달밤에 섬의 가장 높은 언덕에서 구운 양고기를 앞에 두고 젊은 롬 남녀 몇 명과 함께 얼음을 넣은 라크를 마시는 것을 보았다. 달빛을 받아 반짝이는, 검은 양모 천으로 만든 긴 옷자락 부분을 허리에 쑤셔 넣고 한 손에 냅킨을 들고 통통한 롬 처녀와 춤을 췄다. 나중에는 한 손에는 라크 잔을 들고 있었고 다른 한 손에는 젊은 여성의 작은 손과 새하얀 손수건이 들려 있었다. 이 손수건으로 가끔 처녀의 이마에 난 땀을 닦아 주었다.

겨울에 토요일마다 섬으로 갔을 때, 정원에 있는 그를 발견하곤 했다. 그는 시금치와 양파를 가리키며 말했다.

"여기에 혼자 오면 안 되지요. 날씨가 추워졌군요. 당신에게는 샐러드를 만들어 줄 사람이 필요해요."

내가 누구와 같이 갔을 때, 그는 우리 집 창문에서 어떤 여성의 환영을 보고는 여름 오후 무렵 바다에 비치는 태양처럼 반짝이는 치아를 보이며 웃곤 했다.

신부님은 작년 여름에 죽었다. 간질환으로. 그의 배는 산처럼 부풀어 올라 있었다.

"내 병이 간경화라고 합니다. 이 병이 나한테 오지 않았어야 했는데. 병이라는 것은 없답니다. 이 병도 사람들이 만든 거지요."

"무슨 일이 있으셨나요? 무슨 이야기를 들으신 거예요."

"신경 쓰지 마시오. 신경을 썼더니 이렇게 죽어 가지 않습니까? 파렴치한 마을 사람들이 나를 비방했답니다. 당신이라도 그 말들이 거짓이라고 믿어 주시오. 하지만 어쩌면 안 죽을 수도 있지요. 난 이것도 극복해 낼 거요."

그러나 그는 극복하지 못하고 죽고 말았다. 신부님의 모든 허물은 멍청한 젊은 처녀를 농락한 것이었다. 난 그가 죽기 사흘 전에 시골 카페에서 보았다. 얼굴이 창백했다. 턱수염 사이로 얼굴에 얽은 자국이 있는 것을 그날 알아챘다. 하지만 여전히 젊고 잘생긴 얼굴이었다. 지독하게 살이 빠져 있었다. 배도 희미하게나마 나와 있었다.

"어제 복수를 뺐답니다."

그러고는 햇볕에 그을린 다리로 달리고 있는 젊은 처녀를 가리켰다.

"사람들이 저런 처녀와 나를 묶어 험담했다면 내 가슴이 이렇게 아프지 않았을 것이오."

"그런 험담들은 눈곱만큼도 신경 쓰지 않는다고 하셨잖아요, 신부님?"

"그런데 어쩐지 이번에는 신경이 쓰였고 마음속에 자리를 잡더군요. 사람들은 왜 이렇게 남의 험담을 할까요? 아마도 죽음이 문을 두드리니 사람들이 나에 대해 하는 말들이 나를 이렇게 흔들어 놓은 것같소. 그렇지 않다면 내가 신경 쓸 사람이 아니오. 그들 모두 음흉하고 바보이며 도둑이며 거짓말쟁이라는 것을 내가 왜 모르겠소? 서로 상대의 돈벌이, 아내, 딸, 가게에 눈독을 들이고 있다는 것을 내가 왜 모르겠소? 나는 살면서 웃으면서 흙의 어머니와 아름다운 처녀들을 바라보고 사랑하며 사흘 후에 죽을 거요."

　사흘 후 신부님은 죽었다.

제비꽃 피는 계곡
Menekşeli Vadi

내 친구는 커다란 두 손으로 머리를 감싸고 생각에 잠겨 있었다. 앞에 놓인 0.5리터짜리 포도주 병은 반쯤 비어 있었다. 콩 샐러드와 고등어가 이제는 먹을 수 없는 상태가 되어 얼마나 처량하게 접시에 담겨 있던지, 며칠 동안 굶은 사람이 입맛을 다시며 그 앞에 앉아 한 입을 먹었지만, 갑자기 위장을 찌르는 통증 때문에 먹을 수 없었고, 이에 그 음식도 자신들이 살아 있는 게 유감스럽다는 느낌을 자아내기에 이르렀다. 이런 삼류 술집에 오는 사람들이 그들 앞에 놓인 음식을 먹어 치우지 못하는 것은 내게 선택하지 않은 남자와 선택받지 못한 여자의 얼굴에 나타난 그 헤어날 수 없는 슬픈 의미와 모습을 떠올리게 한다.

내 친구의 이름은 바이람이다. 골격이 큰 남자였다. 그는 알바니아인 어투로 말했다. 한때 마른 아몬드를 재와 질산으로 촉촉하게 만들어 팔곤 했다. 그런 다음에는 복권을 팔았다. 이후에는 마차를 몰았다. 나중에는 부자가 되었다고 말할 수도 있다. 하루에 30리라를 벌었는데, 나는 이 시기에 그를 알게 되었다. 그는 과거의 습관을 버리지 않고 있었다. 여전히 건달처럼 옷을 입고, 여전히 일주일 치 수입을 하루에 다 썼으며, 가장 형편없는 술집에서 가장 멋진 여자들과 만나곤 했다. 그가 알게 된 여자들 중 세헤르*가 있었다. 정말로 새벽 같은 여자였다. 바이람은 세헤르와 동거하기 시작했다. 나는 키가 큰 그를 마차에서 본 적이 있다.

"에이, 집어치우라 그래! 겉과 속이 다른 음흉한 놈들!"

그는 이렇게 말하며 말 등에 채찍을 휘두르곤 했다. 암말도 그가 휘두른 가죽 채찍처럼 좁은 골목을 번개같이 지나가곤 했다. 바이람은 세헤르와 동거하면서 그녀 때문에 싸움을 많이 했다. 칼부림도 했고, 피 묻은 손으로 도망쳤고, 숨어 살다가 어느 날 잡히고 말았다. 여덟 달 동안 감옥 생활을 했다. 이즈음 일이 일어나고 말았다. 그렇지 않아도 제복 입은 남자를 무척 좋아했던 세헤르가 그런 사람을 따라가 버리고 말았던 것이다. 그리하여 아스말르메스지트에 있는 술집에는 들르지 않게 되었다.

이런 일이 있은 후 바이람은 일을 하지 않게 되었다. 등뼈는 멍에목에서 벗어난 마차의 끌채처럼 밖으로 튀어나와 있었다. 그는 아침부터 술을 마시기 시작했고 세헤르를 찾아 나섰다. 세헤르를 찾아내고는 허리춤에서 커다란 칼을 꺼내 그녀의 옆구리를 찔렀다. 하지만 세

---

* '새벽'이라는 의미.

헤르는 죽지 않았고, 누가 자신을 찔렀는지도 말하지 않았다.

세헤르는 병원에서 나온 후 술집에 왔지만, 바이람과는 말을 섞지 않았다. 그녀의 이러한 태도가 바이람에게는 아주 불편했다. 세헤르가 했던 용기 있는 행동은 말을 묶어 놓은 것처럼 그를 옴짝달싹 못하게 만들었다. 시간이 지나 바이람은 세헤르와 화해했다. 바이람은 암말과 마차를 팔았다. 그 돈은 세헤르가 모두 다 썼다. 하루에 일당 10리라를 받고 다른 사람의 마차를 몰던 바이람을 살인자로 만들기 위해 세헤르는 온갖 짓을 다 했다. 항상 그가 싫어하는 부류의 사람들과 돌아다녔다. 바이람은 마차도 몰지 않게 되었다. 그래서 다시 아몬드를 팔기 시작했다.

나는 그가 저녁마다 술집에서 모든 수입을 술에 탕진하던 시절에 우연히 보곤 했는데, 그의 얼굴에는 이제 생기가 없었고, 전쟁 중인 유럽 도시의 풍경처럼 살벌했다. 그 마법적이며 각지고 투명하고 하얀 얼굴에서 반짝였던 눈의 생기는 사라지고 없었다. 게다가 밭은기침을 하고 있었다. 그의 눈은 오로지 마실 때만 반짝였다. 세헤르를 죽이려고 나섰던 날의 분노를 이렇게 해야만 삭일 수 있었다.

나는 그의 처참한 모습을 보고는 "바이람, 이게 무슨 꼴인가? 미친 짓 하지 마"라고 말했다.

"아, 왔어? 앉아. 바르바*! 포도주 한 병 더 가져와!"

바르바가 포도주를 가지고 왔다. 우리는 술을 꽤 마셨다. 그러다 바이람은 내 얼굴을 이상하게 쳐다보았다. 무엇인가를 말하려고 하다가 포기하는 듯했다. 내가 신경 쓰지 않자 "난 자네를 형제처럼 좋아해.

* 룸어로 '아저씨' '삼촌'이라는 의미.

자네도 날 좋아하지?"라고 물었다.

"당연하지, 바이람!"

"그렇다면 나 좀 집으로 데려다 줄 텐가?"

"술에 취했다면 물론."

"아니, 내 방이 아니라, 우리 집으로. 우리 집, 그러니까 진짜 집. 7년 동안 가지 않았어."

"7년이라고?"

그는 웃었다.

"7년 전 어느 날 아침 집에서 나왔어. 정확히 스물한 살 때였지. 2월이었어. 하지만 우리 집 앞 시냇물은 봄날 아침처럼 미지근했지. 제비꽃 향기가 났어. 나는 품에 꽃을 들고 베이올루로 나갔어. 꽃 시장에서 꽃을 팔아 19리라를 벌었지. 그때까지 한 번도 술을 마신 적이 없었는데, 마셨어. 난 3년 전에 결혼했지만 분 냄새가 나는 여자는 한 번도 접한 적이 없었는데, 거기서 그 향기를 맡았어. 그런 후 집에 돌아가지 않았어. 식구들의 생사도 몰라. 그 누구와도 그 어떤 곳에서도 한 번도 우연히 만난 적이 없어. 늙은 아버지가 계시고 어머니, 아내 그리고 두 아이가 있다네. 한 명은 한 살 반이었고, 다른 한 명은 생후 9개월이었어. 자네도 아는 것처럼 난 아몬드를 팔았고. 그다음은 자네가 아는 얘기야."

잠시 후 그는 다시 술집 주인에게 외쳤다.

"바르바, 적포도주 한 명 더 갖다 줘. 2리터짜리로."

"바이람, 그러지 마, 자네 너무 많이 마셨어."

나는 늙은 웨이터에게 그가 몇 병째 마시고 있는지 물었다.

"놀라고 있는 중이랍니다. 멍하다니까요 저도. 제가 잘못 표시하지 않았다면 일곱 병째 마시고 있는 거지요."

바이람은 다정하게 "자네는 가져오게, 난 마시지 않을 거니까"라고 말했다.

하지만 또 그가 마셨다. 나도 한 병을 더 주문했다. 우리가 밖으로 나갔을 때는 나도 그도 똑바로 서 있지도 못할 지경이었다. 아스말르 메스지트 술집에 들러 웨이터 베키르에게 세헤르의 근황을 물었다. 그녀는 테페 술집으로 갔다고 했다. 우리는 버스에 올라타 테페에 갔다. 바이람은 연신 "테페에서 걜 가만두지 않을 테야!"라고 말했다.

다행히 세헤르는 그곳에 없었다. 우리는 거기서 나와 걸었다. 바람은 차고 축축했다. 하늘에서는 회색 조각구름들이 흘러가고 있었다. 가끔 여느 때와 같은 달인지 의심 가는 달이 보였다. 우리가 가슴으로 맞았던 바람을 얼마 후 등으로 맞았다. 어떤 때는 이런 바람이 우리를 밀었다.

그러다 갑자기 바람이 없는 곳에 도착해 멈췄다. 어둠 속에서 우리 앞에 커다란 저택이 나타났다. 우리는 정원 벽 가장자리에서 양배추 밭으로 떨어지고 말았다. 그가 앞장서고 나는 그의 뒤에서 부드러운 땅을 밟으며 어두운 곳을 향해 내려가기 시작했다. 내려갈수록 바람은 잠잠해졌다. 잠시 후 아주 온화한 공기를 느끼게 되었다. 물소리가 들렸다. 우리 앞에 있는 서너 채의 건물에서 달콤한 빛이 흘러나오고 있었다. 개들이 짖어 댔다. 우리는 어느 집 문을 두드렸다. 계단에서 여자아이 목소리가 들렸다.

"엄마, 누가 문 두드려요!"

"문을 두드리면 열지 그러니! 할아버지가 카페에서 돌아오시나 보다."

"난 무서워."

"무서울 게 뭐 있니, 애야?"

"문 앞에 남자 둘이 있어요."

"바보 같으니라고! 누구겠니? 할아버지와 하산 아저씨지."

문이 열렸다. 노랑머리의 여자아이는 새파란 눈동자로 바이람의 얼굴을 바보처럼 뚫어지게 바라보았다. 그런 후 반짝거리는 파란 눈이 나를 향했고 나를 훑어보았다. 문이 우리 앞에서 꽝 하고 닫혔다.

"엄마, 도둑이 왔어요! 정말로, 진짜로 도둑이에요!"

머릿수건을 입가에 묶은, 하얀 이마에 새까만 눈동자의 여인이 커다랗게 뜬 놀란 눈으로 우리 앞에 있었다. 그녀는 그렇게 한동안 바라만 보고 있었다. 그런 후 머릿수건을 입에서 떼고는 뒤로 물러났다.

"안으로 들어오세요!"

우리는 안으로 들어갔다. 우리 앞에 바로 계단이 나타났다. 열 걸음 정도 갔을까, 어떤 방문 앞에 도착했다. 우리는 안으로 들어갔다. 이제 양철 난로가 있는 방에 있게 되었다. 방 안에서는 코를 찌르는 아이 냄새와 보리수 꽃 냄새가 났다. 우리는 긴 방석 위에 앉았다. 그녀는 나무로 된 밥상을 방 가운데로 가지고 왔다. 그 위에 여기저기 반짝이는 동제품으로 된 커다랗고 동그란 쟁반을 얹었다. 쟁반 위에 피클, 치즈, 잼, 삶은 달걀 여섯 개를 놓았다. 우리는 그 앞에 앉아 아무 말도 하지 않고 모두 먹어 치웠다. 우리가 식사를 하고 있을 때 어린 남자아이가 문을 열고 우리를 쳐다보더니 도망쳤다. 어린 여자아이는 심부름을 했다. 머리를 뒤로 꽉 묶고, 지금은 이마도 보이지 않는 젊은 여인이, 식사가 끝나자 조용히 몇 번 들락거리며 상 위에 있는 것들을 치웠다. 그런 후 어떤 궤의 뚜껑을 열고는 요 두 개를 꺼내 바닥에 깔고 나갔다. 잠시 후 커피를 가지고 왔다. 우리는 아무 말도 하지 않고 누웠다. 마치 서로에게 삐친 것처럼 눈도 마주치지 않고 인상을 썼다.

아침에 일어났을 때 창문 앞에서 담배를 피우고 있는 바이람을 보게 되었다. 나는 그 옆에 있는 긴 방석에 앉았다. 밖을 내다보았다. 안개 속에서 정원이 펼쳐져 있었다. 정원 가장자리에는 반은 유리, 반은 짚으로 덮인 온실 같은 것이 있었다. 창문을 열었다. 향기로운 제비꽃 향기가 코안으로 가득 들어왔다. 공기는 아주 온화했다. 잠시 후 안개가 천천히 걷혔다. 눈앞에 밭이 펼쳐졌다. 양배추, 꽃, 파슬리, 상추가 싱싱하게 자라고 있었다. 그 너머 꽃들 사이로 다른 정원들, 다른 비뚤비뚤한 집들이 보였다. 사방은 같은 식물, 같은 동물, 서로 꽤 멀리 떨어진 볼품없는 건물들로 가득 차 있었다. 제비꽃, 사방에서 제비꽃 향기가 났다. 길 한가운데는 시냇물이 졸졸 흐르고 있었다. 어제저녁 집에 올 때 우리가 이 시냇물을 건넜던 걸까? 그런데 발도 젖지 않았다.

어떤 노인이 우리 곁으로 왔다. 바이람이 "아버지!"라고 말했다.

지난밤 이후로 처음 하는 말이었다.

노인은 내게 "어서 오십시오"라고 말했다.

잠시 후 어떤 늙은 여자가 우유를 가지고 왔다. 그러면서 노인에게 "시장에 갈 건가요? 마차를 준비할까요?"라고 물었다.

노인은 바이람을 쳐다봤다. 바이람은 "어머니, 제가 시장에 갈게요"라고 말했다.

오로지 그의 어머니만이 주름진 뺨에 떨어지려는 눈물을 소매로 닦았다. 그녀 이외에 어느 누구도 그의 귀환에 흥분하는 것 같지 않았다.

마차에 양배추, 리크*, 빨간 무, 시금치를 실었다. 우리는 그 마차에

* 큰 부추같이 생긴 채소.

함께 탔다. 어린 여자아이가 커다란 제비꽃 다발을 내게 건넸다. 안색이 창백해진 그의 아내가 품에 샐러리를 안고 뛰어와 마차에 던졌다. 그러고는 얼굴을 들지 않은 채 바이람을 쳐다봤다. 나도 바이람을 쳐다봤다. 바이람은 아무런 신경도 쓰지 않았다. 여자는 마차가 사라질 때까지 한동안 그 자리에 서 있었다. 바이람은 마차가 모퉁이를 돌기 전에 일어섰다. 공중으로 채찍을 들고 하얀 말에게 휘두르더니 뒤를 돌아보고는 자신을 보고 있는 여자를 향해 휘둘렀다. 여자가 뛰어서 집으로 도망가는 것을 보기도 전에 마차는 모퉁이를 돌았고 집은 시야에서 사라졌다.

여전히 제비꽃 향기가 났다. 샐러리 향기는 너무나 자극적이고 향기로웠다. 나는 우리가 어디로 가는 줄 몰랐고 물어볼 수도 없었다.

우리는 어떤 장터에서 내렸다. 바이람 주위를 장사꾼들이 에워싸고는 이런 말들을 했다.

"제대한 거야? 우리는 네가 죽은 줄 알았어, 바이람!"

나는 "바이람, 나 갈게"라고 말했다.

그는 "가끔 들러!"라고 대답했다.

나는 많은 길을 지났다. 비탈길을 올라갔고 내려갔다. 다시 올라갔다 내려갔다. 그러다가 오르타쾨이*에 도착하게 되었다.

제비꽃 피는 계곡에 1년 가까이 가지 못했다. 어느 날 그곳을 찾으려고 했지만 찾지 못했다. 지난해 아주 추운 어느 2월에 친구들과 함께 메지디에쾨이** 쪽에 있는 어떤 양배추 밭으로 우연히 발길이 닿게 되었다. 우리 앞에 그 풍경과 그윽함과 이상함으로 우리를 자신에

---

* 이스탄불에 있는 지역 이름.
** 이스탄불에 있는 지역 이름.

게 끌어당기는 계곡이 펼쳐졌다. 부드러운 땅을 밟자 나는 내가 어디에 있는지를 알게 되었다. 나는 부드러운 땅을 밟고 마구 뛰어갔다. 계곡은 얼마나 따스하던지! 제비꽃 향기가 폴폴 났다. 우리는 시냇가를 걸었다. 바이람은 밭에서 곡괭이로 상추를 뽑고 있었다. 그의 부인은 허리를 굽히고 아마도 아욱을 수확하고 있는 것 같았다. 그들은 잠시 멈추고는 우리를 쳐다봤다. 바이람은 나를 알아보지 못했다. 나도 나를 소개하지 않았다.

우리가 밭 가장자리를 지나 위쪽으로, 아르나부트쾨이 언덕을 향해 걸을 때 우리 코로는 여전히 제비꽃 향기가 풍겨 왔다. 아래 계곡에 5월의 날을 두고 걸어가자, 채찍 같은 2월이 위에서 우리를 기다리고 있었다.

짐승처럼 웃는 남자

Hayvanca Gülen Adam

그들의 집 앞에는 살구나무 한 그루, 정자를 타고 올라가는 덩굴나무, 초롱꽃, 나팔꽃 등이 있다. 그들의 집은 목조 가옥이다. 그곳에는 네 명의 형제자매가 살고 있다. 두 자매와 두 형제. 그들의 부모가 세상을 떠난 지는 10년이 넘었을 것이다. 내가 이 마을에 온 지 10년이 넘었으니까. 나는 그들의 부모를 본 적이 없다. 자매는 가사 도우미로 나이 든 유모들에게 면 염색 원피스를 만들어 주고, 스웨터를 짜 주며 생계를 유지하고 있지만 여름에는 노래를 부를 정도로 유쾌한 여자들이다. 형제 중 한 명은 구두 수선 가게 수습공이다. 그는 조용하고 침착하며 있는 듯 없는 듯 사는 사람이다. 그가 마을에서 얼마나 존재감 없이 사는지, 어느 여름 다리가 부러져 두 달 동안 병원에 입원했음에도 불구하고 그의 부재를 아무도 눈치채지 못했다. 게다가 매일 아침

수선할 신발들을 모으러 마을의 집들 앞을 지나가는 구두 수선 가게 주인조차 자신의 수습공의 부재에 대해 모른다는 느낌이 들 정도였다. 또 다른 형제는 그보다 더 존재감이 없는 사람이다. 두 달이 아니라 2년 동안 보이지 않아도 수습공 형제는 차치하고 친 여형제들조차 눈치채지 못할 거라는 생각이 들었다. 이 남자가 내 관심을 끌었다. 그는 바보처럼 웃는 얼굴을 한 사람이었다. 그가 웃으면 하얗고 튼튼한 이가 드러났다. 처음에는 순진하고 깨끗하게 느껴지는 이 웃음이 그의 눈을 자세히 들여다보면, 바보 같은 웃음이라는 것을 알게 된다. 그렇지 않아도 그의 얼굴에서는 항상 가벼운 웃음이 떠나지 않았다. 그는 튼튼한 이를 드러내는 환한 미소를 모두에게 지어 보이지도 않았고, 게다가 사람들 얼굴을 별로 쳐다보지도 않는 것 같았다. 그러나 어쩐 일인지 나에게는 마음을 열었고 이를 보이며 웃기도 했다. 나는 그 바보 같은 모습을 보고 안쓰러운 마음이 들곤 했다. 그는 마을에서 가장 가난한 집 사람이었다. 이러한 사람들은 밥벌이를 하기 위해 죽을 정도로 일한다. 특히 겨울에는 더 그렇다!

여름은 그들에게 좋은 시절이다. 집을 세놓고 할 일도 많아진다. 끔찍한 겨울이 축음기, 라디오, 벌거벗은 여자들에게 자리를 내놓으면, 이들도 이 유쾌함에 동참한다. 동참할 수밖에 없다. 그들의 방에 세든 사람들에게는 라디오가 있었고, 이것이 없으면 축음기, 축음기가 없으면 터키 스타일의 노래를 부르는 여자들이 꼭 있었기 때문이다. 유쾌함은 아마도 젊은 여자들로부터 남자들에게 전이되는 병일 것이다. 그는 직업이 없다. 하지만 그렇다고 전혀 일을 하지 않는다고는 말하지 않겠다. 나는 그가 집에서 쓸 물이나 세든 사람들이 쓸 물을 우물에서 긷는 것을 보곤 했다. 나를 등지고 있었기 때문에 얼굴을 보지는 못했지만, 그 바보 같은 웃음은 항상 그의 입술에 걸려 있었을 것이다. 다른 표정의 그는 상상할 수가 없다. 그는 매일 아침 집 앞에 있는 작은 정원을 빗자루로 쓴다. 큰 빗자루로 한 10분 가볍게, 나중에는 미친 듯이 싹싹 쓸었다. 그러면 나는 정원이 먼지구름으로 뒤덮이는 것을 보곤 했다. 그의 집과 우리 집은 서로 가까웠지만 그 먼지 구덩이 속에서는 그의 얼굴을 볼 수가 없었다. 그의 얼굴은 아마도 미친 듯이 벌겋게 상기되었을 거라는 생각이 들었다. 그렇게 추측했다. 그런 후 그 바보 같은 미소도 갑자기 짐승 같은 모습으로 변했을 거라고 생각하곤 했다. 어차피 미소는 항상 그의 입술에 머물러 있으니 화가 나고 질리고 신경질이 난 순간에도 그의 입가에서 사라지지 않을 거라고 생각했다. 그것은 아마도 짐승 같은 미소일 것이다.

위에서 그가 직업이 없다고 밝힌 바 있다. 직업이 없기는 했지만 그렇다고 실업자들이 가는 곳에 모습을 드러내지도 않았다. 그를 카페에서 본 적도 없고 초원에 누워 잠을 자는 실업자들 사이에서도 본 적이 없다. 또한 해안 저택을 따라 산책하는 모습도 본 적이 없다.

나도 한때 카페를 내 집 드나들듯 드나들었고, 나룻배를 타고 바다에 고기를 잡으러 다닌 적도 있지만 이제는 질렸다. 카드 게임은 나를 짜증 나게 한다. 그래서 나는 소나무 숲으로 나가 잠도 자고, 내가 사랑하는 사람들도 생각하고, 내가 할 일들도 상상했다. 사랑하고 사랑받고 부자가 되고 가난해지고 책을 읽고 애인에게 시를 쓰기도 했다.

바로 이러한 시기에 소나무 숲에서 그를 자주 보기 시작했다. 어떤 소나무 아래서 바다와 몽상에 빠져 있을 때 바스락거리는 소리를 듣고 나는 무슨 소리인지 귀를 쫑긋 세웠다. 그러면 멀리서 그가 어떤 그림자 앞을 비틀거리며 지나가는 것을 보곤 했다. 그의 발걸음은 빨랐고 마치 일을 마치고 돌아오는 사람 같은 모습이었다. 내가 있는 장소에서 꽤 멀리 떨어진 곳을 지났기 때문에 그를 불러 물어보지는 못했다. 그가 이곳에 무슨 볼일이 있는 걸까 생각했다. 특히 토요일과 일요일에 그곳에서 그를 자주 보았다.

어느 날 어떤 소나무 아래서 드디어 그를 붙잡았다. 그의 얼굴에는 역시 그 미소와 함께 화난 것 같은 표정이 어려 있었다. 그렇다, 그건 아마도 정원을 미친 듯이 쓸 때 나타났던 그 표정일 것이다. 나는 그를 주의 깊게 바라보았다. 아니다, 바보 같은 미소에서는 슬픔 이외에 다른 건 느껴지지 않았다. 나는 그에게 담배 한 대를 건넸다. 그러고는 바다에 들어갔는지 물었다. 그는 터키어를 잘하지 못했다. 그는 하얀 이를 드러냈다.

"보름 후에 난 바다에 갈 거야."

우리는 다른 것들도 얘기했다. 그는 바보 같은 아이처럼 웃었고, 내가 건네준 담배를 피우지 않았다.

"나한테 성냥……"이라고 말했다.

그는 재킷 주머니를 굵고 노랗고 크고 굽어진 손톱과 뭉뚝한 손가락이 있는 손으로 치더니, 담배를 속주머니에 넣었다. 그러고는 소나무 아래 드러누웠다.

"잘 거야……"

나는 바다에 들어갔다 나왔다. 그가 누워 있는 소나무 밑으로 향하다 그쪽을 보니 그는 일어나 나를 앞장서 걸어가고 있었다. 작은 키였다. 어깨와 머리 사이가 꽤 멀어 보였다. 머리가 큰 건지, 목이 긴 건지, 아니면 어깨가 꽤 처져 있는 건지 알 수 없었다. 아마도 이 모든 것을 합친 듯했다. 머리는 약간 기울어져 있었고, 컸다. 턱은 꼿꼿하고 턱 밑에 우물이 파여 있지는 않았다. 좌우로 돌려지지 않을 것 같은 느낌을 주는 턱이었다. 물론 턱을 돌리는 것도 본 적이 없다. 어깨는 정상이었지만 처져 있었다. 팔은 거의 움직이지 않았다. 약간 팔짝 뛰는 듯한 걸음으로 몸을 앞으로 숙이고 흔들거리며 걸었다. 그의 걸음걸이는 입으로 박자를 맞추며 걷는 것 같은 느낌을 주었지만, 노래는 부르지 않았다. 어쩌면 속으로 노래를 부를 수도 있다. 어찌 알겠는가?

아직 완연한 여름은 오지 않았고, 피서객도 아직 늘지 않았다. 그는 소나무 아래 누워 웃었고, 무엇인가를 기다리고 있는 듯했다. 나는 궁금했다. 오랜 세월 이 사람에게 호기심이 있었다. 배가 들어오면 그가 골목길 사이로 부두를 주의 깊게 구경하는 것을 본 적이 있다. 일요일에는 그가 아주 행복해하며 속으로 기뻐하고 있는 것을 보았다. 내가 추측했던 그 짐승 같은 미소는 도무지 그의 얼굴에서 포착할 수 없었다.

한여름의 어느 날이었다. 나는 뜨거운 정오에 소나무 숲으로 갔다. 먹을 것과 돗자리를 챙겨 갔다. 내 뒤를 주인 없는 개가 따라왔다. 먹을 것을 먹고 개에게도 나눠 주었다. 나는 누워 잠을 잤다. 개는 내 머리맡에 누워 있었다. 얼마 있다가 반수면 상태에서 개가 끔찍하게 으르렁대는 소리에 무슨 일인가 싶어 깨어났다. 개는 어떤 곳을 향해 으르렁거렸고, 앞으로 달려들 듯한 자세를 취하고 있었다.

"누렁아, 잡아!"

나는 이렇게 말했다.

나는 개와 함께 흔들거리고 있는 산딸기나무 덤불 뒤를 향해 걸어갔다. 갑자기 풀 사이에서 누군가가 뛰쳐나왔다. 나를 보자 그 사람의 얼굴에 있던 두려움이 싹 가셨다. 입술은 벌어져 있었다. 지금까지 전혀 보지 못했던 하이에나의 이빨을 연상시키는 이를 드러내 보이며 미소 짓는 어떤 남자를 보았다. 그였다. 웃고 있었다. 웃고 있었지만 그것은 끔찍하고, 짐승 같은 웃음이었다. 그는 나와 세 걸음 정도의 간격이 될 때까지 내 쪽으로 다가왔다. 그러고는 한 걸음 더 내 쪽으로 다가왔다. 나는 뒷걸음질했다. 그의 입은 메말라 있었다. 쭈글쭈글한 커다란 입가는 물기 없는 실처럼 늘어진 침으로 뒤덮여 있었다. 그는 입으로 숨을 쉬지 못했고, 콧구멍이 벌렁거렸으며, 뺨 한쪽과 눈 밑에서 끊임없이 경련이 일고 있었다.

"왜 그래? 무슨 일이야, 인마!"

내가 이렇게 말했다.

그는 무슨 말인가를 중얼거리며 내게서 멀어져 갔다. 얼마나 괴상한 미소를 지으며 개를 노려봤던지, 개가 뒷걸음질을 쳤다.

나는 아무것도 이해할 수 없었다. 의구심을 품고 자리로 돌아와 앉았다. 내 마음은 이상한 슬픔 혹은 두려움으로 가득 찼다. 혹시 그가 누군가를 죽인 건 아닐까? 그것은 누군가를 죽인, 죽이고 싶어 하는 사람의 얼굴이었다. 어떤 집 혹은 마을에 불을 지를 생각이었나? 길에서 그 앞에 나타나는 사람들을 공격하고, 아이들이나 여자들을 물어뜯을 생각이었나? 아니면 잠들어 있는 사람들을 죽이고 싶은 불면증에 걸린 미친 사람인가?

10분이 지났을까 말까, 그가 다시 내 앞에 나타났다. 나 역시 그를 곰곰이 생각하고 있던 차였다. 그는 내 앞에서 멈춰 서지 않고 지나쳤다. 내 쪽을 보기는 했다. 나 역시 그를 쳐다봤다. 표정은 안정되어 있었다. 입술을 닦은 것 같았다. 이제 입가는 하얗지 않았다. 입에 침이 고여 있는 듯했다. 검고 쭈글거리는 입술은 열려 있었고 분홍빛이 감돌았다. 그는 바보처럼 순진하게 웃었다.

"너한테 정신이 있냐?"

나는 집게손가락으로 강조 표시를 하면서 그의 머리를 가리켰다.

"없어, 없어!"

그는 머리를 강하게 좌우로 흔들었다. 그러고는 내 곁에 우호적으로 다가왔다. 내 팔을 잡고는 조금 전의 그 덤불 쪽으로 끌고 갔다.

"봐!"

그가 말했다.

나는 그가 가리키는 곳을 쳐다봤다. 어떤 소나무 아래에 남녀 한 쌍이 누워 있었다. 여자는 남자의 팔을 베고 잠들어 있었다. 남자는 하늘에 떠 있는 구름들을 멍하니 바라보며 담배를 피우고 있었다. 우리는 한동안 그들을 바라보았다. 그런 후 우리가 있던 곳을 향해 걸어갔다. 그는 내 얼굴을, 마치 그가 영리하다고 내가 느낄 정도로, 그 자신이 옳지 않았느냐는 것을 알고자 하는 듯한 표정으로 바라보았다.

"나 여자 없어…… 여자 예뻐……"

그는 이렇게 말했다.

그의 입술 언저리로 꿈처럼 하얀 혀가 스쳐 지나갔다. 그런 다음 무슨 소리를 들은 듯, 긴 머리통을 들고는 뭔가를 듣기라도 하는 것처럼 멈췄다. 그의 눈은 다시 짐승처럼 변했다. 멀리 있는 연인 한 쌍을 보았던 것 같다. 그는 도둑처럼 소리 없이 빠른 걸음으로 그곳을 향해 머리를 숙이고 멀어져 갔다.

정자가 있는 무덤
Kameryeli Mezar

오로지 그 정원사가 있는 정원에만 올리브 나무들이 있다. 묘지로 가는 길은 전혀 고요하지 않다. 배 모터 소리, 새소리, 벌과 파리가 웅웅거리는 소리, 바닷물이 자갈밭에 부딪히는 소리, 맞은편의 허름한 배에서 폴폴 나온 연기가 먼 곳에 몇 시간이고 걸려 있는 모습, 수레박하의 빨간 꽃, 금작화의 반짝이는 노란색, 무아재비, 광대나물, 금작나무, 엉겅퀴, 메밀 나무의 반짝임, 성장이 멈춘 사이프러스 나무, 작은 유리들로 뒤덮인 이 해변의 후미에 있는 깨진 접시 조각들, 유리병의 코르크 마개, 지나간 문명의 기념비처럼 이가 나가고 날카로움을 바다에 놓고 온 수많은 유리컵, 그릇, 오지그릇, 찻잔, 깨진 약병, 죽은 말 뼈다귀들……

바다는 이 모든 것을 어디에서 이 후미로 가지고 오는 걸까? 벌들은 꽃의 화관 속으로 파고들어, 3~4초 안에 취할 것들을 취하고는 다른 꽃에게로 날아갔다. 새 한 마리가 쉬지 않고 지저귀고 있었다. 저 멀리 크날르 섬에서 당나귀 우는 소리가 들려왔다. 올리브 나무들은 흔들거리지도 않았다. 고대 그리스 시대의 유물처럼 몸통은 구불구불하고 구멍도 숭숭 나 있다.

우리 마을 바닷가에 있는 묘지는 바로 마르마라 해의 이 잔잔한 날에 병, 유리, 접시 조각들이 반짝이는 후미로 이어지는 곳에 위치했다. 그 앞에는 전선이 지나가고 있다. 길에 팻말이 꽂혀 있었다. 팻말은 묘지보다 먼저 죽음에 대해 언급하고 있었다.

'고압선 주의, 파지 마시오! 죽을 위험 있음! 열 걸음 더 가면 묘지 있음.'

묘지에 갈 의도는 없었다. 가장자리 길을 통해 내화 점토 혼합물 위로 올라갈 참이었다. 그곳에서 오래된 가마터를 통하면 해안에서는 그 위로 올라갈 수 없고 바위 바로 앞에 있는 길로 나갈 수 있다. 갈매기 알들은 거기에 있다. 신선한 갈매기 알들은 맛이 아주 기가 막히다! 둥지에 알이 세 개 있다면 절대 집지 말고, 두 개 있으면 집어서 깨 마셔라. 세 개의 알이 있는데 그중에 한 개를 집어 깨면, 그 안에서 살아 있는 새끼가 나올 확률이 크다. 그걸 보면 당신은 다시는 갈매기 알을 먹지 못할 것이다. 잠시 후 나는 바위 위에 도착할 것이다. 그 슬픈 목소리의 갈매기들은 모두 날아갈 것이다. 아주 구슬프게 울 것이다. 수컷 갈매기들과 이제 생산을 할 수 없는 암컷 갈매기들은 내가 해안에 있는 바위에서 알들을 어떻게 훔치는지를 구경할 것이다. 갈매기 암놈들은 내가 알을 훔치려고 안간힘을 쓰는 것을 보고는 급강하하는 비행기처럼 나를 공격하면서 겁을 주려고 할 것이다. 난 두려위하지 않는다!

프라이팬에 작은 노른자위와 흐릿한 흰자위가 앉았을 때, 강한 남풍으로 인한 바다 냄새가 당신 코로 맡아지면 갈매기 알들 중 하나는 신선하지 않다는 것이다. 그다지 해가 되지 않으니 먹어도 되기는 한다. 그리고 알도 날것으로 마셔라. 알을 먹은 후 고요하고 한적한 바닷가에 있는 것 같고, 날고 싶은 느낌이 들고, 난폭하게 고함을 치고 싶다면 그건 알이 당신에게 영향을 미쳤다는 의미다. 바닷가에서 옷을 벗고 로빈슨 크루소 같은 영혼으로 야생의 프라이데이*를 부를 수 있을 것이다. 갈매기들 이외에 그 누구도 듣지 못한다. 나는 갈매기 알을 좋아한다. 깨서 날것으로 마신다. 그런데 내가 묘지에 무슨 볼일이 있지? 하지만 콘크리트로 된 야외 기도 장소를 지나갈 때 '그냥 묘지도 한번 보지 뭐!'라는 생각이 들었다.

줄지어 늘어선 철근 콘크리트 기둥 사이에 철조망이 쳐져 있었다. 나는 철조망 사이를 통해 묘지로 들어갔다. 묘 하나가 있다! 마르마라산 네모반듯하고 반짝이는 대리석! 안에는 두 사람 묏자리가 있다. 한 자리는 아직 비어 있었다. 묘지는 개양귀비꽃과 금낭화로 덮여 있었다. 묘지 가장자리에는 엉겅퀴 꽃과 비슷한, 광택 가공을 한 비단처럼 반짝이는 밝은 분홍색 꽃이 피었고, 통통한 초록 잎사귀가 달린 삼색메꽃으로 덮여 있었다. 묘지 위에는 1874~1944라는 생몰년과 이름이 있었다. 내 오른쪽에는 다른 묘지가 있었다. 그것은 아주 멋진 정자 같았다. 사방이 굵은 철로 덮였고, 철봉으로 된 지붕도 있었다. 그

---

*대니얼 디포의 『로빈슨 크루소』에서 식인종에게 잡아먹힐 위기에 처했을 때 로빈슨이 구해 준 포로로, 금요일에 구했다고 해서 '프라이데이'라고 이름을 지어 주었다. 이후 프라이데이는 로빈슨의 노예처럼, 친구처럼 함께 산다.

지붕 꼭대기에는 초승달과 별 모양의 장식이 있었다. 앉아서 라크 마시기에 아주 적합한 장소였다. 저녁 어스름이 깔리면 금작화 향기가 얼마나 짙게 풍길까? 나는 이름도 없고, 묘비도 없고, 나무 비석도 없는 봉긋한 곳을 지나 정자로 다가갔다. 네 개의 계단도 있었다. 대리석 위에 새겨진 글을 어렵사리 읽을 수 있었다. 애초에는 검은 물감을 그 글씨들 위에 칠한 것 같았지만, 시간이 물감들을 퇴색시켜 버린 듯했다. 나는 그 글귀를 읽었다.

> 우리는 이곳에 영원한 보금자리를 만들었다
> 친구들이여 오시오, 오셔서
> 봄꽃으로 우리 집을 꾸며 주시오

이 묘 역시 두 사람이 묻히는 곳이었다. 한 곳은 여전히 비어 있었다. 고인은 남자였다. 휘세인 아브니. 1921. 묘지 머리맡에는 또 시가 있었다.

> 흙 위에서 거닐던 내 가슴에 흙이 덮이면
> 세월은 이 공포도 분명 지울 것이다
> 영원은 자비로움으로 물론 기억되고 있다
> 나는 조용히 살았다, 누가 나를 어떻게 알 것인가

아직 비어 있는 묘지의 주인은 아이쉐 휘세인 아브니의 것이다. 그녀의 시도 있었지만 잘 읽을 수가 없었다. 내 기억에도 그리 남아 있지 않다. 당신 없이 홀로 사는 것은 내게는 금기이다, 어떻게 할까나?

어떻게 이런 일이 있을 수 있나? 난 어떻게 살지? 등등의 말이었다. 두 묘지 가운데에 금박으로 칠한 문장이 있었다.

휘세인 아브니와 아이쉐 휘세인 아브니
영원한 보금자리

이 남자는 아마도 젊은 나이에 죽은 것 같았다. 맞다, 누가 어떻게 당신을 알겠는가? 나는 당신 휘세인 아브니 씨가 궁금하지 않다. 하지만 당신의 아내 아이쉐 부인은 궁금하다. 당신이 죽은 후 그다지 오래 산 것 같지 않지만, 어쩌면 죽지 않았을 수도 있다. 당신이 죽은 지 20년이 지났다. 어쩌면 예전에 이스탄불로 갔거나 시골에서 재혼을 했을 것이다. 아이들도 있을 것이고. 어디로 갔을까? 어쩌면 콘야에 갔을 수도 있다.

그들은 지난해에 이곳으로 와 "오늘 섬들을 한번 둘러볼까"라고 했을 것이다. 부르가즈 섬 앞을 지나갈 때 재혼한 남편이 "아이쉐, 부르가즈 섬이야! 당신은 저곳을 잘 알지? 저기가 묘지야? 정말 아름다운 곳에 자리 잡고 있군. 당신 첫 남편이 저기에 있지?"라고 말할 것이다.

아이쉐 부인도 어쩌면 뭔가를 들었을 수도 있고, 어쩌면 슬프게 고개를 좌우로 흔들었을 것이다. 어쩌면 "이흐산 씨, 지금 그 말을 할 때예요? 이곳에 놀러 왔는데"라고 말할 것이다.

이제는 그녀가 당신을 기억하지 못하고 기억하기조차 싫어했기 때문에 그녀의 새 남편은 '휘세인 아브니 씨, 안됐군그래'라는 의미로 큭큭 웃으며 뽐낼 것이다.

아이쉐 부인은 어쩌면 이즈미르에 갔을 것이다. 거기서 죽었고, 이즈미르에 있는 지중해가 내다보이는 묘지에 묻혀 있을 것이다. 다시는 결혼도 하지 않았고.

그들에게는 자식이 있었을까? 없었을 것이다. 당신들은 서로를 아주 사랑했었군그래. 돈도 좀 있었고. 이 철로 된 봉들, 이 대리석들, 이 추한 금박을 입힌 글씨들을 만드는 데는 돈이 어지간히 드니까. 사람들에게 당신 둘이 서로 얼마나 좋아했는지를 알리는 마지막 광고를 정말 완벽하게 한 것 같군. 당신이라면 자식들도 아주 좋아했을 것이고, 자식들을 위해 당신 곁에 자리도 마련했을 것이다. 영원히 함께 있기 위해! 아마도 자식들이 없는 것 같았다. 없는 게 다행이다. 그렇지 않다면 그들이 이 야생의 꽃과 풀을 다 뽑아 버렸을 테니까. 야생의 풀들이 가엾을 뻔했다! 향기도 정말 짙었다. 아마도 이 풀들은 많은 환자에게도 효능이 좋을 것이다. 저 쐐기풀과 짙은 색의 풀은 마치 약상자 같다. 아이쉐 부인이 이스탄불에 있다면, 여전히 당신을 생각한다면, 왜 이곳에 와 저 풀들을 정리하지 않는 걸까요, 휘세인 아브니 씨? 어쩌면 그녀는 이제 너무 늙어 버려 심장이 감당하지 못할 수도 있다.

25년이 지나지도 않았는데 이제 글씨들은 읽을 수 없고 정자는 곧 무너질 태세였다. 오늘날을 살고 있는 사람들은 "아이고, 아이고! 아이쉐 부인과 휘세인 아브니 씨가 서로 정말 사랑했구나, 가련한 사람들!"이라고 말할 수도 없을 만큼 세상사에 몰입해 있을 것이다. 아이쉐 부인이 여전히 살아 있는데 묘지가 이 상태라면, 그녀가 죽은 후 20년이 지나지 않아 이 정자는 전부 북풍의 손에 쓰러질 것이다. 어쩌면 어떤 무례한 사람이 자신의 손과 발에 걸리지 않게 하려고 정자의 철봉들을 뽑아 바다로 던져 버릴 것이다. 얼마나 끔찍한 일인가!

나는 아이쉐 부인이 궁금했다. 재혼했을까? 지금 어디에 사는 걸까? 아직 살아 있을까? 하지만 난 당신 휘세인 아브니 씨는 전혀 궁금하지 않군요. 그는 부유했고 잘 살았고 사랑했고 사랑받았고 죽었고 묻혔다. 그러니까 우리 인간에게 일어날 일들이 일어난 것뿐이다. 어찌겠는가? 우리 인생이 이런 겁니다, 휘세인 아브니 씨. 아마도 당신은 갈매기 알을 좋아하지 않았을 것이다. 당신은 예민한 감성을 가진 시인이었군요, 휘세인 아브니 씨! 잘 있으시오! 정말 이상한 사람이기도 하군요. 당신의 시도 꽤 끔찍하지만, 아이쉐 부인의 시보다는 좋군요.

묘지에서 나갈 때 나무로 된 비석이 바닥에 떨어져 깨진 어떤 묘를 보았다. 검게 변한 그 나무 비석을 집어 들고는 그 위에 쓰인 이러한 글을 읽었다. 무흘리스―부르가즈 섬 우체국장…… 나는 지금 이 부분에서 거짓말을 하고 있다. 나는 부르가즈 섬 우체국장을 기억한다. 아버지의 친구분이었다. 마르고 정중하고 공손한 얼굴을 한 사람이었다. 그는 크날르 섬 쪽으로 난 곳에 있는 긴 의자에 앉아 해가 지는 것을 바라보곤 했다. 젊은 아내가 있었다. 건강한 사람이었다. 더살 수도 있었다. 사람들은 그가 아내 때문에 죽었다고 말했다. 그의 나무 비석 따위는 없었다. 하지만 난 알고 있다. 여기 어딘가에 그가 묻혔을 것이다. 묘지 위가 금작화, 개양귀비꽃, 솔잎난 등으로 덮여 있을 것이다. 정중하고 착하고 겸손한 무흘리스 씨는 어차피 비석을 세우는 걸 원하지 않았을 것이다. 비석이 뭐 그리 대단하단 말인가? 사람들은 어느 위대한 사람의 묘를 찾곤 한다. 책에는 그 사람의 묘를 찾지 못한 것에 대해 안타까워하는 말들이 쓰여 있다―책들은 또 뭐란 말인가?―사람들은 학자들이 여기에 묻혀 있을 거라고 추정하기도 한다. 게다가 가끔 날조된 묘를 발견하기도 한다. 예를 들면, 카라괴즈의 묘라고 한다. 이런 것들은 정말 쓸데없는 짓이다. 카라괴즈는 어쩌면 묘를 원하지 않았을 수도 있다. 당시에 만든 비석은 대단하다! 뭐 어쩌면 비석을 원했을 수도 있다. 나라도 그런 비석은 원할 것이다. 무흘리스 씨도 그런 비석이라면 원할 것이다. 무흘리스 겔린직 (1880~1932)—부르가즈 섬 우체국장—파티하*. 어쩌면 그는 파티하도 원하지 않을 것이다. 그가 좋아하는 노래가 있었다.

저녁이 사방을 덮었다
운명이 시냇물을 에워쌌다

이 노래를 물론 비석에 새길 수는 없을 것이다. 하지만 사람들이 하는 일이니 단정할 수 없다. 비석에 살아 있는 사람들에게 보내는 충고도 새겨 넣으니까.

나는 갈매기 알 쪽으로 걸어갔다. 이 바보 같은 놈들은 정말로 올라가기 힘든 곳에 알을 낳는다니까. 정말이지 잘도 감춰 놓는단 말이야! 갈매기 알의 적이 있다는 걸 어떻게들 알까? 어쩌면 사람들에게 감추려고 하는 것이 아닐 수도 있다. 바다에서 조용히 몸을 말리려고 하던 가마우지가 갈매기 알을 먹을 수도 있다. 어쩌면 도마뱀과 뱀이 갈매기 알을 좋아할 수도 있다. 어찌 알겠는가?

내 손은 피로 범벅이 되었다. 얼굴과 눈도 흙투성이다. 하지만 마흔 개에 가까운 갈매기 알을 모았다. 이 알들 중 몇 개를 우리 닭의 품에 놓는다면…… 볏 달린 우리 닭이 얼마나 놀랄까? 그 닭은 정말 멍 청

---

* 코란의 시작 장. 기도를 시작할 때 혹은 끝맺을 때 파티하 장을 낭독한다.

하다! 지난해 품에서 노란 새끼 오리가 나왔을 때 새끼들이 물에 못 들어가게 하려고 얼마나 쪼아 대던지! 가련한 새끼 오리들은 한동안 물을 넣어 둔 그릇 안으로 들어가지도 못했다. 그러나 어느 날 아침, 소리를 꽥꽥 지르며 반기를 들고 물속으로 들어가고 말았다.

오늘, 죽음은 왜 나에게 슬픔을 안겨 주지 않는 걸까? 혹시 그것을 생각하고 싶지 않은 걸까? 아니다, 나는 저 아이쉐 부인과 휘세인 아브니 씨에게 화가 났던 것이다. 부부가 서로를 사랑한다는 것을 무덤에서까지 말하는 건 얼마나 부끄러운 일인가?

*

어제 클럽에서 부인 셋이 말하는 것을 들었다. 그들 중 한 명이 "아이쉐 부인한테 가요! 그 집 정원이 아름답잖아요, 가서 좀 앉아 있자고요"라고 말했다. 그러자 다른 부인이 "아침 일찍 그녀를 봤어요. 이스탄불 본토에 가던걸요"라고 말했다.

"휘세인 아브니 씨한테 허락받았대요?"

그녀들은 이렇게 말하고 서로 깔깔대며 웃었다. 나는 처음에는 그들의 대화에서 아무것도 이해할 수가 없었다. 나중에 어쩐 일인지 아이쉐-휘세인 아브니라는 단어가 뇌리에서 떠나지 않았다. 그러다 갑자기 묘지에 있던 정자를 기억해 냈다. 어찌 되었든 저 부인들에게 "아이쉐 부인이 누구인가요?"라고 물어봐야지 하는 생각이 들었다. 그런데 내가 묻기도 전에 세 번째 부인이 물었다.

"그 아이쉐 부인이 누구예요?"

다른 한 명이 말했다.

"작고하신 휘세인 아브니 씨의 부인이지요. 그녀의 방에 그 사람 사진이 있어요. 아이쉐 부인은 어딘가 갈 때면, 무엇인가를 살 때면, 집에 세를 놓을 때면 사진 앞으로 가 '휘세인 아브니 씨, 휘세인 아브니 씨! 난 오늘 이스탄불 본토에 가려고 하는데, 갈까요?'라고 말한답니다. 얼마 전 털실 네 타래를 샀더군요. 그 타래를 그녀가 두 손으로 잡고 있었고 내가 뭉치 상태로 감았지요. 그러다 갑자기 자리에서 일어났어요. 손에 타래를 든 채 사진 쪽으로 몸을 돌리더군요. 그러더니 '휘세인 아브니 씨, 휘세인 아브니 씨, 당신 스웨터 떠 줄까요?'라고 말하곤 닭똥 같은 눈물을 뚝뚝 흘리지 뭐예요? 전 정말 섬뜩했다니까요. 심장이 다 떨렸다고요. 그래서 그녀에게 '아이고, 아주머니, 제발 그만, 그러지 좀 마세요'라고 말했지요. 다행히 정신을 가다듬더니 '아, 그는 정말 둘도 없는 사람이었어요!'라고 하더군요."

세 번째 부인이 또 물었다.

"그 부인은 나이가 어떻게 돼요?"

"70대지요. 하지만 무슨 일을 할 때마다 휘세인 아브니 씨에게 상의한답니다. 그 사람한테 상의하지 않고는 아무 일도 하지 않아요."

아, 휘세인 아브니 씨, 당신은 정말 대단한 사람이군요. 여자를 당신에게 이렇게나 꼭 매이게 하다니. 그녀를 이렇게 만든 비결도 무덤에 함께 가지고 가 버렸고요.

끈

İp Meselesi

뒤를 돌아보니 꽤 많이 걸어왔다는 생각이 들었다. 도시는 벌써 사라지고 없었다. 그쪽에는 더러운 지평선 조각이 미동도 하지 않고 쌓여 있었다. 그건 구름이 아니었다. 더러운 공기 더미였다. 도시는 그 검은 망사 커튼 안에 있었다. 그 앞에 가파른 길이 펼쳐져 있었다. 가파른 길의 꼭대기에는 나무들이 보였다. 그곳에는 어쩌면 물도 있을 것이다. 시원한 샘. 그러나 그곳까지 가는 길에는 나무 한 그루 없고, 더운 날씨 때문에 기찻길 위에 피어오르는 아지랑이처럼 얼마나 끓어오르던지 그곳을 향해 걸어가기 전에 잠시 쉬었다.

도시를 떠나는 것, 그곳에 질리는 것, 그곳과 옥신각신하는 것은 남자의 기질 때문인가? 하지만 어쩌겠는가, 그는 그것을 못 하고 있으니! 그에게는 사람들이 '삶의 투쟁'이라고 하는, 실체가 불확실한 것에 걸림돌이 되는 무엇인가가 있었다. 누구를 잡고 물어봐도, 넌 그 일을 할 수 없어, 해낼 수 없어라고들 했다. 왜 그러느냐고 물으면, 넌 그런 일에 익숙하지 않으니까……라고 말하고, 연이어, 그렇다면 당신들은 어떻게 익숙해졌느냐고 내가 물을 거라는 걸 간파하고는, 그 나이를 먹고 나서는 그런 일에 익숙해질 수 없다고 첨언한다.

말들은 태어나 게을러진다. 당나귀는 사람을 태우고 모래, 모르타르, 짐 바구니를 나르며 주인을 먹여 살린다. 파리는 태어나 식료품 가게에 접근한다. 바퀴벌레는 목욕탕을, 벌들은 도시의 정원을, 참새들은 말똥을, 비둘기들은 자비로운 집들, 자비로운 사람들을 찾는다. 하지만 그에게, 그 사람에게는 아무 일도 주어지지 않는다. 사람들은 그가 벌레조차 될 수 없다는 것을 즐거워하며 바라본다. 너는 읽고 쓰는 것도 모르잖아. 가끔 무엇인가를 하겠지만 그것은 일이 아니야, 적당한 일이 아니야.

도시는 놀랄 만큼 어마어마한 인파로 들끓는다. 신문 파는 사람들, 성냥 파는 사람들, 와이셔츠 칼라 고정구를 파는 사람들, 사랑을 파는 사람들, 공장주들, 식료품 가게 주인들, 연극인들, 작가들, 서점 주인들, 물장수들, 담배 파는 사람들, 교수들, 구두닦이들, 학생들……

이 모든 사람이 저녁때까지 어떤 적당한 일을 하고 어떤 적당한 결과를 얻고는 잠, 꿈, 아내, 정부情婦, 자녀, 어머니에게 돌아갈 때면, 그도 집으로 가는 길로 향한다. 문을 두드린다. 그의 어머니는 그에게 언짢은 표정을 짓는다. 어쩌면 그가 돈을 달라고 할까 봐서. 그는 부끄러워지지도 않고 돈을 달라고 하기도 한다. 저녁이 되었다. 길은 사람들로 붐빈다. 그는 누구와 만날 약속이 있다. 환상을 꾸어야만 했다. 악수를 해야만 했다. 그는 누군가와 입맞춤을 하고 싶었다. 부드럽고 침으로 촉촉하고 맛이 없거나 있는 입술, 감전된 머리카락처럼 찌르르 하는…… 어떤 손의 열기로 미치고 싶었다. 꽁꽁 얼어붙어 버렸다고 생각한 심장이 다시 부드러워지는 것을 경험하고 싶었다. 여자들은 단지 돈을 받아야만 입맞춤을 해 주나? 오로지 자신의 이익을 위해서만 부드러운 손의 열기를 건네주나? 오로지 반짝이는 것에만, 호주머니에만 심장을 여는 열쇠를 던져 주나? 그는 도둑다운 도둑, 가장 수치스러운 사람, 가장 저질스러운 사람이 되고 싶었다. 하지만 그게 어디 쉬운 일인가? 모든 것을, 그도 모든 것을 돈으로 살 수 있는 것이 더 쉽다는 듯 가난한 마을을 향해 걸어가곤 했다.

음울한 집들, 끔찍한 냄새가 나는 집 안에서 오레가노 향기를 풍기는 잔뜩 멋 부린 여자가 나온다. 어느 늙은 여자가 딸의 뒷모습을 바라본다. 그 딸은 새벽 1시 무렵에 담배 한 갑을 들고 돌아올 것이다. 그녀의 흉부에 효능 있는 흰독말풀을 가지고 올 것이다. 새벽 1시 무렵에 돈이 들어올 것이다. 새벽 1시경에 입술을 허락하고, 눈을 허락하고, 코를 허락하고, 머리카락을 허락한 딸이 올 것이다. 그 향기로운 향기는 사라지고 없을 것이다. 이제는 분, 크림, 립스틱, '파리의 밤'*의 라벤더 향은 나지 않을 것이다. 처음에는 욕구 없이 시작했다가 욕구로 끝나는 하루에 모든 것을 다 내준 여자는 이후에 더해진 여자 냄새를 풍기며 집으로 돌아올 것이다.

연주를 하는 카페, 〈상봉의 또 다른 세계〉라고 하는 그 저속하고 끔찍한 노래, 술, 풍경, 게임, 연극, 카페, 무할레비** 가게는 아침부터 저녁까지 적당한 일을 한 사람들을 위한 곳이다. 그는 적당한 일을 하고

* 향수 이름.
** 우유와 쌀가루로 만든 단 푸딩.

싶었다. 원했다. 정말로 원했다. 하지만 그도 자신이 무슨 일을 혼자 할 수 없다는 것을 알고 있었다. 누군가에게 봉사를 해야만 했다. 그 사람에게 100쿠루쉬를 벌게 해 주면 2쿠루쉬를 정당하게 받을 수 있을 것이다. 상대의 얼굴만 빤히 보고 있으면 상대는 그 2쿠루쉬를 그에게 줄 수 없을 것이다. 그러나 그는 하루에 100쿠루쉬를 벌 수 있는 일을 하지 못했다. 고용주가 그를 보고 '나한테 벌게 해 줄 5쿠루쉬 중 2쿠루쉬를 그에게 줄 수 없어. 내가 왜 그래야 해?'라고 생각할 수도 있을 것이다. 다른 일들도 있었다. 하지만 어떻게 해야 할까? 어떤 종류의 신청을 해야 하지? 구직 신청서를 내야 하나? 구직 신청서에는 뭘 써야 하지? 누구에게 애원하고, 누구에게 자신을 보여야 하지? 그는 자신을 들여다보고는 점수를 매겼다. 아니다, 아니다! 그 어떤 일에도 걸맞은 사람이 아니다. 사람들이 그러는 데에는 다 이유가 있다, 그럴 만하다. 그는 세상을 놀랍다는 시선으로 보기 위해 태어난 사람이다. 아무것도 이해하지 못하고 놀라기 위해 태어났다. 혼자 거리에서 돌아다니고 사람들이 무엇을 하는지 보거나 보지 않기 위해 세상에 태어났던 것이다. 다리에 멈춰 서서 물의 색깔을 보고 어떤 여자의 다리를 구경하기 위해. 저 다리에 누가 입맞춤을 할 수 있을까? 사람들은 저 머리카락을 어떻게 쓰다듬을까? 그 머리카락을 쓰다듬는 사람은 얼마나 신성하고 얼마나 착하고 얼마나 멋진 사람일까? 그렇지 않다면 그 여자가 그를 택하기나 했을까? 그러니까 이 세상에서 다른 사람들은 끔찍하게 착하지 않을 정도로 영리하다…… 어쩌면 그들은 오줌도 싸지 않을 것이다. 어쩌면 그 사람들에게서는 땀 냄새도 나지 않을 것이다. 그들은 향수처럼, 여름 저녁처럼, 바다처럼, 물고기처럼 깨끗할 것이다.

혹은 그들이 때때로 코를 후빈다면 그들은 여자에게 자격이 있는 사람일까? 그리고 만약 그 여자가 저녁이 되어 지친 몸으로 직장에서 집으로 돌아와 양말을 벗었을 때 발에서 냄새가 난다면?

도시는 서로 층층이 겹쳐진 집, 불빛, 침대, 침대보, 식탁, 컵, 잔, 다이아몬드, 금들 속에 있는 끔찍한 보물 상자, 살아 있는 보물 상자의 뚜껑을 연 것 같았다. 찬란했다! 사람을 두렵게 한다…… 어떤 남자가 거리에서 지갑을 꺼낸다. 50리라짜리, 500리라짜리 지폐…… 어떻게 해서 저 많은 돈을 벌까? 어떻게 저 많은 돈이 지갑 속에 들어 있을까? 남자는 "택시 기사! 이리 와!"라고 소리쳤다.

어제 그는 자신의 글을 어떤 사람에게 가져다주었다. 남자는 지갑을 꺼냈다. 지갑 속에 돈이 나란히 겹쳐져 있었다. 500리라짜리 두 장, 50리라짜리, 10리라짜리, 5리라짜리 지폐들이 있었다. 그중에서 5리라짜리 지폐를 꺼내 그에게 건네주었다. 그에게 마치 세상을 다 준 것만 같았다. 그는 부끄러웠다. 고맙다고 말했다. 어떻게 이런 일이 있을 수 있을까? 어떻게 이 남자가 그의 머릿속에 있던 환상에 돈을 지불할 수 있단 말인가? 그는 믿을 수가 없었다. 너무나 놀랐다. 그리고 너무나 부끄러웠다. 받는 손이 부끄러움으로 활활 타올랐지만 마음속으로는 너무나 기뻤다. 자신이 자랑스러웠다. 그곳에서 걸어 나와 시미트 한 개를 샀다. 과일 주스를 마셨다. 무할레비 가게에 들어갔다. 커피를 마셨다. 바프라마덴 상표 담배를 샀다. 튀넬로 가 지하철을 탔다. 포도주를 마셨다. 신문을 샀다. 그리고 그 밖에 더 많은 것을 했다…… 5리라짜리는 갈수록 소액권으로 바뀌었고, 종이에서 동전으로 변했으며, 결국에는 그의 호주머니에 가장자리가 꺼끌꺼끌한 잔돈만 남게 되었다. 이것은 다른 모든 돈보다 더 멋진 장난감이다…… 이 동전들은 진짜 돈 구실을 한다. 그는 빵 반 개를 샀다. 바닷가에서 갈매기들에게 던졌다. 그의 주위에 맨발의 아이들이 모여들었다. 빵 부스러기가 바다에 채 떨어지기도 전에 공중에서 낚아채고 구슬프게 우는 빨간 눈의 갈매기들에게 나누어 줄 빵을…… 굶어 죽을지언정 사람들에게는 주지 않을 것이다. 준다면 그들은 인간이 되지 못할 것이다. 인간은 그 빵 값을 해야 한다! 그렇지 않다면 도시에서 살지 말아야 한다. 시골에 가서 사람들의 연민에 기대야 한다.

한 여자가 어떤 짐꾼의 목덜미를 잡고는 경찰서로 데려가고 있었다. 그는 그들 뒤를 따라갔다. 문제는 이러했다. 짐꾼이 그 여자의 짐을 날랐다. 그것은 끈으로 꽁꽁 묶은 커다란 자루였다. 여자는 짐꾼이 끈을 훔쳐 갔다고 말했다. 짐꾼의 손에는 손때가 잔뜩 묻은 낡은 검은색 끈이 들려 있었다. 그것은 가죽끈처럼 까맸다. 그것으로 사람을 목매달 수 있을 것 같았다. 그는 50킬로그램 정도 나가 보이는 삐쩍 마른 짐꾼이었다. 사람의 목을 매는 것은 멋진 느낌일 것이다! 사형집행인들에게 월급을 주나? 경찰이 여자에게 그녀의 끈이 그것인지 물었다. 그녀는 "아니에요, 제 건 완전히 새것이에요"라고 말했다.

짐꾼은 "전 정말 저 여자분의 끈을 가지지 않았어요! 끈을 가지고 뭘 하겠어요? 누구에게 팝니까? 내 걸로도 아직 밥벌이를 할 수 있는데요"라며 맹세했다. 여자는 "저 사람을 놔주지 않겠어요. 저 사람이 내 끈을 가져갔다고요"라고 말했다. 그녀는 짐꾼도, 한쪽 끝을 잡고 있던 끈도 놓지 않았다. 짐꾼은 이제 더 이상 참을 수가 없었다. 그녀가 그 끈을 갖지 않을 거라는 희망으로 그녀에게 건넸다.

"받아요, 난 포기했어요, 이걸 가져요."

그는 그녀가 그 끈을 갖지 않을 거라는 희망에 가득 차 있었다. 하지만 여자는 그 끈을 받아 들고는 나가 버리고 말았다.

짐꾼은 얼굴이 샛노랗게 변해서 그곳 철책에 기댔다. 멍한 표정으로 지평선을 바라보았다.

"난 이제 어쩌지?"

그의 모습은 마치 모든 재산, 아파트, 아내, 금을 빼앗긴 부자만큼이나 절망적이었다. 긴 수염 속에서 눈이 퀭해 보였다.

바로 그 순간 그의 마음속은 도시에 대한 혐오, 두려움, 알 수 없는 공포로 휩싸였다. 도시를 떠나야만 했다…… 가야 할 곳이 어디든지 간에. 이 도시를 떠나야만 했다. 산에서 잠을 자고, 물가에서 집도 절도 없는 사람처럼 물을 마시고, 시골 마을에서 빵을 구걸하고, 도시 사람을 보면 가던 길을 바꿔 뛰어서 도망치고, 짚 위에서 잠을 자고, 산에서 포도를 따 먹어야 했다.

가난한 여자는 짐꾼의 끈을 도둑맞은 자신의 끈 대신 가져갔다. 짐꾼이 어쩌면 그 끈을 훔쳐 친구에게 팔고는 돈을 써 버렸을 수도 있다. 그러거나 말거나 그건 중요하지 않다! 그런데 왜 그는 그렇게 얼굴이 샛노랗게 변해서는, 왜 철책에 기대어 멍하니 하늘을, 인파를 두려워하며 바라보았을까? 그 공포는, 그 끔찍한 공포는 도시에서만 경험할 수 있다. 가야만 한다, 멀리 가야만 한다. 그 어떤 도시에서도 멈추지 말아야 한다. 그에게는 끈이 없었다. 그의 서툼, 불운, 어리둥절함은 사람, 일, 물건 그리고 사건들로부터 놀라는 데서 연유한다. 그역시 어느 날 끈이 없는 짐꾼처럼 이 철책에 기대어 안색이 샛노랗게 변할 것이다. 그 모습을 거울에서 보기 전에 도시에서 멀어져야만 했다.

그는 언덕을 향해 걸어가기 시작했다. 도시에서 도망치고 있었던 것이다. 그러다 길 한가운데서 멈춰 섰다. 멀리서 도시가 서서히 보이기 시작했다. 안개 속에서 모든 것이 뾰족뾰족하게 보였다. 굴뚝, 시계탑, 화재 감시탑, 사원 첨탑, 종탑 그리고 돔, 창문, 테라스, 세탁실들이 보였다. 그는 집으로 되돌아갔다. 부엌에서 맛있는 냄새가 났다. 프라이팬에 빨간 무엇인가가 들어 있었다. 끈을 생각하느라 그 앞에 있다는 것도 보지 못했던 접시에 어머니가 무엇인가를 담았다. 그는 식욕 때문이 아니라, 빨리 먹어 치우고 집 밖으로 나가고 싶은 조바심에서 그것을 급하게 먹었다. 그 모습을 본 그의 어머니는 "직장에서 돌아온 것처럼 배가 고픈 것 같구나"라고 말했다. 그는 입가에 칼로 베인 상처 같은 자국이 나타나게 웃었다.

필요 없는 남자

Lüzumsuz Adam

나는 이상해져 버렸다. 내 눈에는 아무도 안 보이고, 누구도 내 집 대문을 두드리길 원하지 않는다. 세상에서 가장 사랑스러운 사람들인 우편배달부조차…… 나는 내가 살고 있는 마을에 아주 만족한다. 이 마을에서 밖으로 7년 동안 나가지 않았다. 내 어떤 친구도 내가 어디에 사는지 모른다. 내가 내 마을이라고 하는 곳은, 내가 7년 동안—세 달에 한 번 카라쾨이로 가겟세를 받으러 가는 것은 제외하고—살고 있는 곳은 서너 개의 골목 안에 위치해 있다.

내 마을은 서로 평행한 세 골목과 이 골목들을 직선으로 가르는 하나의 골목 그리고 이것들과는 전적으로 독립된—하지만 골목이라고 말할 수 없을 정도로 좁고 짧다—내가 살고 있는 골목으로 구성되어 있다. 나는 이 골목들에 그 중요성에 따라 1, 2, 3, 4로 번호를 붙였다.

내가 살고 있는 골목에는 번호가 없다. 그곳에 번호를 매기는 것은 내키지 않았기 때문이다.

내가 사는 아파트 아래에는 우유 파는 가게와, 그 맞은편에 목공소가 두 군데 있다. 지금까지는 목공소에 전혀 볼일이 생기지 않았다. 그들이 어떻게 먹고사는지 정말 놀랄 일이다. 그들은 저녁때까지 일을 하느라 매우 바쁘다. 그러니까 모두 나와 같지는 않다는 의미다. 나는 48년 동안 목공소에 볼일이 없었다. 이스탄불에서 목공소에 볼일이 생기는 사람이 있다는 것에 놀랄 뿐이다. 게다가 이 이스탄불이라는 곳에 얼마나 많은 목공소가 있을 것인가?

나는 아침마다 일어나자마자 카페로 뛰어간다. 그 카페는 아주 깨끗하며 예닐곱 개의 테이블이 놓여 있는 곳이다. 조용한 사람들이 오간다. 그들은 구석에 앉아 카드 게임, 체스 게임을 한다. 카페 주인은 프랑크족*과 유대인 사이에 태어난 혼혈 여성이다. 무척이나 좋은 여자다. 나는 그녀의 카페로 들어가자마자 "봉주르 마담!"이라고 말한다. 그러면 그녀는 "봉주르 무슈, 코망 탈레 부**?"라고 한다.

나는 이 질문에 필요한 대답을 한다. 그녀는 나의 이 대답으로 만족하지 않고 프랑스어로 아마도 아주 멋진 얘기들을 하는 것 같았다. 나는 어떤 말은 이해하고 어떤 말은 이해하지 못한다. 나는 '위'***라고 말할 필요가 있으면 말하고, 이 '위'들 사이에 한두 번 '농'****도 끼워넣는다. 이렇게 우리는 아주 편하게 소통한다. 그녀는 내 손에 프랑스어판 잡지를 쥐여 주고 나는 사진들을 보고 이해할 수 없는 단어가 나

---

* 서유럽 사람을 일컫는 말.
** 프랑스어로 '어떻게 지내십니까'라는 의미.
*** 프랑스어로 '예'라는 의미.
**** 프랑스어로 '아니요'라는 의미.

오면 한 곳에 쓰고는 집에 가서 사전을 들춰 보며 이해한다. 다음 날 아침에 그 잡지를 다시 읽으면서 "이런, 이런!"이라고 중얼거린다.

그녀가 "카푸치노 한 잔?"이라고 물으면, 나는 먼저 "좋습니다"라고 말한다. 그런 다음 프랑스어 몇 마디를 덧붙인다. 그러면 마담은 아주 기뻐하며 카푸치노를 어떻게 만드는지를 독일어로 설명하기 시작한다.

"⋯⋯"

나는 오전 11시 무렵 작은 오르막길을 올라가 전차가 다니는 길에 도착한다. 그곳에서 왼쪽으로 돌아 열다섯 걸음 정도 걸어서 도서관에 간다. 그곳에서 프랑스어로 된 사진이 들어간 잡지를 고른다. 겨드랑이 밑에 잡지를 끼워 넣고 도서관에서 나오자마자 곧장 내 골목으로 간다. 휴! 그곳으로 들어가자마자 마음이 아주 편해진다. 내 골목에 사는 사람들은 다르다. 그들은 전찻길 주위에 사는 사람과 다르다. 나는 전찻길 주위에 사는 사람들이 두렵다.

나는 대부분 무엇인가를 먹고 싶어 하지 않는다. 우리 마을에 양 내장 수프 가게가 있다. 주인은 깔끔한 사람이고 수프 역시 맛있다. 그 식당은 다른 더러운 양 내장 수프 가게와는 다르다. 그릇은 골동품이며 수프도 눈처럼 하얗다.

주인은 "조미한 것으로 드릴까요, 만수르 씨?"라고 묻는다.

나는 "네, 그렇게 해 주세요, 바이람 씨!"라고 말한다.

그의 이름이 바이람이든 무하렘이든 내게 있어 모든 양 내장 수프 가게 주인은 바이람이다.

"식초와 마늘 다진 것도 넣을까요, 만수르 씨?"

"오늘은 넣지 말아 주세요. 그저께 먹은 것이 약간 위를 불편하게 하더군요. 가스가 나왔어요. 아이한테 레몬을 사 오라고 해서 좀 짜 넣어 주세요."

"지난번에 사용했던 레몬 절반이 아직 남아 있습니다."

"정말요?"

나는 레몬이 절반 남았다는 것에 아이처럼 단순하게 즐거워한다. 바이람도 자신이 남은 레몬을 보관해 두었다는 것과 그 사실이 나를 즐겁게 했다는 것에 아이처럼 즐거워한다.

"레몬 절반을 다 짜서 넣을까요, 만수르 씨?"

"네, 다 짜 주시오, 바이람! 아주 시디셨으면 좋겠어요!"

나는 시디신 수프를 먹고 내 방으로 간다. 프랑스어 사전을 앞에 두고 내가 샀던 잡지의 사진 밑에 터키어로 쓰다가 잠이 들고 말았다. 정확히 4시 반에 일어났다. 4시 반은 내가 산책하는 시간이다. 집에서 나가 골목으로 접어들고, 1번 골목을 지난다. 전찻길을 지나기 전에 왼쪽 인도를 빠른 걸음으로 걷고, 곧장 왼쪽에 있는 1번 골목과 평행한 2번 골목으로 들어간다.

이 골목은 진흙투성이에 좁고 더러운 골목이다. 오른쪽에 술집, 그 다음에 빵집, 빵집 다음에는 식당이 있다. 내 생각에 그 식당에서는 금지된 과일과 음식을 파는 것 같다. 매일 저녁 우울한 분위기의 이상한 남자들과 여자들이 오곤 한다. 어쩌면 그들은 개구리, 쥐, 까마귀, 고양이, 개, 사람 고기를 먹을 것이다. 그곳을 지나면 내가 사는 골목 초입이 나온다. 오른쪽으로 돌고는 과일 가게 여주인에게 "안녕하세요!"라고 인사를 건넨다. 그녀도 "안녕하세요!"라고 대답한다. 그녀의 눈은 아주 아름답다. 오른쪽에 있는 골목으로 들어갈지 말지 주저한다. 왜 그러느냐고요?

설명하겠다. 매일 저녁 반복되는 이 산책을 하던 어느 날이었다. 사람이 산책을 하면 주위를 둘러보고 누군가의 얼굴도 쳐다보고 천천히 걷는 것은 당연하다. 하지만 나는 이러한 것들을 하지 않는다. 이 골목으로 들어가면 걸음을 빨리하고 앞만 보며 걷는다. 화가 난 상태이며 어쩔 수 없이 이 골목을 지나갈 수밖에 없다는 표정을 짓는다. 왜 그러느냐고요? 나도 지금 그걸 말할 참이다.

이 골목에 있는 집들 중 한 곳에 입과 코가 제자리에 있고 (한쪽 눈이 야맹증에 걸렸지만, 그게 뭐 대순가!) 옛날 여자들이 말하는 것처럼 손등 위에 개암을 올려놓을 수 있을 정도로 통통한 손과 커다란 가슴, 헐렁한 원피스의 가슴 부위가 열리는 곳에 약간 지저분한 검은 굴곡이 벌어졌다 붙는 경박한 젊은 유대인 여자가 살고 있었다.

그녀는 양쪽으로 날개가 열리는 창문 앞에 앉아 바느질을 했다. 때로 문 앞으로 나와 좌우를 두리번거리고 사람을 보게 되면 수다를 떨었다. 거기다 땅을 아주 튼튼하게 밟고 있는 두꺼운 다리의 소유자였다. 피부가 가무잡잡한 유대인 여자에게는 또 다른 종류의 아름다움이 있다…… 저 여자의 다리에 평생 한 번만이라도 입맞춤을 할 수 있기를 얼마나 원했었는지……

어느 날 위에서 언급한 그 골목의 아래쪽을 향해 내려가는데 그 유대인 여자가 문 앞에 있었다. 맞은편에 있는 목수 역시 문 앞에 있었다. 내가 막 그들 앞으로 갔을 때 목수가 내 앞을 가로막았다.

"이봐, 한 번만 더 이 앞을 지나가면 눈탱이가 밤탱이가 될 테니 그리 알아!"

그런데 그날 이후, 그 골목을 지나가고 싶은 마음이 견딜 수 없이 커지기 시작했다. 그날 이후 저녁 산책을 할 때 그곳을 지나가고 싶은 열망을 견디기 위해 얼마나 안간힘을 쓰고 몸부림을 쳤는지 모른다! 지금 목수가 내 눈을 밤탱이로 만들 수도 있어! 그 나날은 정말로 잊을 수가 없다. 몇 년 동안 이런 종류의 두근거림은 없었다. 내 맥박은 며칠이고 한 번도 더 많이 뛴 적이 없다. 나는 맥박 수를 재곤 했다. 항상 예순세 번, 항상 예순세 번 뛰었다. 가끔 예순두 번으로 내려가는 경우도 있긴 했다. 그러면 내 의사 친구는 "걸으면 정상이 될 거야"라고 말하곤 했다. 하지만 길 가다 멈춰서 맥박을 잴 수는 없지 않은가! 가끔 잠시 쉬면서 카푸치노를 마시고 주위에 나를 보는 사람이 없으면 몰래 시계를 꺼내 맥박을 잰다. 됐다, 예순세 번. 어떤 여자도 내 얼굴을 쳐다보지 않고, 나 역시 오렌지 가격이 1킬로그램에 5쿠루쉬였다가 25쿠루쉬로 뛰었다는 것에 관심이 없었다. 나는 5쿠루쉬를 주고 사 먹곤 했다. 25쿠루쉬 하는 오렌지에게도 안녕을 고한다. 한때 3번 골목에서도 이스탄불에게 느끼는 것처럼 마음이 상한 후에는 저녁 산책을 하는 맛이 사라졌다. 나는 두 골목 사이에서 죄수처럼 되어 버렸다. 하지만 그렇다고 답답하지는 않았다.

내 마을은 조용하기는 하지만 왁자지껄한 마을이기도 하다. 주민 절반이 레반트인과 유대인인 마을이 왁자지껄하지 않을 수 있을까? 특히 유대인들! 그들은 무척이나 좋고 사랑스럽고 수다스럽고 삶을 사랑하는 사람들이다! 내 마을에 사는 유대인들은 그다지 부유한 사람이 아니다. 그리고 실상 나 역시 부자들과 왕래가 없는 사람이다. 항상 오렌지를 사는 과일 가게 주인이 나한테서 40쿠루쉬를 더 가져간 날 그는 세상에서 가장 사랑스러운 사람이 된다. 그의 이름은 솔로몬이다. 내가 비싸다고 여기며 아무것도 사지 않을 때도 내 등 뒤에서 나를 쏘아보거나 하지 않는다. 그리고 내가 말도 안 되는 돈을 줘도

투덜거리지 않는다. 오히려 내 행동이 정당하다고 말한다.

저녁이 된다. 나는 우리 마담의 카페 창문에 나뭇가지와 꽃무늬가 있는 커튼이 쳐지면 저녁이 되었다는 것을 알게 된다. 안에서는 달콤한 노란 불빛이 켜진다. 이 마을에서는 마담이 맨 처음 전등을 켠다. 그런 후 솔로몬이 오렌지 상자 위에 촛불을 켠다. 그다음 생선 절임 가게 주인이 300와트짜리 전등불을 켠다. 시클라멘 색깔의 붉은 양파를 자르면 립스틱과 매니큐어같이 아름답게 반짝인다. 생선 절임은 뚱뚱하고 가무잡잡한 피부를 가진 룸 여성의 거친 허벅살 같다!

술집에서 나오자 내 골목이 버림받고 싶지 않은 불운한 정부처럼 나에게 매달린다. 가련한 내 골목!

1번 골목에는 사즈*가 연주되는 술집 두 곳이 있다. 그 술집 앞에는 택시들이 기다리고 있다. 택시 사이로 운전사들과 창녀들이 거닐고 있다. 자동차 앞에는 벼락을 맞지 않기 위해 달아 놓은, 피뢰침이라고 생각했지만 나중에 안테나라는 것을 알게 되었음에도 불구하고 볼 때마다 착각하는, 그 하얗고 반짝이는 철 막대기가 비 오는 날에 번개처럼 번쩍인다.

나는 커다랗고 육중하게 생긴 자동차의 작은 꼬리를, 그것이 히스테릭하고 위협적으로 흔들거리는 것을 아주 좋아한다. 나는 양 내장 수프 가게 앞에서 비를 맞고 서서 모자를 귀까지 눌러쓰고는 마치 먼 곳에서, 여자 없는 곳에서 이곳까지 와 함께 밤을 보내고 내 고민을 털어놓을 여자를 찾는 듯 커진 음흉한 눈으로 지나가는 사람들을 계속 쳐다봤다.

* 만돌린과 유사한 터키 전통 현악기.

10분 후에 나보다 아주 나이가 많은 남자가 지나갔다. 그 사람은 몸집이 컸다. 콧수염은 듬성듬성 나 있었다. 머리카락은 전혀 빠지지 않았지만 백발이었다. 택시 운전사들은 그를 보면 "어르신, 안녕하세요!"라고 말한다. 그 역시 "안녕들 하신가!"라고 말한다.

그런 후 그는 푸줄리*의 시를 읊는다. 운전사들은 그 사람이 간 후에 "학식 있는 사람이지. 하지만 기질이 안 좋아. 어린 여자들을 좋아하지. 나이도 어릴 뿐만 아니라 저속하지 않으면 데리고 가지 않지, 얼간이 같은 놈!"이라고 말했다.

남자는 맞은편에 있는 클럽으로 향했다. 잠시 후 나도 그곳으로 갈 것이다. 그는 사즈 악단 바로 앞으로 가 앉는다. 무척 깔끔한 모습이다. 손, 머리카락, 콧수염은 정갈하게 정리되어 있었다. 외양으로만 보면 쉰 살 이상은 들어 보이지 않는다. 작은 무대에는 다섯 명의 여자가 있었다. 그는 가장 어린 여자에게 시선을 꽂는다. 그 여자는 남자에게 칵테일을 주문한다. 안에 소독용 알코올을 네다섯 방울 떨어뜨린 석류 음료가 나온다. 한 잔 더 주문한다. 남자는 그곳에서 서비스를 하는, 동그란 얼굴에 귀여운 눈을 한 따뜻한 마음을 가진 여자를 불러 귀에 대고 무슨 말인가를 속삭인다. 그런 후 이 남자는 잠을 자기 시작한다. 테이블에 팔꿈치를 대고는 잔다. 단지 눈에 선글라스를 끼고, 낮은 여자 목소리들 사이로, 가끔 갈라지지만 맞는 음계의 소리를 내는 바이올린 연주자가 연주를 시작하면 눈을 뜨고 "이런, 이런, 세상에 나!"라고 고함을 친다. 웨이터 베키르가 그에 대해 설명하기를, 그는 자신이 데리고 간 여자들의 가슴에 머리를 묻고 울고 자고 노래를 부

* Fuzûlî(1483~1556). 터키의 고전 시인. 아제르바이잔어, 아랍어 그리고 페르시아어로 시를 썼다.

르며 시를 읊는다고 했다. 이 다섯 개의 동사 다음에는 다른 동사(예를 들면 웃다)가 없다. 남자는 나중에 또 잔다.

그는 이제, 술집에 번개처럼 들어온 어떤 마을의 유명한 무뢰한이 누군가에게 지르는 고함 소리에도 귀를 기울이지 않는다. 술집이 싸움질로 난장판이 되고 라즈인 술집 주인이 건달 한둘을 잡아 밖으로 던지고 유리창이 깨지는 저녁에도 그는 여전히 잔다.

어떤 밤에는 비와 눈을 흠뻑 맞은, 꽤 뚱뚱하고 뺨, 목, 머리카락, 콧수염, 옷깃이 기름으로 전 건강한 나팔수가 안으로 들어오곤 했다. 나팔수가 외투 단추를 잠그며 늙고 지쳐 보이는 가수들 중 한 명이 비워놓거나, 혹은 누군가 그를 보고는 정중하게, 어쩌면 동료 의식으로 일어났던 의자에 앉은 후 끔찍한 소리로 나팔을 불었을 때조차 잠에서 깨어나지 않았다. 이 나팔수는 사즈 악단의 마지막 주자였다. 그는 11시 경에 이곳으로 온다. 두껍고 짧고 뚱뚱한 두 다리로 몸무게를 재듯 걷고, 옷깃이 벨벳으로 된 외투를 벗는다. 홀의 한 가장자리에 있는 장님 바이올린 연주자에게 인사를 건넨다. 드럼 연주자는 장님 바이올린 연주자에게 나팔수가 인사를 건넨다고 속삭여 준다. 가수 뒤에 앉아 있기 때문에 얼굴이 잘 보이지 않는, 조금 전에 면도를 하고 백반을 발라 팽팽해진 카눈* 연주자 얼굴이 갑자기 온통 주름진다. 나팔수도 자리에 앉는다. 바지의 단추가 없는 것일까? 아니면 뚱뚱해서 항상 떨어지는 것일까? 그곳에서는 초록색 머플러의 술이 나온다. 그것을 본 사람들은 웃는다. 클럽 주인은 손짓 발짓을 하며 신호를 보낸다. 나팔수는 부끄러워하며 자리에서 일어난다. 몇 분 동안이나 손님들에게

* 모양이 거문고와 비슷한 터키 전통 현악기.

등을 돌린 채 바지를 잘 추스르고 다시 자리에 앉은 후 잠시 주위를 둘러본다. 그런 후 호주머니에서 종이를 꺼낸다. 담배를 말 것이라고 생각하시겠지만 아니다. 나팔을 불 갈대 호각들 중 하나를 집어 그것을 종이 위에 놓는다. 다시 다른 것을 집어서 가장 적당한 것 혹은 가장 좋은 것을 오늘 밤을 위해 꺼내는 행동을 취한다. 나는 항상 이 부분에서 일어나 나간다.

나는 7년 동안 이스탄불에서 이 골목 이외에 다른 곳에는 가지 않았다. 겁이 났기 때문이다. 나를 구타하고 내 돈을 훔칠 것이라는—나도 잘 모르겠지만 뭐 이런 것들—생각이 들었고, 이 생각에 나 역시 놀란다. 다른 곳에 있으면 기분이 이상해진다. 모든 사람이 두렵다. 이 골목으로 오는 남자들은 누구일까? 이 커다란 도시는 서로 얼마나 생소한 사람들로 가득 차 있는가? 서로 사랑하지 않을 터인데 왜 사람들은 이렇게 서로 뒤섞어 놓은 도시를 만들었을까? 이해할 수가 없다. 서로를 무시하고 죽이고 속이기 위해? 어떻게 이렇게 서로 다르고 서로 알지 못하는 사람들이 한 도시에서 사는 걸까?

그래도 마을은 마을 그 자체로 존재 가치가 있다. 내 가게는 화재가 날 수 있고 난 배를 곯을 수도 있다. 하지만 점심때 양념이 들어간 양 내장 수프를 먹었던 가게의 주인은 내가 죽을 때까지 나에게 먹을 것을 줄 것이다. 오렌지 장수 솔로몬이 썩은 오렌지들을 벌거벗은 유대인 아이들에게 나눠 주듯이 내가 그 앞을 지나갈 때면 한두 개를 내 손에 쥐여 줄 것이다. 이러한 시절에, 어쩌면 내 옷이 너무 낡아 나를 안으로 들이지는 않겠지만 카페 마담은 문 앞에서 카푸치노 한 잔은 마시도록 해 줄 것이다.

이러한 것들은 상상이지만, 난 이렇듯 내가 살고 있는 마을을 사랑한다. 특히 나는 옛날에 알고 지냈던 사람들은 절대 보고 싶지 않다. 가끔 마을에서 그들 중 한 명과 우연히 만나는 경우가 있다.

"야, 이런! 너 여기 있었어?"

나는 고개를 조아리며 "어쩌겠어?"라는 듯 그를 쳐다본다.

"뭐 숨기는 거라도 있나 보군……"

그는 이렇게 말한 후 다음과 같이 덧붙인다.

"아직도 놈팡이 짓을 그만두지 않았군그래."

나는 놈팡이 짓이 아니라 나 자신을 포기했지만 내 고민을 털어놓을 수는 없었다.

누군가는 "널 잘 알지, 고약한 놈. 암, 알고말고. 지금은 또 누구 꽁무니를 쫓아다니고 있을까?"라고 말한다.

나는 나 자신에게 신경 쓰는 것도 그만둔 사람이다. 그러나 나는 그 목수의 여자 친구이자 한쪽 눈이 야맹증에 걸렸고, 손이 하도 통통해서 오목오목 들어간 가무잡잡한 유대인 여자가 너무나 좋다. 그 두꺼운 다리 이외에도 멋지고 향기 나는 부분도 있을 것이다.

어제는 마을 밖으로 한번 나가 봐야지 하고 결심했다. 운카파느를 지나 사라치하네로 갈 생각이었다. 이스탄불은 꽤 변해 있었다. 놀라고 말았다. 어떤 면에서는 그것이 마음에 들기도 했다.

깨끗한 아스팔트, 넓은 길들…… 저 수도교는 정말로 아름다운 곳이구나! 1킬로미터나 되는 개선문같이 외관도 아주 멋지군! 그 옆에 가잔페르시아 사원 고등교육 건물은 아주 앙증맞고 새하얬다. 공원들과 나무들도 보았다. 사람들을 보았다. 나는 잔뜩 겁을 먹고 돌아다녔다. 크즈타시까지 갔다. 파티흐에서 아래로 걸어가기 시작했다. 사라치하네에 도착했다. 어떤 건물 꼭대기에 철거반이 올라가 건물을 부수고 있었다. 혼잣말로 여기 어딘가에 목욕탕이 있었는데라고 중얼거렸다. 지금 철거되고 있는 건물이 목욕탕이었던 것이다. 그때 목욕탕에서 목욕하고 싶은 마음이 들어 온몸이 근질거렸다.

어찌 되었든 수치스러운 일을 언급하는 마당이니 이것도 말해야겠다. 나는 7년 동안 목욕을 한 적이 없다. 목욕이라는 것이 생각조차 나지 않았다. 그런데 갑자기 온몸이 근질거리기 시작했던 것이다. 몸에 벼룩이 있다는 생각도 들었다. 목욕탕으로 들어갔다. 구석구석 씻었다. 두루마리 때가 나왔고 그제야 몸이 편해졌다. 땀도 흠뻑 흘렸다. 손을 대는 곳마다 손에 피부 조각인지 기름 조각인지 때 조각인지 알 수 없는 것들이 묻어 나왔다. 사람이 이렇게나 지저분할 수 있다는 것에 놀라고 말았다. 사람 피부에 이렇게 겹겹이 무엇인가가 덮여 있을 수 있는 거구나……

목욕탕에서 나와 전차를 탔다. 먼저 집에 들르고, 저녁에는 테쉬비키예 쪽으로 가 봐야겠다고 생각했다. 집에 돌아왔다. 침대에 그냥 잠시 누웠는데 그것이 24시간 자는 것으로 이어지고 말았다. 깨어났을 때는 다음 날 2시였다. 정확히 스무 시간을 잤던 것이다. 나는 곧장 양 내장 수프 가게로 갔다.

바이람은 "만수르 씨, 혈색이 아주 좋은데요!"라고 말했다.

목욕탕에 다녀왔다고 말할 수는 없는 노릇이었다. 수프에 마늘을 넣지 말아 달라고 했다. 산책을 했다. 날이 어두워질 때 마치카에 도착했다. 그곳도 또 다른 세상이었다. 돌아올 때 또 7년 동안 마을 밖으로 나가지 않으리라고 결정을 내렸지만 이루어지지 않았다. 내 머리를 어찔하게 했던 이틀 동안의 삶 때문에 정신이 멍해졌다.

제가 잠시 무엇을 생각했는지 아십니까? 우리 가게와 집을 팔아지. 그 사즈 악단이 있는 클럽 있잖습니까, 앞에서 언급했던? 그곳에서 밖으로 출장도 나가는 여자가 있는데—그러니까 이마가 좁은 여자—그녀를 정부로 삼고 살다가 1년 후에 죽어야지.

그리고 어느 날 보스포루스를 항해하는 배를 타야지. 배가 베벡과 아르나부트쾨이 앞을 지나갈 때, 앉아 있던 배 뒤쪽의 긴 의자에서 일어나 주위를 둘러보고 아무도 없으면 바닷속으로 풍덩 뛰어들어야지.

새로운 언어로 인간을 노래한
터키 현대 단편소설의 선구자

옮긴이가 평소 친분이 있는 한 터키 작가와 대화를 나누는 도중 사이트 파이크의 작품을 한국어로 번역하고 있다는 말을 했을 때, 그는 주저 없이 "러시아 작가들이 모두 고골의 「외투」에서 나왔다면, 우리 터키 작가들은 모두 사이트 파이크의 우산 아래서 나왔다"라고 말했다. 이 한 마디만으로 터키 문학사에 있어 사이트 파이크의 위상을 가늠할 수 있을 것이다.

사이트 파이크는 터키 현대 단편소설의 선구자라고 주저하지 않고 말할 수 있으며, 그가 터키 문단에 가져온 새로움의 뿌리는 그 이전 문학의 산물이 아니라, 그 자신에서 연유한 것이다. 단적으로 말해 그는 터키 현대 단편소설사에 전환점을 찍은 작가라고 할 수 있다. 그는 종래의 단편소설 기법을 허물고 자연과 인간을 단순하고 진솔하며,

이것들의 장단점을 있는 그대로 시적이고 노련한 언어로 서술했다. 그는 당시의 많은 작가처럼 서양의 문학 행보에 얽매이거나 영향하에 놓이지 않았으며, 그 어떤 문학 조류를 추적하던 작가도 아니었다.

　사이트 파이크는 사회문제가 아니라 사회 속에서의 개인의 묘사에 심혈을 기울였으며, 대부분의 작품은 자기 자신에서 출발하여 주변 인물들을 묘사하면서 인간의 실상을 이해하고자 했다. 그의 작품에 등장하는 인물은 대부분 도시의 하층민들이며, 어부, 실업자, 카페 주인 등의 인물들 역시 섬세하게 관찰하여 묘사하고 있다. 사람들이 살아가는 모습, 바람, 고민, 두려움 그리고 희열 등을 예리하게 관찰하면서 사회문제보다는 '인간을 다룬 작가'의 위치에 서 있었다고 할 수 있다.

　사이트 파이크는 서민들을 다루면서 자신 역시 서민들 사이에 섞이거나 멀리서 바라보는 관찰자로 등장하며 그들을 자신의 작품 속에 녹였다. 한 인터뷰에서 왜 상류층이나 점잔 빼는 사람들은 다루지 않느냐는 질문에 그는 "그것은 내가 점잖은 척하는 사람들을 전혀 좋아하지 않기 때문이다. 내 생각에 그들은 삶의 희열을 맛보지 못하는 사람들이다. 나는 삶에서 희열을 느끼는 사람을 좋아한다. 우리는 이 세상에 삶의 희열을 만끽하러 왔으니까"라고 답한 적이 있다. 이렇듯 그는 상류층 사람들을 인위적이며 가식적이고 다른 사람들과 단절된 계층으로 생각하고 있었으며, 이와는 반대로 서민층들은 진솔한 자연인으로 받아들이고 있었다.

　그의 작품에서 소재는 중요하지 않다. 왜냐하면 그는 모든 것을 자신의 작품 소재로 사용했기 때문이다. 세마외르, 비단 손수건, 공장 노동자, 물고기, 개…… 그는 이러한 평범한 소재들을 자기만의 매력적인 스타일로 풀어 썼기 때문에 독자들로부터 많은 사랑을 받았던 것이다. 예컨대 그는 우리 주위의 흔히 볼 수 있는 것들, 인물들을 문학의 소재로 끌어들여 정착시키고 묘사하면서 이를 일종의 유행으로 만든 작가라고 할 수 있다.

사이트 파이크가 문단 활동을 시작했던 1930년대의 터키 문단은 아직 전통적인 문학 이해의 비중이 컸던 시기였다. 당시 문단에서는 삶에 대한 관점 묘사 면에서는 소설가 레샤트 누리 귄테킨Reşat Nuri Güntekin(1889~1956, 터키 시골 지역인 아나톨리아의 삶과 사회문제를 집중적으로 다루었다) 스타일, 사건을 중심으로 묘사하는 기법 면에서는 외메르 세이페틴Ömer Seyfettin(1884~1920, 터키 단편소설의 선구자로 순수 터키어를 사용하고 언어의 간결함 등을 주장했다)의 틀 안에 있었다고 할 수 있다. 이러한 문단의 흐름과는 달리 사이트 파이크는 풍부한 지식으로 현대 인간의 관점, 개인과 사회의 이해 그리고 이러한 것들과 관련된 가치들을 예술적 요소들로 버무려 자신의 작품에 반영했다. 사이트 파이크의 제1기 작품들(1934~1935년 사이에 나온 작품들)은 이전의 작가들과 다음과 같은 점에서 변별된다고 할 수 있다.

첫째, 사이트 파이크의 작품에 나오는 인물들은 그들이 어떤 계층에 속해 있다고 할지라도 사회와 자연에서 고립되어 있지 않다. 또한 인간의 운명에 대한 드라마틱한 요소들로 무장된 작품들도 볼 수 있다. 단편「보따리」는 이에 대한 좋은 사례이다.

둘째, 전통적인 소설에서는 대부분 사건이 인물을 통제하지만, 사이트 파이크의 소설에서는 인간이 어떤 도구로 사용되지 않고 각각 고유하며 자연적인 아름다움으로 내면화되고 있다.

셋째, 사이트 파이크가 문단 활동을 시작하던 무렵은 특히 대도시의 노동자 숫자가 급격하게 증가하던 시기였지만, 노동자-자본 갈등이 야기한 변화들은 아직 등장하지 않은 단계였다. 이러한 상황에서 사이트 파이크의 초기 세 단편에서는 노동자들의 삶의 현실이 우리 앞에 나타난다. 작가의 목적은 노동자와 자본의 갈등을 반영하는 것이 아니라, 자본과 인간의 관계를 보여 주는 것이었다. 일례로 「세마외르」 「비단 손수건」 「한 무리의 사람들」 등의 단편에서는 등장인물의 처지, 감성, 사고방식이 그들이 처한 상황과 함께 담담하게 묘사되고 있다.

1940~1950년 사이에 발표한 작품들에서는 제1기에서 보이는 특징이 지속되지만, 이 시기에 자기 자신과 진심으로 과감하게 마주하는 것을 감행했다는 점이 눈에 띈다. 예컨대 자신과 관련된 문제들, 정신적 위기, 예민한 감수성, 궁지에 몰리는 상황들을 제시하면서 사회적 모순으로 인해 축적된 분노들을 감추지 않는다. 「해변의 거울」은 이에 대한 더할 나위 없이 좋은 사례이다.

한편, 무질서한 사회와 불합리, 삶과 도덕이 왜곡되고 부패된 사회 속의 하층민들은 그의 작품에서 부당함, 선악의 개념과 관련되어 묘사되고 있다. 의심할 바 없이 사이트 파이크는 이를 분명한 가치의 척도로 정하지는 않는다. 작가는 하층민의 삶에 영향을 미치는 부정적인 면을 다루면서 곳곳에서 사회적인 현상에 집중하며 강조하고자 한다. 이러한 것들을 다룬 작품에서는 등장인물의 삶에 있어 중요한 단면들을 서술하면서 구체화하려 했다.

일례로 단편 「군밤 장수 친구」를 보자. 이 작품에서 관찰자는 사건과 등장인물을 외부에서 관망하는 것이 아니라 함께 경험하고 있음을 볼 수 있다. 이는 동시에 드라마틱한 요소로도 드러나고 있다. 사이트 파이크는 이러한 불합리하고 부패된 사회에 대해 곳곳에서 분노하지만, 이러한 사회에 물들지 않은 등장인물들을 사랑이 가득 찬 눈으로, 선망하는 마음으로 바라본다. 「아버지와 아들」 「솜 트는 노인」 등에서도 이러한 점들을 느낄 수 있다.

그뿐만 아니라 자연과 함께 살았던 사이트 파이크는 생태계의 파괴에 대해 지극히 안타까워하는 심정을 작품들에서 자주 언급하고 있다. 이 책에는 싣지 않았지만 단편 「마지막 새들」의 마지막 문장인 "어느 날 길가에서 자연의 어머니의 짙은 초록색 머리칼을 보지 못하게 될 것이다. 이는 지금의 우리가 아니라, 장차 우리 아이들, 당신들에게 슬픈 일이 될 것이다. 우리는 새들과 녹음을 많이 보았지만, 미래의 당신들에게 슬픈 일이 될 것이다. 내가 하고 싶은 말은 이것이다"라는 표현에서도 작가의 이러한 우려가 확연하게 드러난다.

그는 단지 단편소설만이 아니라 장편소설과 시, 탐방 기사를 썼고 프랑스 문학을 번역하기도 했으며, 이 모든 장르에서 자신만의 스타일을 접목했다.

사이트 파이크는 1953년에 미국 마크트웨인협회 명예 회원으로 선정되었으며, 그의 작품들은 영어, 프랑스어, 독일어 등으로 번역되는 등 작가로서의 그의 역량은 세계적으로 인정받고 있다. 그뿐만 아니라 터키의 가장 유수한 단편문학상 이름이 '사이트파이크문학상'인 것만 보더라도 터키 단편 문단에서의 그의 위치를 가늠할 수 있을 것이다.

조금 늦은 감이 없지는 않지만 사이트 파이크의 강렬한 단편들을 번역하고 나니 터키 문학을 연구하는 연구자로서, 번역가로서 이제야

제 역할을 수행한 느낌이 든다. 번역하는 과정에서 서민들의 일상 언어와 사투리 번역에 많은 어려움이 있었는데, 이때마다 터키인 언어학자 엔긴 우준Nadir Engin Uzun 교수님으로부터 많은 도움을 받았다. 이 지면을 빌려 감사드리는 마음을 전하고 싶다.

사이트 파이크 아바스야느크 연보

1906   11월 18일 터키 북서부에 위치한 아다파자르 시에서 태어남.

1910   공문 서기로 발령 난 아버지를 따라 카라뮈르셀 시로 이사.

1913   아버지의 공무 기간이 끝나 다시 아다파자르로 돌아옴.

1914   아다파자르에서 외국어로 교육하는 레흐베리 테라키 사립 초등
            학교 입학.

1920~1928 그리스가 아다파자르를 점령하자 학교를 휴학함. 이스탄불로 이
            주하여 이스탄불 남자고등학교에서 중고등교육을 시작함. 10학

년 때 아랍어 교사의 의자에 바늘을 올려놓은 죄로 다른 학생들과 함께 퇴학당함. 이후 부르자 남자고등학교 졸업. 단편소설 「비단 손수건」을 이 학교 문학 수업 시간에 숙제로 씀.

1928   고등학교를 마치고 이스탄불로 돌아옴. 작품 활동을 지속하면서 시와 단편소설들을 잡지와 신문사에 보내기 시작함. 이해 말 이스 탄불 대학교 문과대학 입학.

1929   단편 「연Uçurtmalar」이 《밀리예트 신문》 12월 9일 자에 실림.

1930   이스탄불 대학교 문과대학에서 위구르어를 배우고 싶지 않아 2년 만에 대학 중퇴. 대학을 다니던 시기에 작가들이 자주 가는 이스 탄불 베이올루에 있는 카페들, 집 근처인 세흐자데바쉬 카페들을 드나들며 문학인들과 어울림.

1930   9월 9일~23일 《자유 신문》에 열 편의 단편과 한 편의 글이 실림.

1931   아버지의 바람에 따라 경제학을 공부하기 위해 스위스의 로잔 시 로 감. 보름 동안 머물다 지루해 프랑스의 그레노블 시로 감.

1931~1934 프랑스어를 배우기 위해 샹폴리옹 고등학교에 입학. 이후 그레노 블 대학교 문과대학에서 3학기 수학함. 파리, 리옹, 스트라스부르 여행. 이 시기의 보헤미안적인 삶은 그의 인생과 예술에 많은 영 향을 미침.

1934	가족의 요청으로 이스탄불로 귀국. 가족이 새로 이사한 중상류층 들이 사는 니샨타쉬 지역의 루멜리 아파트에 정착. 아르메니아인 고아 학교에 교사로 취직. 학교에 수시로 지각하는 등 교사로서 부적절한 태도를 보임. 아버지가 동업자와 함께 농작물 도매상점 을 열어 자신에게 맡기자 학교를 그만둠. 이 사업 역시 적성에 맞 지 않아 6개월 만에 아버지에게 양도. 앙드레 지드의 작품을 터키 어로 번역 시도.
1936	아버지의 재정적 도움으로 단편집 『세마외르』 출간. 군대 영장이 나왔으나 신경성 질환 판정을 받아 군 면제.
1937	9월 프랑스 마르세유로 여행을 감. 18일 머문 후 이스탄불로 돌아 옴.
1938	가족이 이스탄불 남쪽의 마르마라 해에 위치한 부르가즈 섬에 저 택을 구입하자 그곳으로 이사. 10월 19일 아버지 메흐메트 파이 크 기관지염으로 사망. 이후 겨울에는 이스탄불의 니샨타쉬 집에 서, 여름에는 부르가즈 섬에서 지냄. 이 시기부터 본격적으로 작 품 활동을 하며 아무것에도 얽매이지 않는 자유로운 삶을 살기 시 작함.
1939	단편집 『수조 Sarnıç』 출간.
1940	단편집 『낙하 해머 Şahmerdan』 출간. 이 단편집에 수록되어 있는 「발

걸기」에서 군인을 냉혈한으로 묘사했다는 이유로 군사재판에 회부됨. 9월 10일 재판을 받기 위해 앙카라로 감. 무죄 판결.

1940   1940년 10월 4일~1941년 2월 21일 잡지 《새 잡지》에 장편소설 『밥벌이 자동차_Medarı Maişet Motoru_』 연재.

1942   4월 28일~5월 31일 《뉴스-이브닝 포스트 신문》에서 법정 출입 기자로 일함.

1944   장편소설 『밥벌이 자동차』의 제목 중 '밥벌이'라는 단어 때문에 각료 회의에서 회수 결정.

1948   간경화증 판정 받음. 단편집 『필요 없는 남자』 출간.

1950   단편집 『마을 카페』 출간.

1951   병 치료차 파리에 갔으나 해외에서 죽을 것이라는 두려움과 집중 치료에 대한 부담으로 닷새 만에 이스탄불로 귀국. 단편집 『하늘에는 구름_Havada Bulut_』 『극단』 『풀장_Havuz Başı_』 출간.

1952   단편집 『마지막 새들_Son Kuşlar_』 출간.

1953   미국 마크트웨인협회 명예 회원 선정. 시집 『지금은 사랑할 때 _Şimdi Serişme Vakti_』, 장편소설 『실종자를 찾습니다_Kayıp Aranıyor_』 출간.

1954	단편집 『알렘다으에 뱀이 있다*Alemdağ'da Var Bir Yılan*』『약간 달게*Az Şekerli*』 출간. 벨기에 작가 조르주 심농의 소설 『삶의 열정』 번역 출간. 5월 11일 지병으로 사망. 11월 8일 사이트 파이크의 유언에 따라 그의 재산과 인세를 고아 학교에 기증. 유언장에 따라 그해 발표된 가장 뛰어난 단편소설을 선정해 상을 주는 '사이트파이크 문학상' 제정.

1954 단편집 『알렘다으에 뱀이 있다*Alemdağ'da Var Bir Yılan*』『약간 달게*Az Şekerli*』 출간. 벨기에 작가 조르주 심농의 소설 『삶의 열정』 번역 출간. 5월 11일 지병으로 사망. 11월 8일 사이트 파이크의 유언에 따라 그의 재산과 인세를 고아 학교에 기증. 유언장에 따라 그해 발표된 가장 뛰어난 단편소설을 선정해 상을 주는 '사이트파이크 문학상' 제정.

1955 단편집 『터널에 있는 아이*Tüneldeki Çocuk*』 출간.

1956 법정 출입 기자로 일했던 시절의 탐방 기사를 모은 『법정 문*Mahkeme Kapısı*』 출간.

1959 8월 22일 부르가즈 섬에 있는 사이트 파이크 자택을 '사이트 파이크 아바스야느크 박물관'으로 개조하여 일요일 제외 매일 개방.

1964 어머니 막불레 아바스야느크가 사망한 후, 고아학교협회에서 매년 '사이트파이크문학상' 수여.

세계문학 단편선을 펴내며

세상의 모든 이야기는 단편으로 시작되었다. 성서와 그리스 신화를 비롯해 인류의 많은 신화와 설화는 단편의 형식으로 사물의 기원, 제도와 금기의 탄생, 운명이라는 이름의 삶의 보편적 형식을 설명했다.

〈세계문학 단편선〉은 모든 산문의 형식 중 가장 응축적이고 예술성이 높은 단편소설에 포커스를 맞추어 세계문학을 바라보는 새로운 관점을 제시하고자 한다. 단편소설을 언급할 때 빼놓을 수 없는 작가들의 작품들은 물론이고, 한두 편의 장편소설로만 우리에게 알려진 세계적 작가들이 남긴 주옥같은 단편들을 통해 대가의 진면모를 총체적으로 바라볼 수 있게 할 것이다. 또한 우리에게 문학의 변방으로 여겨져 왔던 나라들의 대표적 단편 작가들도 활발히 소개할 것이며 이미 순문학과의 경계가 불분명해진 장르문학의 형성과 발전에 크게 기여한 작가들의 작품 역시 새롭게 조명해 나갈 것이다.

에드거 앨런 포는 문학작품은 독자가 앉은자리에서 다 읽을 수 있을 정도로 짧아야 한다고 했다. 바쁜 일상의 삶을 사는 현대인들에게 〈세계문학 단편선〉은 삶과 사회, 나아가 세계를 바라볼 수 있게 하는 더할 나위 없이 좋은 친구가 될 것이라 확신한다.

21세기인 현재에 이르기까지 단편소설은 그리스 신화가 그러했듯이 삶의 불변하는 조건들을 응축된 예술적 형식으로 꾸준히 생산해 왔다. 그리고 새로운 문학적 기법과 실험적 시도를 통해 단편소설은 현재도 계속 진화, 확장되고 있다. 작가의 치열한 예술적 열정이 가장 뜨겁게 반영된 다양한 개성으로 빛나는 정교한 단편들을 통해 문학의 진정한 존재 이유를 독자들이 느낄 수 있기를 소망하며 이번 〈세계문학 단편선〉을 펴낸다.

현대문학 편집부

사이트 파이크 아바스야느크

초판 1쇄 펴낸날 2014년 10월 6일
초판 2쇄 펴낸날 2019년 3월 8일

지은이 사이트 파이크 아바스야느크
옮긴이 이난아
펴낸이 김영정

펴낸곳 (주)현대문학
등록번호 제1-452호
주소 06532 서울시 서초구 신반포로 321(잠원동, 미래엔)
전화 02-2017-0280
팩스 02-516-5433
홈페이지 www.hdmh.co.kr

ⓒ 2014, 현대문학

ISBN 978-89-7275-709-2 04890
세트 978-89-7275-672-9

* 책값은 뒤표지에 있습니다.